Marion Krafzik

Guilty – Zeit der Vergeltung

EDITION M

Das Buch

Das Leben der jungen Staatsanwältin Emilia Gustafsson scheint perfekt. Erfolgreich arbeitet sie am Stockholmer Gericht, lebt idyllisch am Meer und ist seit Kurzem mit ihrer großen Liebe Nicolas verheiratet.

Doch unvermittelt verändert sich ihr Mann. Er wird gewalttätig, aufbrausend und undurchsichtig. Emilia flieht zu ihrem Vater Charlie, einem pensionierten Richter – der wenig später bei einer Jagd in den Wäldern um Sällsjö Selbstmord begeht. Für Emilia bricht eine Welt zusammen. Ein schrecklicher Verdacht beschleicht sie: Hat Nicolas etwas damit zu tun? Schon bald ist auch sie selbst in höchster Gefahr.

Die Autorin

Aufgewachsen in der Lüneburger Heide, arbeitete Marion Krafzik zunächst als Fotografin, bevor sie nach Hamburg zog und dort die Fotografie gegen bewegte Bilder tauschte. Sie wurde Regisseurin für Werbung und Imagefilme. Der Drang nach Weite und Abenteuer führte Marion Krafzik nach Südafrika. Dort gründete sie eine Safari-Firma und fing an zu schreiben. Mit vielen Geschichten, Eindrücken und Erlebnissen kehrte sie nach Jahren wieder zurück in die Lüneburger Heide.

Sie liebt es, Geschichten über die menschlichen Abgründe zu schreiben – all das, was tief in uns verborgen ist.

MARION KRAFZIK

GUILTY

ZEIT DER VERGELTUNG

THRILLER

EDITION M

Deutsche Erstveröffentlichung bei
Edition M, Amazon Media EU S.à r.l.
38, avenue John F. Kennedy, L-1855 Luxembourg
Februar 2021

Umschlaggestaltung: bürosüd° München, www.buerosued.de
Umschlagmotiv: © Evannovostro / Shutterstock; © JuliaKimPhoto / Shutterstock; © plainpicture/Hartmann + Beese
1. Lektorat: Joern Rauser
2. Lektorat and Korrektorat: Rotkel Textwerkstatt
Gedruckt durch:
Amazon Distribution GmbH, Amazonstraße 1, 04347 Leipzig /
Canon Deutschland Business Services GmbH, Ferdinand-Jühlke-Str. 7, 99095 Erfurt /
CPI books GmbH, Birkstraße 10, 25917 Leck

ISBN: 978-2-49670-591-1

www.edition-m-verlag.de

1. Kapitel

Es ist stickig im Saal des Obersten Gerichtshofs in Stockholm. Und es ist still. Staatsanwältin Emilia Gustafsson hat ihren Blick auf das gegenüberliegende Fenster gerichtet. Aus dunklen Wolken prasselt der Regen gegen die Scheibe. Seit drei Tagen schüttet es wie aus Eimern, lange hat es nicht so viel geregnet. Dabei ist der August in der Regel trocken und warm.

Was für unnütze Gedanken.

Unruhig verlagert sie ihre Sitzposition auf dem harten Stuhl. Ihre Handflächen schwitzen vor Aufregung. Zu gern würde sie sie ungeniert an ihrem hellgrauen Kostüm abwischen. Sie blickt zum Richterpult hinüber.

Wie lange noch? Verhalten sieht sie auf ihre Armbanduhr. Fünf vor fünf am Nachmittag. Warum dauert es so lange? Aus dem Augenwinkel schaut sie zur Anklagebank, auf der Livia Svensson sitzt. Angeklagt wegen vorsätzlichen Mordes an ihrem Mann Viktor.

Livia wirkt noch nervöser als sie. Ihr voller Mund ist zusammengepresst, ihre blauen Augen haben einen leeren Ausdruck und die dunklen Ringe darunter erinnern an den Tod. Für einen winzigen Moment empfindet Emilia Mitleid mit Livia. Als sie den Blick von Casper Hansson, Livias Verteidiger, auffängt, wendet sie sich rasch ab. Er wird verlieren, seine Beweislage und Argumentation waren dünn, beruhten ausschließlich auf Mitleid und Verständnis. Doch Emilia hat es geschafft, diese Rechtfertigung zu zerschlagen, oder?

Plötzlich befällt sie das Gefühl, versagt zu haben. Sie muss diesen Fall gewinnen, er bedeutet einen wichtigen Schritt für ihren Weg nach oben.

Emilia zuckt zusammen, als sie die Unruhe im Sitzungssaal bemerkt. Mit einer flinken Bewegung streicht sie über ihr flachsblondes Haar, das sie zu einem Dutt gebunden hat. Ihr Herz pocht und ihre Augen fixieren Richterin Alma Nilsson, die mit unbeweglicher Miene an das Richterpult tritt. Wie Emilia trägt sie ein graues Kostüm mit einer weinroten Bluse, die wunderbar mit ihrem dunklen, von grauen Fäden durchzogenen Haar harmoniert. Emilia ist von Almas Erscheinung fasziniert. Auch wenn es in Schweden nicht üblich ist, eine Robe zu tragen, um Seriosität und Macht auszustrahlen, ist Almas Autorität nicht zu übersehen.

Nachdem sich die drei Schöffen neben Alma aufgereiht haben, richtet sie ihre Augen auf Livia. »Hiermit ergeht folgendes Urteil: Die wegen vorsätzlichen Mordes Angeklagte Livia Svensson wird zu zehn Jahren Haft verurteilt.«

Für den Bruchteil einer Sekunde ist es still im Gerichtssaal.

»NEIN!«, schreit Livia entsetzt auf und springt vom Stuhl hoch. Flehend sieht sie zur Richterin. »Das ist nicht gerecht!« Sie wendet sich Hilfe suchend an ihren Verteidiger Casper. »Warum sagen Sie nichts, das ist doch Schwachsinn und …«

»Beruhigen Sie sich, Frau Svensson«, unterbricht Alma sie gelassen. »Wenn es nach der Staatsanwaltschaft gegangen wäre, hätten Sie fünfzehn Jahre bekommen«, sie schaut hinüber zu Emilia, die sie mit unbewegter Miene ansieht. Dann richtet Alma ihren Blick wieder auf Livia. »Aufgrund der Vorgeschichte und dessen, was Ihnen, Frau Svensson, widerfahren ist, habe ich das Urteil milde ausfallen lassen.« Sie macht eine Pause, wendet die Augen nicht von der Angeklagten. »Doch Mord ist Mord.« Während sie die Worte ausspricht, schlägt sie den Richterhammer laut auf das Pult. »Die Sitzung ist geschlossen.« Ohne sich noch einmal umzudrehen, entschwindet Alma aus dem Gerichtssaal.

Emilia braucht einen Augenblick, bis das verkündete Urteil bei ihr angekommen ist. Sie hat den Fall gewonnen. Doch ein Gefühl der Euphorie will sich einfach nicht einstellen. Stattdessen macht sich Enttäuschung in ihr breit. Vielleicht hätte sie noch besser argumentieren müssen, die Fakten noch klarer und vielleicht noch aggressiver vorlegen sollen. Schließlich geht es um vorsätzliche Tötung, und sie hat es im Kreuzverhör geschafft, Livia Svensson ein Geständnis zu entlocken. Aber gut. Sie hat ein Urteil erwirkt, es hätte auch anders ausgehen können, wenn Livias Verteidiger mehr Biss gehabt hätte.

Gedankenverloren stapelt Emilia ihre Akten aufeinander. Allmählich legt sich ihre Anspannung, und jetzt spürt sie die Freude darüber, dass sie ihren ersten Mordfall gewonnen hat. Flüchtig geht ihr Blick zu dem Publikum, zur dritten Reihe, dahin, wo ihr Vater sitzt. Als sich ihre Blicke treffen, nickt er ihr wohlwollend zu.

Sie spürt eine Berührung an ihrem Arm, einen starken Druck wie aus dem Nichts. Emilia hat es nicht kommen sehen.

Fest wie eine Schraubzwinge umklammert Livia ihren Arm, ihre Lippen zittern. »Ich wünsche dir die Pest an den Hals. Du schicke Anwältin, meinst du, dass du was Besseres bist als ich? Denkst du, dass ich ein Monster bin?« Ihre Stimme ist wutentbrannt, und der Griff an Emilias Arm wird noch fester. Livias Atem schlägt ihr heiß ins Gesicht.

Emilia zwingt sich, ruhig zu bleiben, schaut Livia in die Augen und sie sieht darin nicht nur Hass und Wut, da sind auch Angst und Verzweiflung. Es verunsichert sie. Bevor Emilia etwas erwidern kann, ist Casper Hansson da und zerrt Livia aus dem Gerichtssaal. An der Tür wendet sie sich noch einmal um. »Ich hoffe, dass du an deinem Ruhm ersticken wirst – und die Richterin ebenfalls! Ihr verfluchten herzlosen Geschöpfe!«

* * *

Mit durchgedrücktem Rücken verlässt Emilia den Sitzungssaal. Auf keinen Fall will sie sich anmerken lassen, dass dieser Vorfall sie getroffen hat. Sie fühlt sich schmutzig.

Sie eilt zu den Toiletten. Ihr Mageninhalt will sofort heraus. Sie schafft es gerade noch, den Deckel der Toilette anzuheben. Von der Magensäure brennt ihr die Kehle, was ihr Tränen in die Augen treibt. Erschöpft richtet sie sich auf und geht zum Waschbecken hinüber.

Mit zittrigen Fingern dreht sie den Wasserhahn auf, beugt sich unter den kühlen Strahl und spült sorgfältig den Mund aus. Sie sieht sich ihr Spiegelbild an, und es erschreckt sie. Ihre sonst so strahlend blauen Augen sind gerötet, ihr Mund wirkt verkniffen.

»Oh Gott«, haucht sie. Nie hätte sie gedacht, dass dieser Angriff sie so mitnehmen würde. In Windeseile frischt sie ihr Make-up auf, ordnet das Haar, greift sich die Aktentasche und eilt auf den Gang des Gerichtsgebäudes.

»Em! Warte!«

Emilia dreht sich um, als sie die Stimme ihres Vaters hört.

Mit ausgebreiteten Armen kommt er auf sie zu. Sein Lächeln ist voller Stolz und seine Umarmung mehr als willkommen.

»Charlie! Ich hätte dich fast vergessen.«

»Das glaube ich dir nicht.«

Charlies dunkles Lachen vertreibt im Nu all den Schrecken. Sie genießt seine Nähe und den Blick, der voller Zustimmung ist.

»Gratuliere, Tochter. Du hast eine fantastische Verhandlung geführt.«

»Wenn du es sagst … Ich bin mir nicht sicher.«

»Ach was. Das war brillant.«

»Aber ich habe nicht das erreicht, was ich wollte.«

»Emilia, was einen guten Staatsanwalt ausmacht, ist, dass er nicht vor heiklen Fällen zurückschreckt, und du hast bewiesen, dass du Mut hast. Dieser Fall war diffizil und stand auf wackeligen Füßen. Deshalb bin ich stolz auf dich, und eines Tages wirst du selbst Richterin sein. Die Familientradition aufrechterhalten.« Charlie sieht sie mit ruhigen Augen an. »Wie der Vater, so die Tochter.« Lächelnd zwinkert er ihr zu.

»Charlie, du bist unmöglich. Es ist noch ein langer Weg und dir werde ich niemals das Wasser reichen können.«

»Da bin ich mir nicht so sicher.« Wieder ist da das Zwinkern. Er räuspert sich. »Hat dich der Zwischenfall … mit der Angeklagten … durcheinandergebracht?«

»Nein«, antwortet sie, ohne zu zögern.

Aufmerksam sieht er sie an. »Sicher?«

»Natürlich.«

»Gut, dann lass uns feiern gehen.« Er hakt sich bei ihr unter. »Es hat sich gelohnt, den Prozess zu verfolgen. Jetzt aber freue ich mich auf einen entspannten Abend. Und dann auf meine *Hütte*.«

»Wann willst du wieder fahren?«

»Morgen. Ich kann es kaum erwarten, der Stadt den Rücken zu kehren.«

Emilia will etwas sagen, doch dann lässt sie es. Sie hat nie verstanden, warum ihr Vater sein Amt als Richter niedergelegt hat und in den Norden gezogen ist, in die Einsamkeit der Wälder, der Seen und Flüsse. In die Hütte, die einst sein Vater gebaut hat und in der sie die Wochenenden und Ferien verbrachten. Über die Jahre hat Charlie die Hütte zu einem großzügigen Haus umgebaut. Aber immer noch nennt er es *seine Hütte*.

Sie betrachtet sein markantes Profil, die blauen Augen, die Lebensfreude ausstrahlen, sein kurzes graues Haar und den getrimmten Bart. Charlie wirkt immer noch anziehend und sexy. Unwillkürlich muss sie über ihre Gedanken schmunzeln. Seit dem Tod ihrer Mutter vor knapp zehn Jahren hat er nie wieder eine andere Frau angesehen. Rasch schiebt Emilia die Erinnerung an ihre Mutter beiseite. Es schmerzt zu sehr.

Schnelle Schritte hallen über den Flur. Beunruhigt dreht sich Emilia um, ihr Körper ist angespannt, ihr erster Gedanke ist, dass Livia um die Ecke kommt, um sie wieder zu beschimpfen oder – schlimmer noch – ihr ein Messer in den Rücken zu jagen.

Was für überzogene Gedanken. Livia ist längst auf dem Weg in die Justizvollzugsanstalt, ermahnt sie sich selbst.

Erleichtert atmet sie auf, als sie Alma erkennt.

Sie trägt ihr Haar jetzt offen, das sich in weichen Locken über ihre Schultern legt. Auch ihr Make-up hat sie aufgefrischt, und überhaupt sieht sie sehr feminin aus. Nichts deutet mehr darauf hin, dass sie eine knallharte Richterin ist. Emilia mag das. Diese Verwandlung. Das hat sie schon als Kind an Alma geliebt.

»Hej! Ich hoffe, ich habe euch nicht allzu lange warten lassen. Ich musste noch ein paar Telefonate erledigen und mit der Presse reden.« Alma küsst Emilia rechts und links auf die Wangen. »Glückwunsch. Du hast das sehr gut gemacht.« Sie streicht Emilia zärtlich über den Arm und schenkt ihr ein anerkennendes Lächeln. Dann wendet sie sich Charlie zu, umarmt ihn und küsst ihn ebenfalls auf die Wange. »Was ist, wollen wir? Es ist kalt und ich habe Hunger.« Sie sieht sich um. »Wo ist dein Mann?«

»Nicolas hat einen Termin und kommt etwas später dazu.«

»Nun denn –« Alma hakt sich bei Emilia und Charlie unter.

Der Regen hat nachgelassen. Die Lichter der Stadt spiegeln sich in den Pfützen. Die Luft ist kühl und vertreibt jeden bedrückenden Gedanken. Beschwingt gehen sie die Straße entlang, um zu Charlies Wagen zu kommen.

2. Kapitel

Mit einem befriedigten Seufzer lässt sich Nicolas auf das Kopfkissen sinken. Sein Herz rast, er fühlt sich leer, ausgepumpt und entspannt wie schon lange nicht mehr.

Was haben diese Huren nur an sich, dass sie so ein Gefühl bei ihm auslösen?

Sein Blick ist auf die Frau gerichtet, die immer noch rittlings auf ihm sitzt. Ihr dunkles langes Haar schmiegt sich über ihre weichen, vollen Brüste. Ihr sinnlicher Mund ist feucht und in ihren Augen liegt etwas Geheimnisvolles. Er sollte mit dem Mist aufhören, er hat eine Frau, die jetzt auf ihn wartet, um mit ihm zu feiern.

Scheiße.

Unsanft schiebt er die Dunkelhaarige von sich. »Tut mir leid, Schätzchen.« *Wie konnte ich nur so die Zeit vergessen? Was hat mich geritten?*

Bei dem Gedanken muss er gegen seinen Willen laut lachen. Er kann sich gar nicht wieder beruhigen.

Die Dunkelhaarige stimmt in das Lachen ein und wirft dabei den Kopf in den Nacken. Fasziniert betrachtet Nicolas, wie ihr dunkles Haar über ihre weißen Schultern schwingt, ihre Brüste sich auf und ab bewegen. Er fährt sich mit beiden

Händen durch sein kurzes schwarzes Haar, das von feinen grauen Strähnen durchzogen ist, erhebt sich von dem zerwühlten Bett und schlüpft in seine Kleidung.

»Du bist ein komischer Mann.«

»Aha, na ja, wenn du es sagst.« Gelassen knöpft er sein Hemd zu und blickt auf sie herunter. »Und du bist eine komische Hure.« Er legt ein Bündel Geldscheine auf den schmierigen Beistelltisch neben dem Aschenbecher, in dem noch ein Joint glimmt. Kurz ist er versucht, daran zu ziehen, doch das wäre fatal.

»Ich melde mich wieder.« Sein Finger hebt ihr Kinn an, er sieht in ihre Augen, die verteufelt sexy und schmachtend zu ihm aufblicken. »Macht Spaß mit dir.« Ohne darüber nachzudenken, küsst er sie leidenschaftlich, und im selben Moment verdammt er sich dafür. Sie ist nichts weiter als eine Hure.

Der kühle Wind, der ihm auf der Straße entgegenweht, lässt ihn erschaudern. Nicolas blickt zu dem erleuchteten Fenster im zweiten Stock des Altbaus. Die Dunkelhaarige sieht auf ihn herab und zieht genüsslich an dem Joint. Für einen Augenblick ist er versucht, wieder zu ihr zu gehen in das warme Bett, um seinen Kopf zwischen ihre weichen Brüste zu legen. Ein irrwitziger Gedanke. Nicolas zieht den Kragen seiner Jacke hoch und sieht auf seine Armbanduhr, noch ist er gut in der Zeit.

Die Fahrt durch das verregnete Stockholm stimmt ihn friedlich. Es ist so anders als Hamburg. Gelassener? Oder bildet er sich das nur ein, weil sein Leben hier so voller Überraschungen ist? Neu, unverbraucht und mit Blick auf eine vielversprechende Zukunft. Genau diese muss er im Auge behalten.

Schwungvoll parkt er den Wagen in der Nähe des Restaurants Ekstedt in der Humlegårdsgatan. Er dreht den Rückspiegel zu sich und überprüft sein Gesicht auf Spuren von Lippenstift oder Ähnlichem, haucht in seine Hand und schnuppert. Alles gut. Zur Sicherheit kaut er schnell noch einen Kaugummi, um es dann achtlos aus dem Fenster zu spucken. Noch ein prüfender Blick mit einem geübten Lächeln in den Spiegel, dann ist er bereit.

Die Wärme und das Stimmengewirr, die ihn empfangen, als er das Restaurant betritt, berauschen ihn. Der Geruch nach Feuer weht ihm in die Nase, er sieht sich um und bemerkt die offene Feuerstelle, an der gekocht, gebraten und gegrillt wird. Das gefällt ihm, es hat etwas Uriges, Altertümliches, und dennoch sehen die Speisen wie Kunstwerke aus. Sofort wird ihm klar: Hier isst nicht der gewöhnliche Mensch aus dem Volk, hier speist das Geld.

Nicolas braucht nicht lange, um sie zu entdecken. Sie haben die Köpfe zusammengesteckt und diskutieren. Emilia wirkt so ernst und konzentriert und dann lacht sie plötzlich. Sie ist wunderschön und wirkt verletzlich wie eine Fee, die Angst hat, dass man ihr die Flügel stutzt.

Ihre Blicke treffen sich. Nicolas winkt ihr zu und zaubert ein souveränes Lächeln auf die Lippen.

»Hej. Entschuldigt bitte, dass ich mich verspätet hab.« Er beugt sich zu Alma hinunter und küsst ihre Wange. »Richterin«, er lächelt sie breit an. »Du siehst fantastisch aus.«

»Du bist so ein Lügner.« Doch ihr Lächeln verrät ihm, dass sie das Kompliment genießt. Er kennt die Frauen, weiß, was sie wollen. Nicolas wendet sich Emilia zu, sieht sie mit schuldbewussten Augen an. »Schatz, tut mir leid, ich … der Verkehr war grausam.« Er muss sich zusammenreißen, um nicht laut zu lachen über diesen Wortwitz, den nur er versteht. Überschwänglich umarmt er sie und küsst ihren Mund. Sie schmeckt gut. Süß und ein wenig nach Wein. Ein Reiz, den er mag. Ihre Augen strahlen ihn an, und für einen Augenblick fühlt er sich zu ihr hingezogen. »Verzeihst du mir?«

»Natürlich.« Sie senkt die Augen. Er mag das, wenn sie so unschuldig ist. Es macht ihn an. Er streicht mit den Fingern über ihren Nacken, spürt, wie sich unter seiner Berührung die kleinen Härchen aufrichten. Zärtlich küsst er ihren Hals. »Ich liebe dich«, haucht er sanft in ihr Ohr. Löst sich lächelnd aus der Umarmung. Er genießt ihre Scham, weiß, dass sie damit nicht gut umgehen kann, wenn er sie so ansieht. Seufzend wendet er sich zu Charlie.

»Charlie. Wie geht es dir?« Nicolas reicht ihm die Hand.

Dieser hält sie fest umschlossen und sieht Nicolas in die Augen. »Ich hoffe, es hat sich gelohnt, mein Junge.«

Irritiert blickt Nicolas zu Emilia und dann wieder zu Charlie.

»Deine Interessenten für das Haus an den Schären, das du ihnen gezeigt hast. Weshalb du zu spät kommst.«

»Oh, natürlich …« Verlegen räuspert er sich. »Ich weiß nicht so recht, sie waren eher unentschlossen, ich denke aber, dass sie absagen werden.«

Charlie lässt Nicolas' Hand frei. »Nun, irgendwann klappt es schon. Nur Geduld, das Maklergeschäft ist nicht so einfach, wie man es sich vorstellt. Und jetzt setz dich zu uns. Wir haben etwas zu feiern.«

Erleichtert nimmt Nicolas neben Emilia Platz, lockert die Krawatte und öffnet den obersten Knopf seines Hemdes. »Du hast den Fall gewonnen?«

»Ja.«

Ihr Lächeln ist so frisch und voller Euphorie, dass es ihn mit Neid erfüllt. Warum immer nur die anderen? Er zieht sie zu sich heran und blickt ihr in die Augen.

»Das ist großartig. Ich bin stolz auf dich.« Zärtlich küsst er sie. Genießt diesen Augenblick, denn er spürt die Blicke von Charlie und Alma. *Gut so.*

»Oh, ihr beiden Turteltauben, lasst uns das Essen bestellen, ich sterbe vor Hunger.« Alma hebt die Hand, um nach dem

Kellner zu winken. »Nicolas, erzähl mir doch bitte noch einmal, wie ihr euch kennengelernt habt, es ist so eine schöne und romantische Geschichte.« Sie blickt ihn aufmunternd an und gießt sich Wein nach.

Nicolas sieht zu Emilia, die grinst und mit den Augen rollt, sie legt ihre Hand auf seine und küsst ihn auf die Wange. In diesem Moment fühlt er sich eins mit ihr. Er holt tief Luft, um die Geschichte zu erzählen, doch Emilia kommt ihm zuvor. »Bitte, Alma, nicht schon wieder. Du kennst sie in- und auswendig.«

»Aber sie ist so herzerwärmend.«

Seufzend gibt Emilia nach. »Okay, ich mach es kurz. Hamburg vor etwa einem Jahr, ich war dort, um die Stadt zu erkunden, aus der meine Mutter stammt. Wie du weißt, war es nicht das erste Mal, aber diesmal ohne meinen Vater.« Verschmitzt lächelt sie Charlie an und nimmt einen Schluck Wein. »Ich hatte mir eine Ausstellung im Völkerkundemuseum angesehen. Unter dem Titel ›Schweden meets Hamburg‹. Tja, und dabei habe ich diesen wundervollen Mann kennengelernt. Ich hatte ihn bemerkt, weil er mich die ganze Zeit anstarrte und es mir unangenehm war. Wie auch immer, irgendwann sprach er mich an. Ich mochte sofort den Klang seiner Stimme, als er versuchte, Schwedisch mit mir zu sprechen.« Sie neigt den Kopf und lächelt ihn an.

Ihre Augen sind so lebendig, dass er sich unwohl fühlt. Er will etwas sagen, doch sie fährt mit ihrer Schilderung fort.

»Und dann trafen wir uns wieder in einer Bar. Ein paar Freunde von ihm waren auch dort, er hat unentwegt Witze erzählt. Ich hatte nicht einen einzigen davon verstanden.« Sie lacht. »Hier eine kleine Kostprobe: ›Was ist der gefährlichste Tag für ein U-Boot? – Tag der offenen Tür.‹ Ich hatte den Witz nicht begriffen, aber Nicolas hat mir alles erklärt, und ich bin einfach nur dahingeschmolzen, wie viel Ausdauer er hatte, bis auch ich es endlich verstanden hab.«

Belustigt hebt sie ihr Glas und blickt ihn an. Ihr Lächeln berührt ihn. Zärtlich umschließt er ihre Hand, die auf seinem Bein liegt, streicht liebevoll mit seinem Finger über ihren Handrücken. Sie möchte sie wegziehen, doch er hält sie fest.

Verlegen wendet sie sich wieder Alma zu. »Den Rest kennst du, schließlich lag ich dir mit meinem Sehnsuchtsschmerz monatelang in den Ohren.«

»Oh ja, und wie! Es war so … Ich weiß gar nicht, wie ich es beschreiben soll, herzerwärmend und romantisch. Das Berührende für mich war, dass Nicolas in der ganzen Zeit wie der Teufel Schwedisch gelernt hat, damit er dich besser versteht.« Alma neigt den Kopf und lacht. »Nicolas, du bist wirklich zu beneiden. So eine tolle Frau, klug, charmant und auf dem Weg, die Karriereleiter hinaufzusteigen. Sie wird mir den Posten als Richterin noch streitig machen.«

»Alma, du wirst es nicht glauben, aber ich frage mich jeden Tag, warum sie mich geheiratet hat.« Sein Lächeln ist versonnen, während er Emilia liebevoll ansieht. Er bemerkt, wie ihr die Röte ins Gesicht steigt. Das passiert immer, wenn sie gerührt ist. Er kennt sie mittlerweile recht gut.

Ihr Lachen klingt schüchtern, ihre Stimme ist leise. »Ganz einfach, weil du ein wunderbarer Mensch bist.«

»Oh Charlie, sieh nur, ist das nicht bezaubernd. Du kannst dich glücklich schätzen – mit deiner Tochter und diesem fabelhaften Schwiegersohn.« Hingerissen legt Alma die Hand auf Charlies. Seufzend atmet sie durch und blickt Charlie vertraut an, auch er hat ganz glasige Augen bekommen. Fest drückt sie seine Hand. »So, nun aber Schluss damit. Lasst uns feiern.« Sie hebt ihr Glas. »Auf uns, auf das Leben und auf das, was noch kommen wird.«

»Ja, darauf trinken wir.« Charlie sieht Nicolas fest an. »Ich hoffe, du bereust es nicht, in diese Familie eingeheiratet zu haben – obwohl es ja jetzt auch zu spät ist. Es gibt kein Entkommen mehr, nur der Tod kann uns trennen.«

Sekundenlang ist es still. Und dann lacht Charlie. »Das war ein Scherz, das mit dem Tod.«

Nicolas hat sich schnell wieder gefangen. »Ich weiß, Charlie, und ich bin so dankbar, hier zu sein und diese wundervolle Frau neben mir zu haben, die mein Herz im Sturm erobert hat.« Er legt den Arm um Emilias Taille. »Du bist die Liebe meines Lebens.«

Emilia sieht ihn an, und er kann Tränen in ihren Augen schimmern sehen. Gut so, zeigt es ihm doch, dass er alles im Griff hat.

Während des Essens ist es ruhiger an dem Tisch. Für Nicolas eine Befreiung, er hasst solche Liebesbekundungen und diese Solidarität, die sie haben. Es macht ihn nervös. Er ist es nicht gewohnt, dieses *Piep, piep, piep, wir haben uns alle lieb*. Er stürzt den Wein hinunter und folgt gelangweilt der Unterhaltung. An den passenden Stellen lacht er, ist charmant und aufmerksam, wenn es die Situation erfordert. Sie rekapitulieren den Fall und er versteht kein Wort. Im Grunde langweilt es ihn. Doch eines lässt ihn aufhorchen: als Emilia den Tatvorgang schildert. Nie haben sie darüber gesprochen, sie meinte, sie stehe unter Schweigepflicht. Klar, er ist ja auch nur ihr Ehemann. Doch jetzt ist sie anscheinend offen für die Details, und der Wein hat ihre Zunge gelöst.

Er ist von ihrer Leidenschaft berauscht, wie sie die Punkte ihrer Recherche erklärt. »Warte, das habe ich nicht verstanden, wie hat Livia es überhaupt geschafft, ihren Mann umzubringen?«, fragt er atemlos.

Emilias Wangen sind gerötet, ihre Augen funkeln. »Sie hatte alles geplant. Als er nach Hause kam, hat er sich zu ihr ins Bett gelegt, sie konnte den Alkohol in seinem Atem riechen und wusste, dass er sie wieder vergewaltigen würde. Ohne zu zögern, hat sie ein Messer in seinen Bauch gerammt. Er war nicht sofort tot. Sie wusste genau, wo sie das Messer ansetzen musste, um schwere Blutungen zu erzeugen. Schließlich ist sie Krankenschwester. Und dann hat sie ihre Fingerabdrücke vom Messer gewischt, das Telefon und sein Handy aus dem Zimmer entfernt, die Schlafzimmertür hinter sich abgeschlossen und ist wieder zurück zu ihrer Nachbarin gerannt, wo gerade eine Geburtstagsparty stattfand. Sie hatte die Party nur kurz verlassen, um angeblich nach ihrer kranken Katze zu sehen. Ein perfektes Alibi. Das dachte sie zumindest.« Emilia hält inne, als Nicolas sich weiter zu ihr lehnt und sie aufgeregt anstarrt. »Was ist? Die Frau hatte alles eiskalt geplant. Sie hätte einen anderen Weg wählen, sich professionelle Hilfe holen können.«

»Ich …äh … also … und wie konntest du beweisen, dass sie ihn umgebracht hat?« Er weiß, dass er viel zu aufgeregt ist, um einen vernünftigen Satz zu formulieren. Doch dieser Part erregt ihn.

Emilia umfasst den Stiel des Weinglases. »Als sie von der Party nach Hause ging, war er tot. Verblutet wie ein abgestochenes Schwein. Sie fingierte einen Einbruch und rief die Polizei.« Emilia hält inne, atmet tief durch und richtet sich auf. »Ich habe mir jeden Zeugen einzeln vorgenommen und Livias Background recherchiert. Dummerweise hatte sie mal bei einer Freundin verkündet, dass sie ihren Mann umbringen würde, wenn er sie weiterhin vergewaltigen und verprügeln würde.« Sie räuspert sich und senkt den Blick. »Es war nicht einfach, das Gericht zu überzeugen, aber ich habe es geschafft. Die Aussagen der Partygäste haben sich widersprochen. Und wie die Richterin bei der Urteilsverkündung sagte: Mord ist Mord.« Hastig leert sie ihr Glas und sieht Alma an.

»Richtig, es war nicht einfach für Emilia, mich und die Schöffen zu überzeugen, doch am Ende hat Livia einen kleinen, doch entscheidenden Fehler gemacht und sich damit selbst im Zeugenstand verraten. Und nur, weil diese aufstrebende Staatsanwältin sie ins Kreuzverhör nahm.« Sie lächelt Emilia anerkennend zu und wendet sich an Nicolas. »Du hättest dabei sein sollen, es war wie ein Krimi.« Alma hebt ihr Glas. »Auf dich, Emilia. Du wirst deinen Weg gehen – und eines Tages wirst sicher auch du Richterin sein.«

Nicolas ist beeindruckt. Nie hätte er Emilia ein solches Kalkül zugetraut. Über den Rand seines Glases hinweg betrachtet er sie aufmerksam, sie wirkt so unscheinbar, so weich. Seufzend lehnt er sich zurück und lauscht dem entspannten Gemurmel der Gäste, das durch das Restaurant schwirrt.

Auf einmal verändern sich die Hintergrundgeräusche. Unruhe entsteht.

»Oh nein! Die Presse.« Alma richtet sich auf und bemüht sich, ihren angetrunkenen Zustand zu verbergen.

Alles geht ganz schnell. Das Blitzlicht der Kameras, die Fragen, die wie Pfeile abgeschossen werden.

* * *

Emilia legt den Kopf an das kühle Seitenfenster des Wagens. Die Stadt liegt hinter ihnen, eingehüllt von dichtem Nebel. Ihr Schädel brummt, sie ist es nicht gewohnt, Alkohol zu trinken. Und sie mag gar nicht daran denken, wie es ihr morgen gehen wird. Immer wieder reibt sie sich die Schläfen und schließt dabei die Augen. Der Tag war anstrengend, aufregend und sein Ende ein Desaster. Sie hat sich dazu hinreißen lassen, ungalant und hitzig über Livia zu reden, als sie die Morddetails Nicolas erzählte. Das hätte sie nicht tun dürfen, und sie hat ihrem Vater angesehen, dass er das nicht gutgeheißen hat. Dann auch noch die Presse. Es war so neu für sie und die Fragen haben sie aus dem Gleichgewicht gebracht. Warum sie den Fall angenommen hat. Warum sie die Höchststrafe gefordert hat. Sie wollte antworten, doch sie wusste nicht, was sie sagen sollte.

Charlie hat sie wortlos an den Arm genommen und fluchtartig haben sie das Restaurant verlassen.

Sie atmet schwer, ihr ist übel.

»Verfluchter Mist«, murmelt sie und wendet sich Nicolas zu, der seinen Blick fest auf die Straße gerichtet hat.

Er war so anders an diesem Abend. Liebevoll und interessiert an ihrem Erfolg. Und sie hatte nicht ein Wort des Bedauerns über seinen Misserfolg übrig. Wieder verflucht sie sich. Er ist doch der Mann, den sie liebt und dem sie vertraut. Morgen, morgen wird sie ihn danach fragen, wie sein Treffen mit den Interessenten gelaufen ist und ob nicht doch noch ein Fünkchen Hoffnung da ist. Sie schließt die Augen und lehnt erneut den Kopf an die Scheibe.

»Schatz, aufwachen, wir sind zu Hause.«

Sie spürt seinen Arm, der sie stützt, während sie aus dem Wagen taumelt. »Tut mir leid, Nicolas, ich hab wohl zu viel getrunken.«

»Kein Problem, so was passiert, wenn man einen Sieg errungen hat.«

»Du bist süß. Weißt du, dass ich dich liebe?« Sie lallt, und ihre Beine gehorchen ihr nicht.

Lachend hebt er sie hoch und trägt sie ins Haus. Eng schmiegt sie sich an ihn und küsst seinen Hals.

Behutsam setzt Nicolas sie auf das Sofa, knipst die Lampe daneben an. Der warme Strahl lässt den Raum kuschelig erscheinen. Emilia mag dieses Zimmer, es ist so bodenständig, ohne den modernen Schnickschnack, den die Städter gerne haben. Sie bevorzugt es ländlich und praktisch. Vor knapp zwei Jahren ist sie wieder an den Ort zurückgekehrt, in dem sie aufgewachsen ist, Vaxholm. Der Ort ist eine knappe Stunde von Stockholm entfernt, das tägliche Fahren macht ihr nichts aus. Sie liebt ihr wunderbares Holzhaus, das auf einem Hügel steht und einen traumhaften Blick auf das Meer und die Schären bietet. Ihre Augen gleiten zu dem offenen Kamin hin, zu dem hohen Bücherregal, das ihr Vater für sie angefertigt hat. In solchen Dingen hat er Talent.

»Soll ich dir ein Glas Wasser bringen?« Nicolas' Frage reißt sie aus ihren Gedanken.

»Ja, bitte bring mir eine ganze Flasche. Ich fürchte, ich werde die Nacht nicht überleben.«

Nicolas lacht schallend, beugt sich zu ihr herunter und küsst ihre Stirn. »Davon wirst du nicht sterben, das versprech ich dir.«

Immer noch lachend geht er in die Küche.

Emilia legt den Kopf auf das weiche Polster. Sie sollte lieber ins Bett gehen, dann hört sie ein Maunzen, und im nächsten Moment springt der Kater auf das Sofa. »Tyson, mein Süßer.«

Liebevoll streicht sie über seinen Kopf, vergräbt ihr Gesicht in seinem weichen Fell und schmust ausgiebig mit ihm. Tyson schnurrt wohlig und genießt die Aufmerksamkeit sichtlich – bis zu dem Moment, als sich Nicolas auf das Sofa setzt und dem Kater fahrig durch das Fell streicht. »Na, du kleiner Mäusefänger.« Fluchtartig springt der Kater von Emilias Schoß.

»Er mag mich nicht.«

»Ach was, du bist einfach nur zu grob. Er ist ein kleines Sensibelchen. Gib ihm Zeit.« Sie haucht ihm einen Kuss auf die Wange und nimmt ihm die Wasserflasche aus der Hand. »Danke dir, ich geh jetzt lieber ins Bett. Was ist mit dir?«

»Ich komme auch gleich.« Er sieht ihr nach, wie sie wankend aus dem Zimmer geht. Lehnt sich an das Polster und legt die Füße auf den Tisch. Müde reibt er mit den Händen über das Gesicht. »Scheißpresse. Scheißfotografen«, presst er zwischen den Zähnen hervor.

3. Kapitel

Vorsichtig öffnet Emilia die Augen. Ihr Schädel brummt, als würde er in einem Bienenstock stecken. Der Geschmack in ihrem Mund ist unangenehm, trocken und sauer. Es ist Samstag, sie kann ausschlafen, doch ihr Körper verlangt nach Bewegung. Außerdem will sie wissen, was die Presse über den Fall geschrieben hat. Nicolas liegt eng an sie geschmiegt neben ihr, eine Hand fest auf ihre kleine Brust gelegt. Glück durchflutet sie. Nie hätte sie gedacht, jemals so einen attraktiven Mann an ihrer Seite zu haben. Nicht zum ersten Mal fragt sie sich, womit sie ihn verdient hat. Er könnte hundert andere Frauen haben, die viel hübscher und eloquenter sind als sie. Die auf Partys gehen, das Leben in vollen Zügen auskosten, verrückt sind und seinen derben Humor teilen. Und dennoch hat er sie geheiratet. Er war nervös, als er sie fragte, ob sie seine Frau werden möchte. Für sie war es ein überwältigendes Gefühl, als er vor ihr kniete und sie mit diesen Augen ansah, die Unsicherheit spiegelten. Da wusste sie, er ist nicht der grobe Mensch, als der er sich gibt. Er ist weich und verletzlich.

Behutsam hebt sie seine Hand an, befreit ihre Brust aus der Umarmung und rollt sich aus dem Bett. Vom Stuhl neben dem Fenster greift sie sich erst einen Pullover, dann die Jogginghose und schlüpft in die flauschigen Pantoffeln. Leise zieht sie die Tür hinter sich zu.

Auf der Treppe nach unten kommt ihr Tyson entgegen.

»Hej, hast du Hunger? Na, dann komm mit in die Küche.« Während sie dem Kater sein Lieblingsfutter in den Napf füllt, streift er unaufhörlich um ihre Beine und reibt den Kopf daran. »Ja, ich liebe dich auch.«

Sie neigt den Kopf und sieht ihm beim Fressen zu. Ihr wird warm ums Herz. Unvermittelt muss sie an ihre Mutter denken. Tyson war ihr Kater und sie liebte ihn abgöttisch. Er ist das Einzige, was ihr von ihrer Mutter geblieben ist. Dieser Kater, der sie immer an sie erinnert und an das, was passiert ist. Abrupt wendet sie sich ab, greift sich ein Glas und hält es unter den Wasserhahn. Hastig trinkt sie, und es gelingt ihr, die Melancholie fortzuspülen.

Emilia zieht sich ihre Laufschuhe an. Sie muss sich bewegen und ihre Gedanken ordnen, die sie an diesem Morgen überfluten. Livia. Der Prozess.

Als sie aus dem Haus tritt, empfängt sie kühle, feuchte Luft, die schon einen Hauch Herbst in sich trägt. Emilia atmet tief ein und spürt sofort, wie gut sie ihr tut.

Schon bald fällt sie in einen lockeren Laufrhythmus. Ihr Weg führt sie ans Meer hinunter. Die Felsen sind von dem Regen der vergangenen Tage glitschig, und noch bevor sie es realisiert, rutscht Emilia aus und landet auf ihrem Hintern. Erschrocken ringt sie nach Luft. Dann, aus heiterem Himmel, lacht sie, bis ihr die Tränen über die Wangen laufen. »Oje, was für ein Start in den neuen Tag.« Sie rappelt sich auf, wischt sich den Matsch von der Jogginghose und lässt ihren Blick über das Meer und den kleinen Bootsanleger schweifen.

Gemächlich plätschert das Wasser gegen den Rumpf des Segelboots. Eine *Vindø 40*, Baujahr 1978. Ein Klassiker, und sie liebt es. Es gehörte ihrem Vater, und als er sich entschieden hatte, ins Landesinnere zu gehen, hat er es ihr feierlich übergeben. Auf diesem Boot hat sie Segeln gelernt, und die Erinnerungen an die gemeinsamen Unternehmungen mit ihren Eltern engen ihr Herz ein. Es war eine wunderbare Zeit, doch sie endete jäh mit dem Tod ihrer Mutter. Schnell schüttelt sie die Gedanken ab. Herrgott, sie muss sich endlich zusammenreißen.

Geschickt springt sie an Bord. Sie checkt die Vertäuung, begutachtet das Innere der kleinen Kabine. Auch hier ist alles an seinem Platz. Diese Routine beruhigt sie und gibt ihr Kraft. Sie kann es kaum erwarten, wieder hinaus aufs Meer zu segeln. Wegen des Prozesses hatte sie wenig Zeit in den letzten Monaten. Sie sehnt sich danach, den Wind und die Sonne zu spüren. Ihr Blick geht hinaus aufs Meer, das an diesem Morgen so ruhig ist. Für eine Weile genießt sie die Wärme der blassen Sonne, die sich durch das Grau des Himmels kämpft. Das flüsternde Dümpeln des Bootes hat etwas Stärkendes. Emilia schließt die Augen und atmet die Seeluft ein.

Livia wird die Sonne und die Seeluft für lange Zeit nicht genießen können.

Der Gedanke reißt sie aus ihrer Ruhe. Tief in ihr regt sich ein Gefühl der Schuld. Im Grunde hat sie Mitgefühl mit Livia, denn das, was ihr Mann ihr angetan hat …

»Nein. Mord ist Mord!«, schreit sie in die Stille des Morgens.

In mäßigem Tempo läuft sie in das Dorf, durch schmale Gassen, vorbei an verträumten Holzhäusern. Nur wenige Menschen sind unterwegs. Keine Touristen weit und breit, und das ist gut so. Manchmal ist es hier so voll, dass man kaum einen Fuß vor den anderen setzen kann.

Das helle Läuten der kleinen Glöckchen über der Tür der Bäckerei erklingt. Der Duft nach frisch gebackenem Brot weht ihr in die Nase. Ihr Blick geht suchend durch den Laden und dann entdeckt sie Clara am Zeitungsstand. »Hej Clara.«

Clara hebt den Blick, und ihr Lächeln wirkt nervös, als sie die Zeitung zurücklegt. Sie streicht sich über ihr kurzes blondes Haar. »Hej Emilia. Wie geht es dir?«

»Gut.«

Clara postiert sich hinter dem Tresen. »Was darf es sein? So wie immer?« Ihr Ton ist förmlich. Da ist kein Scherz wie sonst. Kein Lächeln.

Emilia nickt und sieht ihr zu, wie sie Brötchen und Zimtschnecken in die Tüten packt.

»Was ist los, Clara?«

»Nichts.«

»Clara, wir kennen uns seit der Schulzeit. Irgendetwas liegt dir quer im Magen.«

Clara atmet lange aus. »Ich hab gerade die Schlagzeilen gelesen. Du hast den Prozess gewonnen.« Sie verschränkt die Arme und geht einen Schritt zurück, lehnt sich an die Auslage der Brotkörbe. »Ich finde es falsch. Das Urteil ist viel zu hart! Ich bin … ich bin wirklich enttäuscht von dir. Wie konntest du nur die Höchststrafe fordern? Gott sei Dank hat die Richterin Erbarmen gehabt.«

»Was redest du da?! Livia Svensson hat ihren Mann eiskalt umgebracht und …«

»Na und? Der Schweinehund hat es verdient!«, fällt ihr Clara scharf ins Wort.

»Ich bitte dich. Was soll das? Wir können doch nicht die Augen verschließen, wenn uns die Wahrheit anspringt.« Emilia muss sich im Zaum halten. Ihre Hände wollen unbedingt Claras Schultern packen und sie so lange schütteln, bis sie zur Vernunft kommt. »Es gibt Gesetze und nach denen handle ich.«

»Du hättest den Fall nicht annehmen sollen. Sie ist eine Frau … wie du und ich. Ihr Mann hat sie vergewaltigt und verprügelt! Was hätte sie deiner Meinung nach denn tun sollen?« Clara eilt zum Zeitungsständer, zerrt eine Zeitung heraus und drückt sie Emilia in die Hand. »Hier steht, dass er sie manipuliert und ihr gedroht hat, sie umzubringen, wenn sie ihn anzeigt.« Clara reckt ihr Kinn. »Ich hätte mehr Solidarität von dir erwartet.«

Fassungslos sieht Emilia Clara an, die vor ihr steht und sie anklagend anstarrt.

»Wir reden ein andermal darüber.« Emilia klemmt sich die Zeitung unter den Arm, greift sich die Tüten mit den Backwaren und eilt zur Tür. »Ich zahle später.«

Nur mit Mühe kann sie die Tränen zurückhalten.

* * *

Schlaftrunken schlurft Nicolas in den Flur hinunter. Er hat miserabel geschlafen, und jetzt sehnt er sich nach einem anständigen Frühstück und will dann vielleicht einen Spaziergang am Meer machen. Er mag diese grandiose Landschaft. Anschließend noch einen Kaffee bei Clara oder einfach nur durch die Gassen bummeln. Nicolas liebt diesen Lifestyle, die Leichtigkeit der Schweden, die ihm mit Freundlichkeit und Respekt begegnen. Nachdenklich streicht er über sein unrasiertes Kinn. Ihm ist sehr wohl bewusst, dass er das Emilia zu verdanken hat. Sie ist es, der sie mit Respekt begegnen. Schnell schiebt er den belastenden Gedanken zur Seite.

»Emilia?«, ruft er, bevor er in die Küche tritt.

Sie ist nicht – wie er erwartet hatte – dort, um das Frühstück vorzubereiten. Wieder streicht er sich über sein Kinn. Er mag es nicht, wenn er nicht weiß, was los ist. Wie oft hat er ihr schon gesagt, dass sie ihm sagen soll, wenn sie das Haus verlässt? Angespannt ruft er in den Flur. Lauscht. Doch da ist nichts.

Mit schnellen Handgriffen befüllt er die Kaffeemaschine.

»Immer schön ruhig bleiben«, murmelt er und spürt den Blick in seinem Nacken. Er wirbelt herum und entdeckt Tyson, der unter dem Küchentisch hockt und ihn anstarrt. »Was glotzt du so?«

Genervt wendet er sich wieder der Kaffeemaschine zu. Wie paralysiert betrachtet er jeden Tropfen Kaffee, der in die Kanne fällt. Dann hört er das Zuschlagen einer Autotür und kurz darauf das Öffnen der Haustür.

Eiligst geht er in den Flur.

»Hej Nicolas.«

»Charlie!« Nicolas weicht zurück. Charlie ist der Letzte, den er erwartet hat. Er verzieht den Mund zu einem Lächeln. »Komm rein, der Kaffee ist gleich fertig. Magst du?«

Wortlos drängt sich Charlie an ihm vorbei in die Küche. »Wo ist Em?« Charlie sieht ihn mit seinen stahlblauen Augen durchdringend an.

»Ich habe keine Ahnung.«

»Was soll das heißen, du hast keine Ahnung? Hast du schon einen Blick in die Zeitung geworfen oder was im Internet gelesen?«

»Nein.« Unruhe steigt in ihm auf. »Was ist los? Was schreiben die Zeitungen … Charlie, du machst mich ganz nervös.«

»Die Presse veranstaltet eine Hexenjagd auf Emilia.« Unruhig schreitet er die Küche ab. Bleibt am Fenster über der Spüle stehen und schließt für einen Moment die Augen. Ernüchtert schüttelt er den Kopf. »Ich hätte sie warnen müssen, ich wusste, dass das passieren würde. Ich weiß nicht, wie sie damit umgehen wird.«

Nicolas runzelt die Stirn und betrachtet Charlie, der von einer Sekunde zur anderen nichts mehr von seiner Selbstsicherheit hat. Es ist das erste Mal, dass er ihn so sieht, nervös und voller Zweifel. Das gefällt ihm.

»Du hättest ihr den Fall ausreden sollen, wenn er so heikel ist. Verdammt, Charlie, wenn ihr etwas passiert ist, dann …«

Energisch geht er einen Schritt auf Charlie zu. »Was sollen wir jetzt tun?«

»Nun beruhig dich mal wieder. Setz dich verdammt noch mal hin. Ich kenne meine Tochter. Sie wollte diesen Fall, und das ist auch gut so. Der Sieg bringt sie in ihrer Karriere weiter. Doch jetzt hat sie ein Problem, und ich weiß nicht, ob sie dem gewachsen ist. Vaxholm ist ein Dorf, und Menschen können sehr gemein sein.«

Charlies Unsicherheit ist verflogen. Für Nicolas ist das eine Warnung, dass er bei Charlie vorsichtig sein und den Ball immer schön flach halten muss. Am besten in die Rolle des besorgten Ehemanns schlüpfen. Das mag Charlie.

»Hast du eine Idee, wo sie sein könnte?«

»Nein. Sie war schon weg, bevor ich aufgewacht bin. Wir sollten sie suchen gehen.«

»Gute Idee.« Charlie ist schon an der Küchentür.

»Warte, ich ruf Clara an, vielleicht ist sie dort.«

Noch bevor er die Nummer wählt, reißt Charlie die Tür auf. Für eine Sekunde ist es still.

Vor der Tür steht Emilia, weiß wie eine Wand. Ihre Lippen beben und ihre Augen sind gerötet. Nicolas eilt zur Tür, will sie in die Arme nehmen, doch sie sieht ihn nicht einmal an, sondern nur ihren Vater, und er ist es auch, in dessen Arme sie sich stürzt.

»Charlie! Oh, es ist so furchtbar. Ich will nicht weinen, ich will nur verstehen.«

»Schon gut, meine Tochter. Komm erst mal rein und wärm dich auf. Du hast ganz kalte Hände.«

Unbeholfen steht Nicolas daneben. Emilia so zu sehen, eng an ihren Vater geschmiegt, ein Bollwerk von Macht, Vertrauen und Liebe, lässt in ihm die Galle hochkochen.

Charlie hält Emilias Hände, während Nicolas ihr einen Becher Kaffee zuschiebt.

»Schatz, wo warst du? Ich hab mir Sorgen gemacht, nachdem Charlie mir sagte, dass die Presse dich zerreißt.«

Schwer atmet Emilia aus. »Es ist widerlich, was sie geschrieben haben, aber noch furchtbarer war, dass Clara mich so angegangen ist.«

Frustriert stützt Emilia ihren Kopf auf die Hände. Tränen tropfen auf den Tisch. Sie hebt den Kopf und wischt mit beiden Händen über ihre Augen. Ihr Blick ist traurig, es rührt ihn. Doch noch bevor er sie in die Arme nehmen kann, ist es wieder Charlie, der ihre Hand nimmt. »Em, du schaffst das. Vergiss die Presse, du hast einen guten Job gemacht. Kopf hoch, es wird nicht das letzte Mal sein. Und das mit Clara wird sich auch regeln. Mach jetzt nicht den Fehler und versteck dich. Zeig dich in der Öffentlichkeit. Zeig ihnen, was du draufhast und dass das Gesetz dir recht gibt.« Er tätschelt ihre Hand. »Du hast alles richtig gemacht, ich bin stolz auf dich.«

Nicolas schluckt, Charlies Worte haben ihn beeindruckt. Er sieht Emilias Blick, voller Vertrauen auf ihren Vater gerichtet, und irgendwie wirkt sie … gestärkt? Ja, ihre Zartheit ist verschwunden.

Emilia nimmt Tyson auf den Arm und vergräbt ihr Gesicht in seinem flauschigen Fell, während sie aus dem Küchenfenster sieht. Nicolas und Charlie stehen am Wagen ihres Vaters und reden. Auch ohne etwas zu hören, weiß sie, dass ihr Vater Nicolas einimpft, sich um sie zu kümmern. Erst jetzt wird ihr bewusst, wie Nicolas sich bemüht hat, sie zu umarmen und ihr das Gefühl zu geben, dass er sich Sorgen gemacht hat. Aber irgendwie wollte sie, dass ihr Vater sie tröstet. Nur er weiß, wie sich das anfühlt, und er kennt die richtigen Worte, um sie zu beruhigen. Das war schon immer so. Damals, als sie ein Kind war und wegen ihrer schüchternen, introvertierten Art gehänselt wurde, und später, als man sie wegen ihrer Zielstrebigkeit gemobbt hat, und dann … als ihre Mutter ums Leben gekommen ist, auch da war ihr Vater derjenige, der sie in ihrer Trauer auffing. Doch diesmal hat sie ihm nicht anvertraut, dass sie Livias Handeln auf eine sonderbare Weise versteht, die sie sich selbst nicht erklären kann. Und sie weiß, er hätte es nicht verstanden. Er ist ein Mann, der strikt nach dem Gesetzbuch geht und nie nach seinem Gefühl.

Und Nicolas? Bewusst hatte sie vor gestern Abend nicht mit ihm über den Fall gesprochen. Sie fürchtete unangenehme Fragen. Und jetzt bereut sie, dass sie so wenig Vertrauen zu ihm hat. Das muss sich ändern, schließlich ist er ihr Mann, ihr Partner.

Sie zuckt zusammen, als sie das Zuschlagen der Haustür hört. Wie wird er reagieren, nachdem ihr Vater ihm Anweisungen gegeben hat, sich um sie zu kümmern? Emilia drückt Tyson noch fester an sich, als er in die Küche kommt. Seine Gesichtszüge sind ernst. Lange sieht er sie an, bevor er auf sie zugeht. Emilia ist angespannt wie ein Bogen, der nur darauf wartet, dass der Pfeil abgeschossen wird.

»Schatz, geht es dir gut? Kann ich etwas für dich tun?«

»Nimm mich in die Arme.«

4. Kapitel

Zwei Wochen später

Sonnenstrahlen tanzen durch das Schlafzimmer und aufgeregtes Vogelgezwitscher dringt durch das halb geöffnete Fenster. Emilia atmet erleichtert auf. Endlich wieder Sonnenschein und Wärme. Zwei Wochen lang wechselten sich Regen und Sturm ab. Doch jetzt zeigt sich der Spätsommer von seiner schönsten Seite. Ganz beseelt von diesem Gedanken wählt sie einen leichten beigefarbenen Hosenanzug, dreht und wendet sich vor dem bodenlangen Spiegel und ist zufrieden mit ihrem Outfit.

Aus dem angrenzenden Bad hört sie lautes Pfeifen. Fröhliche und schiefe Töne, die in ihren Ohren schmerzen, aber das macht nichts. Es ist die Stimmung, die an diesem Morgen zählt. Sie ist besonders. Ein Aufbruch, etwas Neues. Ihr Vater hat recht behalten, der Wirbel um sie und den Fall Livia Svensson ebbte langsam ab, und jetzt ist es, als wäre nichts gewesen. Selbst Clara hat ihr gewohntes Lachen wieder und den ein oder anderen Witz parat. Sie haben nie wieder über den Fall gesprochen. Warum eigentlich nicht? Diese Frage stimmt sie nachdenklich. Ist wirklich alles so schnell vergessen? Sie schreckt auf, als sie die Umarmung spürt.

»Wow! Du siehst toll aus.« Nur mit einem Handtuch um die Hüften steht Nicolas hinter ihr, sein Haar ist noch feucht von der Dusche, sein nackter Oberkörper verströmt einen sinnlich herben Duft. Ein wohliger Schauer rinnt ihr den Rücken herunter, als er ihr langes Haar zur Seite streicht und zärtlich ihren Nacken küsst. Sanft drückt er sie an sich. Sie spürt seine Erregung. Unwillkürlich muss sie lachen. »Nicht. Nicht jetzt, ich bin schon zu spät dran.«

Sie sieht ihn über den Spiegel an und bemerkt seine Enttäuschung. Plötzlich hat sie das Gefühl, sich entschuldigen zu müssen. Doch sie lässt es. Es gibt keinen Grund. Sie befreit sich aus seiner Umarmung und sieht ihn an. »Ich muss los, ich hab eine Anhörung im Gericht.« Emilia streicht sich die Bluse glatt und will sich an ihm vorbeidrängen, doch er hält sie am Arm fest. Sein Blick ist hungrig. »Nicolas, was soll das, ich muss los.«

»Komm schon, eine schnelle Nummer … hier und jetzt.« Er drückt sie an die Wand, nestelt an dem Reißverschluss ihrer Hose.

»Nicolas, lass das!«

Sein Atem geht schwer, der Druck seines Körpers wird drängender. Seine Hand gleitet in ihre Hose und sein Atem geht keuchend. »Komm schon, mach die Beine breit. Du willst es doch.«

»Nein! Lass mich sofort los!« Sie stemmt sich gegen ihn, doch er hält sie eisern fest. »Nicolas, du tust mir weh!« Sie wendet all ihre Kraft auf und drückt noch stärker gegen seinen Körper. »Ich bitte dich, lass mich los.« Ihre Stimme ist verzweifelt.

Zögernd lockert er den Griff, wendet sich schwer atmend von ihr ab. »Tut mir leid … Ich weiß nicht, was in mich gefahren ist.« Ohne sie anzusehen, gibt er den Weg frei.

Mit gesenktem Kopf verlässt sie das Schlafzimmer. Emilias Herz klopft wie wild. Was war das? So war er noch nie. Gerade in den letzten zwei Wochen war er so zärtlich, einfühlsam und hat ihr Halt gegeben, wenn sie wieder von der Presse attackiert wurde oder die Nachbarn sie mit Missachtung straften. Bei der Erinnerung wird ihr immer noch mulmig. Doch das, was gerade passiert ist, macht ihr Angst.

Eilig rennt sie die Treppe hinunter, greift sich ihre Handtasche von der Kommode und wirft noch einen letzten Blick in den darüber hängenden Spiegel.

»Oh Gott!«

Rote Flecken bedecken ihren Hals. Das passiert ihr immer, wenn sie aufgeregt oder nervös ist. Emilia presst die Lippen aufeinander und blickt die Treppe hinauf. Für einen Moment ist sie versucht, zu ihm zu gehen und über das zu reden, was gerade geschehen ist. Sie fühlt sich mies. Hätte sie nachgeben sollen? Einfach eine schnelle Nummer, bevor sie ins Gericht fährt? Unschlüssig darüber, was sie tun soll, steht sie am Treppenabsatz. Nein. Es ist alles in Ordnung. So ist das nun mal in einer Ehe, oder? Sie wird heute Abend mit ihm reden. Jetzt muss sie sich auf ihre Anhörung konzentrieren, schließlich ist das der erste Fall seit Livia.

Der Gedanke an Livia hinterlässt immer noch einen bitteren Geschmack. Und jetzt besonders.

* * *

Die Mittagssonne scheint vom wolkenlosen blauen Himmel. Die Straßen von Stockholm sind voller lachender Menschen, es ist, als wäre die ganze Stadt an diesem Tag auf den Beinen. Emilia lässt sich von dem sorglosen Treiben anstecken. Sie reckt ihr Gesicht der warmen Sonne entgegen und atmet die salzige Seeluft ein.

Vergnügt bewegt sie sich auf das Restaurant zu, öffnet mit Schwung die Tür und stößt frontal mit einer jungen Frau zusammen. Für Sekunden ist sie benommen, spürt den vollen weichen Busen auf ihrem Körper, der Duft des blumigen Parfüms steigt in ihre Nase. Emilia weicht zurück und blickt in ein sympathisches Gesicht, das von braunen Haaren umrahmt ist.

»Verzeihung«, nuschelt sie.

Die Brünette starrt sie an, ihre vollen Lippen verziehen sich ebenfalls zu einem entschuldigenden Lächeln, doch im selben Moment kräuselt sich ihre Stirn. »Kein Problem.« Schnell senkt sie ihre Augen und hastet davon.

Emilia sieht ihr nach. Die runden Hüften bewegen sich wie das wogende Meer. Anerkennend zieht sie eine Augenbraue hoch.

Sexy. Sehr erotisch.

»Entschuldigung.« Ein Mann mittleren Alters drängt sich an Emilia vorbei und geht schnellen Schrittes auf die Brünette zu. Fasziniert beobachtet Emilia, wie die beiden miteinander verhandeln.

Ja, das ist es, denkt sie. *Sie handeln den Preis aus.* Da ist sie sich sicher. Die Dame ist eine Prostituierte. Ihre Kleidung ist viel zu auffällig. Nie hätte sie es für möglich gehalten, dass sich in diesem angesehenen Restaurant Huren ihre Freier aussuchen. Ein Gefühl von Missbilligung drängt sich auf und vermiest ihr augenblicklich die gute Laune. Sie drückt das Kreuz durch. Der Gedanke, dass es genau diese Frauen sind, die dafür sorgen, dass nicht noch mehr Vergewaltigungen an der Tagesordnung sind, steigt in ihr auf. Und noch etwas rumort in ihr: Würde Nicolas sich jemals zu einer Hure legen? Sie nagt an ihrer Unterlippe, plötzlich hat sie das Szenario von heute Morgen vor Augen. Ja, vielleicht würde er es tun. Wenn sie sich weiterhin wie eine eiserne Jungfer benimmt, dann mit Sicherheit. Die Angst, ihn zu verlieren, zieht ihr den Magen zusammen.

Ich muss aufhören, mir so unnütze Gedanken zu machen. Ja, unnütz sind sie, natürlich liebt Nicolas mich. Einen Moment lang schließt sie die Augen und atmet den wohligen Geruch des Restaurants ein. Er entspannt sie.

Suchend schweift ihr Blick durch das Lokal, bis sie Alma entdeckt, die an einem Tisch am Fenster sitzt und aufmerksam die Speisekarte studiert. Emilia muss schmunzeln, zum ersten Mal bemerkt sie, dass Alma eine Brille trägt. Der Gedanke, dass Alma eitel ist wie jede andere Frau, erheitert sie. Immer noch über diesen Gedanken amüsiert, nähert sie sich dem Tisch.

»Das hast du mir verschwiegen. Und ich frage mich, was noch.« Mit gespielter Entrüstung stemmt Emilia die Hände in die Hüften.

Erschrocken hebt Alma den Kopf, reißt die Brille von der Nase und versteckt sie unter dem Tisch. »Emilia!« Nervös streicht sie sich über das Haar. »Du bist früh dran. Ich hab dich noch gar nicht erwartet.«

»Die Brille steht dir gut, solltest du öfter tragen.« Sie küsst Alma auf die Wange und setzt sich ihr gegenüber.

»Ich weiß nicht, ich komme mir dann so alt vor.«

»Blödsinn. Es macht dich interessanter.«

»Wirklich?«

»Ja.«

»Also gut, dann werde ich zur Abwechslung *deinen* Part übernehmen und *dir* die Speisekarte vorlesen.«

Beide fangen an, schallend zu lachen. Emilia ist über Almas Unsicherheit erstaunt. Sie hat sie immer als starke und selbstbewusste Frau gesehen, und auch dieser Lachflash ist neu für Emilia. Aber es gefällt ihr, sehr sogar.

Nachdem sie sich beruhigt haben, geben sie ihre Bestellung bei dem Kellner auf. Für einen Moment schweigen sie. Emilia sieht sich in dem Restaurant um, das um diese Uhrzeit nur mäßig besucht ist. Alles Geschäftsleute, die schnell ihren Lunch einnehmen, um dann wieder zurück ins Büro zu eilen, oder eben mit einer Hure gehen. Sie streicht die makellose Tischdecke glatt und spinnt ihre Gedanken weiter. Nach Feierabend kehren die Männer zu der Familie zurück. Vielleicht schmeißen sie den Grill an oder beschäftigen sich mit den Kindern, während die Ehefrau fröhlich von ihrem Tag berichtet. Wie stolz sie auf ihre kleine Familie ist und sich mutig wie eine Löwin auf alles stürzen würde, was ihnen schaden könnte. Manchmal fragt sich Emilia, ob auch sie so ein Leben will.

Nein. Sie will Karriere machen am Gericht. Sie stammt aus einer Richterfamilie. Schon ihr Großvater hatte das Amt inne.

»Emilia?«

Irritiert sieht sie Alma an. »Entschuldige, was hast du gerade gesagt?«

»Ich hab dich gefragt, wie es dir geht und wie die Anhörung war.«

»Gut. Ich denke, es wird ein Spaziergang, obwohl ich diesen Fall nicht besonders toll finde.«

»Oh, nicht so voreilig. Ich kann mir gut vorstellen, dass es dir nicht behagt, aber nach *Livia Svensson* ist es vielleicht eine gute Sache, sich mit einer Klage zu befassen, bei der es um Handgreiflichkeiten und das leidige Jagdrecht geht. Ist gut für dein Ansehen bei der Presse.«

»Ich weiß.« Emilia atmet schwer aus. »Lass uns über etwas anderes reden.«

»Ja, gern. Wie geht es Nicolas?«

Die Frage nach Nicolas erzeugt wieder die Bilder von heute Morgen, als er so anders war. *Gewalttätig.* Sie senkt die Augen und entdeckt einen winzigen Fleck auf der Tischdecke. Energisch streicht sie darüber.

»Gut, er hat heute einen Besichtigungstermin. Ein älteres Paar will ihr Haus in der Nähe von Mörby verkaufen.« Sie blinzelt Alma an, die ein gleichmütiges Lächeln aufgesetzt hat.

»Nicolas sieht es sich an und entscheidet dann, ob er es aufnimmt. Es ist wohl ein altes Haus und … Na ja, es passt eigentlich nicht in das Konzept, das er hat.«

Nachdenklich streicht sich Alma über die Nase. »Aber vielleicht eine Chance, die Firma ins Rollen zu bringen. Er hat doch noch nicht eine einzige Immobilie verkauft.«

»Nein«, gibt sie brüsk von sich. Almas abschätziger Tonfall ärgert sie und sie dreht sich zum Fenster. Die sorglose Stimmung draußen zieht an ihr vorbei, ohne dass sie sie wahrnimmt.

»Emilia, sieh mich an. Ich frag doch nur, weil ich nicht möchte, dass du ausgenutzt wirst. Tut mir leid.« Alma legt die Hand auf ihre. »Ich fühle mich manchmal verantwortlich für dich.« Sie neigt den Kopf und lächelt sie an. »Ich habe deiner Mutter versprochen, dass ich auf dich achten werde, falls ihr etwas passiert.« Sie räuspert sich und trinkt hastig einen Schluck Wasser. Vorsichtig setzt sie das Glas auf den Tisch. »Ich hätte nie damit gerechnet, dass ich mein Versprechen einlösen muss. Aber du kennst mich, ich bin in solchen Dingen immer akkurat. Ich mache mir Sorgen.«

»Wieso? Es ist doch alles in Ordnung. Ich steige die Karriereleiter hinauf, habe einen wunderbaren Mann und meine erste Lektion in Sachen Medien und öffentliche Meinung habe ich auch schon hinter mir.« Emilia verzieht die Lippen zu einem Lächeln. »Alles gut.«

Alma nickt zustimmend. »Ja, du bist auf Erfolgskurs und du bist sehr gut. Ich frag mich nur, ob du auch glücklich bist.«

»Alma, was soll das? Natürlich bin ich glücklich.«

»Ja sicher«, sie legt beschwichtigend ihre Hand auf Emilias. »Du bist wie eine Tochter für mich, und ich mache mir eben Gedanken, zum Beispiel darüber, wie ihr eigentlich eure Finanzen geregelt habt.«

Missmutig zieht Emilia ihre Hand weg und vergräbt sie in ihrem Schoß. »Oh bitte, das geht dich nichts an.« Sie ist versucht, einfach aufzustehen und so schnell es geht das Restaurant zu verlassen. Doch etwas an Alma lässt sie zögern. »Alma, du hast noch nie um den heißen Brei geredet. Was liegt dir auf der Seele?«

Alma legt den Kopf in den Nacken und lacht. »Da hast du recht. Ich rede nie um den heißen Brei.« Schlagartig wird sie wieder ernst und blickt Emilia mit wachen Augen an. »Ich will nur wissen, ob du glücklich bist und nicht ausgenutzt wirst. Das ist alles.«

Emilia ist sich nicht sicher, was sie davon halten soll. So besorgt und wie eine *Übermutter* hat sie Alma noch nie erlebt. Nie hat sich Alma in ihre privaten Dinge gemischt. Und so soll es auch bleiben. »Ich denke, wir sollten diese Unterhaltung einfach beenden.« Sie winkt den Kellner herbei. »Ich muss zurück ins Büro.«

»Tut mir leid, wenn ich dir zu nahe getreten bin.«

»Schon gut.« Versöhnlich haucht sie Alma einen Kuss auf die Wange. »Ich verstehe dich, aber du brauchst dir keine Sorgen zu machen.«

»Dann bin ich beruhigt.«

* * *

Sterne glitzern an dem wolkenlosen Himmel. Die Abendluft ist kühl und feucht. Bibbernd hastet Emilia zur Haustür, und noch bevor sie die Tür öffnet, hört sie ihre Lieblingsmusik, »Chopin Etude op. 10 no. 3 (In mir klingt ein Lied)«. Sofort hebt sich ihre Laune, und die bedrückenden Gedanken, die sie nach dem Lunch mit Alma hatte, sind verflogen.

Freudig betritt sie ihr Haus und wird als Erstes von Tyson begrüßt, der wie gewohnt um ihre Beine streicht und seine Streicheleinheiten einfordert. Emilia stellt ihre Handtasche auf den Garderobentisch, bückt sich und hebt den Kater hoch. Sie presst ihr Gesicht in sein weiches Fell und folgt der Musik aus dem Wohnzimmer.

Im Kamin lodert ein wärmendes Feuer. Überall brennen Kerzen. Auf dem Tisch in einer Glasvase sind Rosen in ihrer Lieblingsfarbe Altrosa. Die Musik erfüllt den Raum. Alles ist perfekt arrangiert für ein Rendezvous und rührt Emilia. Nicolas lehnt am Kamin und starrt versunken in die Flammen.

Sie lässt den Kater zu Boden gleiten, ihre Kehle ist trocken und ihr Herz pocht. Wie konnte sie nur denken, dass Nicolas ihr Gewalt antun wollte oder es je könnte? Nein. Im Grunde hat Alma es richtig erkannt. Nicolas hat keinen Erfolg in seinem Business. Nur darum ist er manchmal so aufbrausend. Gerade heute vor seinem Termin. Und wieder hatte sie ihm kein Glück gewünscht, wie es sich für eine gute Ehefrau gehört.

Langsam nähert sie sich ihm.

»Hej«, haucht sie und legt ihm die Hand auf die Schulter.

Als hätte sie ihn aus einer anderen Welt geholt, zuckt er zusammen und sieht sie mit rot unterlaufenen Augen an.

»Hej, ich habe dich gar nicht bemerkt. Ich war so in Gedanken versunken bei dieser wunderbaren Musik. Jetzt verstehe ich, warum du dieses Lied so magst. Es erzählt von Liebe, nicht wahr?«

Ihr schießen Tränen in die Augen, sie kann ihm nicht antworten, aber das ist auch gar nicht nötig, er hat sie bereits in seine Arme genommen und wiegt sich mit ihr zum Klang der Musik.

Emilia legt den Kopf auf seine Schulter. Sie ist glücklich. Alles ist gut. Der Schrecken ist verflogen und eine tiefe Zufriedenheit hüllt sie ein. Er ist der Mann, von dem sie immer geträumt hat, stark, sexy und energisch. So wie Charlie, und doch anders.

»Emilia, mir tut leid, was heute Morgen geschehen ist … Ich weiß nicht, was in mich gefahren ist.« Er sieht ihr in die Augen. »Kannst du mir verzeihen?«

Stumm nickt sie und umarmt ihn noch fester. »Ich verstehe, warum du manchmal so bist.«

»Wirklich?« Er neigt den Kopf zurück und sieht sie an. Um seinen Mund hat sich ein harter Zug gelegt und seine Umarmung ist fester geworden. Der Rausch, den sie eben noch verspürte, verflüchtigt sich wie der süße Duft der Rosen.

Sie schlägt die Augen nieder und weiß nicht, was sie jetzt tun soll. Warum ist sie nur so in sich gefangen, wenn es um Gefühle geht? Sie will etwas sagen, doch er legt seinen Finger auf ihren Mund.

»Du bist die klügste Frau, der ich jemals begegnet bin, daran muss ich mich erst gewöhnen.« Er küsst ihre Nasenspitze, lockert den Griff und sieht sie mit sanften Augen an. »Hast du Hunger? Ich habe gekocht.«

Erleichtert über diesen Wandel nickt sie und küsst ihn sacht.

»Dann komm, lass uns essen und über andere Dinge reden. Über die Liebe und das Leben.« Er zieht sie hinter sich her in das Esszimmer. Diesen pompös anmutenden Raum mit dem riesigen Tisch, an dem zwölf Personen Platz haben, nutzen sie nur selten. Emilia hatte gedacht, dass sie häufiger Dinnerpartys geben würde. Doch der Aufwand war ihr zu viel, und als sie Nicolas geheiratet hatte, bekam sie Zweifel, ob er sich zwischen Anwälten und Regierungsbeamten wohlfühlen würde.

Sie seufzt, als sie den perfekt gedeckten Tisch betrachtet. Auch hier brennen Kerzen und ein weiterer Strauß Rosen ziert die Tafel.

»Wann hast du das alles gemacht?«

»Ich bin ein Meister im Organisieren.« Er zwinkert ihr zu, rückt ihr den Stuhl zurecht. »Schönste Frau der Welt, nehmen Sie Platz.«

Beseelt von dem Essen, der Fürsorge und der Liebe, die ihr geschenkt wird, lehnt sie sich entspannt zurück und hebt ihr Glas Wein. »Ich danke dir für diesen traumhaften Abend, dieses wunderbare Essen und … und dass es dich gibt.« Ihre Stimme erstickt vor Rührung.

»Ich danke *dir*. Du bist die Frau, die ich immer gesucht und endlich gefunden habe.«

Verlegen senkt sie den Blick. So viel Gefühl ist sie nicht gewohnt, es befremdet sie. Ihr Zuhause, ihre Bühne, ist der Gerichtssaal. Dort weiß sie, was sie sagen und was sie tun muss. Aber hier fehlen ihr die richtigen Worte und sie verspannt sich. Das Gefühl, dass sie ein emotionaler Krüppel ist, dämpft ihre Glückseligkeit. Doch sie will sich davon nicht überrollen lassen. Nicht jetzt und auch in Zukunft nicht mehr. Da sitzt der Mann, der sie liebt und den auch sie liebt. Gedankenverloren streicht sie über die Damasttischdecke.

Sie hält inne, als er ihre Hand berührt. »Alles in Ordnung?«

»Ja.« Sie lächelt ihn an und schaut in seine besorgten Augen, die sie unverwandt ansehen. Was erwartet er jetzt von ihr? »Nicolas, ich bin nicht gut in diesen Dingen.«

»Was meinst du mit *diesen Dingen*?«

Hastig stürzt Emilia den Wein hinunter.

»Emilia?«

»Ach, all dieses … dieses Umgarnen liegt mir nicht.«

Entgeistert sieht er sie an und lacht laut heraus. Es dauert nicht lange und sie stimmt mit ein, bis ihr die Tränen die Wangen herunterlaufen. »Hör auf zu lachen … mein Bauch, ich kann nicht mehr.«

»Emilia, du bist großartig. Ich mache es einfach für dich.«

Fragend sieht sie ihn an. »Was, was machst du einfach für mich?«

»Willst du Sex mit mir? In Schweden fragt man doch vorher, wenn ich es richtig verstanden hab, sonst gibt es Ärger, oder?« Mit gespieltem Ernst sieht er sie an. »So hast du es mir jedenfalls erklärt, und ich habe die Regel nicht beachtet.«

»Stimmt.« Sie beugt sich zu ihm, ein Lächeln spielt um ihre Mundwinkel. »Beide Partner müssen einverstanden sein.«

»Und, bist du diesmal einverstanden?«, fragt er mit weicher Stimme.

Sie legt den Kopf schief und sieht ihn lange an. »Ja.«

5. Kapitel

Ein reichlich gedeckter Frühstückstisch und leise Radiomusik entlocken Emilia ein fröhliches Summen. Zum hundertsten Mal betrachtet sie den von ihr gedeckten Tisch und ist zufrieden. Überhaupt fühlt sie sich befreit und glücklich nach der gestrigen Nacht. Der Sex war anders, nicht behutsam wie sonst, sondern wild und erregend. Emilia hat es genossen, noch nie hatte sie so viel Spaß – und noch nie diese tiefe Befriedigung verspürt. Sie fühlt, wie ihr die Röte heiß ins Gesicht schießt. Der Gedanke an die Nacht ist ihr unangenehm, und doch erregt es sie immer noch. Energisch wischt sich Emilia die schwitzigen Handflächen an der Jeans ab und lauscht in den Flur. Sie hört das Knarren der obersten Stufen.

Schnell setzt sie sich an den Tisch und richtet ihre Aufmerksamkeit auf die Tageszeitung. Aus dem Augenwinkel bemerkt sie Nicolas, der sich nähert. Der Duft des Duschgels weht ihr entgegen, noch bevor er sich zu ihr beugt und ihr einen Kuss auf die Stirn gibt.

Wortlos setzt er sich an den Tisch und schenkt sich Kaffee ein. Emilia ist irritiert. Er wirkt müde und bedrückt. Sie hatte sich das gemeinsame Frühstück anders vorgestellt. Gerade nach dieser Nacht.

»Hast du schlecht geschlafen?«

»Ja.«

Was soll sie tun? Oh verdammt, wie sie es hasst. »Hast du schlecht geträumt?« Was für eine Frage.

»Emilia, bitte, ich brauch ein wenig Ruhe. Ich bin kein Morgenmensch wie du.«

»Tut mir leid, das hatte ich vergessen.«

Ihre Laune ist ebenfalls gesunken. Sie vergräbt sich hinter der Zeitung, doch sie sieht nicht einen Buchstaben und nicht ein einziges Wort, das dort steht. Nervös kaut sie auf der Unterlippe. Sie ist sich nicht sicher, ob jetzt der richtige Zeitpunkt ist, ihm ihre Idee, die ihr heute Nacht gekommen ist, zu verkünden. Egal, es ist ja nur eine Idee und sie will damit ihr Interesse zeigen. Sie faltet die Zeitung ordentlich zusammen und legt sie zur Seite.

»Wir haben gestern gar nicht über deine Besichtigung gesprochen. Wie war es denn? Ist die Immobilie gut?«

Er verzieht geringschätzig den Mund und sieht sie lange an. »Interessiert es dich wirklich?«

»Aber ja, nur gestern … na, da wolltest du nicht darüber reden.«

»Stimmt, und ich weiß auch nicht, ob ich das jetzt will.«

»Ach, komm schon, zier dich nicht so. Hast du Fotos gemacht?« Aufmunternd lehnt sie sich vor, ist versucht, seine Wange zu berühren. Sie sehnt sich nach seiner Umarmung. Doch seine übel gelaunte Miene rät ihr, sich zurückzuhalten.

»Ja, hab ich«, brummelt er vor sich hin. »Lass uns später darüber reden.«

»Ich bin neugierig und es interessiert mich.«

Musternd sieht er sie an. »Also gut. Ich bin mir nicht sicher, ob ich das machen soll. Die Immobilie ist alt und liegt weit draußen, nicht – wie die meisten – nah am Wasser, das erschwert die Sache bei der Vermarktung erheblich.«

»Aber wenn sie Charme hat und der Preis stimmt, warum nicht? Einen Versuch ist es bestimmt wert.« Zuversichtlich sieht sie ihn an. »Zeig doch mal die Fotos.«

Nicolas atmet lange aus und erhebt sich schwerfällig. Sie sieht ihm nach und fragt sich, ob ihre Idee die richtige ist. Er ist so abweisend und sie vermisst den Elan für sein Projekt.

Mit der Kamera in der Hand setzt er sich neben sie und scrollt konzentriert durch das Fotoarchiv. »Hier, schau selbst und sag mir, was du denkst.«

Eingehend betrachtet Emilia die Fotos. »Das Haus ist alt, aber es ist traditioneller Schwedenstil. Ich schätze, in den Sechzigern gebaut, richtig?«

Nicolas nickt. Nippt lustlos am Kaffee.

»Wie schön, es steht mitten auf einer Lichtung mit Birken drum herum, das hat was Romantisches, vor allem wenn man den Garten wieder auf Vordermann bringt.«

»Blödsinn, niemand aus Deutschland will so einen alten Schuppen kaufen. Das Haus muss komplett saniert werden.«

»Ja und, wo ist das Problem? Das ist doch nicht ausschlaggebend, wenn die Atmosphäre passt. Ich hab mich vor knapp drei Jahren in dieses Haus verliebt und mir war egal, dass ich es renovieren musste.« Die Erinnerung daran lässt sie lächeln. »Weißt du, es war so ein großartiges Erlebnis, diesem Haus wieder Leben einzuhauchen. Und das Gefühl, dass es Unmengen von Geschichten über seine Bewohner kennt, das fasziniert mich an alten Häusern.« Versonnen stützt sie ihr Kinn auf die Hand. »Hast du Fotos von innen?«

Linkisch reibt er über seinen Nacken. »Nein, das habe ich mir gespart. Ist alles alt.« Er nimmt ihr die Kamera aus der Hand und setzt sich wieder ihr gegenüber.

»Wie ist der Preis für die Immobilie …«

»Emilia, was soll das? Es ist zwecklos, sie in mein Portfolio aufzunehmen. Ist nicht mein Stil.«

»Aber wenn man das den Interessenten schmackhaft machen würde und der Preis dementsprechend angepasst ist, warum nicht? – Ich hab mir etwas überlegt …«

»Verdammt! Ich will nicht weiter darüber reden«, fällt er ihr ins Wort.

Sein schneidender Ton schüchtert sie ein. Emilia muss sich zusammenreißen, um ihre Enttäuschung nicht zu zeigen. Fahrig streicht sie mit dem Finger über den Rand ihrer Tasse.

Es ist ruhig in der Küche, nur die leise Musik aus dem Radio durchbricht die Stille, die zwischen ihnen herrscht.

»Schatz, es tut mir leid. Ich weiß, manchmal bin ich ein Stimmungskiller.« Er tätschelt ihre Hand wie den Kopf eines jungen Hundes, der sein Herrchen nicht verstanden hat, und nimmt sich einen Toast aus dem Bastkörbchen. »Es geht mir nur so einiges durch den Kopf.«

»Zum Beispiel?«

»Familiengründung.«

Alles hat sie erwartet, aber nicht das. Sie sagt nichts. Was auch? Darüber hat sie nie nachgedacht, und es kommt ihr so absurd vor. Nein. Sie will Karriere machen und keine Windeln wechseln. *Oder?*

»Was denkst du?«, fragt er, legt den Toast auf den Teller und sieht sie erwartungsvoll an.

»Ich denke, es ist ein wenig zu früh für solche Überlegungen.«

»Ja, und mit meiner Situation, ohne ein Einkommen … ein Risiko. Ist es das, was du sagen willst?«

Emilia braucht Zeit für ihre Antwort, im Grunde hat er nicht ganz unrecht. Ruhig erhebt sie sich und streichelt über den Kopf von Tyson, der erwartungsvoll vor seinem Napf sitzt. »Oje, ich habe dich ganz vergessen«, murmelt sie leise und füllt die Futterschüssel.

»Der Kater ist dir also wichtiger als unsere Beziehung.«

Sie wirbelt herum und starrt ihn entgeistert an. »Was soll das? Natürlich ist er das nicht. Ich brauche einfach ein wenig Zeit für meine Antwort, und Tyson hat jetzt Hunger.«

Es reicht ihr. So will sie keine Diskussion über ihre gemeinsame Zukunft führen. Wie sehr wünscht sie sich, dass sie ihm gegenüber selbstbewusster auftreten könnte. Aber aus unerfindlichen Gründen scheitert sie jedes Mal.

Nicolas atmet schwer aus. »Verdammt, ich benehme mich wie ein Idiot, dabei liebe ich dich über alles und will einfach nur glücklich mit dir mein Leben verbringen.« Er vergräbt den Kopf in seinen Händen. »Gestern Nacht waren wir uns so nah und …« Seine Stimme erstickt.

Fassungslos sieht sie ihn an. Weint er etwa?

Bitte nicht.

Behutsam legt sie die Hand auf seine Schulter. Was soll sie sagen? Trösten? Aber warum?

»Nicolas, ich brauch Zeit für so eine große Entscheidung.«

»Natürlich, das ist mir schon klar.« Er reibt sich über das Gesicht. Seine Augen sind gerötet und das Lächeln ist gequält. »Schon gut. Reden wir über etwas anderes als unsere gemeinsame Zukunft.« Bitterkeit liegt in seinen Worten.

Es versetzt ihr einen Stich. Sie nickt und setzt sich wieder auf den Stuhl. Der Appetit ist ihr vergangen und in ihrem Kopf herrscht ein grandioses Durcheinander. Sie will unbedingt diese Leichtigkeit von gestern Nacht wieder spüren. Doch es gelingt ihr nicht.

Schweigend sitzen sie an dem gedeckten Frühstückstisch, mit dem sich Emilia so viel Mühe gegeben hat. Sie wendet den Blick zum Fenster, durch das die Sonne scheint – mit dem Versprechen, dass dieser Tag wunderbar werden wird. Ihr ist zum Heulen zumute. Fest umklammert sie die Kaffeetasse, als würde sie ihr Halt und eine Eingebung senden.

Nach einer Weile hat Emilia einen Entschluss gefasst und hofft, dass er auf fruchtbaren Boden fällt.

»Eigentlich wollte ich mit dir in einer entspannten, ruhigeren Atmosphäre darüber reden, aber vielleicht ist das jetzt doch der richtige Moment.« Sie drückt ihr Kreuz durch. Sieht ihn fest an, bis sie seine volle Aufmerksamkeit hat. »Mit der Familienplanung sollten wir noch warten, das soll aber nicht heißen, dass ich mir keine Gedanken darüber machen werde.«

Ihr Herz pocht, so hat sie sich schon lange nicht mehr gefühlt. Nicolas' intensiver Blick macht sie nervös. Tief atmet sie durch, bemüht sich, ihrer Stimme Euphorie zu verleihen. »Ein anderer Gedanke kam mir gestern Abend, ich habe lange darüber nachgedacht und möchte dir einen Vorschlag machen. Ich weiß, wie hart umkämpft der Immobilienmarkt ist und dass auch hier in Schweden nichts ohne finanzielle Unterstützung aufgebaut werden kann.« Nervös leckt sie sich über die Lippen. »Deshalb dachte ich, dass ich doch ein Teilhaber der Firma werden könnte.« Erwartungsvoll sieht Emilia ihn an. Seine Miene ist versteinert. Doch sie ignoriert es. »Ich meine, nur ein stiller Teilhaber. Ich habe die Finanzen und du hast das Know-how. Wir könnten mit dieser alten Immobilie anfangen, ich bin mir sicher, wir werden sie verkaufen können. – Du wirst sie verkaufen können und …«

»Was soll das jetzt?«, unterbricht Nicolas sie schroff. »Ich rede von Familie und du von Geschäft. Im Übrigen brauche ich dein Geld nicht. Ich schaffe das allein. Und diese Immobilie ist es nicht wert, sich den Arsch aufzureißen. Hast du mich verstanden? Ich weiß, wovon ich rede. Wenn du denkst, dass ich deshalb meinen Wunsch nach Familie aufgebe, dann hast du dich geirrt.«

Heftig springt er vom Stuhl, der krachend zu Boden fällt. Er zuckt nicht einmal mit der Wimper. »Emilia, du verstehst mich überhaupt nicht, du bist nur auf Karriere aus und dieses ganze Gerede, dass du mir helfen willst … alles ist nur eine halbherzige Sache. Ich komm allein klar. Dazu brauche ich dich nicht. Hast du das begriffen?«

Mit der flachen Hand schlägt er auf den Tisch, was Emilia aufschreien lässt. Und sie weicht unwillkürlich zurück. Hart greift er nach ihren Handgelenken und zieht sie von dem Stuhl hoch. Seine Augen sind kalt. »Ich brauche deine Almosen nicht! Ich will ein Kind, und ich will eine Familie. Die Familie, die ich nie hatte. Kapiert?« Er schüttelt sie. Zwingt sie dazu, ihn anzusehen. »Mein Sohn soll es mal besser haben als ich.« Heftig stößt er sie von sich.

Benommen strauchelt sie, verliert das Gleichgewicht und landet hart auf dem Fliesenboden. Ohne sich um sie zu kümmern, stürmt er aus der Küche. Das laute Zuschlagen der Haustür lässt sie zusammenfahren.

Gelähmt kauert Emilia auf dem kalten Fliesenboden, versteht nicht, was gerade geschehen ist. Unentwegt reibt sie sich die Handgelenke, sie ist so geschockt, dass sie noch nicht mal weinen kann. Mühsam erhebt sie sich, sieht sich in der Küche um und weiß nicht einmal, was sie eigentlich sucht. Sie blickt aus dem Fenster, sieht Nicolas, wie er dasteht und ihr den Rücken zugekehrt hat. Ist das das Ende ihrer Ehe? Was hat sie falsch gemacht? Sie weiß doch nicht, wie eine Beziehung funktioniert. Woher auch? Nicolas ist der erste Mann, dem sie vertraut hat. Die Hilflosigkeit lässt sie zittern. Fest schlingt sie die Arme um ihren bebenden Körper.

Befreit atmet Nicolas aus. Er weiß, er ist zu weit gegangen, aber dieses Gerede macht ihn wahnsinnig. Was denkt sie nur? Almosen kommen für ihn nicht infrage. Der frische Wind, der vom Meer herweht, lässt ihn frösteln. Tief vergräbt er seine Hände in den Taschen seiner Jeans. Er muss verdammt noch mal seine Emotionen besser in den Griff bekommen. Durch diese aufbrausende Art wird er sich alles versauen. Schon als Kind war er derjenige, der sich nur mit Prügeleien zu helfen wusste. Das hat er von seinem Vater geerbt, das einzige Erbe überhaupt. »Ach, was soll's?«, presst er durch die Zähne, kickt einen Stein in den Busch, in dem Tyson hockt. Mit einem lauten Schrei rennt der Kater davon. Ein breites Grinsen macht sich auf Nicolas' Lippen breit.

»Hej Nicolas!«

Aus seinen trüben Gedanken gerissen, wendet er sich zu dem Weg um, der zum Haus führt, und entdeckt Clara, die freudestrahlend auf ihn zukommt. »Ich hoffe, ihr habt noch nicht gefrühstückt.« Sie hält eine Tüte mit Backwaren hoch. »Hab heute frei und da dachte ich, ich besuch euch. Hoffe, ich störe nicht.«

»Nein, natürlich nicht.« Nicolas kann sich immer noch nicht an diese legere Art der Schweden gewöhnen. Einfach so in das Leben anderer zu platzen. Obwohl es jetzt grad gut passt.

»Du siehst fertig aus. Was ist los?«

»Nichts, alles gut.« Er verzieht die Lippen und streicht über sein Haar.

»Nic, ich kenne dich nicht besonders gut, aber ich erkenne sofort, wenn es jemandem nicht gut geht.«

»Erwischt.« Wieder ist da dieses gezwungene Lächeln, doch diesmal bewusst. »Emilia und ich haben ein paar Unstimmigkeiten, was unsere Zukunft betrifft.« Er senkt den Blick und vergräbt die Hände noch tiefer in den Taschen.

»Oh, das ist übel. Na, wie ich Emilia einschätze, ist sie stur wie ein Ochse, der nicht in den Stall will.«

Irritiert sieht er sie an. *Was für ein idiotischer Vergleich.*

»Ja, du hast recht.« Er senkt den Kopf und starrt auf seine Schuhe. »Manchmal habe ich das Gefühl, dass sie ihren Job mehr liebt als mich.«

»Hm … verstehe. Sie war in der Schule schon immer eine Streberin. Hat sich dadurch nicht viele Freunde gemacht.« Sie atmet tief durch. »Soll ich mit ihr reden?«

»Nein, lieber nicht. Es ist besser, wenn du nicht in diese Sache reingezogen wirst.«

Clara legt den Kopf in den Nacken und lacht. »Ach Nic, lass mal, ich mach das. Ich kenn sie schon lange und …« Sie stockt einen Augenblick. »Na ja, ich hab sie nicht fair behandelt, als diese unsagbare Geschichte mit Livia aktuell war. Dieses Urteil war viel zu hart. Ich verstehe immer noch nicht, warum Emilia sich ausgerechnet diesen Fall ausgesucht hat. Aber wir sind trotzdem noch Freunde. Und das ist ein Pluspunkt bei Emilia, sie verzeiht schnell und ist immer bemüht, dass es allen gut geht.«

Der auffrischende Wind streicht durch ihr kurzes Haar. »Ganz schön frisch heute, trotz Sonnenschein.« Ermutigend sieht sie ihn an. »Ich werd mal sehen, ob ich die Wogen glätten kann.«

»Okay, aber bitte sag ihr nicht, dass ich mit dir darüber geredet habe.«

»Werd ich nicht.« Verschwörerisch zwinkert sie ihm zu.

Er sieht ihr nach, wie sie zur Haustür geht, sich noch einmal zu ihm umdreht und mit den Fingern über ihre Lippen wischt.

Meine Lippen sind versiegelt.

Er nickt. Manchmal muss man eben Glück haben, und das hat er gerade. Erleichtert atmet er auf und wartet, bis seine Zeit gekommen ist.

Noch immer steht Emilia am Fenster und beobachtet Nicolas, wie er mit Clara redet. Sie wünscht sich, dass er sie wegschickt. Doch dann bewegt sich Clara auf das Haus zu. *Bitte nicht, das kann ich jetzt nicht.*

»Hej Emilia!«

Lange und tief seufzt Emilia, bevor sie antwortet: »Hej Clara, komm rein. Kaffee?«

»Gute Idee. Ich habe dir Zimtschnecken mitgebracht.« Sie legt die Tüte auf den Tisch.

»Alles gut bei dir?«

»Könnte nicht besser sein. Es ist Wochenende und die Sonne scheint.«

»Ja, aber der Wind ist recht kühl.« Umständlich setzt sich Clara an den Tisch. »Wo ist Tyson?«

»Keine Ahnung.« Emilia verschränkt die Arme und beobachtet ihre alte Schulfreundin, wie sie nervös an einer Ecke der Tüte zupft. Es macht Emilia kribbelig, viel lieber würde sie jetzt allein sein, um mit Nicolas die Sache zu klären. Und zwar so schnell wie möglich. Sie weiß nicht, wie sie Clara diplomatisch deutlich machen soll, dass es gerade unpassend ist. Und doch ist da eine gewisse Neugier, worüber die beiden miteinander gesprochen haben. Was für eine kranke Situation. Sie will das alles nicht. Sie sehnt sich nach Harmonie und Sicherheit.

»Emilia, warum setzt du dich nicht zu mir?«

»Entschuldige, ich war mit meinen Gedanken grad woanders.«

»Ach Em, ihr habt euch gestritten, nicht wahr?«

»Frag doch nicht so blöd, das hat er dir doch mit Sicherheit gesagt.« Erschrocken über ihre eigene Wortwahl schüttelt sie den Kopf. Sie hat die Beherrschung verloren. Das darf nicht passieren. Niemals. »Tut mir leid, Clara.«

»Schon gut, setz dich und wir reden.«

Emilia zieht sich den Stuhl heran und hofft, dass dieses Gespräch nicht ausarten wird. So, wie sie sich gerade fühlt, weiß sie nicht, ob sie sich unter Kontrolle haben wird.

Clara schlägt einen unbekümmerten Ton an. »Na ja, er hat mir gesagt, dass ihr eine Meinungsverschiedenheit habt, aber nicht warum.«

»Und nun willst du es von mir hören.« Emilia lacht schrill auf, ihre Hände umklammern die Tischkante. »Ich sag es dir. Er will Kinder, und ich bin noch nicht so weit. Das ist alles. Reicht dir das?«

»Was ist daran so verkehrt?«

»Sagte ich doch gerade, ich bin noch nicht so weit.«

Wieder zupft Clara an der Tüte, und das Geräusch klingt in Emilias Ohren wie das Scharren eines Tieres, das gefangen in einer Holzbox sitzt. Es macht sie verrückt.

»Kannst du bitte damit aufhören?«

Verdutzt folgt Clara Emilias Blick, der auf die Tüte geheftet ist. Sofort legt sie ihre Hände in den Schoß und sieht Emilia forschend an.

»Weißt du, Nicolas ist ein sehr sympathischer und gut aussehender Mann, der dich liebt und für den du alles bist. So ein Mann ist eine Rarität.« Verstohlen senkt sie den Blick. »Ich habe euch oft beobachtet, wenn ihr im Café gewesen seid und er deine Hand gehalten und dich dabei so verliebt angeschaut hat.« Sie lächelt versonnen in sich hinein, als würde sie die Szenerie erleben. Clara räuspert sich verlegen und legt die Hand auf Emilias Arm. »Er liebt dich und ist jetzt am Boden zerstört. Lass es nicht dazu kommen, dass so ein tolles Paar, wie ihr es seid, auseinandergeht.«

Entgeistert über das, was Clara gerade gesagt hat, zieht Emilia ihre Hand ruckartig zurück. Es macht sie wütend, dass Clara dieses Bild von dem perfekten Mann in ihrem Kopf geformt hat. Sie hat plötzlich das unbeschreibliche Bedürfnis, es zu zerstören.

»Hat er das wirklich zu dir gesagt, dass er mich liebt und ich alles für ihn bin?«

»Hat er.«

Emilia wird übel und noch mehr Wut steigt in ihr auf, wie ein Sturm, der zu einem Orkan mutiert. Sie darf es nicht zulassen, sie muss rational handeln. Und doch kann sie die Worte nicht zurückhalten.

»Hat er dir auch gesagt, dass er mich zu Boden gestoßen hat, weil ich ihm sagte, dass ich noch nicht so weit bin für Kind und Familie? Und dass ich ihm gesagt habe, dass ich in seiner Firma helfen möchte, damit er dieses Gefühl, dass er ein nutzloser Niemand sei, nicht mehr hat? Damit er endlich Erfolg spüren kann!« Ihre Stimme überschlägt sich und ihr ist klar, dass sie in ihrer Fassungslosigkeit viel zu viel ausgeplaudert hat.

Entsetzt über diesen Ausbruch sagt Clara: »Nein, und ich kann mir das auch nicht vorstellen … Ich meine, er ist am Boden zerstört …«

»Am Boden zerstört? Nein, ICH habe am Boden gelegen, und er ist einfach rausgelaufen. Hat mich dort liegen lassen!« Mit bebender Hand deutet sie auf den Fliesenboden. »Clara, ich will keine große Sache daraus machen, aber hier geht es darum, dass er mich angegriffen hat.« Sie beugt sich zu Clara, die ihre Augen senkt. »Verstehst du mich? Wir haben uns gestritten und er ist übergriffig geworden.«

»Meinst du nicht, dass du jetzt überreagierst? Er steht da draußen, friert sich den Hintern ab und ist todunglücklich, dass ihr euch gestritten habt. Und ich hab den Eindruck, dass es ihm unendlich leidtut, was auch immer da passiert ist.«

Emilia weicht zurück. So läuft das also. Ihr Blick wandert zu ihren Handgelenken und sucht nach Spuren, die ihre Aussage beweisen könnten, doch da ist nichts zu sehen. Was nun? Der Druck in ihrem Magen wird immer größer. So hilflos hat sie sich noch nie gefühlt. Sie atmet tief durch, erinnert sich an das, was ihr Vater immer zu ihr gesagt hat: *Niemals Schwäche zeigen. Sei professionell und handle ruhig und besonnen.*

Sie räuspert sich, richtet sich auf, und so gut sie es in dieser Situation kann, blickt sie Clara zuversichtlich an.

»Ich werd mit ihm reden und wir kriegen das schon hin.« Gekonnt verzieht sie die Lippen zu einem Lächeln und kommt sich verlogen dabei vor. Wie kann sie sich nur selbst so betrügen?

»Was hat sie gesagt?«

»Dass du sie gepackt und zu Boden gestoßen hast. Ist das wahr?«

»Nein! Natürlich nicht! So etwas würde ich nie fertigbekommen. Ich liebe sie, und Gewalt liegt mir fern. Niemals!«

»Hm … sicher?«

»Clara, ich habe sie vielleicht etwas zu scharf zurechtgewiesen und bin dabei lauter geworden, als ich es wollte, weil sie … weil sie sich so aufgeführt hat, als wären wir in einem Gerichtssaal. Dabei ging es doch um uns und unsere Zukunft.«

Clara zieht ihre Schultern hoch. Der Wind ist noch stärker geworden und dringt durch ihre dünne Jacke. »Was ist mit ihrer Idee, deine Firma in Schwung zu bringen?«

»Vielleicht ist es richtig, was sie sagt. Es war nur so, dass es sich für mich wie eine Flucht anhörte. Lieber mit mir eine Firma gründen als eine Familie.«

Clara lacht. »Weißt du, Frauen sind manchmal komisch, wenn es um Nachwuchs und eventuelle Einschränkungen in ihrem Leben geht. Und Emilia war schon immer erfolgsorientiert. Hab Geduld.« Sie legt ihm die Hand auf den Arm. »Ihr seid so ein tolles Paar. Es wäre ein Jammer, wenn ihr euch trennt.«

»Sie will sich trennen?«

Clara rollt mit den Augen. »Das hab ich nicht gesagt, aber irgendwie liegt das doch nah. Ich würde an Emilias Stelle genauso reagieren.«

»Nicht dein Ernst!«

»Doch. Aber das habe ich ihr nicht gesagt.« Sie zwinkert ihm zu. »Mach sie glücklich, sie hat es verdient. Ich hab sie noch nie glücklicher gesehen als mit dir zusammen. Noch nie hat sie einen Mann gehabt, der so gut zu ihr passt. Also versau es nicht.«

Wie ein Hund, der Prügel bezogen hat, steht er im Flur. Emilia ignoriert seine hilflosen Versuche, mit ihr zu reden. Sie will nur eines, so schnell es geht raus aus diesem Haus. Ungeduldig knöpft sie ihre Windjacke zu, schlüpft in ihre Sneaker, greift sich den Rucksack und eilt zur Haustür.

»Wo willst du hin?«

Für eine Sekunde bleibt sie stehen und sieht in sein vor Scham verzerrtes Gesicht.

»Bitte lass uns reden, es tut mir unendlich leid, dass ich die Beherrschung verloren hab. Bitte, Emilia, bleib.«

Ihr Magen krampft sich zusammen, so sehr muss sie sich zwingen, ihm nicht zu antworten.

Die Tür fällt laut hinter ihr ins Schloss.

* * *

Kräftig zerrt der Wind an dem Segel und lässt das Boot voranpreschen. Emilia hat alle Hände voll zu tun, dass es richtig im Wind liegt, um den Kurs zu halten. Ihr Blick ist auf die Weite des Meeres gerichtet. Nichts als Wasser und der Horizont, der das Meer berührt. Das Surren des Windes im Segel, das helle Schlagen der Takelage an den Masten hat etwas Beständiges, und die Gischt, die ihr ins Gesicht sprüht, weckt ihre Lebensgeister. Augenblicklich fühlt sie sich frei. Keine Gedanken, die sie zermürben, sie spürt nur das Kribbeln des Adrenalins in ihrem Körper.

Nach einer Weile des wilden Dahinpreschens nimmt sie das Boot aus dem Wind und achtet darauf, dass es ruhig und gleichmäßig gleitet, so wie Charlie es ihr beigebracht hat. Emilia überlegt, ob sie den Motor anschmeißen soll, entscheidet sich aber dagegen. Das Tuckern würde die Ruhe stören. Und sie braucht jetzt Ruhe und das Schaukeln des Bootes, das sie wie eine tröstende Umarmung hin und her wiegt.

Allmählich lässt sie ihre Gedanken und das, was sie gefühlt hat, als Nicolas sie angeschrien, ihre Handgelenke gepackt und sie zu Boden gestoßen hat, zu. Wie konnte das passieren? Die Erinnerung daran lässt sie erschaudern. Schwer atmet sie aus und muss sich zwingen, nicht zu heulen. Sie braucht eine Weile, um ihre Emotionen wieder in den Griff zu bekommen.

»Was hab ich nur gesagt oder getan, dass er so wütend wurde?« Ihre Stimme ist leise und wird vom Wind fortgetragen. »Nein, ich bin nicht schuld!«

Aber warum fühlt es sich dann so an?

Sie wendet ihr Gesicht der Sonne entgegen, will nicht weiterdenken, nur diese Wärme spüren. Aber sie weiß, sie muss es tun, sonst wird sie zu keinem Entschluss kommen. Ohne dass sie es verhindern kann, sieht sie die Bilder aus dem Gerichtssaal vor sich. Livia, die krampfhaft versucht zu erklären, wie ihr Mann wirklich war. Was sie dabei empfunden hatte, wenn er sie schlug oder vergewaltigte. Wie sie sich fühlte, als sie sich ihren Freunden anvertraute und sie ihr nicht glaubten, weil er so manipulativ war. Er spielte ihnen den treu sorgenden Ehemann vor, der seine Frau über alles liebt.

Emilia hat ihre Zweifel an den Schilderungen gehabt, sie konnte sich nicht vorstellen, dass sich Livias Mann so extrem benommen haben sollte. Natürlich hat sie dann recht behalten: Livia hat ihren Mann vorsätzlich getötet. Doch jetzt sieht sie alles mit anderen Augen und ihr wird heiß vor Scham. Bei Livia fing es auch so an. *Harmlos.*

Nun kann sie doch nicht verhindern, dass sich Tränen in ihren Augen sammeln. Verzweifelt blinzelt sie sie weg. Sie will das nicht, und sie will auch Livias Worte nicht hören. Fest presst sie die Hände auf die Ohren.

Ich wünsche dir die Pest an den Hals. Du schicke Anwältin, meinst du, dass du was Besseres bist als ich? Denkst du, dass ich ein Monster bin?

»Nein. Nein. Nein. Bei mir ist das anders! Ich bin anders! Nicolas ist anders!«

* * *

Mechanisch streicht Emilia über ihr feuchtes und zerzaustes Haar, während sie die Reisetasche im Flur anstarrt. Ihr ganzes Denken ist in Watte gepackt. Ihr Herz pocht und ihr Mund ist trocken. Das Vorhaben, Nicolas zur Rede zu stellen, schwindet, er hat sich schon entschieden.

Er verlässt mich.

Der Gedanke dröhnt in ihrem Kopf und lässt alles andere verstummen.

Erst jetzt hört sie die Musik aus dem Wohnzimmer, und ihre Knie werden weich – »Chopin Etude op. 10 no. 3 (In mir klingt ein Lied)«.

Was würde sie dafür geben, wenn sie nur eine ganz normale Meinungsverschiedenheit gehabt hätten. Es fällt ihr so verdammt schwer, ins Wohnzimmer zu gehen. Sehnlichst wünscht sie sich, dass das, was geschehen ist, nur eine unschöne Episode war.

Sie drückt die angelehnte Tür auf, und was sie sieht, lässt sie zögern. Auf dem Rand des Sofas sitzt Nicolas, er hat seinen Kopf in beide Hände gestützt, sein Körper wird von Weinkrämpfen geschüttelt.

Am liebsten würde sie schreiend davonrennen, und noch lieber würde sie zu ihrem Vater fahren. Er wüsste, was sie jetzt tun soll.

Schweigend setzt sie sich Nicolas gegenüber auf den Lehnstuhl.

Als er sie bemerkt, wischt er eilig über sein Gesicht, wendet betreten seine verweinten Augen von ihr ab.

»Ich weiß nicht, was ich dir sagen soll.« Seine Stimme ist gebrochen und voller Reue. »Ich habe Tyson gefüttert und … und auf dich gewartet, um dir Lebewohl zu sagen.« Er hebt den Blick und sieht sie aufmerksam an. »Du warst auf dem Boot, bist hinaus aufs Meer gesegelt?« Versonnen lächelt er in sich hinein. »Ich hab das immer so genossen, nur wir zwei und die Urgewalt des Windes und des Wassers.«

Sie nickt und streicht wieder über ihr Haar. Was – verdammt noch mal – soll sie ihm sagen? Auf dem Boot hatte sie die Worte parat, doch jetzt fühlt sich alles ganz anders an.

»Nicolas, können wir reden?«

Ein kurzes, hoffnungsvolles Aufblitzen in seinen Augen gibt ihr Zuversicht, dass noch nicht alles verloren ist. Sie lässt ihn nicht aus den Augen, will seine Reaktion sehen, wie eine Anwältin und nicht wie eine Frau, die um ihre Liebe kämpft. »Wir haben nie viel über deine Vergangenheit, deine Familie gesprochen. Heute Morgen sagtest du, dass du eine Familie haben möchtest, die Familie, die du nie hattest. Was genau meinst du damit?«

Er stützt die Unterarme auf seine Beine und lässt den Kopf hängen. »Emilia, es ist nicht einfach für mich, darüber zu reden.«

»Sieh mich an.«

Er schüttelt den Kopf. »Nein, ich kann nicht.«

»Bitte, es ist wichtig für mich … für uns.«

Allmählich hebt er den Kopf und sieht sie direkt an, mit seinen Augen, die sie von Anfang an fasziniert hatten. Voller Leben und Begehren. Und jetzt sieht sie auch Schmerz darin. Emilia ermahnt sich, sich nicht auf diese Nebensächlichkeiten einzulassen, und weicht zurück.

»Also gut, ich denke, das bin ich dir schuldig.« Nicolas reibt sich über seinen Nacken, hat seinen Blick erneut auf den Dielenboden gerichtet. »Wir waren fünf Geschwister. Meine drei Brüder, eine Schwester und ich. Ich war der Jüngste, das Nesthäkchen. Immer musste ich um die Gunst meiner Eltern kämpfen. Insbesondere um die meines Vaters.« Er lacht verächtlich. »Ich war ein Unfall, nicht gewollt, und das zog sich durch mein Leben. Ich konnte machen, was ich wollte, es war nie gut genug. Es hagelte Prügel, und später, als ich älter war, waren es gemeine Bemerkungen.«

Er verzieht die Lippen zu einer schmalen Linie und schüttelt den Kopf, als würde er die Erinnerung darin verscheuchen wollen. »Als ich meine Ausbildung im Marketing und Design anfing, hatte mein Vater mich als schwulen Bock bezeichnet. Das sei keine richtige Arbeit. Ich solle etwas Vernünftiges lernen, so wie meine Brüder.« Er sieht sie an und lacht bitter. »Schlachter, Zimmermann und Maurer. Das waren meine Brüder. In den Augen meines Vaters waren das richtige Kerle.« Er steht auf und wandert im Wohnzimmer umher.

Emilia beobachtet jede seiner Bewegungen, jede Regung seiner Miene. Sie muss sich zusammenreißen, um ihn nicht tröstend in die Arme zu nehmen. Der Wunsch, ihn zu spüren und ihm Mut zuzusprechen, ist gewaltig. Vergessen, was geschehen ist. Für den Hauch einer Sekunde erschrickt sie über sich selbst.

»Emilia, ich bin nicht gut genug für dich, und ich hab Angst, dass ich dir wieder wehtue.«

»Das hab ich auch.« In ihrem Kopf arbeitet es und ihr Magen krampft sich zusammen. Sie muss sich entscheiden. »Ich bin froh, dass du mir einen Einblick in deine Kindheit gewährt hast. So manches wird dadurch klarer. Wir hätten schon viel früher darüber sprechen sollen.«

»Ich habe mich geschämt, dachte, du würdest mich einfach fallen lassen, noch bevor es mit uns anfing.« Er lächelt versonnen. »Du bist so eine tolle Frau. Intelligent und erfolgreich …«

Abwehrend hält sie die Hände hoch. »Bitte nicht. Ich möchte nicht über mich reden. Nicht jetzt.« Sie ringt mit sich und blendet ihre rationale Seite aus. »Ich … ich möchte, dass du bleibst.«

6. Kapitel

Mit einem schmerzerfüllten Stöhnen reckt und streckt Nicolas seine Glieder. Er hat auf dem verflucht harten Gästebett schlecht geschlafen. Aber das war der Deal und er hat ihn mit Freude angenommen. Emilia und er wollen sich langsam wieder annähern, so lautet ihre Abmachung. Ein breites Grinsen verzieht seine Lippen. Ja, langsame Annäherung passt ihm sehr gut, es entspannt seine Nerven, die in der letzten Zeit äußerst strapaziert waren. Zufrieden mit dem Ausgang der Situation hat er sogar zugestimmt, mit einem Therapeuten über seine *ach so traurige Vergangenheit* zu sprechen. Bei der Erinnerung muss er schallend lachen. Emilia war so ernst und eifrig bei der Sache, dass es ihn erschreckte. Niemals hätte er gedacht, dass sie so blind sein könnte. Nachdem sie den Prozess gewonnen hatte, war er verunsichert, weil er merkte, wie scharf ihr Verstand ist. Doch gestern Abend war sie nur hormongesteuert. Nachdenklich kratzt er sich über seine Bartstoppeln. Er hofft zutiefst, dass er es nicht versaut.

Energisch schiebt er den Vorhang am Fenster zur Seite und wird sofort von der Sonne geblendet.

»Guten Morgen, Sonne«, nuschelt er und sieht zum Meer hinüber. Ruhig liegt es da, als würde es nur darauf warten, dass der Wind es aufwühlt. Dann hört er Emilias Wagen, der die schmale Kiesauffahrt Richtung Straße fährt. Unwillkürlich weicht er zurück, er möchte nicht, dass sie ihn sieht, sie soll sich die Zähne an ihm ausbeißen. Er wird genau die Dinge machen, die sie von ihm erwartet. Er freut sich schon darauf.

* * *

Seit mehr als zwei Stunden liest Emilia die Akte ihres neuen Falles, ohne dass sie die Information überhaupt aufnimmt. Viel zu sehr ist sie mit ihrem eigenen *Fall* beschäftigt. Sonst hat ihre Arbeit immer Priorität, aber diesmal ist es anders. Eigentlich hat sie nach ihrem Erfolg im Livia-Svensson-Prozess mehr erwartet als eine Nachbarschaftsklage mit Drohungen und Handgreiflichkeiten, bei der es um Jagdrecht geht. Was zum Henker soll das? Sie erinnert sich daran, was Alma sagte: *Ist gut für dein Ansehen bei der Presse.* Ja, und deshalb war sie professionell genug, den Fall nicht abzulehnen, als sie ihn zugewiesen bekam. Doch jetzt würde sie diese dämliche Geschichte am liebsten ihren Kollegen aufs Auge drücken und Urlaub einreichen.

Nein, sie wird es durchziehen, und danach wird sie freinehmen und sich um ihr Privatleben kümmern. Nicolas und sie werden es schaffen. Ja, ganz sicher. Er hat sogar zugestimmt, sich einer Therapie zu unterziehen. Für sie liegt der Schlüssel seiner Gewalttätigkeit in seiner freudlosen und rabiaten Kindheit. Wie können Eltern nur so mit ihren Kindern umgehen? Wenn sie wüssten, was ihr Handeln für Folgen hat.

»Und jetzt muss ich mich mit dieser albernen Jagdrecht-Sache abgeben.«

Aus tiefstem Herzen seufzt sie. Sie hasst die Jagd. Dabei fällt ihr ein, dass ihr Vater in knapp einer Woche seine traditionelle Jagdsaison eröffnet. Mit viel Tamtam und fröhlichen

Gesichtern. Natürlich wird sie hinfahren, aber sie wird im Haus bleiben und hoffen, dass die Elche wissen, was auf sie zukommt.

Ohne die Augen von der Akte zu nehmen, greift sie zum Kaffeebecher. Sie muss sich konzentrieren und einen Ansatz finden, um den Prozess erfolgreich abzuschließen.

Das Klopfen an der Tür lässt sie zusammenfahren, Kaffee spritzt auf das Schriftstück.

»Mist«, schimpft sie und kramt ein Kleenex aus der Schreibtischschublade.

»Hej, ich hoffe, ich störe nicht.«

Emilia hebt den Blick von dem bekleckerten Papier. »Hej Alma. Komm rein, setz dich.«

»Alles gut bei dir?«

»Ja, bestens. Ich bemühe mich gerade darum, das Jagdgesetz zu verstehen – und die Menschen, die dahinterstecken.« Akribisch wischt sie über das Papier und legt es sorgfältig zur Seite, damit es trocknen kann.

»Ich weiß, damit hast du ein Problem.«

»Hast du mich für diesen Fall vorgeschlagen?«

»Nein, aber ich bin davon überzeugt, dass du, obwohl du die Jagd abscheulich findest, die Verhandlung fair führen wirst.«

»Wenn du es sagst, dann wird es wohl stimmen.«

Alma macht es sich auf dem Stuhl vor dem Schreibtisch bequem und betrachtet sie aufmerksam. »Wie war dein Wochenende? Du siehst müde und abgespannt aus.«

»Alles bestens.« Emilia bemüht sich um ein sorgloses Lächeln.

»Ah, ich versteh, es war wild und aufregend. Na ja, so ist das in einer jungen Ehe.« Alma grinst sie breit an.

Dieses Grinsen macht Emilia unerwartet zornig. »Woher willst du das wissen? Du warst ja nie verheiratet.«

Alma hebt die Augenbrauen. »Richtig, ich bin nie in den Genuss einer Ehe gekommen, das heißt aber nicht, dass ich nicht weiß, wie es ist, jemanden zu lieben.«

Emilia lehnt sich zurück, neugierig studiert sie Almas Haltung: Gelassen sitzt sie da, als wüsste sie, wie das Leben funktioniert. Sie ist neugierig. »Warum hast du nie geheiratet?«

»Weil … weil der Richtige nicht bereit dazu war.« Alma schlägt ihre schlanken Beine übereinander, streicht ihren Rock glatt und lächelt Emilia an. »Für mich waren deine Eltern das Idealbild einer Ehe. Nichts konnte zwischen sie kommen. Sie hielten zusammen.« Alma senkt den Blick, streicht wieder über ihren Rock und schmunzelt versonnen, als würde die Erinnerung daran sie immer noch berühren. »Wie ist es bei dir?«

Emilia schluckt hart. Was soll sie sagen? Zu gern würde sie Alma erzählen, was passiert ist, doch irgendetwas in ihr lässt sie verstummen.

»Verstehe, du genießt und schweigst. Gut so. Ich glaube, so würde ich es auch handhaben. Nicolas ist ein toller Mann, und ich finde, er passt gut zu dir. Bringt ein wenig Schwung in dein Leben.«

»Was soll das heißen?«

»Ach Emilia, du bist so erpicht darauf, Karriere zu machen, dass du keinen Blick für das Leben übrighast. Genau wie dein Vater. Karriere und seine Familie, das war alles, was ihn antrieb.« Sie zwirbelt eine Haarsträhne durch die Finger. »Du hättest ihn mal hören sollen, als deine Mutter ihm von ihrer Schwangerschaft berichtet hat. Er war so durcheinander, wusste nicht, ob er bereit war, ein Kind großzuziehen. Schließlich winkte ihm der Posten des Staatsanwalts und der Richterstuhl rückte näher.« Sie lacht und sieht Emilia an, die ihre Augen nicht von Alma lassen kann. »Und dann, irgendwann an einem Weihnachtsabend … ach, dein Vater war so vernarrt in dich. Deine Mutter Ester war sehr gut darin, alles zu organisieren und deinem Vater den Rücken freizuhalten. Um es kurz zu machen, für mich war es die perfekte Ehe, und sie liebten sich.«

»Warum erzählst du mir das jetzt?«

»Weil ich das Gefühl nicht loswerde, dass du dir und deinem Lebensglück selbst im Weg stehst. Nicolas ist ein toller Mann, und ich glaub, er und du … Charlie würde sich mit Sicherheit sehr freuen, wenn …«

Abwehrend hält Emilia die Hand hoch. »Stopp. Alma, lass es gut sein.«

»Du hast recht, es geht mich nichts an. Ich wünsche mir nur, dass du glücklich bist. Das ist alles. Aber das sagte ich ja bereits.«

»Vor ein paar Tagen hast du gesagt, dass Nicolas auf meine Kosten lebt, und jetzt gibst du mir zu verstehen, dass ich mit ihm eine Familie gründen soll? Was soll das, Alma?« Genervt verschränkt Emilia die Arme.

»Ich weiß auch nicht. Vielleicht bin ich gerade etwas sentimental, weil sich der Todestag deiner Mutter nähert.«

Bedächtig erhebt sich Alma von dem Stuhl. »Lebe, Emilia, du hast nur dieses eine Leben.« Dann zieht sie die Tür hinter sich zu.

Verblüfft sieht Emilia Alma nach. Nachdenklich erhebt sie sich von ihrem Stuhl, geht zu dem Fenster hinüber und öffnet es weit. Gierig atmet sie die Seeluft ein, schließt die Augen und lauscht den Geräuschen der Stadt. Wie jedes Jahr verdrängt sie den Tag, an dem ihre Mutter durch eine Unvorsichtigkeit in den Bergen abgestürzt ist. Am Eröffnungstag der Jagdsaison.

Energisch schließt sie das Fenster und setzt sich an den Schreibtisch. Auf keinen Fall will sie jetzt darüber nachdenken. Es ist zehn Jahre her und sie muss es endlich abschließen. Doch es gelingt ihr nicht. Heiß brennen die Tränen in ihren Augen. Sie möchte nicht weinen, und doch tropft die erste Träne auf ein weiteres Blatt ihres neuen Falles.

* * *

Leise schließt sie die Haustür hinter sich und lauscht. Es ist ruhig. Suchend schaut sie sich nach Tyson um. Merkwürdig, sonst ist er immer der Erste, der sie begrüßt. Na, vielleicht ist er auf Mäusefang, aber komisch ist es schon, denn er war auch heute Morgen nicht da. Mit einem Achselzucken tut sie den Gedanken ab und hängt ihre Jacke an den Garderobenhaken, schaut in den Spiegel daneben und erschrickt. Sie sieht furchtbar aus. Tiefe Schatten unter den Augen und eine dünne Falte hat sich um ihre Mundwinkel gelegt. Rasch ordnet sie ihr Haar und reckt das Kinn. Im Moment scheint alles den Bach runterzugehen. Sie sehnt sich nach einer Auszeit, um sich klarer zu werden, wie es weitergehen soll mit ihr und Nicolas und ihrer Karriere. Alma hat nicht ganz unrecht, sie sollte anfangen zu leben.

Entschlossen geht sie die Treppe hinauf und klopft an der Tür des Gästezimmers. Nichts. Sie klopft noch einmal und drückt die Klinke herunter. Das Zimmer ist penibel aufgeräumt, aber von Nicolas keine Spur. Eilig geht sie in das Schlafzimmer, auch hier ist er nicht. Sie spürt, wie sich ihr Herzschlag erhöht. Hat er sich doch umentschieden und ist gegangen? Dann hört sie seine Stimme, die durch das halb geöffnete Fenster zu ihr weht. Erleichtert blickt sie in den kleinen Garten hinaus. Andächtig steht Nicolas vor dem Rosenbeet, einen Spaten in der Hand, und neben ihm im Gras liegt Tyson. Erleichtert atmet Emilia aus. Doch etwas stimmt nicht an dem Bild, das ihr im ersten Augenblick so harmonisch vorkam.

Sie reißt die Tür zum Garten auf.

»Nicolas! Was ist passiert?«

Ihre Stimme überschlägt sich. Kalt und heiß läuft es über ihren Körper.

Nicolas kommt ihr entgegen, hält sie auf und nimmt sie fest in die Arme. »Es tut mir so leid«, murmelt er in ihr Haar.

Aufgewühlt stößt sie ihn zurück, doch er hält ihre Arme fest. »Beruhig dich erst einmal.«

»Lass mich los, ich will sehen, was mit ihm ist.«

Nicolas lockert den Griff. »Er ist tot, Emilia.«

Sie ignoriert seine Worte, will sie nicht hören, denn das kann nicht sein. Nein, nicht Tyson. Er ist erst elf Jahre, kein Alter für eine Katze. Wie ferngesteuert sinkt sie auf die Knie, ihre Hand zittert, als sie Tysons flauschiges Fell berührt. Er fühlt sich kalt an, seine Zunge hängt aus dem Maul. Blau und geschwollen, die Augen leer und ohne Glanz. Immer wieder murmelt sie seinen Namen, hebt ihn vorsichtig auf und drückt ihn fest an sich, will ihn wärmen und sein leises Schnurren hören. Doch er bleibt stumm und kalt.

»Ich habe ihn genau hier gefunden, deshalb hab ich diese Stelle gewählt, um ihn zu begraben … Ich hab auf dich gewartet, damit du Abschied nehmen kannst.« Unwillkürlich drückt sie den Kater noch fester an sich und weigert sich, Nicolas anzusehen, als er sich neben sie hockt. Der raue Kloß in ihrem Hals will nicht weichen. Eine Meise tschilpt ihren Abendgesang von der Birke, die die Rosen beschattet. Emilia schließt die Augen und lauscht dem Vogel, so wie Tyson es immer getan hat, bevor er sich anpirschte, um ihn zu fangen.

»Was ist passiert?«

»Als ich bemerkte, dass er sein Futter nicht angerührt hat, bin ich raus und hab nach ihm gerufen und dann … dann hab ich ihn hier gefunden. Tot.«

Wie betäubt wendet sie sich Nicolas zu. »Was hast du getan?«

Nicolas schüttelt den Kopf und blickt sie mit traurigen Augen an. »Was meinst du?«

»Du mochtest ihn nicht.«

Nach einer gefühlten Ewigkeit antwortet er ihr. »Ich gebe zu, wir waren nicht die besten Freunde, aber wir haben uns angenähert. Du glaubst doch nicht im Ernst, dass ich ihn … oder doch? Ich weiß doch, was er dir bedeutet.«

Sie blickt ihn an, bemüht sich, in seinem Gesicht zu lesen. Doch sie sieht nichts, außer dass er ebenso wie sie völlig verzweifelt ist. »Lass mich bitte mit ihm allein.«

7. Kapitel

Müde, ausgelaugt und bekümmert wankt Emilia in die Küche. Ihr erster Blick geht hin zu Tysons Näpfen. Sie hat es gestern nicht übers Herz gebracht, sie zu entfernen. Sofort treibt ihr der Anblick Tränen in die Augen.

»Wie geht es dir?«

Erschrocken wendet sie sich um, sie hat Nicolas nicht bemerkt, der am gedeckten Frühstückstisch sitzt. Sie kann ihm nicht antworten. Ihre Kehle fühlt sich an, als wäre sie zugeschnürt, das Atmen fällt ihr schwer, sie will weinen, schreien und sie möchte Tysons weiches Fell an ihrem Gesicht spüren. So wie jeden Morgen, jeden Abend. Sie vermisst ihn so.

»Kaffee?«

Stumm nickt sie und gleitet auf den Stuhl.

»Bist du sicher, dass du ins Büro willst?«

Wieder nickt sie.

»Warum nimmst du dir nicht ein paar Tage frei?«

Sie schüttelt den Kopf und blickt zu dem Fenster hinüber. Dunkle Wolken haben sich aufgetürmt, es wird regnen. Der Herbst ist da.

»Alles neigt sich dem Ende zu.«

»Emilia?«

Verwundert blickt sie ihn an. »Was?«

»Du sagtest gerade, dass sich alles dem Ende zuneigt. Was meinst du damit?«

»Nichts Bestimmtes.« Seufzend steht sie auf und berührt flüchtig seine Schulter. »Tut mir leid, was ich gestern zu dir gesagt hab. Dass du Tyson …« Sie kann den Satz nicht zu Ende bringen, schon wieder haben sich Tränen in ihren Augen gesammelt.

»Schon gut, ich verstehe dich.«

Emilia nickt und bemüht sich um ein Lächeln. Sie ist versucht, ihn zum Abschied zu küssen, doch dann lässt sie es. »Ich seh dich heute Abend. Was ist dein Plan für den Tag?«

»Ich habe einen Termin bei einem Therapeuten.«

Verwundert schaut sie ihn an, schamerfüllt wendet er den Blick von ihr ab. Er hat sie ernst genommen und sich für die Beziehung entschieden. Wie konnte sie ihn beschuldigen, Tyson getötet zu haben? Was passiert nur gerade in ihrem Leben?

»Gut.« Das ist alles, was sie sagen kann, sie ist viel zu aufgewühlt.

* * *

Lust und Gier fluten seinen Körper. Nicolas starrt in das Gesicht der Brünetten, während er in ihr versinkt. Immer wieder stößt er in sie, eine unbeschreibliche Überlegenheit erfüllt ihn. Ihr Stöhnen und der Rhythmus ihres Unterleibs bringen ihn früher zum Höhepunkt, als er wollte. Aber das macht nichts. Es ist genau das, was er heute braucht.

Mit einem lauten Ausatmen rollt er von ihr herunter. Sein Herz rast. Er ist sich nicht sicher, ob es an dem Orgasmus oder dem Joint liegt, den sie wie üblich geraucht haben, bevor sie übereinander hergefallen sind. Erschöpft schließt er die Augen und genießt ihre Hände auf seiner Brust, die ihn sanft liebkosen. Sie ist nicht wie die anderen. Sie ist so voller Gefühl. Oder ist es ihr Geschäftsmodell?

Nicht denken. Einfach bloß genießen.

Unwillkürlich streifen ihn die Bilder von heute Morgen. Er muss sich eingestehen, dass er Mitleid mit Emilia hatte. Sie sah so zerbrechlich aus in ihrer Trauer um diesen Kater. Aber das musste sein. Kollateralschaden. Er reibt sich über die Stirn, als könnte er Emilias Bild in seinem Kopf wegwischen. Manchmal ist sie so unnahbar wie eine Eisfigur. Es hatte ihn gereizt, dieses Eis zu zerschlagen. Und überhaupt, sie reizt ihn manchmal bis aufs Blut mit ihrer steifen Art. Er hatte es sich einfacher vorgestellt, als er sie in Hamburg kennenlernte. Verdammt noch mal, er muss sich im Zaum halten. Schwer atmet er aus und erntet einen fragenden Blick von der Brünetten. Er muss das mit dieser Hure beenden. Seit fast zwei Monaten vögelt er sie, es wird ihm das Genick brechen.

Aufreizend und voller Lust liegt sie neben ihm. Er kennt noch nicht mal ihren Namen. Sie hat darauf bestanden, dass es keine Namen gibt. Das sei unnötig. Ja, sie hat recht, es ist nicht wichtig und macht die Sache auch einfacher. Für ihn ist sie die Brünette mit den grandiosesten Titten, die er jemals in seinen Händen hielt.

»Was ist los? Hat es dir keinen Spaß gemacht?«

»Es ist nichts.« Nicolas stützt sich auf die Ellenbogen und will aufstehen.

Sanft drückt sie ihn zurück in die Kissen und sieht ihn lange an. »Weißt du, dass ich deinetwegen heute einen Kunden hab sausen lassen?«

Nicolas lacht verlegen, er hat keine Ahnung, was er davon halten soll.

»Wirklich?«

»Ja, er war nicht mein Typ.«

»Ich fühle mich geehrt.«

Und das ist er tatsächlich. Er streicht ihr eine Haarsträhne aus dem Gesicht, und für einen Wimpernschlag ist er versucht, ihr seine Gefühle zu offenbaren. Diese Hure ist in diesem Augenblick die wunderbarste Frau, der er je begegnet ist. Sie ist mehr für ihn als ein bezahlter Fick. Diese Hure ist genau der Typ Frau, die ihn begeistert: unkompliziert, keine Kritik, keine Forderungen. Kurz streift ihn der Gedanke, mit ihr ein gemeinsames Leben zu führen.

Blödsinn.

Er haucht ihr einen Kuss auf die Wange und sieht auf seine Armbanduhr. Schon nach elf. Er muss sich beeilen, um den Termin bei dem Therapeuten wahrzunehmen. Das wird mit Sicherheit lustig. Und doch ist er genervt, weil er weiß, dass Emilia es kontrollieren wird. Ohne großes Aufheben rollt er sich aus dem Bett und greift sich seine Jeans vom Boden.

»Ich habe deine Frau gesehen.«

Mitten in der Bewegung hält er inne. Ein heißer Schauer rinnt seinen Nacken herunter.

Immer schön cool bleiben.

Er grinst sie an und widmet seine Aufmerksamkeit dem Hemd, das er umständlich zuknöpft. »Du spinnst. Du weißt doch gar nicht, ob ich verheiratet bin.«

»Doch, ich weiß, dass du mit dieser Staatsanwältin verheiratet bist.« Sie springt aus dem Bett und wühlt in einem Wust aus Zeitschriften und Zeitungen neben dem Bücherregal. »Hier«, sie streicht die Zeitung glatt und hält sie ihm hin. »Das da ist Emilia Gustafsson, und das bist du.« Sie grinst ihn an. »Hier steht ›die Staatsanwältin Gustafsson und ihr Mann‹ …«

Nicolas reißt ihr die Zeitung aus der Hand. Starrt auf das Foto, das in dem Restaurant gemacht wurde, als sie den Erfolg gefeiert haben. Er sieht genauso entsetzt aus wie Emilia.

»Und?«, fragt er mit belegter Stimme.

»Nichts.« Sie greift sich ihren Kimono. »Ich finde es einfach nur interessant.«

»Du findest es also interessant und sonst nichts.« Sein Blick wandert von ihrem Gesicht zu den nackten Brüsten.

Ohne Eile bedeckt sie ihren Busen mit dem Kimono. »Machst du dir Sorgen? Brauchst du nicht. Ich werde schweigen.«

»Hast du mit ihr geredet?«

Sie lässt sich Zeit mit ihrer Antwort. »Nein. Wir sind durch Zufall aufeinandergeprallt.« Sie streicht über ihr zerzaustes Haar, neigt den Kopf mit einem provokanten Lächeln auf den Lippen. »Deine Frau ist hübsch.«

Nicolas mustert sie, etwas an ihrem Lächeln mahnt ihn zur Vorsicht. »Ja, das ist sie.«

Die Brünette leckt sich über ihre vollen Lippen. »Und sie ist vermögend. Hast du sie deshalb geheiratet?«

Spott liegt in ihren Worten, und augenblicklich bereut Nicolas die warmen Gedanken, die er für diese Hure übrighatte.

»Komm auf den Punkt. Was willst du?«

»Oh, so aggressiv.« Laszivhebt sie die rechte Augenbraue. »Nichts, obwohl der Gedanke …«

Hart packt er sie an den Armen. Für einen Moment sieht er Angst in ihren Augen. »Komm mir nicht auf dumme Ideen.« Abrupt lässt er sie los.

Sie taumelt zurück, ihr Blick ist hart. »Wag es nicht noch einmal, mich so anzufassen.«

»Du drohst mir, du kleine Hure!«

Sofort ist er bei ihr. Drängt sie an die Wand, presst seinen Körper an ihren. Oh, das fühlt sich gut an. Er genießt jede Sekunde. Den Angstschweiß, der sich auf ihrer Stirn bildet, die Augen, die hektisch nach einem Ausweg suchen. Den sinnlosen Versuch, sich aus der Bedrängnis zu befreien. Er spürt seine Erregung. Grandioses Gefühl.

Überlegenheit.

Macht.

Stärke.

Sein Atem geht keuchend, während er am Reißverschluss seiner Jeans nestelt.

»Du elendes Stück Scheiße. Wag es ja nicht!«, brüllt sie ihn an.

Noch bevor sie ihr Knie in seinen Unterleib rammen kann, lässt er sie los. Hart prallt ihr Körper an die Wand. Entsetzen und Verachtung liegen in ihrem Blick. Seine Hand ist zu einer Faust geballt, die er wahnsinnig gern in ihr Gesicht schlagen möchte. Doch er reißt sich zusammen.

Wortlos zerrt er die Schlafzimmertür auf. Stürmt über den schwach beleuchteten Flur zur Haustür. Er kann keinen klaren Gedanken fassen. In seinem Kopf herrscht Leere. Doch seine Gefühle sind unsagbar düster und heiß, wie flüssiger Teer. Einen Augenblick bleibt er stehen, dreht sich um. Er hat einen Fehler gemacht.

Durch den Spalt der Schlafzimmertür kann er sie sehen, wie sie aufgeregt hin und her geht und ihr Smartphone von dem Tisch nimmt.

Geräuschlos betritt er das Zimmer. Sie hat ihm den Rücken zugekehrt und das warme Licht der Nachttischlampe umrahmt ihren Körper in einem goldenen Schein. Es ist ein wundervolles erotisches Bild, das sich ihm bietet. Er hasst den Gedanken, dieses Bild zu zerstören, aber es muss sein. Sonst zerstört es ihn.

Vom Stuhl neben der Tür greift er sich den Schal, den sie achtlos über die Lehne gehängt hat, als sie in das Zimmer gingen und wild übereinander herfielen. Die Bilder in seinem Kopf erregen und stimmen ihn gleichzeitig traurig.

Es geht schnell. Der Schal schlingt sich fest um ihren schlanken Hals. Das Smartphone fällt zu Boden, ihre Hände greifen nach hinten, versuchen, ihn abzuwehren, dann zwängen sich ihre Finger zwischen Schal und Hals. Doch vergeblich. Er zieht ihn noch fester zusammen, lauscht dem hilflosen Röcheln. Er spürt, wie ihr Widerstand schwächer wird. Tränen rinnen über seine Wangen, als er die Schlinge fester zuzieht. Und dann hört er das leise Knacken des Kehlkopfs.

Der Kampf ist vorbei. Das Leben erloschen wegen einer unvorsichtigen Äußerung und einer Idee, die in ihrem Kopf wuchs. Geld. Ja darum geht es immer. Geld. Sanft lässt er sie zu Boden gleiten, bedeckt ihre Brüste mit dem Kimono.

* * *

Nicolas stürmt vom Garten ins Haus und die Treppe hinauf, das Knarren der Stufen macht ihn nervös, es erinnert an das Geräusch des brechenden Kehlkopfs. Einen Augenblick bleibt er stehen, sieht an sich herunter, seine Schuhe und Hosen sind mit Dreck besudelt. »Scheiße! Verfluchter fucking Scheiß!«

Er stinkt mit Sicherheit genauso wie die Müllhalde, in der er die Brünette entsorgt hat. Die Zeit drängt, Emilia wird in weniger als fünfzehn Minuten hier sein, und er will keine dummen Fragen beantworten. Eilig stößt er die Schlafzimmertür auf, öffnet den Kleiderschrank, um sich frische Sachen zu holen, und hetzt Richtung Bad. Er erstarrt mitten in der Bewegung.

Lauscht.

Vorsichtig schiebt er den Vorhang am Fenster zur Seite, sein Atem stockt, als er Emilia kniend am Rosenbeet sieht, wie sie mit bloßen Händen die Erde aufwühlt. Seine Hände ballen sich zu Fäusten. Schweiß rinnt ihm die Achseln herunter.

Die Sonne steht schon tief und taucht das Rosenbeet in ein weiches Licht. Unentschlossen steht Emilia davor, reibt mit den Händen über ihre Arme, um die Kälte, die vom Meer hochzieht, zu vertreiben. Tief atmet sie durch und nimmt sich den Spaten, der immer noch im Gras liegt.

Vorsichtig setzt sie den ersten Spatenstich, auf keinen Fall will sie ihn verletzen. Sie denkt nichts und fühlt nichts, nur so kann sie es schaffen. Für die letzten Zentimeter nimmt sie ihre Hände zu Hilfe.

Ganz vorsichtig streicht sie die Erde von seinem Fell. Suchend sieht sie sich um, hat vergessen, eine Decke zu holen. Umständlich richtet sie sich auf und geht zu dem Geräteschuppen hinüber, der hinter einem Busch verborgen ist. Sie stutzt, als sie Licht im Schuppen sieht. Wahrscheinlich hat Nicolas vergessen, es auszumachen, als er den Spaten herausholte, um Tyson zu begraben.

Laut schreit sie auf, als sich eine Hand auf ihre Schulter legt.

»Emilia, was machst du hier?«

»Gott, hast du mich erschreckt.«

»Wieso bist du schon hier? Wo ist dein Wagen? Und was tust du da überhaupt?« Er deutet auf das Rosenbeet.

»Ich brauche eine Decke für Tyson. Und mein Wagen ist bei Johansson in der Werkstatt, um ihn durchzuchecken. Er bringt ihn mir morgen.«

»Wieso buddelst du Tyson aus?«

»Weil ich ihn mitnehmen werde, um ihn neben meiner Mutter zu begraben.«

Verstört sieht er sie an. »Das ist verrückt! Willst du ihn noch eine Woche hier verwesen lassen, bis er stinkt und die Maden ihn auffressen?«

Emilia schließt die Augen, seine harten Worte schmerzen sie. Wie kann er nur so über Tyson reden und so über sie denken? Sie reckt ihr Kinn.

»Nein. Ich fahre morgen früh zu meinem Vater. Und ich nehme Tyson mit.« Sie drängt sich an ihm vorbei und öffnet die Tür zum Schuppen.

»Warte. Ich hol dir eine Decke.«

Er schlüpft in den Schuppen und schließt die Tür hinter sich. Als Erstes sieht er unter der Werkbank nach. Zieht eine

Blechdose hervor, öffnet sie und ist erleichtert. Das Smartphone der Brünetten ist noch da. Warum auch nicht. Schließlich war Emilia nicht hier drin. Aber er muss unbedingt ein neues Versteck finden, oder – noch besser – das Ding entsorgen. Er stellt die Dose wieder zurück in das Regal unter der Werkbank, sieht sich suchend um und entdeckt bei den ausrangierten Gartenmöbeln eine rote Wolldecke.

Mit verschränkten Armen wartet Emilia vor der Tür. Sie fragt sich, was das sollte, warum er die Tür zugemacht hat. Gerade als sie in den Schuppen will, kommt Nicolas mit einer Decke in der Hand heraus.

»Ist die okay?«, fragt er, und seine Gesichtszüge, die eben noch angespannt waren, sind weich.

»Ja, die ist perfekt.«

»Soll ich mit dir fahren?«

»Nein, ich brauch ein wenig Zeit für mich.«

»Na gut. Es tut mir leid, dass ich eben die Beherrschung verloren hab. Daran muss ich arbeiten, das sagt übrigens auch der Therapeut.«

Nicolas dreht den Schlüssel an der Schuppentür um und lässt ihn in seine Hosentasche gleiten, legt den Arm um ihre Taille und führt sie von dem Schuppen weg.

Sie bleibt stehen und betrachtet ihn in dem fahlen Licht der untergehenden Sonne. Zärtlich streicht sie ihm über die Wange. »Danke, dass du es versuchst.«

»Was meinst du?«

»Dass du zu dem Therapeuten gehst, um unsere Ehe und dich zu retten.« Sie küsst seinen Hals. Stutzt. Fährt mit den Fingern über eine Schramme. »Was ist passiert?«

Nicolas weicht zurück. Befühlt seinen Hals. »Oh, nichts weiter, ich habe mich nur gekratzt.«

8. Kapitel

Konzentriert legt Emilia Kleidungsstücke auf das Bett und wählt aus, welches nach unten oder nach oben in die Reisetasche kommt. Immer wieder streicht sie sorgfältig über die Kleidung, um Fältchen zu vermeiden, während sie sie in die Tasche legt. Endlich zieht sie den Reißverschluss zu. Noch einmal geht sie ins Bad und inspiziert zum hundertsten Mal, ob sie auch alles, was sie braucht, eingepackt hat. Sie hasst es zu reisen, nie weiß sie, was sie mitnehmen soll, ob sie auch an alles gedacht hat. Dabei ist es egal, ob sie nur aufs Land zu ihrem Vater fährt oder eine Europatour macht. Entschieden knipst sie das Licht im Bad aus, geht in das Schlafzimmer, und auch hier suchen ihre Augen alles schnell ab – ob sie noch etwas vergessen hat?

Emilia ist angespannt von den Ereignissen der letzten Tage. Abwesend bindet sie ihr langes Haar zu einem Pferdeschwanz, während sie auf das Fenster zugeht und die luftige Gardine zur Seite schiebt. Sie will nicht auf das Rosenbeet sehen, doch sie kann nicht anders, es zieht sie magisch an. Erleichtert stellt sie fest, dass Nicolas das Loch wieder gefüllt und die Spuren, so gut es geht, kaschiert hat. Dafür ist sie ihm dankbar. Er war sehr verständnisvoll, als sie ihm erklärte, warum sie Tyson bei ihrer Mutter begraben will. Es versetzt ihr einen Stich, dass sie sein

Angebot, mit ihr zu fahren, so vehement abgelehnt hat, doch sie braucht ein paar Tage für sich. Tief atmet sie durch und löst sich von dem Fenster. Sie nimmt ihre Tasche und zwingt sich, sich nicht noch einmal umzusehen. Das muss sie unbedingt ablegen, dieses zwanghafte Kontrollieren, ob alles in Ordnung ist. Unwillkürlich schmunzelt sie, schon ihre Mutter hat vergeblich versucht, das aus ihr herauszubekommen. Was sagte sie immer? *Lass das Leben laufen, es wird dich belohnen, wenn du ihm die Möglichkeit gibst, sich frei zu entfalten.* Bis heute weiß Emilia nicht, was damit gemeint ist.

Unschlüssig steht sie oben am Treppenabsatz und lauscht. Es ist still im Haus. Nur das stetige *Ticktack, Ticktack* der Standuhr aus dem Wohnzimmer.

»Nicolas?«

»Ich bin hier, in der Küche!« Seine Worte vermischen sich mit dem Klappern von Geschirr.

Erleichtert und auch froh, dass er noch da ist, geht sie hinunter.

»Guten Morgen, Süße.« Er lächelt sie entspannt an, geht auf sie zu und berührt sacht ihren Arm. »Damit wir noch etwas Zeit für uns haben, bevor du fährst, hab ich den Termin bei dem Therapeuten verschoben.«

Sein Lächeln nimmt ihr die Last, die sie seit Tagen auf ihren Schultern trägt. Die Differenzen, die sie hatten, ihre Zweifel, ob er der richtige Mann für sie ist, sind wie weggeblasen. Und doch bleibt ein bitterer Beigeschmack. Denn nicht alles kann sie so einfach vergessen. Und sie will die Zeit bei ihrem Vater nutzen, um eine Entscheidung zu treffen.

Sie vergräbt ihre Hände in den Taschen ihrer Hose und bemüht sich um einen entspannten Tonfall. »Ich danke dir, dass du das Rosenbeet wieder in Ordnung gebracht hast und mich nicht ganz für verrückt hältst, weil ich Tyson von hier fortbringe.« Zurückhaltend senkt sie den Blick und gleitet auf den Stuhl.

»Ehrlich gesagt war ich gestern entsetzt, aber ich denke, ich weiß, wie sich das für dich anfühlt.« Nicolas setzt sich ihr gegenüber, neigt den Kopf, um ihr in die Augen sehen zu können. »Ich verrate dir jetzt etwas, aber lach nicht. Als ich etwa neun war, hatte ich einen Hamster. Sein Name war Georg …«

»Georg?«, unterbricht sie ihn erstaunt. »Das ist ein lustiger Name für einen Hamster.«

»Ja, fand ich auch, nun ja, irgendwann war Georg verschwunden. Überall im Haus habe ich nach ihm gesucht. Doch ich hab ihn nie gefunden, und das war für mich das Schlimmste. Ich weiß bis heute nicht, was passiert ist. Wahrscheinlich ist er elendig gestorben und … nun, ich hätte ihn gern begraben und ihm gesagt, dass ich ihn sehr mochte.«

Mit zusammengepressten Lippen sieht er sie an. Dann entspannen sich seine Gesichtszüge, er nimmt ihre Hand und führt sie zu seinem Mund. Ohne seinen Blick von ihr zu wenden, küsst er ihre Fingerspitzen. »Deshalb verstehe ich dich.«

Von einer Sekunde auf die andere schießen Emilia Tränen in die Augen. Sie hätte nie vermutet, dass Nicolas so empfindet. Noch bevor sie etwas sagen kann, dringt lautes Hupen zu ihnen. Emilia zuckt zusammen, wischt sich mit den Händen über das Gesicht, ihre Stimme zittert, als sie sagt: »Das ist sicher Johansson, um mir den Wagen zu bringen.«

Der Blick aus dem Fenster bestätigt ihre Vermutung. Sie ist hin- und hergerissen, ob sie ihr Vorhaben durchziehen soll. Tyson ist tot, vergiftet von irgend so einem Katzenhasser. Ihre Mutter ist tot, weil sie beim Wandern in den Bergen unachtsam war und in die Tiefe stürzte. Aber hier ist ein Mensch, der bereit ist, mit ihr das Leben zu teilen. In diesem Augenblick hasst sie sich für ihre Gefühle und den Gedanken, ihn verlassen zu wollen. Ihr ist bewusst, dass Nicolas eine dunkle Seite hat. Sie ist ein Nachruf auf seine verkorkste Kindheit, die ohne Liebe und Verständnis war.

Was soll sie tun? Für einen Moment schließt sie die Augen und hofft, dass irgendwer eine Entscheidung für sie trifft. Bleiben oder fahren. Aber da ist dieses Bauchgrummeln, das sie schier verrückt macht, weil sie es nicht versteht. Sie sieht auf ihre Hand, die Nicolas wieder festhält, sie spürt, wie sein Daumen über ihren Handrücken streicht. Er hat den Kopf gesenkt, und die Klammer um ihre Brust zieht sich immer mehr zusammen. Sie liebt ihn, und doch sind da die Bilder in ihrem Kopf, wie er sie behandelt hat.

»Ich liebe dich, Emilia.«

Der Kloß in ihrem Hals droht sie zu ersticken. Warum kann sie ihm nicht antworten? Emilia schluckt den Kloß herunter. »Ich liebe dich auch.« Ruckartig steht sie auf. »Ich seh dich dann am Wochenende.«

Eilig geht sie in den Flur. Der Drang, sich dieser beklemmenden Situation zu entziehen, ist enorm. Sie braucht Zeit und Abstand, zu viel ist passiert.

»Warte.« Nicolas nimmt sie in die Arme. »Fahr vorsichtig«, murmelt er in ihr Haar, dann küsst er sie leidenschaftlich.

Nicolas sieht ihr hinterher, wie sie die Auffahrt zur Straße nimmt. Noch einmal hebt er die Hand, um ihr zu winken.

»Gute Reise, mein Schatz«, presst er durch die Zähne. Als das Auto außer Sichtweite ist, wischt er sich über den Mund und wendet das Gesicht der Sonne entgegen. Tief atmet er ein und aus, füllt seine Lungen mit der erfrischenden Seeluft. Er sieht auf seine Armbanduhr und wartet noch weitere fünf Minuten, bis er zum Geräteschuppen eilt. Immer wieder blickt er über die Schulter, zögert, bevor er die Tür aufzieht.

Im Inneren des Schuppens riecht es nach feuchter Erde; Reste vom Rosenbeet, die noch am Spaten haften. Zielstrebig greift er sich die Metalldose aus dem Regal, und bevor er sie öffnet, linst er nochmals aus der Tür. Alles ruhig. Energisch hebt er den Deckel von der Dose.

Sie ist leer. Er braucht Sekunden, bis er es begreift. Schlagartig werden seine Knie weich, sein Körper fühlt sich an, als wäre sämtliches Blut aus ihm gewichen.

Wütend schleudert er die Dose an die Wand. Mit einem lauten Scheppern fällt sie zu Boden. »Verflucht, das kann doch nicht sein«, schreit er und rauft sich die Haare. Er muss sich beruhigen und nachdenken.

Hektisch sieht er sich im Schuppen um, öffnet jede Metalldose, die er zu fassen bekommt, in der Hoffnung, dass er nur die falsche geöffnet hat. Doch außer Schrauben, Nägeln und Klammern ist nichts in den Dosen, was einem Smartphone auch nur ähnlich sieht. Wütend kickt er eine der Dosen aus dem Schuppen. »Verfickte Scheiße!«, brüllt er in den sonnigen Morgen.

9. Kapitel

Die tief stehende Sonne blendet sie, während sie die lange Zufahrt zu ihrem Elternhaus entlangfährt. Emilia wendet den Blick auf den See neben ihr, der sie mit einem geheimnisvollen Glitzern begleitet. Unwillkürlich muss sie an die Tage ihrer Kindheit denken. Wie unbeschwert sie hier herumlief, ihrem Vater beim Angeln zusah und mit ihrer Mutter im See badete. Juchzend hatten sie sich jeden Sommer in sein kaltes Wasser gestürzt. Danach gab es warmen Kakao und selbst gebackene Kekse.

Hart tritt sie auf die Bremse. Ihre Hände umklammern das Lenkrad und ihr Blick ist starr auf den See gerichtet. Niemals hätte sie gedacht, dass ihr Leben eine solche Wendung nehmen würde. Nachdem ihre Mutter tot in den Bergen gefunden wurde, änderte sich alles für sie. Ihre geschützte Welt brach mit einem Mal zusammen. Emilia zog sich in sich zurück. Ihr Vater hatte sich Mühe gegeben, mit ihrer stillen Art umzugehen. Als sie die Entscheidung traf, Jura zu studieren, war er erleichtert und ihre Beziehung wurde harmonisch und auch fröhlich. Sie vergaßen den Schmerz und die Trauer.

Und jetzt sitzt sie hier mit dem toten Kater ihrer Mutter im Kofferraum, um auch das letzte Kapitel abzuschließen. Ihre

Entscheidung, den Kater neben ihrer Mutter zu begraben, fühlt sich zunehmend richtig an. Und das gibt ihr Kraft, sodass sie hier auch die andere Entscheidung treffen wird oder zumindest einen Weg findet, wie es mit ihrer Ehe weitergehen kann.

Erschöpft lehnt sie den Kopf an die Nackenstütze des Sitzes. Ohne den Blick von dem See zu nehmen, tastet sie nach ihrer Handtasche auf dem Beifahrersitz. Mit spitzen Fingern zieht sie das Smartphone aus der Tasche und betrachtet es. Gestern Nacht, als es ruhig im Haus war, ist sie zurück in den Schuppen geschlichen. Ein sentimentaler Gedanke hat ihr keine Ruhe gelassen. Sie wollte das Glöckchen suchen, das Tyson trug, als er in ihr Haus zog. Sie wusste, dass es in einer dieser unzähligen Dosen verstaut war. Klar hatte sie bemerkt, dass Nicolas den Schlüssel eingesteckt hatte, aber selbstverständlich hat sie zu allen Türen einen Zweitschlüssel.

Jetzt fragt sie sich, was das Smartphone für eine Bedeutung haben mag, das sie in einer dieser Blechdosen im Schuppen gefunden hat.

Emilia richtet den Blick zum blauen Himmel, an dem zwei Seeadler ihre Kreise ziehen. Ihr Gefieder glänzt in der Sonne und es scheint ihr, als wären sie nicht gemeinsam auf Beute aus, sondern beobachteten jeden Flügelschlag des anderen genauestens. So wie sie und Nicolas es gerade tun.

Traurig wendet sie sich von dem Bild am Himmel ab und verstaut das Smartphone wieder in ihrer Handtasche. Nein, sie will nicht so sein wie die Seeadler. Sie möchte eine Beziehung, wie ihre Eltern sie geführt haben, harmonisch und voller Liebe. So hatte sie es immer empfunden, und Alma hat es ihr neulich bestätigt. Auch sie war fest davon überzeugt, dass niemand diese Beziehung zerstören konnte. Emilia würdigt die Seeadler keines Blickes mehr. Entschlossen startet sie den Wagen.

* * *

Sie nimmt die geschwungene Straße, die zu einer kleinen Anhöhe führt. Ihr Herz klopft wie wild in der Brust, je näher sie ihrem Ziel kommt. Die tief stehende Herbstsonne hüllt die von Heidekraut bewachsene Anhöhe in ein goldenes Licht. Emilia bekommt kaum Luft, als sie ihren Vater entdeckt, der mit gesenktem Kopf vor dem Grab ihrer Mutter steht. Nur ein einfaches Holzkreuz ziert die Stelle.

So leise wie möglich schließt sie die Tür des Wagens. Sie will ihn nicht stören, sie weiß, dass er tief in seinem Herzen immer noch um die Liebe seines Lebens trauert.

Bevor sie an ihn herantritt, räuspert sie sich.

Erschrocken wendet sich Charlie ihr zu und fährt mit den Händen über das Gesicht, als könne er damit seine Gefühle wegwischen.

»Emilia! Da bist du ja endlich. Ich hatte mir schon Sorgen gemacht.« Augenblicklich erhellt sich sein Ausdruck, und er kommt mit ausgestreckten Armen auf sie zu. »War deine Fahrt okay?«

»Ja.« Emilia sinkt in die Umarmung ihres Vaters und atmet seinen vertrauten Duft ein. Da legt sich ihre Anspannung.

Charlie drückt sie noch fester an sich und murmelt mit rauer Stimme: »Bist du bereit?«

Sie nickt stumm.

* * *

Wohlige Wärme empfängt sie, als sie in das gemütlich eingerichtete Wohnzimmer geht. Sie vergräbt ihre Hände in der legeren Sporthose und sieht sich um. Hier hat sich nicht viel verändert, nur das alte, verschlissene Sofa aus ihrer Kindheit ist einem neuen gewichen. Sie überlegt, ob es im letzten Herbst auch schon da war. Sie kann sich nicht daran erinnern, sie war so verliebt und die Welt um sie herum war rosig und voller

Hoffnung. Tief atmet sie durch, will nicht grübeln, sie möchte die Zeit mit ihrem Vater in Ruhe verbringen und sich dann gestärkt um ihre Ehe kümmern.

Das Feuer im Kamin knistert auf, als Charlie noch einen Holzscheit in die Flammen legt. Emilia liebt dieses Geräusch, dieses Knistern und das Brodeln, wenn die Flammen sich um das trockene Holz schlingen. Im Nu ist sie zu Hause.

»Das tut gut«, sagt sie und lässt sich mit einem zufriedenen Seufzen auf dem Sofa nieder.

Charlie wendet sich zu ihr um und nickt ihr wissend zu, während er seine Hände am Feuer wärmt. »Es ist kalt geworden, viel früher als in den Jahren zuvor. In Stockholm ist der Herbst anders, wärmer und gefälliger. Das ist etwas, was ich vermisse. Wärme.« Lachend schüttelt er den Kopf. »Nun ja, man sagt, wenn man alt wird, kriecht einem die Kälte schneller in die Knochen.«

»Charlie, so alt bist du noch nicht. Was redest du für einen Unsinn?«

Charlie füllt zwei Gläser mit Whisky und reicht ihr eines. »Nun, hierfür brauche ich eine Ausrede.«

Zögernd nimmt Emilia das Glas entgegen und verzieht ihr Gesicht. »Ich vertrag das Zeug nicht.«

»Du sollst es ja nicht hinunterstürzen, sondern den herben Geschmack und die wohlige Wärme genießen.« Er grinst sie an und ist offensichtlich amüsiert von ihrem Gesichtsausdruck. »Was hältst du von einer Partie Schach? Ich finde, Whisky und Schach bilden einen würdigen Abschluss für diesen Tag.«

Mit einer Spur von Unsicherheit sieht er sie an, und sie erkennt Wehmut in seinem Lächeln und in seinen Augen. Ja, er hat recht, es ist ein würdiger Abschluss. Die Bilder in ihrem Kopf, als sie Tyson in die ausgehobene Kuhle legte, neben dem Grab ihrer Mutter, drängen sich ihr auf. Sie will dieses Kapitel abschließen und nach vorn schauen. So wie ihre Mutter es ihr beigebracht hat: *Sieh niemals zurück, schau, was das Leben für dich bereithält. Lebe dein Leben.*

Schlagartig hat Emilia das Gefühl, das sie es will, dieses Leben, vor dem sie immer Angst hatte. Sie will nicht mehr perfekt sein, sie will ihre Gefühle nicht mehr verstecken, es allen recht machen und sich dabei vergessen. Nein. Sie will endlich sie selbst sein, Fehler machen dürfen und sich dafür nicht rechtfertigen müssen. Dazu ist sie bereit, denn heute war der endgültige Abschied von der Vergangenheit. Das wird ihr unvermittelt bewusst.

Ihr Körper kribbelt, als würden Tausende von Ameisen in ihr wohnen.

»Was ist denn, meine Tochter? Du siehst nachdenklich aus.«

Sie streicht mit dem Finger über das Glas in ihrer Hand. »Es ist nur … ich hab das Gefühl, dass mein Leben eine Wendung nimmt.« Sie blickt Charlie erwartungsvoll an.

»Das ist interessant … und auch gut.« Charlie prostet ihr zu. »Dann lass uns auf dein Leben anstoßen.«

Der Whisky rinnt durch ihre Kehle. Es fühlt sich gut an. »Charlie, hast du jemals Fehler gemacht?«

Bedächtig stellt er das Glas auf den Tisch. »Jeder macht Fehler, das gehört zum Leben. Aber ich hab mich bemüht, sie in Grenzen zu halten.« Prüfend sieht er sie an. »Möchtest du mir etwas sagen?«

»Nein. Ich war nur neugierig.« Sie nimmt erneut einen Schluck Whisky, die Zeit verstreicht. »Hast du Mama jemals betrogen?«

Konsterniert beugt er sich vor, sein Blick ist eisern.

»Was soll diese Frage?« Er wendet sich ab. Sieht in die Flammen, seine Miene ist blank. Das Knistern des Feuers ist in dem behaglichen Wohnzimmer das einzige Geräusch.

»Tut mir leid. Ich weiß auch nicht, was das sollte …« Angespannt umklammert Emilia das Glas. »Was ist, wollen wir eine Partie wagen?«

Konzentriert hat sie den Blick auf das Schachbrett gerichtet und tüftelt eine Strategie aus. Sie ist froh, dass die Stimmung zwischen ihr und Charlie nicht gekippt ist. Und jetzt gilt es, ihm zu zeigen, was sie draufhat. Er hat sie in eine Situation gedrängt, in der es kaum ein Entkommen gibt. Doch sie ist fokussiert und hat einen Plan. Flüchtig hebt sie den Blick. »Was denkst du, soll ich meine Dame opfern?«

Charlie hat seine neutrale Miene aufgesetzt. Sie kennt das nur allzu gut und weiß, dass er pokert. Gelassen lehnt er sich zurück und sieht Emilia ernst an.

»Niemals die Dame opfern.«

Emilia lacht schallend. »Du erzählst Märchen, darauf falle ich nicht rein. Die Dame ist das größte Opfer, wenn es darum geht, einen Sieg zu erringen. Sie ist es, die ihr Volk beschützt, nicht der König, auch wenn er den Sieg davontragen wird, nachdem sie sich – oder er sie – geopfert hat.« Sie linst zu Charlie, der sie ungerührt ansieht und darauf wartet, dass sie ihren Zug macht. Emilia genießt den Moment, sie ist sicher, dass sie Charlie schlagen wird. Bevor sie ziehen kann, klingelt das Telefon.

Entschuldigend erhebt sich Charlie aus dem Sessel. »Rühr nichts an, bevor ich wieder da bin. Ich will es sehen.«

»Natürlich nicht, aber ich nehm mir noch einen klitzekleinen Tropfen von dem Whisky.«

Lachend und kopfschüttelnd geht Charlie in die Diele.

Genüsslich nippt Emilia an dem Glas und lauscht dem Knistern des Kaminfeuers. Sie entdeckt den alten Plattenspieler und unwillkürlich muss sie schmunzeln. Ihr Vater hat sich bis heute geweigert, eine zeitgemäße Hi-Fi-Anlage anzuschaffen. Er ist der Meinung, dass die Vinyl-Schallplatten besser klingen als der neumodische Kram. Sie durchsucht die Platten und findet einen Song von Dionne Warwick, »What The World Needs Now«. Sie lauscht den Textzeilen, die von Liebe handeln, während sie es sich auf dem Sessel wieder bequem macht. Emilia schaut erst wieder auf, als Charlie sich auf den Sessel ihr gegenüber setzt.

»Alles in Ordnung?«, fragt sie.

»Ja, das war Nic. Er wollte wissen, wie es dir geht, und war froh zu hören, dass alles in Ordnung ist.« Er sieht sie lange an. »Das stimmt doch, oder?«

Emilia lächelt ihren Vater an. »Natürlich ist alles in Ordnung.« Sie hält Charlies Blick. Für den Bruchteil einer Sekunde ist sie versucht, ihm ihre Zweifel an ihrer Ehe zu sagen. Aber noch nicht. Sie muss sich erst über ihre Gefühle klar werden. Morgen. Morgen wird sie mit ihm reden. Ihr Herz pocht und sie bemüht sich um eine ruhige Stimme.

»Was meinst du, soll ich den letzten Zug machen?«

»Wie kommst du darauf, dass es der letzte sein wird?«

»Weil ich gewinnen werde.«

* * *

Immer noch hält er das Telefon in der Hand und versucht herauszufiltern, ob er mit seiner Vermutung recht hat. Entweder hat Emilia das Smartphone der Brünetten nicht oder aber sie hat ihrem Vater nichts davon gesagt. Und auch nicht von dem Streit oder dass er gewalttätig war.

»Fuck.« Nicolas ist so schlau wie vorher, und das macht ihn schlicht wahnsinnig. Wenn sie das Smartphone nicht hat, wer dann? Er knallt das Telefon auf die Station und eilt in die Küche.

Bohrende Fragen beuteln ihn, noch nie war er unvorsichtig. Er fragt sich, warum er so emotional auf Emilia reagiert. Sie provoziert ihn regelrecht mit ihrer Kälte, ihrer Unsicherheit und auch mit ihrer Cleverness. Eines hat er gelernt: Sie ist ein Profi, wenn es um Fakten geht. Und das wiederum macht ihn jetzt nervös.

Bis oben hin voll mit diesen düsteren Gedanken reißt er die Kühlschranktür weit auf. Er braucht jetzt dringend Alkohol. Eine angebrochene Flasche Weißwein ist alles, was er entdecken kann. »Fuck, egal«, presst er hervor und trinkt direkt aus der Flasche. Der Wein rinnt ihm die Kehle hinunter und beruhigt ihn für den Moment. Doch schon bald sind da wieder die Vorwürfe, die er sich macht, dass er dieses bescheuerte Smartphone nicht gleich entsorgt hat. Seine Hand umklammert die Flasche. Morgen, morgen wird er noch einmal das Haus durchsuchen, jetzt wird er trinken, und zwar alles an Alkohol, was er in diesem gottverdammten Haus findet.

* * *

Mit verschränkten Armen steht Alma vor dem bodentiefen Fenster ihres Wohnzimmers und betrachtet das nächtliche Lichterspiel der Stadt. Sie liebt diesen Ausblick, doch jetzt kann sie sich nicht darin verlieren. Sie ist viel zu nervös, sie mag es nicht, wenn ihr die Fäden aus der Hand gleiten. Und genau das passiert gerade. Emilia und Nicolas. Abrupt wendet sie sich ab und geht in ihr Schlafzimmer.

Forsch öffnet sie den Waffenschrank. Wählt ein passendes Gewehr für die kommende Jagd. Sie freut sich darauf, und doch hängt mehr davon ab, als nur einen Elch zu erlegen. Sie schließt die Augen, und die Unruhe, die sie seit Tagen spürt, wird stärker. Fahrig sucht ihre Hand zwischen den Patronen, bis sie den USB-Stick ertastet. Sie muss sich vergewissern. Mit dem Stick in der Hand eilt sie in das Wohnzimmer zurück. Fährt den Laptop hoch, steckt den Datenträger ein und öffnet die Datei. Es beruhigt sie, was sie sieht. Sie streicht ihr Haar aus dem Gesicht und atmet tief ein. Es wird funktionieren. Es muss.

10. Kapitel

Dichter Nebel liegt über dem See. Die blasse Morgensonne bahnt sich ihren Weg durch die grauen Schwaden, irgendwo in dem Wald ruft eine einsame Krähe nach ihren Verwandten und ein Elchbulle röhrt aus Leibeskräften. Es ist Brunftzeit. Zeit, sich zu paaren und die Rivalen zum Kampf herauszufordern.

Emilia schließt die Augen und lauscht den Geräuschen um sie herum, inhaliert tief die Gerüche der Natur. Sie konnte nicht mehr schlafen und ist zum See hinuntergegangen. Eingehüllt in eine Wolldecke sitzt sie auf einem Felsen und genießt das Erwachen des Tages. So etwas hat sie schon lange nicht mehr gemacht. Einfach nur dasitzen, ohne zu denken, nur genießen. Doch so ganz will es ihr nicht gelingen. Die schlaflose Nacht war nicht dem harten Bett geschuldet, sondern Nicolas. Gestern Nacht, als sie sich nach ihm und seinen Berührungen sehnte, war sie euphorisch, dass sie und er wieder eine sorglose Beziehung führen würden, doch als sie die Augen aufschlug, war ihr klar, dass es nicht so einfach wegzuwischen ist, was zwischen ihnen passiert ist. Gestern hatte nur der Whisky seine schmeichelnde Hülle um ihre Gefühle gelegt. Noch lange hängt sie ihren Gedanken nach. Sie machen sie nervös. Unruhig springt sie auf und eilt zum Haus.

Stürmisch öffnet sie die Tür zum Kleiderschrank, ihre Hände tasten nach dem Smartphone, das sie bei ihrer Unterwäsche versteckt hat. Sie spürt Erleichterung, als sie es in den Händen hält, und fragt sich sofort, warum sie so reagiert. Nervös setzt sie sich auf die Bettkante. Will sie wirklich wissen, was es mit dem Smartphone auf sich hat, das in einer Blechdose in ihrem Schuppen versteckt war? Ja, verdammt. Ihr Zeigefinger zittert, als sie den *On*-Button sucht. Insgeheim wünscht sie sich, dass der Akku leer ist.

Lautes Klopfen an der Tür lässt sie zusammenfahren. »Emilia? Em, bist du schon wach?«

Sie schließt die Augen und stößt den Atem aus, den sie unbewusst angehalten hat. »Ja.«

»Darf ich reinkommen?«

In Windeseile schiebt sie das Smartphone unter ihr Kopfkissen. »Ja sicher.«

Charlie steckt den Kopf durch den Türspalt, seine Augen suchen den Raum ab, so wie sie es früher immer getan haben, als sich die ersten Dorfjungen für Emilia interessierten.

»Du siehst blass aus, geht es dir nicht gut?«

»Doch, doch, alles bestens.« Selbst sie merkt, wie nervös ihre Stimme klingt.

»Schön, du wolltest doch mit nach Sällsjö fahren, um die Vorräte abzuholen, die wir für unseren Eintopf für die Jagdgesellschaft brauchen.«

»Ja, ich komm gern mit.« Das war gelogen, denn sie mag diesen Laden nicht, und schon gar nicht dessen Betreiberin. Sonja. Die alte Hexe, die ihre Neugier nicht im Zaum halten kann. Der Whisky, den sie gestern Abend getrunken hat, muss schuld daran gewesen sein, dass sie eingewilligt hat mitzukommen.

Emilia sieht an sich herunter. »Gib mir noch eine Minute. Sonja würde im ganzen Dorf erzählen, dass die Staatsanwältin Jogginghosen trägt. Und die Genugtuung gönne ich ihr nicht.«

Charlie muss laut lachen. Als er sich wieder beruhigt hat, sagt er: »Du kommst nach deiner Mutter, sie war genauso, wenn es um Sonja ging.« Er öffnet die Tür und dreht sich noch mal zu ihr um. »Und bevor du fragst, Frühstück ist fertig.«

Mit diesen Worten schließt er die Tür hinter sich, und Emilia atmet erleichtert auf. Als ihr Vater ins Zimmer kam, fühlte sie sich tatsächlich wie vierzehn, als sie den ersten Liebesbrief von Ole bekam und sie ihn, genau wie jetzt auch, unter dem Kopfkissen versteckte. Und wie damals krabbelt die Nervosität an ihr hoch, wie haarige Spinnenbeine, als sie das Smartphone unter dem Kissen hervorzieht.

Suchend sieht sie sich um und entscheidet sich, es in ihrem Geheimversteck unter der dritten Holzdiele nahe dem Fenster zu deponieren. Sie wird sich später damit befassen. Erst einmal widmet sie sich der Kleiderfrage und stimmt sich auf Dorfklatsch ein.

* * *

Frustriert stemmt Nicolas die Hände in die Hüften. Sein Blick nimmt das Chaos im Schlafzimmer auf, das er gestern Nacht doch noch veranstaltet hat, auf der Suche nach diesem verdammten Smartphone. Es hat ihm keine Ruhe gelassen. Warum war er nur so nachlässig? Wütend kickt er einen Schuh von Emilia gegen die Wand. Dass es so weit gekommen ist, ist ihre Schuld! Er hätte sich nie mit dieser Hure abgegeben, aber Emilia mit ihrer sauberen unbeholfenen Art, wenn es um Sex geht, hat ihn dazu getrieben.

Genervt reibt er sich über den Nacken. »Ein kalter Fisch ist heißer als Emilia. Verdammter Mist.« Seine raue Stimme erschreckt ihn. Er hat das Gefühl, keine Luft mehr zu bekommen. »Alles wird gut«, murmelt er und macht sich an die Arbeit, das Zimmer wieder in Ordnung zu bringen.

Als Erstes sortiert er fein säuberlich Emilias Wäsche in die bunt bemalte Kommode, er zögert, bevor er den letzten Slip an seinen Platz legt. Ein Lächeln umspielt seine Lippen, ehe er an dem Slip riecht. Nichts – außer dem Duft von Waschpulver. Aber was hat er erwartet? Der Gedanke erheitert ihn. Alles wird gut. Schließlich hat Charlie ihm versichert, dass es Emilia gut geht und sie entspannt mit einem Whisky und beim Schachspiel sitzt. Erst war er verärgert, doch dann wurde ihm klar: Sie hat das Smartphone nicht. Aber wer hat es?

Das Piepen seiner Armbanduhr lässt ihn zusammenfahren. Noch zehn Minuten. Schnell sieht er sich im Zimmer um. Alles wie immer. Dann rennt er in die Küche, auch hier ist alles an seinem Platz. Unauffällig lugt er aus dem Küchenfenster. Ruhig. Seine Hände zittern, als er die Kaffeemaschine mit Wasser füllt. »Alles ist gut. Konzentrier dich«, brummelt er sich selbst beruhigend zu.

Nach einer Weile füllt sich die Küche mit Kaffeegeruch. Nicolas sitzt am Küchentisch, vor ihm der Laptop und Kaffee. Immer wieder linst er auf seine Uhr. Dann hört er das Knirschen von Kies in der Einfahrt, kurz darauf das Zuschlagen der Autotür. Er atmet tief durch, zerzaust in Windeseile seine Haare und hält den Blick stur auf den Bildschirm.

»Hej Nicolas?«

»Bin in der Küche.« Gott, wie er es hasst, dass diese Schweden, ohne zu klingeln, einfach ins Haus stürmen. Es nervt ihn, alles nervt ihn.

»Hej«, begrüßt ihn Alma fröhlich, als könne nichts auf der Welt ihre gute Laune verderben.

Nicolas reißt sich zusammen und kommt ihr mit einem Lächeln entgegen. Er küsst ihre Wange, ihm entgeht nicht, dass sie sich mehr als sonst an ihn lehnt. »Wie geht es dir, Alma?« Gemessen geht er einen Schritt zurück und betrachtet sie. Es fällt ihm schwer, in die Rolle des Charmeurs zu schlüpfen, aber er weiß, dass sie darauf wartet. Also gibt er ihr das, was sie hören will. »Du siehst toll aus. Ich hab noch nie eine Frau getroffen, die selbst in legerer Kleidung eine Ausstrahlung hat, als würde ihr die Welt gehören.«

Alma sieht ihn amüsiert an. »Nicolas, ich weiß, dass meine besten Jahre vorbei sind. Aber danke. Tut immer gut, Komplimente zu hören.« Sie runzelt die Stirn. »Du wirkst aber alles andere als glücklich. Was ist passiert?«

»Nichts weiter«, gibt Nicolas unwirsch von sich und streicht über sein unrasiertes Kinn.

Mit Selbstverständlichkeit nimmt sich Alma einen Becher aus dem Küchenschrank und füllt ihn mit Kaffee. »Ich hab noch ein wenig Zeit und liebe Kaffee. Wusstest du, dass jeder Schwede fast hundertsiebzig Liter Kaffee im Jahr trinkt?«

»Nein, wusste ich nicht.«

»Nun, das Gerücht, dass wir nur Alkohol zu uns nehmen, ist fest in den Köpfen verankert, aber was soll's?«

Über den Rand des Bechers sieht sie Nicolas an, und dieser Blick macht ihn nervös. *Immer cool bleiben.* Doch sein Herz schlägt wie eine Trommel.

»Was ist mit dir?«, fragt Alma erneut.

»Sagte ich doch, alles in Ordnung.«

»Warum fährst du dann nicht jetzt schon mit mir zu Charlie? Ein Tag früher oder später ist doch egal. Dann hätten wir alle noch einen gemeinsamen entspannten Tag, bevor die Jagd beginnt.«

»Ich hab noch zu tun. Da ist eine neue Immobilie, die ich ins Netz stellen möchte.«

»Oh, wie schön. Darf ich mal sehen?« Ohne seine Antwort abzuwarten, zieht sie den Laptop zu sich herüber. »Hm, sieht gut aus. Würd mir gefallen, wenn ich nicht so auf Stadt stünde. Ich liebe das Stadtleben. Theater, Kino, Restaurants.«

Mit verträumtem Lächeln schiebt sie den Laptop wieder zurück. »Die Chancen sind gut, dass du für dieses Haus Käufer findest.« Alma nimmt einen beherzten Schluck Kaffee, lehnt sich entspannt zurück. »Ich glaub, dass es auch gut für eure Beziehung sein wird, wenn du in deinem Job Erfolg hast.«

Irritiert sieht er Alma an. Was soll das jetzt? Hat Emilia mit ihr geredet? Er muss vorsichtig sein, darf Alma nicht unterschätzen. »Wie kommst du darauf?« Er verschränkt die Arme vor der Brust und bemerkt sofort Almas aufmerksamen Blick. In Sekundenschnelle wechselt er seine Strategie. Schließt die Augen und atmet tief aus.

»Erwischt.« Er verzieht seine Lippen zu einem gequälten Lächeln, legt die Hände auf den Holztisch. Senkt den Blick und wartet ab. Unermüdlich wandern seine Finger über das raue Holz.

Die Zeit verstreicht, und Alma sagt immer noch nichts. Innerlich zählt Nicolas bis zehn, dann beißt er sich auf die Zunge, der Schmerz lässt sofort Tränen in seine Augen schießen. Zögernd hebt er den Blick, wischt über seine Augen und räuspert sich. »Also gut, du möchtest wissen, wie es zwischen Emilia und mir steht?«

Alma neigt den Kopf und schweigt.

Schwerfällig steht Nicolas auf und geht zur Spüle hinüber, füllt sich ein Glas mit Wasser und trinkt es in einem Zug aus. Sein Blick ist aus dem Fenster gerichtet, die Stimme leise. »Ich … ich möchte eine Familie gründen, doch Emilia lehnt es vehement ab. Wir hatten einen Streit darüber, und natürlich liegt es daran, dass mein Job nicht so gut läuft. Das hat sie mir unmissverständlich zu verstehen gegeben.« Gestelzt reibt er sich erneut die Augen. »Wir werden das schon schaffen, hab ich zu ihr gesagt, doch sie wollte nichts davon hören. Und jetzt auch noch die Sache mit Tyson, das hat sie mitgenommen. So sehr, dass sie …« Er wendet sich zu Alma um. »Ich habe Angst, dass

Emilia sich etwas antut. Ich meine, es ist eine Katze und nicht ein geliebter Mensch.« Er schluckt hart und kämpft mit den Tränen. »Ich weiß nicht, was ich machen soll.«

Alma schweigt weiter. Es dauert Sekunden, doch für Nicolas fühlt es sich wie Stunden an, und dann endlich erhebt auch sie sich und kommt auf ihn zu. Ihre Hand auf seiner Schulter fühlt sich kühl an. »Was meinst du damit, dass Emilia sich etwas antun will?«

»Ich weiß nicht, sie ist seit Tysons Tod wie ausgewechselt. Spricht nicht mit mir, will unbedingt eine Auszeit und …«

»Was?«

»Wusstest du, dass sie den Kater unbedingt neben ihrer Mutter begraben wollte?«

»Ja, das sagte sie, und ich verstehe es nur zu gut. Tyson war ja der Kater ihrer Mutter, und sie liebte ihre Mutter über alles, und jetzt jährt sich ihr Todestag.«

»Ich weiß, sie hat mir davon erzählt und … bitte lach nicht, denn genau das ist der Punkt, über den ich mir Sorgen mache.«

»Du denkst doch nicht im Ernst daran, dass sie … oh nein«, Alma hält sich die Hand vor den Mund und schüttelt unentwegt den Kopf. »Davon will ich gar nichts hören. Und das glaub ich auch nicht. Emilia mag zwar sonderbar sein, aber sie würde sich nicht umbringen. Manchmal ist sie melancholisch …« Ihre Gesichtszüge sind ernst, besorgt und nachdenklich. »Nein, das würde sie nicht tun.«

»Du hast recht, ich fantasiere mir da etwas zurecht, liegt mit Sicherheit daran, dass ich sie so liebe.«

Alma nickt. »Ich weiß.« Sie streicht sich eine Locke hinters Ohr, lächelt ihn an. »Alles wird sich richten. Emilia ist es nicht gewohnt, ihr Leben mit einem Mann zu teilen. Aber ich weiß, dass ihr Herz dir gehört. Mach sie glücklich und pass auf sie auf.« Sie lacht laut. »Ich bin es nicht gewohnt, über Liebe zu reden. Tut mir leid.«

»Du hast mir den Schrecken genommen und dafür bin ich dir dankbar.« Unvermittelt küsst er ihre Wange und atmet erleichtert auf. »Ich werd Emilia den Raum geben, den sie braucht, und komme morgen zu euch. Wie verabredet.«

»Eine kluge Entscheidung.« Sie sieht auf ihre Armbanduhr. »Ich sollte jetzt fahren. Hast du den Schwenkgrill gefunden? Charlie erwartet mehr Gäste als üblich, und wie immer hat er Angst, dass nicht genügend *Gryta* da ist.«

»Gryta?«

»Eintopf. Bei Charlie mit viel Fleisch, das ist sein traditionelles Essen, bevor die Jagd beginnt.«

»Okay, das wusste ich nicht.«

»Man kann nicht alles wissen.« Sie lächelt ihn breit an. »Also hast du ihn? Denn ich muss los und den beiden helfen.«

»Ja, schon bereitgestellt.«

Nachdem er den Schwenkgrill in den Kofferraum verfrachtet hat, sieht er Alma eindringlich an. »Bitte sag Emilia nichts von unserer Unterhaltung.«

»Du kannst beruhigt sein. Es geht mich nichts an, aber eines solltest du wissen: Wenn du ihr wehtust, dann hüte dich vor mir.« Ihre scharfen Worte und der eisige Blick lassen Nicolas für einen Augenblick erstarren.

»Niemals könnte ich das, ich liebe sie doch.«

»Gut.« Sie haucht ihm einen Kuss auf die Wange. »Wir sehen uns dann morgen.«

Alma sieht im Rückspiegel, wie Nicolas mit gesenktem Kopf, die Hände in den Taschen, vor dem Haus steht. Er wirkt wie ein gescholtenes Kind. Sie fragt sich, ob ihre Ansage ihn verunsichert hat. Nervös streicht sie sich über den Nasenrücken.

11. Kapitel

Livia schlingt die Arme um ihre Brust, sie hat ihren Blick durch das schmale vergitterte Fenster hinausgeschickt. Wehmütig betrachtet sie den strahlend blauen Himmel. Wie gern wäre sie jetzt unten auf der Promenade, um das letzte Eis in diesem Herbst zu schlecken. Vanille. Vanille liebt sie. Der samtige Geschmack, so sinnlich. Je mehr sie darüber nachdenkt, desto mehr nimmt ihr Frust zu. Sie wird lange darauf warten müssen, diesen Geschmack auf der Zunge zu spüren. Sie presst ihre Kiefer zusammen, bis sie schmerzen und sie nicht mehr an ihre verlorene Freiheit und den Geschmack von Vanilleeis denken muss. Ihr Körper fühlt sich taub an, dennoch kribbelt er vor Verlangen, Verlangen nach Freiheit, nach einem Leben ohne Schrecken.

Ja, sie hat dieses Schwein von Mann abgestochen. Er hat es verdient. Niemand wollte ihr glauben. Niemand interessierte sich für sie und wie es ihr ging. Viktor konnte ihre Freunde gut manipulieren. Sie kam sich so allein vor, und irgendwann hat sie es nicht mehr ausgehalten, das Gefühl, ständig gegen eine Mauer anzurennen.

Sie schließt die Augen und genießt die weiche Herbstluft, die durch das geöffnete Fenster hereinweht. Für Sekunden gelingt es ihr, alles auszublenden, selbst die Gitterstäbe vor dem Fenster. Sie ist jung und will leben. Sie ist nicht schuld an dem, was passiert ist. Nein, Viktor, ihr Mann war es, und die Menschen, die ihr nicht geglaubt haben. Heiße Tränen brennen in ihren Augen. »Diese verfluchte Schlampe!«, knurrt sie. Sie wischt sich über die Augen. »Ich werde nicht eine Träne vergeuden.«

Wie sehr hatte sie gehofft, dass Emilia Gustafsson auf ihrer Seite sein würde. Stattdessen hat sie die Höchststrafe gefordert. Livia wird immer noch übel, wenn sie an Emilias enttäuschten Ausdruck denkt, als die Richterin das Urteil abgemildert hat. Sie kneift sich in den Arm, um die ohnmächtige Wut und die Bilder aus dem Gerichtssaal loszuwerden. In ihrem Magen sammelt sich Zorn. Zorn, den sie unendlich oft empfunden hat, seit sie hier in dieser gottverdammten Zelle sitzt. Das hat sie nicht verdient.

Aufgebracht setzt sie sich an den an der Wand befestigten Tisch. Das graue Linoleum darauf ist abgegriffen von Händen, die voller Verzweiflung daran gerieben haben. Doch im Moment will sie nicht daran denken, an die Schicksale der Menschen, die hier gelebt haben. Wie schon in den Wochen zuvor nimmt sie den Kugelschreiber und schlägt den Papierblock auf. Ohne Zögern beginnt sie zu schreiben. Angefeuert von ihrer Wut, von Unverständnis, Enttäuschung und Ohnmacht: *Sehr geehrte Frau Gustafsson.* »Nein!« Entschieden reißt sie das Papier aus dem Block, zerknüllt es leidenschaftlich und beginnt von Neuem: *Du bist für mich das mieseste Stück auf Erden …*

Ja, das fühlt sich gut an. Sie spürt, wie sich der Druck in ihrem Magen allmählich löst, je mehr sie schreibt.

12. Kapitel

Das Klappern von Töpfen und Geschirr, neckische Kommentare und herzliches Lachen erfüllen die in ein warmes Licht getauchte Küche. Überall brennen Kerzen und aus dem Wohnzimmer erklingt erfrischende Jazzmusik. Emilia wird bewusst, wie sehr sie eine solche Atmosphäre vermisst hat.

»Was ist mit dir, Em, kommst du mit raus?« Fragend sieht Charlie sie an. »Du wirkst so abwesend. Ist irgendwas?« Er wischt sich die Hände an einem Handtuch ab und hängt es sorgsam an den Haken neben der Spüle, an der Emilia lehnt.

»Nichts weiter, alles gut. Geht ihr schon mal raus und fangt an. Ich werd versuchen, das Chaos zu beseitigen.« Sie deutet auf den Tisch, der mit den Resten von geputztem Gemüse übersät ist.

»Das kann warten, wir machen es später zusammen.«

»Nein, geht nur. Außerdem werde ich mir noch einen Tee kochen. Was ist mit dir, Alma? Auch Tee? Oder bleibst du bei Wein.« Sie grinst Alma an, kennt die Antwort.

Alma verzieht das Gesicht und greift sich den Mülleimer. Mit einer ausladenden Handbewegung fegt sie den Abfall vom Tisch. »Was denkst du? Seh ich aus, als würde ich JETZT Tee trinken wollen?«

Beide brechen in lautes Lachen aus, das Emilia die Tränen in die Augen schießen lässt. »Los, raus hier, ich komm gleich nach.« Immer noch lachend sieht sie den beiden nach.

Die plötzliche Stille ist befremdlich. Schnell beseitigt sie das Durcheinander und setzt den Wasserkocher in Gang.

Während sie darauf wartet, dass der Tee zieht, blickt sie aus dem Fenster. Die Feuer unter den Schwenkgrills stehen im warmen Kontrast zu dem kalten Mondlicht, das den Hof erhellt. Im Wipfel der alten Kiefer neben dem Schuppen haben sich Krähen zur Nachtruhe versammelt, ihr leises Krächzen weht durch das angekippte Fenster zu Emilia.

Sie sieht Alma und Charlie zu, wie sie in den Töpfen rühren, wie Alma ihr Glas Wein hinunterstürzt. Emilia runzelt die Stirn. Alma wirkt nervös und trinkt zu viel. Für einen Moment irritiert sie das, denn Alma ist immer kontrolliert, hat alles im Griff. »Ach, was soll's?«, murmelt sie und greift nach dem Becher Tee, blickt wieder aus dem Fenster und beobachtet ungeniert Alma und ihren Vater.

Alma lehnt den Kopf an Charlies Schulter. »Das war sehr schön, wie wir gemeinsam den *Gryta* vorbereitet haben. Ich vermisse diese unbeschwerte Zeit.« Sie kuschelt sich noch enger an Charlie. »Ich vermisse dich.« Ihre Stimme ist voller Wehmut und Verlangen.

»Alma, bitte lass das. Du hast zu viel getrunken.« Sein Blick geht hinüber zu dem Küchenfenster. »Emilia beobachtet uns.«

»Ja und? Sie ist erwachsen.« Ihre Stimme hat einen harschen Ton. Und sie bereut es sofort. »Charlie, du musst wieder anfangen zu leben.«

»Ja, vielleicht. Aber nicht heute.« Er neigt den Kopf und blickt sie lange an. »Irgendwann, wenn ich sicher bin, dass es Emilia geschafft hat und sie deinen Posten übernimmt, dann werde ich zufrieden sein und mich mehr um mein Leben kümmern. Hab Geduld.« Charlie geht zu dem Schwenkgrill, ordnet das Holz darunter.

»Du glaubst doch nicht im Ernst, dass ich das Richteramt so einfach abgeben werde. Außerdem, so weit ist Emilia noch nicht.«

Charlie richtet sich auf, wischt die Hände an seiner Hose ab.

»Sie ist so weit. Emilia hat den Prozess meisterhaft geführt. Du wirst sehen, aus ihr wird noch eine verdammt gute Richterin.«

Alma stürzt den Rest des Weines hinunter. »Ja, sie ist gut. Und dann? Was ist, wenn sie den Richterstuhl bekommt. Wie geht es dann weiter mit …«

»Bitte, Alma, nicht jetzt.« Versöhnlich legt er den Arm um ihre Schulter.

Irgendwas an Almas Haltung ist merkwürdig. Aber na ja … sie wird einfach zu viel Wein getrunken haben. Emilia wendet sich von dem Fenster ab. Während sie mit dem warmen Becher in der Hand an dem Tisch vorbeigeht, fällt ihr Blick auf die Zeitung, die auf der Bank liegt. Alma hat sie aus Stockholm mitgebracht. Sie kann dem Drang nicht widerstehen. Liebt Neuigkeiten. Sorgfältig legt sie die Zeitung auf den Tisch und überfliegt die Schlagzeilen. Nichts, was ihr Interesse weckt.

Dann, auf Seite drei. Ihr Atem stockt. Ihre Hand zittert, als sie versucht, den Becher mit Tee zu heben. Das Foto und die Schlagzeile springen sie an. *Vermisst wird Hanna Lindqvist. Wer Angaben über den Verbleib oder wann sie zuletzt …* Emilia starrt immer wieder auf das Foto. Die braunen Haare, die das Gesicht umrahmen, und die Augen, die sie mit einem Lächeln ansehen, der sinnliche Mund. Emilia erinnert sich an den Zusammenstoß vor dem Restaurant. Und sie erinnert sich, was sie dachte, als sie ihr nachsah. *Sexy, erotisch.* Und an den Gedankengang. *Sie ist eine Prostituierte.* Sie weiß noch, wie sie sich fragte, ob sich Nicolas jemals zu einer Hure legen würde.

Ihr Mund ist trocken und in ihr ist ein Druck, der sie lähmt. Sie kann kaum atmen, geschweige denn etwas denken. Mühsam stemmt sie sich von der Bank hoch. *Will ich es denn wissen?*

Keine Gedanken, keine Gefühle. Emilia hat alles ausgeblendet, während sie die Holzpaneele am Fußboden unter dem Fenster löst. Das Smartphone in ihrer Hand ist leicht wie eine Feder, und doch fühlt es sich an, als würde sie einhundert Kilo Gewicht in den Händen halten. *Reiß dich zusammen. Noch ist alles gut und wird so bleiben. Alles gut.*

Sie weiß nicht, ob sie hoffen soll, dass das Smartphone gesperrt ist. So wie ihres auch. Nach kurzem Zögern drückt Emilia den *On*-Button, und zwei Sekunden später erscheint ein Foto vom Meer. Emilia schließt die Augen, atmet tief durch, ihr Finger zittert, während sie durch das Fotoarchiv scrollt. Sie muss es wissen. Sie entdeckt eine Reihe von Selfies. Hanna beim Schminken, beim Shoppen und verträumt am Meer. Eine ganze Weile stiert sie auf die Fotos. Wut steigt in ihr auf. Auf diese Hure, auf Nicolas und auf sich selbst. »Warum hast du keinen Sperrcode eingegeben?« Mit einem Mal fühlt sie sich leer.

13. Kapitel

Hinter den Wipfeln der Fichten steigt langsam die Sonne auf, vertreibt den Nebelschleier, der zwischen den Ästen hängt.

Nicolas lenkt den Wagen an den Straßenrand. Er reckt und streckt sich nach allen Seiten. Seit fast sechs Stunden ist er unterwegs, nicht eine Pause hat er eingelegt. Er schenkt dem Sonnenaufgang wenig Beachtung, der Druck auf seiner Blase ist enorm und er macht sich erst gar nicht die Mühe, sich einen blickgeschützten Winkel zu suchen. Es ist eh kein Auto weit und breit zu sehen.

Energisch zieht er den Reißverschluss hoch und blickt auf die Uhr. Fast halb sieben. Er hat noch Zeit. Er will auf keinen Fall müde, verschlafene Gesichter sehen, und außerdem würde er zu viele unnötige Fragen beantworten müssen, warum er so früh da ist. Diese Sache mit dem Smartphone lässt ihm keine Ruhe. Er muss wissen, ob Emilia doch dahintersteckt. Was das bedeuten würde, daran will er gar nicht denken.

Er lehnt sich an den Wagen, zieht den Kragen seiner Jacke hoch. Es ist kalt. Aus der Jackentasche zieht er eine Packung Zigaretten. Tief inhaliert er den Rauch, bläst ihn langsam wieder aus und sieht ihm nach. Emilia verabscheut den Qualm, den Geruch von kaltem Nikotin. Hat sich gefreut, als er ihr sagte, dass er ihr zuliebe damit aufgehört habe. Glucksend lacht er in sich hinein. »Ach Emilia, wie sehr ich deine Naivität liebe. Die Naivität außerhalb des Gerichtssaals.«

Er tritt den Zigarettenstummel aus, sieht sich noch einmal um, doch da ist nichts als Wald und der See, über dem noch Nebel hängt. Flüchtig hält er inne. Lauscht dem Erwachen des Tages. Und für einen winzigen Moment streifen ihn innere Ruhe und Frieden. Ein Gefühl, das er nur selten in seinem Leben gespürt hat. Er mag dieses Gefühl nicht, es macht ihn weich und hemmt ihn, den Spaß zu genießen, den das Leben für ihn bereithält. Ein Leben, in dem er sich alles leisten und erlauben kann, ohne dass er sich verantworten müsste. Doch dazu muss man Geld oder in die richtige Familie eingeheiratet haben. Dann gehört dir die Welt und du kannst machen, was du willst. Das hatte ihm sein Vater immer wieder zu verstehen gegeben. *Du Nichtsnutz, such dir eine Frau, die das nötige Kleingeld hat.* Bei dem Gedanken an seinen Vater fühlt er den altbekannten Hass auf seine Familie.

Rastlos geht er die einsame Straße auf und ab. Er muss sich bewegen, um wieder klar denken zu können. Unentwegt schüttelt er den Kopf und verflucht sich, dass er Emilia tatsächlich die Wahrheit über seine Kindheit und Jugend erzählt hat, als sie von dem Segeltörn zurückkam und er sich nicht sicher war, ob sie ihn verlassen wollte. Komisch, es fühlte sich gut an, darüber zu reden. Doch jetzt bereut er die Schwäche, die er ihr gegenüber gezeigt hat. Sein Vater hatte recht, er ist ein Nichtsnutz.

Unvermittelt bleibt er stehen. Sieht hinüber zu dem See, über dem sich zwei Seeadler laut kreischend umkreisen. Fasziniert sieht er den Vögeln zu, und seine Erregung steigert sich, als sie anfangen, sich zu attackieren. Ihre Krallen verhaken sich ineinander, sie taumeln dem See entgegen, schreien laut, versuchen, mit ihren Schnäbeln den anderen zu verletzen, bis einer von ihnen aufgibt und davonfliegt.

Aufgeregt leckt sich Nicolas über die Lippen. »Verdammter Vogel, du hättest mehr Mumm zeigen müssen.« Genervt kickt er eine verrostete Bierdose in die Büsche. Bevor er sich hinter das Steuer schwingt, blickt er noch einmal zu dem See hinüber, über dem der siegreiche Seeadler kreist, um dann pfeilschnell in das blauschwarze Wasser zu tauchen und kurz darauf mit einem Fisch in seinen Krallen zu erscheinen.

Nicolas gibt Gas und nimmt Kurs auf den Wald. Er möchte sichergehen, ob er die Stelle wiederfindet, die Emilia ihm gezeigt hat. Die, an der ihre Mutter ums Leben kam.

* * *

Vor Emilia liegt die Tageszeitung von gestern – und Zimtschnecken. Sie hat keinen Appetit auf ihre Lieblingszimtschnecken, die ihr Vater extra für sie besorgt hat. Sie hat die kurze Meldung über die vermisste Hanna Lindqvist an diesem Morgen schon zigmal gelesen und findet nichts, was für sie von Bedeutung ist, außer dass sie ihr Smartphone besitzt, das Nicolas im Schuppen versteckt hatte. Müde reibt sie sich über die Augen, die vom wenigen Schlaf brennen.

»Oh, du bist schon auf. Guten Morgen.« Alma beugt sich zu Emilia und haucht ihr einen Kuss auf die Wange. Mit einem strahlenden Lächeln setzt sie sich Emilia gegenüber und gießt sich Kaffee aus der Kanne ein. »Du siehst abgespannt aus. Wir haben dich gestern Abend vermisst. Was war los?«

Eilig schiebt Emilia die Zeitung zur Seite und lehnt sich schweigend zurück. Sie hat keine Lust zu reden. Aber sie muss etwas sagen, sonst gibt Alma keine Ruhe. »Ich war plötzlich müde.« Sie weiß, diese Erklärung klingt hohl. Und der Beweis dafür sind Almas hochgezogene Augenbrauen.

»Na, um ehrlich zu sein, ich wollte eine Weile allein sein.«

Alma streicht sich ihr offenes lockiges Haar zurück, und erst jetzt fällt Emilia auf, wie entspannt Alma wirkt, als könnte nichts auf der Welt sie erschüttern. Einen flüchtigen Moment lang spürt sie Groll in sich aufsteigen. Warum, das weiß sie selbst nicht einmal, schließlich ist Alma schon immer so gewesen.

Angespannt dreht sie ihre Tasse in den Händen, und wieder bemerkt sie Almas bohrenden Blick. Oder bildet sie es sich nur ein, weil sie so unsagbar nervös ist wegen Nicolas und des Verschwindens dieser Hanna? Mit aller Macht unterdrückt sie das übermächtige Gefühl der Angst und des Versagens. Ja, sie hat versagt, alles ist ihre Schuld, sie hat ihn in die Arme der Hure getrieben, weil sie unfähig ist, wenn es um Gefühle geht. Und Sex.

Sie muss wohl einen tiefen Seufzer ausgestoßen haben, denn Alma tätschelt ihre Hand. »Was ist los, Emilia? Du wirkst so abwesend.«

Hastig entzieht Emilia ihr die Hand. »Nichts. Es ist gar nichts.« Sie verzieht die Lippen zu einem Lächeln. »Ist euch der Eintopf gelungen?«

»Ich glaube schon. Du kennst doch deinen Vater, er ist ein Perfektionist. Er rührt schon wieder herum, schmeckt ab und würzt.« Almas Blick fällt auf die Zeitung. »Oh, hast du das gelesen? Da kommt Arbeit auf uns zu.«

»Wie meinst du das?«

»Keine Frau verschwindet einfach so, und schon gar nicht eine attraktive wie diese hier.« Ihr Finger tippt energisch auf das Foto. »Sie werden zwar gefunden, aber sicher nicht lebend. Ich habe schon so manches Drama gesehen. Frauen wie sie werden tot gefunden.«

Emilia wird übel. Sie kann nicht anders als nur stumm nicken.

»Ach, wann kommt eigentlich Nicolas?«

Die Erwähnung seines Namens lässt Emilia zusammenzucken.

»So gegen Mittag.« Kraftlos erhebt sie sich. »Ich schau mal nach Charlie.«

»Ja, mach das.«

»Da bist du ja!« Charlie sieht glücklich und zufrieden aus. Die rot karierte Wolljacke und die graue Mütze stehen ihm gut. Er wirkt jugendlich – und für einen Augenblick vergisst Emilia ihre Sorgen. Freudig geht sie auf ihn zu und umarmt ihn stürmisch.

Charlie sieht sie an und streicht ihr eine Haarsträhne aus dem Gesicht. »Womit habe ich diese Begrüßung verdient?« Er zwinkert ihr zu und füllt ein kleines Schälchen mit dem Eintopf. »Hier, sag mir, wie es schmeckt. Und ich erwarte eine ehrliche Antwort.«

Emilia wedelt mit der Hand über die Schale, um den Duft in ihre Nase zu treiben. Und dann probiert sie vorsichtig die heiße Speise. Sie schüttelt den Kopf, runzelt die Stirn. Es amüsiert sie, wie Charlie sie unsicher ansieht. Sie lässt sich Zeit mit der Antwort. »Gut. Nein, ehrlich gesagt sogar *sehr* gut.«

»Dann bin ich erleichtert, denn wenn du es sagst, ist es für die Jagdgesellschaft ein Festessen.« Freudig füllt auch er sich eine Schale.

Die beiden stehen dicht am Feuer, der auffrischende Wind dringt durch Emilias viel zu dünne Strickjacke. Dennoch genießt sie die Nähe zu ihrem Vater. Sie wird sich ihm anvertrauen, aber erst nach der Jagd. Charlie wird eine Lösung finden. Dieser Entschluss beruhigt sie.

Sie hören weder den Wagen noch die Schritte, die auf sie zukommen.

»Hej Schatz.«

Herausgerissen aus der wohligen Stimmung schreckt Emilia zurück, als sie Nicolas' Arm um ihre Taille und den Kuss auf ihrer Wange spürt.

14. Kapitel

Der Wind hat zugenommen und rüttelt an den Fenstern der Küche, durch die der volle Mond scheint. Doch das nehmen sie nicht wahr, zu sehr sind sie damit beschäftigt, den Lachs zu verspeisen, den Charlie zubereitet hat, und den Wein zu trinken. Nur Emilia ist still und bedacht darauf, sich nicht anmerken zulassen, wie wenig ihr die Nähe von Nicolas behagt. Ständig greift er nach ihrer Hand oder haucht ihr einen Kuss auf die Wange. Wie sehr möchte sie aufschreien und ihrem Vater und Alma sagen, dass er es ist, der Hanna verschleppt oder gar getötet hat. *Das hat er doch, oder?* Der Zweifel macht sie wütend. Ein Gefühl, das sie nicht mag. Später wird sie alles klären. So kann sie nicht leben.

»Was hast du gesagt?«

Irritiert sieht sie Charlie an. »Was?«

»Nun, du sagtest etwas wie ›So kann ich nicht leben‹, oder? Was meinst du damit?« Sein Blick streift das Weinglas vor ihr.

»Nein, du musst das missverstanden haben. Ich sagte, die armen Elche werden ihr Leben lassen müssen für ein paar schießwütige Männer.« Viel zu aggressiv, aber für sie gerade recht. Sie nimmt die Flasche Wein und füllt ihr Glas.

»Süße, ich denke, du hast genug.« Nicolas nimmt ihr die Flasche aus der Hand.

»Genug von was?« *Oh mein Gott, reiß dich zusammen.* Sie sieht in die Gesichter, die ihr lieb und vertraut sind und in denen jetzt Unverständnis und Befangenheit zu lesen ist. Sie haben recht. Sie benimmt sich unmöglich. »Tut mir leid. Ich sollte lieber zu Bett gehen.«

Sie wankt, als sie aufsteht. Das ärgert sie. »Ich habe tatsächlich zu viel getrunken.«

»Komm, ich bringe dich.« Nicolas greift ihr unter den Arm.

»Nein!« Vehement schüttelt sie seine Hand ab. Bemerkt die irritierten Blicke. Schnell bemüht sie sich um ein beschwichtigendes Lächeln. »Ich schaffe das allein. Bleib du noch ein wenig.« Widerwillig umarmt sie Nicolas und küsst ihn auf den Mund. Sie muss sich zusammenreißen, um sich nicht gleich den Mund abzuwischen. *Verdammter Alkohol.*

So aufrecht wie möglich geht sie zur Tür. Sie kann die Blicke in ihrem Nacken fühlen. Lächelnd dreht sie sich um. »Leute, ich hab einen Schwips und keine Krankheit.«

Charlie lacht laut auf, und sofort stimmen Alma und Nicolas mit ein. »Tochter, es sei dir gegönnt, aber jammer morgen nicht rum, wenn dich die Kopfschmerzen plagen.«

»Keine Sorge.« Sie zwinkert ihm zu.

Emilia lehnt sich mit dem Rücken an die Tür ihres Zimmers. Ihr Herz hämmert wie verrückt, ihr ist speiübel. Was hat sie sich nur dabei gedacht, sich zu betrinken? Aber nun ist es zu spät, darüber nachzudenken.

Sie gibt sich einen Ruck und wankt hinüber zu der Stelle am Fenster, an der sie das Smartphone versteckt hat. Schnell sieht sie nach und lässt sich dann erleichtert auf den Boden gleiten. Es liegt noch genauso da, wie sie es abgelegt hat. Dann fängt sie an, nervös auf ihrer Unterlippe zu kauen. Hitze steigt in ihr auf. Sie weiß auch so, ohne in den Spiegel zu blicken, dass ihr Hals mit roten Flecken übersät ist.

Schlagartig wird ihr bewusst, dass ihre Karriere vorbei sein wird, wenn das herauskommt. Das Nagen an der Unterlippe wird so heftig, dass es schmerzt. *Niemand weiß davon, dass ich das Smartphone habe. Nicht einmal Nicolas, oder?* Ihr Gedankengang erschreckt sie. Nein, sie wird es durchziehen, sobald die Jagd vorbei ist. Entschlossen schiebt sie die Holzpaneele über das Versteck.

»Was machst du da?«

Erschrocken schreit sie auf. »Nicolas! Warum kannst du nicht anklopfen?!« Für eine Sekunde fragt sie sich, ob er es gesehen hat, wie sie die Holzpaneele zurückschob. Nein, sie war schnell genug.

»Schatz, warum sollte ich? Wir sind verheiratet.« Geruhsam kommt er auf sie zu. »Warum kauerst du da auf dem Boden herum?« Er hockt sich vor ihr hin, streicht über ihre Wange.

Viel zu heftig dreht sie den Kopf zur Seite, um seiner Berührung auszuweichen. »Lass mich in Ruhe«, faucht sie und stützt sich an der Wand ab, um aufzustehen. Ihr Kreislauf macht ihr einen Strich durch die Rechnung und sie rutscht wieder auf den Boden.

»Warte, ich helf dir.« Nicolas greift unter ihre Achseln und hebt sie hoch. Widerwillig lässt sie es geschehen. Sie muss sich dabei zwingen, nicht auf die Holzpaneele zu schauen. »Danke.« Mehr bekommt sie nicht raus, und auch wenn es ihr widerstrebt, lächelt sie ihn an. Er darf jetzt nicht wütend werden.

»Ich weiß, ich bin etwas früher hier als geplant, aber ich hatte Sehnsucht nach dir.«

Seine Worte prallen an ihr ab. Sie möchte, dass er geht. Sie möchte ihn nie wieder in ihrem Leben sehen. Doch im Augenblick bleibt ihr nichts anderes übrig. Sie muss Geduld haben. »Schon gut.« Sie drängt sich an ihm vorbei.

»Wo willst du hin?«

»Dir das Gästezimmer vorbereiten.«

Der Griff an ihrem Arm ist hart, und sofort ist sie alarmiert. Sie wehrt ihn nicht ab. Ruhig sieht sie ihn an und schweigt.

»Ich denke, das ist keine so gute Idee. Was soll dein Vater denken?« Sein Mund lächelt, aber seine Augen sind kalt wie ein Bergsee nach der Schneeschmelze.

Sie mag sich nicht bewegen, noch nicht einmal atmen oder gar die Augen schließen. Nicolas hat seinen Arm über ihren Oberkörper gelegt. Sie hat das Gefühl, er erdrückt sie. Zu gern würde sie ihn zur Seite schieben, doch die Angst, dass er aufwacht, ist zu groß. Immer wieder sagt sie sich, dass es bald vorbei sein wird. Dann ist sie frei und kann wieder atmen und das Leben genießen.

Und doch ist da die leise Stimme in ihrem Kopf, die ihr einredet, dass auch sie daran schuld ist. Sie hätte seinen sexuellen Bedürfnissen mehr Beachtung schenken sollen. Dann wäre er nicht zu der Prostituierten gerannt, und sie würde noch leben. *Schwachsinn! Nicht du bist daran schuld. Denk daran, was Livia über ihren Mann gesagt hat.* Emilia will, dass die Stimme in ihrem Kopf still ist.

15. Kapitel

Zaghaft öffnet Emilia die Augen. Ihr Schädel brummt, so wie Charlie es vorausgesagt hat. Vorsichtig bewegt sie den Kopf zur Seite. Erleichtert stellt sie fest, dass die Bettseite neben ihr leer ist. Sie schließt die Augen und atmet tief durch, in der Hoffnung, dass die Kopfschmerzen verschwinden. Nach einer Weile wagt sie es aufzustehen.

Träge zieht sie die Vorhänge am Fenster zurück und öffnet es weit. Sie inhaliert die kühle, feuchte Luft, und ihre Lebensgeister werden sofort geweckt. Stimmen und derbes Lachen wehen zu ihr herüber. Emilia beugt sich weiter aus dem Fenster und sieht im Licht der aufgehenden Sonne die Jäger, die sich um die Feuer mit den Schwenkgrills versammelt haben. In den gusseisernen Töpfen darüber blubbert der Eintopf.

Rasch zieht sie sich Jeans, einen dicken Pullover und ihre Daunenjacke über.

Auf dem Weg zur Haustür fällt ihr ein, dass sie sich vielleicht die Zähne hätte putzen sollen. Egal. Sie will nur schnell ihrem Vater eine gute Jagd wünschen, obwohl sie tief in ihrem Inneren hofft, dass sie erfolglos bleibt.

Der Wind hat nachgelassen, aber er hat Kälte mitgebracht. Aus den Mündern der Männer steigen kleine Wölkchen auf, die Luft riecht nach Schnee.

»Hej.« Ihre Stimme klingt rau, aber offensichtlich fällt es den anwesenden Männern nicht auf. Mit einem Kopfnicken erwidern sie den Gruß und widmen sich dem Eintopf und ihren Jagdgeschichten.

»Hej Em.« Charlie legt einen Arm um ihre Taille. »Wie geht es dir? Deinem zerknitterten Gesichtsausdruck zufolge rate ich mal, dass du einen ordentlichen Kater hast.«

»Da liegst du richtig.« Reflexartig wischt sich Emilia mit beiden Händen über das Gesicht und hofft, dass ihr Atem nicht zu sauer riecht. Sie hätte doch die Zähne putzen sollen.

»Vielleicht solltest du von dem Eintopf probieren.«

Der Gedanke an Essen behagt ihr ganz und gar nicht. »Oh, ich fürchte, das verschiebe ich besser auf heute Abend.«

Emilia sieht sich um und entdeckt Nicolas, der bei Lykke, einem Nachbarn und Freund des Hauses, steht. Lykke liebt es zu reden. Wenn man ihn nicht bremst, erzählt er seine Lebensgeschichte und alle Geschichten über die Jagd und das Dorfleben, egal ob es jemanden interessiert oder nicht. Doch jetzt fühlt sie eine diebische Freude, dass Nicolas sein *Opfer* ist. Hilfe suchend sieht Nicolas zu ihr her, und sie wendet schnell ihren Blick ab.

»Wo ist Alma? Geht sie doch nicht mit auf die Jagd?«

»Doch, doch. Sie ist auch noch ein wenig verkatert.« Amüsiert schüttelt Charlie den Kopf, und von einer Sekunde auf die andere wird er ernst. Sein Blick geht hinüber zu den Bergen, in denen sich der Nebel festgekrallt hat. Emilia folgt seinem Blick. Damals, vor zehn Jahren, waren die Berge ebenfalls in dichten Nebel eingehüllt. Emilia greift nach Charlies Hand.

Er räuspert sich und lächelt sie an. »Alles wird sich wieder einrenken, vertrau mir.«

»Was meinst du damit?«

Charlie blickt sie fest an. »Nicolas hat mir gesagt, dass ihr Probleme habt.« Er hebt die Hand. »Nein, sag jetzt nichts. Wir reden später.«

Plötzlich taucht Alma neben ihm auf. »Oje, ich werde nie wieder Alkohol anrühren. Alles deine Schuld, Charlie. Du hast aber auch einen exzellenten Wein aufgetischt.«

Lachend legt Charlie einen Arm um ihre Schulter, drückt sie flüchtig an sich. »Liebe Alma, ich werde dich beim Wort nehmen.«

Er sieht auf die Uhr. »Es wird Zeit.« Er küsst Emilia auf die Wange. »Bis später.« Charlie zwinkert ihr zu, geht auf die Männer zu, die sich mittlerweile zu einem Pulk zusammengetan haben. Die Hunde, die auf den Ladeflächen der Pick-ups stehen, winseln und bellen.

Emilia kann die Anspannung und Erregung spüren, die von ihnen ausgeht. Sie blickt Alma an, auch sie ist von der Erregung ergriffen. »Viel Glück, Alma.«

»Danke, obwohl ich weiß, dass du es nicht so meinst. Du hasst doch die Jagd.« Sie mildert ihre harten Worte mit einem Lächeln ab und begibt sich zu der Gruppe.

Emilia sieht den Wagen nach, bis sie hinter dem Hügel, der in den Wald hinaufführt, verschwunden sind. Fest umschlingen ihre Arme den Brustkorb. Warum hat Nicolas ihrem Vater gesagt, dass sie Probleme haben? Es ärgert sie maßlos. Sobald ihr Vater von der Jagd zurück ist, wird sie allein mit ihm reden. »Herrgott, was für eine verfahrene Situation«, schimpft sie und geht ins Haus.

16. Kapitel

Forsch lenkt Alma den Wagen über die Schotterpiste. Jede kleinste Bodenwelle lässt den alten Pick-up tanzen. Nicolas hat seinen Blick stur auf den Weg geheftet. Er muss zugeben, dass er bei Almas Fahrstil tatsächlich in Panik gerät. »Ganz schön sportlich.«

»Angst?«

»Nein.«

»Lügner, du bist bleich wie ein Käse. Keine Sorge, wir sind gleich da.«

Sie parkt den Wagen abseits des Weges. Bevor sie aussteigt, sieht sie Nicolas an. »Bist du bereit?«

»Natürlich. Ich freu mich darauf. Schließlich möchte ich einen kapitalen Elch schießen und meinem Schwiegervater vor die Füße legen.«

»Du bist unmöglich.« Sie springt aus dem Wagen, und Nicolas tut es ihr gleich und knallt die Tür zu.

»Wieso? Das ist Symbolik und bedeutet, dass ich mich immer gut um seine Tochter kümmern werde.« Er senkt den Blick, vergräbt die Hände in den Hosentaschen und kickt einen Stein ins Gebüsch. »Letztes Jahr ist es mir nicht gelungen, aber jetzt werd ich es ihm beweisen.« Zuversichtlich sieht er sie an.

»Dann wollen wir mal. Und ich überlass dir den ersten Schuss.«

Während sie durch das Unterholz schleichen, hören sie aus der Ferne Hundegebell. Alma bleibt stehen und lauscht.

Nicolas genauso. »Was ist?«, flüstert er.

»Ich versuche zu orten, wohin die Hunde das Wild jagen. Wir kommen gleich auf eine Lichtung. Wenn wir Glück haben, treiben sie das Wild direkt auf uns zu. Dann haben wir leichtes Spiel.« Ihre Stimme zittert vor Euphorie.

»Du liebst die Jagd.«

»Ja. Es ist immer wieder faszinierend, den richtigen Moment abzupassen, wann du abdrückst.« Versonnen streifen ihre Augen durch den Wald.

Zustimmend nickt Nicolas und folgt ihr. Wachsam schiebt er die Zweige der Büsche zur Seite. Alma ist etwa einen Meter vor ihm, er kann ihre Erregtheit förmlich riechen. Das Jagdfieber. Er bewundert, wie sie sich gewandt durch das Unterholz bewegt.

Das Hundegebell entfernt sich. Sie bleibt stehen und blickt über die Schulter zu Nicolas. »Jetzt heißt es selber suchen«, flüstert sie und verzieht ihre Mundwinkel. »Na ja, was soll's, es ist eben Jagd und kein bloßes Abknallen.« Langsam geht sie weiter auf die Lichtung zu.

»Mist!«

»Tsch … nicht so laut.« Alma dreht sich erneut zu Nicolas um, der mit schmerzverzerrtem Gesicht auf dem Waldboden sitzt.

»Was ist los?«

»Scheiße, ich hab mir den Fuß verdreht an dieser beschissenen Baumwurzel.«

Sie legt ihr Gewehr zur Seite. »Oh Mann, konntest du nicht aufpassen? Was ist, kannst du aufstehen?« Sie reicht ihm die Hand, an der er sich mühsam hochzieht.

»So ein Mist.« Fluchend richtet er sich auf.

»Versuch, ein paar Schritte zu gehen.«

Mit angehaltenem Atem humpelt er hin und her.

»Und?«

»Wird schon gehen.«

Skeptisch schüttelt sie den Kopf. »Nein, ich bringe dich zurück zum Haus.«

»Auf gar keinen Fall. Du bleibst hier, und ich fahre selbst.«

»Damit kannst du kein Auto fahren.« Sie sieht ihn nachdenklich an, streicht über die Nasenwurzel, wendet sich von ihm ab und blickt in die Richtung, aus der sie gekommen sind. Ohne ihn anzusehen, sagt sie: »Ruf Emilia an, sie soll dich abholen.« Dann wendet sie sich wieder zu ihm. »Echt blöd.«

»Gute Idee.« Umständlich fingert er das Smartphone aus seiner Jackeninnentasche. »Sie geht nicht ran … wahrscheinlich hat sie sich noch mal hingelegt. Ich fahre doch selbst.«

»Das kannst du nicht mit einem verstauchten Knöchel.«

»Doch, ich werd zwar nicht wie ein Rallyefahrer durch den Wald preschen, aber ich schaffe das schon. Bitte, Alma, ich möchte dir nicht die Jagd vermiesen.«

Abwägend blickt sie zu der Lichtung hinüber, lauscht dem wieder näher kommenden Hundegebell und sieht Nicolas an. »Gut. Aber fahr vorsichtig.«

»Versprochen … ach, und wie kommst du zurück?«

»Ich schließe mich den anderen an.«

»Okay. Tut mir wirklich leid. Zu gern hätte ich Charlie einen Elch präsentiert.« Sehnsüchtig blickt er auf die Lichtung, wo der Tau im goldenen Herbstlicht glitzert.

»So etwas nennt man Schicksal.«

Ihre Blicke treffen sich.

Humpelnd schleppt er sich den Pfad entlang, bleibt immer wieder stehen. Zählt seine Schritte, sieht sich die Sträucher und Bäume genau an, die er sich auf dem Hinweg gemerkt hat, bis er sicher ist, dass er außer Sichtweite ist. Erst dann dreht er sich um. Das Buschwerk hat Alma verschluckt. Die restlichen Meter sprintet er durch den Wald. Er muss sich beeilen.

* * *

Als er Charlies Wagen am Rand des Waldes findet, atmet Nicolas erleichtert aus. Er parkt Almas Wagen in einer Schonung. Vergewissert sich, dass er gut getarnt ist. Eilig schultert er das Gewehr. Fast hätte er ein fröhliches Lied gesummt, weil er recht hatte mit seiner Vermutung, dass Charlie hier sein wird, um seiner Frau zu gedenken. *Kleiner beschissener Einfaltspinsel.* Kurz hält er inne. Er darf nicht so denken. Schließlich ist Charlie seine Eintrittskarte zum Glück.

Der Weg den Berg hinauf ist beschwerlich, er muss besonnen sein. Er braucht das Überraschungsmoment. Sonst war alles umsonst. Angespannt nähert er sich dem Ort, an dem Charlies Frau vor zehn Jahren in die Tiefe gestürzt ist. Wie kann man nur so lange um jemanden trauern! Niemals könnte er so empfinden, das ist doch nicht normal, das ist krank. Nicolas sieht sich um und entdeckt Charlie, der offensichtlich in irgendwelchen Erinnerungen versunken ist.

Nicolas scannt die Umgebung. Zerklüftete Felsspalten, dorniges Gestrüpp und Fichten. An einer dieser Fichten lehnt Charlies Gewehr. In einem Bogen nähert er sich dem Gewehr, holt Handschuhe aus seiner Jackentasche und zieht sie über. Er lässt Charlie nicht aus den Augen. Bedacht setzt er jeden Schritt. Sieht auf den Waldboden, bevor er den Fuß darauf setzt. Vorsichtig nimmt er Charlies Gewehr. Nicolas erlaubt sich für den Bruchteil einer Sekunde, die Augen zu schließen, bevor er sagt: »Hej Charlie.«

17. Kapitel

»Diese verfluchten Kopfschmerzen.« Emilia reibt sich unentwegt die Schläfen und schwört sich, nie wieder Alkohol zu trinken. Schwerfällig steht sie von dem Stuhl auf, schlurft zur Kaffeemaschine und füllt sich den Becher erneut. Sie hat mindestens drei davon schon intus, dennoch ist sie unendlich müde. Sie überlegt, wieder ins Bett zu gehen, bis die Jagd vorbei ist.

Unentschlossen sieht sie aus dem Fenster. Die Sonne hat den Nebel vertrieben und gaukelt einen warmen Tag vor. Doch der Blick auf das Thermometer an der Fensteraußenseite zeigt schlappe vier Grad. »Brrr … ich geh ins Bett.« Sie nimmt noch einen beherzten Schluck heißen Kaffee, dann zerreißt ein Schuss die Stille. Vor Schreck lässt sie den Becher los, der scheppernd auf dem Fliesenboden landet. Ein weiterer Schuss folgt. Und noch einer. Emilia hält sich die Ohren zu. Sie kann es nicht ertragen, dieses sinnlose Töten. Tränenblind rennt sie in ihr Zimmer und verkriecht sich unter der Bettdecke.

Sie muss eingenickt sein, reibt sich die Augen und lauscht erneut. Die Jagd ist offenbar vorbei, denn sie hört Nicolas nach ihr rufen. Murrend schält sie sich aus dem warmen Bett. Öffnet einen Spaltbreit die Tür und horcht. Doch da ist nur

Nicolas, der wieder nach ihr ruft. Keine Alma, kein Charlie. Kein Gelächter.

Zögernd nähert sie sich der Küche, aus der leises Stöhnen zu ihr dringt. Im Türrahmen bleibt sie stehen und sieht Nicolas, der jammernd auf der Bank liegt.

»Was ist passiert?«

»Ich bin an einer Baumwurzel hängen geblieben und gestürzt und hab mir dabei den Knöchel verstaucht.«

»Oje, tut mir leid.« Sie ist versucht, mitfühlend die Hand auf seinen Arm zu legen. Doch sie lässt es und vergräbt die Hand in der Tasche ihrer Jogginghose. »Wie bist du hergekommen, hat dich jemand gefahren?«

»Nein.« Schmerzerfüllt zieht er die Luft durch die Zähne. »Scheiße, tut das weh – ich hab Almas Wagen genommen, aber das ist doch jetzt egal. Hilf mir, den Stiefel auszuziehen.« Sein Gesicht ist rot angelaufen, Schweiß klebt auf seiner Stirn. Er sieht Emilia an, und die Qual, die er leidet, springt sie förmlich an.

Emilia kniet sich vor ihm hin und greift sich die Hacke des Schaftstiefels. »Das wird jetzt wehtun.«

»Ich weiß, aber es muss sein. Ich vertrau dir, dass du mich nicht leiden lässt.« Es klingt wie ein Scherz und Emilia verspürt einen Hauch von Macht in sich aufsteigen. Ein Gefühl, das sie kurzweilig berauscht.

»Mach schon, ich bin bereit.«

Sein gellender Schrei erfüllt die Küche. Emilia richtet sich auf. Sie will ihn nicht trösten. Nicht jetzt und auch in Zukunft nicht, bald wird alles vorbei sein. Ihre Ehe wird geschieden und er landet im Gefängnis. Dieser Gedanke behagt ihr nicht so, wie sie es gern möchte.

Aus dem Gefrierfach holt sie ein Kühlpad. Sie weiß, dass ihr Vater gut bestückt ist mit den Dingen der Erstversorgung.

Einen Arzt um die Ecke – so wie in Stockholm – gibt es hier nämlich nicht.

»Hier, leg den drauf und halte deinen Fuß hoch.«

»Sollte er nicht verbunden werden?«

»Später, kühl ihn erst einmal.« Sie wendet sich zum Küchenfenster. Nervös kaut sie auf ihrer Unterlippe, versucht, sein Stöhnen zu ignorieren. Am liebsten würde sie ihm sagen, was sie weiß und dass sie ihn anzeigen wird. Der Gedanke erheitert sie auf skurrile Weise. Jetzt wäre ein guter Moment. Er ist gehandicapt, kann ihr nichts tun, und die anderen kommen auch gleich wieder. Gefangen in ihren Gedanken bemerkt sie nicht, dass er dicht hinter ihr steht.

»Was denkst du?«

Erschrocken zuckt sie zusammen. »Nichts weiter. Ich frage mich, wann die anderen kommen.« Sie schluckt ihre düsteren Gedanken herunter.

Emilia fühlt seinen warmen Atem in ihrem Nacken. Ihr Magen verkrampft sich, fest umklammert sie den Rand des Spülbeckens. *Reiß dich zusammen. Warte ab, bis du mit Charlie geredet hast.* Mit einem vagen Lächeln dreht sie sich um und deutet auf seinen Fuß. »Du solltest ihn lieber hochlegen und kühlen. Ich hole eine Bandage.«

Nicolas sieht ihr nach, wie sie aus der Küche eilt. Sein Knöchel fühlt sich an, als würde er in Flammen stehen. So heftig sollte es eigentlich nicht werden, als er ihn zwischen die Felsen klemmte. Gänsehaut breitet sich auf seinen Armen aus, während er sich an das Geräusch erinnert, an das Knacken, als er den Fuß ruckartig verdrehte. Der Schmerz kam eine Sekunde später. Er erinnert sich, wie er laut aufschrie und sich fragte, ob ihn einer der Jäger gehört hatte, denn das Gebell der Hunde war nicht weit von ihm entfernt und kurz darauf folgte ein Schuss.

Nicolas hört Emilias eilige Schritte und humpelt zu der Bank zurück.

»Du machst das so gut, als hättest du es gelernt.«

»Das habe ich auch. Wenn du dich erinnerst, ich hab dir von meinem sozialen Jahr erzählt, das ich im Krankenhaus abgeleistet hab nach dem Studium.«

»Ja, stimmt. Du wolltest etwas Gutes tun.« Er kann sich den sarkastischen Unterton nicht verkneifen und bereut es sofort. »Jetzt profitiere ich davon.«

Ohne ihm zu antworten, erhebt sie sich und sammelt die Reste des Verbandszeugs zusammen.

Nicolas beobachtet jede ihrer Regungen genau. Sie weiß etwas. Das wird ihm immer klarer. Und das ist nicht gut. Ganz und gar nicht. »Ich werd deinen Rat befolgen und mich ins Bett legen.«

»Ja, mach das.« Sie schmeißt die Verpackung der Bandage in den Mülleimer, schlagartig versteift sich ihr Körper. Nicht in das Bett in ihrem Zimmer. »Warte, vielleicht ist es besser, du legst dich aufs Sofa. Dann können wir … ich meine, auch Charlie und Alma können sich mit dir unterhalten und du kannst ihren Jagdgeschichten lauschen …« Oh Gott, wie sie sich anhört. Sie muss sich zusammenreißen, nicht so panisch reagieren.

»Nein, ich bin echt erledigt und glaub nicht, dass ich Unterhaltung haben möchte.«

»Du hast recht. Ich sehe später nach dir.«

* * *

Immer wieder blickt Emilia zu der großen runden Uhr, die hinter dem Tisch an der Wand hängt. Quälend langsam bewegt sich der Zeiger, als wäre er an einem Band befestigt, das ihn hindert vorwärtszukommen. Genauso fühlt sie sich. Angebunden, fixiert.

Und dann endlich hört sie die ersten Autos auf den Hof fahren. Noch nie hat sie sich so gefreut wie jetzt, wenn die Männer von der Jagd kommen. Sie reißt die Tür auf und rennt ihnen entgegen. Ihre Augen suchen den alten Pick-up ihres Vaters. Mit jedem Schritt wird sie langsamer. Er ist nicht dabei. Ungewöhnlich. Sonst ist er immer der Erste, der ankommt – um alles vorzubereiten, damit der Alkohol fließen kann und das Essen warm ist.

Sie entdeckt Alma, die aus Lykkes Pick-up springt und euphorisch den Wagen umrundet.

»Alma! Wo ist Charlie?«

Alma verharrt steif, dann dreht sie sich zu ihr um. »Emilia!« Sie klingt überrascht. »Was ist los?«

»Charlie ist noch nicht hier. Wo ist er?« Aufgeregt sieht sie sich um.

»Beruhige dich, er wird mit Sicherheit gleich da sein.«

»Er ist immer der Erste, oder zumindest trifft er zeitgleich ein. Das weißt du doch!« Sie ist verärgert über Almas und über ihre eigene Reaktion.

»Ein paar Jäger sind noch draußen, also alles gut. Wir sind offensichtlich zu früh.«

Emilia sieht Lykke fragend an. Der zuckt nur mit den Schultern und macht sich daran, den Elchbullen mit einer Winde von der Ladefläche zu hieven. Angewidert verfolgt Emilia Lykkes fachmännische Handgriffe. Die toten Augen des Elchbullen starren sie an, Blut rinnt ihm aus dem Maul.

»Den habe ich für Nicolas erlegt. Er wollte einen kapitalen Bullen, und hier ist er.« Alma ist voller Stolz, und Emilia ist kurz davor, sich zu übergeben.

»Tut mir leid, Emilia, ich habe in meiner Euphorie vergessen, dass du den Anblick und die Jagd nicht magst.«

Emilia nickt und senkt den Blick. Sosehr sie Alma schätzt, aber dieser Teil an ihr ist ihr zuwider.

»Wie geht es Nicolas und seinem Fuß?«

»So weit okay.«

Emilia schlingt die Arme um ihre Brust. Der Wind hat wieder zugenommen und Wolken verschleiern immer wieder die Sonne. Sehnsüchtig suchen ihre Augen die Zufahrt ab.

Alma legt den Arm um Emilias Schulter. »Komm, lass uns reingehen. Charlie wird jeden Moment hier sein.«

Willenlos lässt sich Emilia von Alma zum Haus führen. Sie sieht sich zu Lykke um, der mit versteinerter Miene den Elchbullen drapiert, damit ihn jeder gleich sieht. Kurz treffen sich ihre Blicke.

»Setz dich. Ich mach uns einen Kaffee. Charlie wird mit Sicherheit gleich auftauchen. Wahrscheinlich ist er einem mächtigen Elch auf der Spur und hat dabei die Zeit vergessen.«

»Alma, die Trophäe war ihm nie wichtig. Es geht ihm nur um die Geselligkeit.« Mit einer Mischung aus Angst und Feindseligkeit sieht sie Alma an. Doch sie bemerkt, dass auch hinter Almas gleichmütiger Fassade Angst schwelt. Und das fühlt sich nicht gut an.

Schweigend sieht Emilia aus dem Fenster.

Sie wendet sich zu Alma um, die wortlos an dem Tisch sitzt. »Wir sollten ihn suchen.«

Alma will gerade etwas sagen, als Nicolas in die Küche humpelt.

»Hej Alma. Sag mir nicht, dass du einen Bullen geschossen hast.« Er grinst sie an und verstummt sofort. Sieht von Alma zu Emilia. »Was ist los?«

»Charlie ist noch nicht wieder da.« Alma stemmt sich von dem Tisch hoch. »Langsam mach auch ich mir Sorgen.« Sie blickt Nicolas durchdringend an.

»Dann sollten wir ihn suchen.«

»Nein, du bleibst hier. Mit deinem Fuß kommst du nicht weit.« Emilia rauscht an ihm vorbei. »Ich werde ihn mit Lykke suchen.«

Nicolas hält sie am Arm fest. »Schatz, lass mich das tun. Meinem Knöchel geht es viel besser. Sieh nur, ich kann schon ganz passabel gehen. Dank deiner Fürsorge und der Bandage.«

Sein Blick ist flehend, und für einen flüchtigen Augenblick zweifelt Emilia. »Nein. Ich fahr allein.« Vehement schüttelt sie Nicolas' Arm ab. Und sieht zu Alma. »Ihr wartet hier und versorgt die anderen. Ich denke, ich weiß, wo er ist.«

18. Kapitel

Seitdem sie unterwegs sind, haben Lykke und sie kein Wort miteinander gesprochen. Doch jetzt kann sie das Schweigen nicht länger ertragen. »Wann hast du ihn das letzte Mal gesehen?«

»Als er den Abzweig nahm, um zu der Bergkuppe zu fahren … wie jedes Jahr.« Lykke räuspert sich und sieht flüchtig Emilia an, die unaufhörlich auf ihrer Unterlippe kaut. »Hör auf damit.«

»Womit?«

»Du wirst deine schönen Lippen noch völlig ruinieren. Bestimmt ist alles in Ordnung, ich kenne deinen alten Herrn gut.« Ungelenk legt er seine große raue Hand auf Emilias Schenkel, um sie sofort wieder wegzuziehen. »Emilia, er hat mit Sicherheit die Zeit vergessen oder ist eingeschlafen.« Er lacht in sich hinein. »Es wäre nicht das erste Mal. In letzter Zeit wurde er schnell müde.«

»Wirklich?«

»Aber ja, er ist eben nicht mehr der Jüngste.«

Seine Worte beruhigen sie und die Hoffnung, dass er einfach die Zeit vergessen haben könnte, flutet ihren Körper mit Zuversicht.

»Oh, wir haben Verfolger.« Lykke grinst und sieht erneut in den Rückspiegel. »Es ist gut, dass Alma auch dabei ist, falls wir Charlie suchen müssen.«

Emilia sieht über die Schulter aus dem Heckfenster und erkennt Almas Wagen. Vielleicht hat Lykke recht, trotzdem ist sie genervt, denn neben Alma sitzt Nicolas.

Ihr Herz pocht schneller, als sie Charlies Wagen sieht. »Er ist noch hier.«

Lykke parkt seinen Pick-up neben Charlies. Noch bevor er den Motor ausstellt, springt Emilia aus dem Wagen.

Mit schnellen Schritten durchquert sie das Unterholz, bis es sich lichtet und es nur noch bergauf geht. Hohe Fichten stehen unterhalb des Berges. Heidekraut und niedere dornige Büsche säumen den Weg. Hoch oben in den Lüften schreit ein Bussard. Sie bleibt einen Moment stehen und sieht sich nach den anderen um. Alma ist direkt hinter ihr. Ihr Gesicht ist vor Anstrengung rot angelaufen. »Warte, Emilia«, keucht sie und bleibt stehen.

Emilia will nicht auf sie warten. Sie will endlich zu Charlie, damit dieser ganze beschissene Spuk vorbei ist. Sie wundert sich, dass sie, wenn auch nur in Gedanken, dieses Wort benutzt. Aber so fühlt sie sich nun mal. Beschissen. »Warum seid ihr nicht unten geblieben?«

»Weil du uns vielleicht brauchen kannst, falls Charlie nicht hier ist. Du benimmst dich wie ein kleines Kind. Sei endlich vernünftig!« Almas Worte treffen sie wie eine Ohrfeige. So wie damals, als sie ein Kind von drei Jahren war und Alma wie so oft das Wochenende hier auf dem Land verbrachte. Sie schlug ihr ins Gesicht, weil sie ein Foto von Almas Schreibtisch genommen und es sich angesehen hatte. Almas Augen waren damals so wie jetzt, wütend und verachtend.

Emilia blickt Nicolas an, der sie aufmunternd ansieht. Er tut ihr leid, wie er sich abmüht, Schritt zu halten. Und dann sieht sie Lykke, der es wahrscheinlich bereut, zu viele Zigaretten in seinem Leben geraucht zu haben. Er hustet sich die Seele aus dem Leib. Aber das interessiert sie jetzt alles nicht. Ungerührt setzt sie ihren Weg fort. Das Buschwerk wird dünner, dafür kleben Fichten an dem Hang, die sich im aufkommenden Wind wiegen.

Und da ist sie, die mächtige Fichte, die ihre Mutter so sehr liebte, weil sie die einzige ist, die allen Stürmen getrotzt hat. Angelehnt an dieser Fichte entdeckt sie Charlie, er hat ihr den Rücken zugekehrt. Sie bleibt stehen und kommt zu Atem. »Gott sei Dank«, murmelt sie atemlos und sieht sich zu Alma, Nicolas und Lykke um, die direkt hinter ihr sind. »Charlie!«

»Siehst du, hab ich dir doch gesagt, er macht ein Nickerchen.« Keuchend beugt sich Lykke vor und stützt die Hände auf seine zittrigen Oberschenkel.

»Ja, das hast du, alter Mann.«

Erleichtert geht sie auf Charlie zu. »Hej Charlie. Nicht erschrecken.« Sie grinst, legt ihm die Hand auf die Schulter und stutzt. Da ist kein erschrockenes Zucken, kein Brummeln, da ist nichts. »So tief kann man in der Wildnis doch nicht schlafen.« Sie lacht und geht um den Baum herum, um ihrem Vater einen Kuss auf die Wange zu geben.

Doch da ist keine Wange mehr.

Da, wo einst ein Gesicht war, klafft ein blutiges, zerfetztes Loch.

In Emilia ist nichts. Nicht einmal ein Schrei des Entsetzens. Ihr Körper fühlt sich an, als gehöre er nicht zu ihr. Sie hat keine Gewalt darüber, all ihr Blut, Denken und die Gefühle befinden sich irgendwo zwischen Brust und Magen.

»Was ist los?« Nicolas steht plötzlich neben ihr. Sie bemerkt nicht, dass er sie in den Arm nimmt und ihren Kopf an seine Brust drückt. Sie fühlt nichts. Sie will auch gar nichts fühlen. Sie will nicht mehr leben.

19. Kapitel

Eine Woche später

»Emilia?« Nicolas beugt sich zu ihr und haucht ihr einen Kuss auf die Wange. Ihr Atem riecht nach einer Mischung aus Schlaf und den Medikamenten, die er ihr verabreicht hat. Natürlich vom Arzt verschrieben. Er grinst und reibt sich über den Nacken. Beruhigungsmittel und Stimmungsaufheller. Eine Kombination, die äußerst fragwürdig ist. Emilias Ausbrüche schwanken von trübsinnig bis aggressiv. Aber vielleicht ist die Dosis auch nicht die richtige, er sollte vorsichtiger damit umgehen.

Er setzt sich auf die Bettkante und streicht ihr flachsblondes Haar aus dem Gesicht. »Schatz, du musst jetzt aufstehen.« Ein langer, tiefer Seufzer ist Emilias Antwort. Damit ist er zufrieden. Sie lebt.

Ruckartig zieht er die Vorhänge in ihrem Schlafzimmer auf, öffnet das Fenster weit, damit dieser saure Geruch aus dem Zimmer entschwindet. Er sieht auf das Meer hinaus und atmet die frische Seeluft ein. Das tut gut. Nach all den Strapazen der letzten Woche genießt er es, wieder in Vaxholm zu sein. Die Wälder sind nichts für ihn. Er mag den Anblick des Meeres.

Er blickt über die Schulter zu Emilia, die wieder die Bettdecke bis an ihr Kinn gezogen hat. Frustriert geht er zu ihr. »Emilia, du musst jetzt aufstehen.«

»Ja, gleich.«

Ihre Stimme ist kaum hörbar, und das macht ihm Sorgen. Sie darf jetzt nicht zusammenklappen. Er hält ihr eine Tasse Kaffee vor die Nase, in der Hoffnung, dass der Geruch etwas in ihr auslöst.

»Trink, und dann gehst du unter die Dusche. Ich habe dir schon deine Kleidung zurechtgelegt.«

Ein schwaches Nicken ist ihre Antwort, aber zumindest nippt sie an dem Kaffee.

»Ich lass dich jetzt allein. Kommst du ohne mich klar?« Wieder nur ein Nicken.

»Gut. Ich seh dich dann unten.« Nicolas streicht ihr über die Stirn. »Wir schaffen das.«

Emilia sieht ihm nach, wie er aus dem Zimmer geht und die Tür hinter sich schließt. »Nein, ich schaffe das nicht«, flüstert sie und rollt sich zur Seite. Das alles kann nur ein Traum sein. Ein Albtraum. Ja, so ist es. Und wenn sie jetzt aufsteht, ist alles wieder wie immer.

Unschlüssig steht sie in der Küche und sieht zu dem Platz neben dem Regal, sie runzelt die Stirn. Warum sind da nicht die Näpfe von Tyson? Und warum wirkt alles so kalt?

»Emilia?«

Sie schreckt zusammen. Wendet sich der Stimme zu. »Alle sind tot.«

»Ja, das sind sie, aber wir leben. Setz dich und iss etwas.«

Mit unbewegter Miene folgt sie Nicolas' Anweisungen. Ohne nachzudenken, kaut sie auf dem Toast herum. Er fühlt sich wie Pappe in ihrem Mund an. *Ich muss aus diesem Traum aufwachen. Er macht mir Angst.*

»Vergiss nicht, deine Tabletten zu nehmen.«

Sie starrt auf die vier runden weißen Pillen neben ihrem Teller. Mechanisch nickt sie.

»Alma wird gleich hier sein, dann fahren wir.«

»Wohin?«

»Nach Sönner-Djupsjön, um deinen Vater zu beerdigen.«

Wieder nickt sie. Dabei rinnen ihr die Tränen die Wangen herunter. »Nein. Er ist nicht tot.«

»Doch, Emilia.«

»Aber warum?«

»Tsch … ganz ruhig.« Nicolas zieht den Stuhl an sie heran und setzt sich neben sie. »Alles wird gut werden. Nimm deine Tabletten.«

Sie blickt ihn fragend an. »Warum muss ich die nehmen? Ich mag das nicht.«

»Sie lindern deinen Schmerz.«

Emilia lässt sich seine Worte durch ihr benebeltes Gehirn gehen. Sie möchte wieder klar denken. Seit dem Tag, als sie ihren Vater gefunden hat, ist ihr Bewusstsein eine konturlose Wolke.

Sie blickt auf das Glas Wasser, das Nicolas ihr hinhält. »Mach deine Hand auf.«

Mechanisch öffnet sie ihre Hand und starrt auf die Pillen, die er ihr auf die Handfläche legt.

»Glaub mir, es ist besser so. Du brichst sonst zusammen, und das könnte ich nicht ertragen. Ich will dich nicht verlieren.«

Sie runzelt die Stirn. Warum klingen seine Worte so falsch? Ihre Blicke treffen sich. Es ist still. Sie mag diese Stille nicht. Sie mag die Augen nicht, die sie fordernd ansehen.

»Nimm deine Pillen.«

Sie schüttelt den Kopf.

»Schatz, bitte. Ich möchte dir doch nur helfen, dass du diese Zeit überstehst.«

Vielleicht hat er recht, überlegt sie. Ihre Hand zittert, als sie sie zum Mund führt. Sie sieht in sein erleichtertes Gesicht, nimmt das Glas aus seiner Hand und spült die Pillen hinunter.

»Gut so.« Nicolas blickt auf seine Armbanduhr. »Alma müsste jeden Augenblick hier sein.«

Kurz darauf hört sie das Zuschlagen einer Autotür. Nicolas legt seine Hand auf ihre. »Ich bin gleich wieder bei dir.«

Sie hört eilige Schritte im Flur. Nicolas kommt zurück und zieht ihr die Winterjacke an. Sie ist so müde und lässt es geschehen. »Alma ist hier, wir fahren jetzt.«

»Wohin?«

»Das sagte ich dir bereits. Nach Sönner.«

»Oh, und was wollen wir dort?«

Er schweigt, aber das ist ihr egal. Sie lässt sich von ihm nach draußen führen. Sie ist müde und möchte ihre Ruhe haben.

Der frische Wind, der ihre Haut streift, belebt kurzzeitig ihren Geist.

»Emilia. Geht es dir gut?«

Emilias Arme umschlingen Alma, als wäre sie eine Ertrinkende und Alma ihre letzte Rettung. Sie möchte etwas sagen, doch die Pillen zeigen ihre Wirkung. Sie bekommt keinen klaren Satz zustande. Sie spürt, wie Alma ihr unaufhörlich über das Haar streicht und etwas murmelt, das sie nicht versteht. *Warum habe ich nur diese Pillen genommen?*

Nicolas führt sie zu Almas Wagen und setzt sie auf den Rücksitz. Willenlos lässt sie es geschehen. In ihrem Kopf ist nur Dunkelheit, die sie einhüllt und schläfrig macht.

»Was hast du ihr verabreicht?«

»Das, was der Arzt ihr verschrieben hat.«

Alma nickt und beugt sich in den Wagen, tätschelt Emilias Hand. »Wir fahren zum Flughafen.«

»Warum?« Ihre Stimme ist leise und lallend.

»Weil es schneller und bequemer für dich ist, nach Östersund zu fliegen und dann mit dem Mietwagen nach Sönner zu fahren.«

»Ja.« Nervös kaut Emilia auf der Unterlippe. Sie bemüht sich, einen Satz zu formulieren. »Wie … wie geht es dir?«

»Um ehrlich zu sein, ich fühle mich, als wäre ich tot.«

Emilia greift nach Almas Hand. »Ich bin froh, dass es dich gibt.«

Alma wendet den Blick ab und entzieht ihr rasch ihre Hand, umrundet den Wagen und klemmt sich hinter das Steuer.

* * *

Während des Fluges hat Emilia gedöst. Sie hat Schwierigkeiten, sich zu konzentrieren. Sie will weder Almas noch Nicolas' Fragen beantworten. Fragen über ihr Befinden, darüber, was sie in Zukunft machen will. Sie hat einfach die Augen geschlossen. Die beiden verstummen.

Der Mietwagen riecht nach Desinfektionsmitteln und diesen leidigen Duftaufhängern in Tannenbaumform. Emilias Magen rebelliert. »Anhalten …«, presst sie durch die vorgehaltene Hand. Nicolas blickt in den Rückspiegel und lenkt den Wagen sofort an den Seitenstreifen. Noch bevor er steht, reißt Emilia die Tür auf, und ihr Mageninhalt ergießt sich auf den grauen Asphalt. Ihre Kehle brennt und Tränen schießen ihr in die Augen. Doch eines empfindet sie nicht. Scham.

Nicolas ist sofort bei ihr. »Schatz, alles okay?«

Sie blickt ihn an, und ein neuer Würgeanfall kündigt sich an.

* * *

Als sie das Haus betritt, fängt ihr Körper von den Beinen aufwärts zu zittern an. Es ist dunkel, überall sind die Vorhänge zugezogen. Die Luft riecht anders als sonst. Muffig, abgestanden, als wäre das Leben schon lange verschwunden aus diesem Haus. Wie schnell alles vergeht. Emilia neigt den Kopf und lauscht. Nichts. Kein Gruß, keine Umarmung, keine Aufforderung zum Schachspielen.

Sie zuckt zusammen, als sie eine Hand auf der Schulter spürt. Lächelnd wendet sie sich um. »Charlie«, haucht sie, doch ihr Lächeln und die vage Hoffnung, dass sie endlich aus diesem Traum erwacht, verschwinden, als sie in Nicolas' Gesicht blickt.

»Bist du okay? Willst du dich vielleicht hinlegen?«

Sie schüttelt den Kopf und geht hinüber in das Wohnzimmer, reißt die Vorhänge zurück und öffnet die Fenster weit. Schnellen Schrittes eilt sie in die Küche, und auch hier öffnet sie das Fenster. »Charlie mochte es nie, wenn die Vorhänge am helllichten Tag geschlossen sind, und auch nicht, wenn die Luft abgestanden im Raum klebt.« Ohne ihm weiter Beachtung zu schenken, stürmt sie aus der Küche.

Nicolas sieht ihr nach, nachdenklich reibt er über sein Kinn. Sie hat die verfluchten Pillen ausgekotzt. Die Wirkung einfach ausgekotzt. »Scheiße, Scheiße, Scheiße«, flucht er leise vor sich hin.

»Was ist scheiße?«

Er wendet sich zu Alma, die im Türrahmen steht und ihn anblickt, als wäre er der Teufel in Person.

»Nichts weiter, es ist nur, dass Emilia … die Stimmungsschwankungen.« Traurig senkt er den Blick. »Ich mache mir ernsthafte Sorgen um sie.«

»Sie wird sich schon wieder fangen, wenn das hier alles vorbei ist. Ich kenne sie, sie ist stark wie ihre Mutter und stur wie ihr Vater.«

»Ich hoffe es, denn sie fehlt mir.«

»Hm … sicher?«

»Natürlich! Was soll die Frage?«

»Nichts weiter. Ich denke, wir sind alle angespannt. Ich frage mich nur, warum Charlie sterben musste.«

»Wieso musste? Er hat sich umgebracht. Charlie hat sich das Gewehr in den Mund geschoben und abgedrückt.«

Widerstrebend schließt Alma die Augen. Ihre Stimme ist belegt. »Charlie war nicht der Typ, der so etwas tun würde, er …«

»Alma! Die Untersuchungen der Polizei haben es bestätigt.« Die beiden mustern sich.

Alma macht einen Schritt auf Nicolas zu. »Das stimmt, die Forensik hat einen klaren Bericht abgegeben. Doch das *Warum* wurde nicht geklärt, die Vermutung, dass er nach all den Jahren nicht ohne seine Frau leben wollte, ist – nun, die ist einfach absurd.« Kalter Wind weht durch das geöffnete Fenster, fröstelnd schlingt sie die Arme um ihre Brust. »Was sagst du dazu?«

Nicolas zuckt mit den Schultern, vergräbt die Hände in den Taschen seiner Jeans. »Woher soll ich das wissen? Auf mich wirkte er normal, das hab ich der Polizei auch gesagt. Aber du weißt ja, man kann den Menschen nicht in den Kopf sehen.«

»Da hast du recht.« Abwägend sieht sie ihn an.

»Bist du am fraglichen Tag direkt hier zum Haus gefahren?«

Nicolas legt den Kopf in den Nacken und lacht schallend. Schlagartig wird er ernst. »Du erinnerst dich, dass ich mir den Knöchel verstaucht hatte. Erst durch Emilias Versorgung und die dicke Bandage war ich überhaupt in der Lage, wieder einigermaßen zu gehen. Außerdem, was für einen Grund sollte ich haben?«

Alma zieht die Luft hörbar durch die Nase.

Er fürchtet, dass sie das Thema nicht so schnell ablegen wird, und ändert seine Taktik. Versöhnlich legt er ihr die Hand auf die Schulter. »Ich weiß, du mochtest ihn sehr, mehr als nur als Freund.«

Entgeistert sieht sie ihn an. »Was weißt du denn schon?«

»Vielleicht mehr, als du denkst.«

Sie öffnet den Mund, will etwas erwidern. Sein Grinsen lässt sie verstummen. Dann stürmt sie aus der Küche.

* * *

Emilia steht vor dem weit geöffneten Fenster in ihrem Zimmer. Sie hat den Blick auf den Hof gerichtet, der einsam und verlassen vor ihr liegt. Es ist so ruhig. Als Kind hatte sie die Stille geliebt, doch jetzt mag sie sie nicht mehr. Der aufkommende Wind rauscht durch die Fichtenzweige, durchbricht die Stille. Emilia heißt den kalten Wind willkommen, der ihr ins Gesicht bläst. Es tut gut. Sie fühlt sich besser, befreiter. Sie atmet tief durch. Die Dunkelheit in ihrem Kopf löst sich mit jedem Atemzug. Gut so, denn sie will den morgigen Tag bewusst erleben, das ist sie Charlie schuldig, auch wenn er sich das Leben genommen und sie alleingelassen hat. Das verzeiht sie ihm nie.

Heftig schließt sie das Fenster. Hält inne. Warum hat er das getan? Der Gedanke trifft sie. Zum ersten Mal seit dem Tod ihres Vaters stellt sie sich diese Frage. Ihre Lippen zittern. Sie will nicht weinen, nicht jetzt. Jetzt, da ihr Kopf wieder klarer wird.

Ein Spaziergang wird ihr guttun. Sie dreht sich um, und ein leises Knarren unter ihrem Fuß erregt ihre Aufmerksamkeit. Lange sieht sie auf die Holzpaneele, bis sie begreift, dass es ihr Geheimversteck ist. Tröpfchenweise kommt die Erinnerung zurück. Heiße und kalte Schübe wechseln sich ab. Bis sie erfasst, was vor dem Tod ihres Vaters geschehen ist. Hanna Lindqvists Smartphone. Nicolas.

Sofort kniet sie sich auf den Boden und hebt die Paneele an, sieht in das schwarze Loch, greift mit der Hand hinein und tastet den staubigen Boden ab. Doch da ist nichts. Hatte sie es doch nicht dort versteckt? Hat sie es überhaupt versteckt? Sie zermartert sich ihr Gehirn, versucht, sich zu erinnern. Doch alles ist durcheinander, nicht greifbar, was sie wann getan hat oder nicht. Pure Verzweiflung strömt durch ihren Körper und macht sie wütend. Eine Empfindung, die sie noch nie so erlebt hat. Sie presst die Kiefer aufeinander und schließt die Augen. *Ruhig, du musst ruhig werden. Konzentrier dich.*

Plötzlich wird die Türklinke heruntergedrückt. Immer und immer wieder. »Emilia! Mach die Tür auf!«

Rasch schiebt sie die Paneele wieder zurück, zerwühlt ihr Bett.

»Emilia. Bitte, Schatz, öffne die Tür!«

Emilia räuspert sich und bemüht sich, ihre Stimme schläfrig wirken zu lassen. »Gleich. Ich … ich bin im Bett.«

»Gut, aber mach trotzdem bitte auf.«

Schlurfend bewegt sie sich zur Tür. Bevor sie den Schlüssel umdreht, zerzaust sie sich das Haar, sieht über die Schulter zu dem Holzboden. Alles gut.

Sie öffnet einen Spaltbreit die Tür und kneift verschlafen die Augen zusammen. Offensichtlich ist es richtig so, denn Nicolas sieht sie zufrieden an. »Darf ich reinkommen?«

Sie öffnet die Tür weit und geht wieder ins Bett. »Ich bin müde.«

Nicolas setzt sich auf die Bettkante, erst jetzt bemerkt sie das Glas Wasser in seiner Hand. »Du musst deine Medizin nehmen.«

»Später«, nuschelt sie.

»Schatz, du musst sie immer pünktlich nehmen, sonst wirkt sie nicht.«

In ihrem Kopf arbeitet es. Sie will die Pillen nicht. Verdammt, sie braucht einen Plan. Was soll sie tun? Ihr Hals ist rau, das Glas Wasser in seiner Hand lacht sie an. Am liebsten würde sie es ihm aus der Hand reißen. »Na gut, gib sie mir.« Sie hält ihm die ausgestreckte Hand hin.

»Mach den Mund auf.«

Sie braucht Zeit. Gott, was soll sie tun? Umständlich richtet sie sich auf, öffnet wie befohlen den Mund. Sie lässt Nicolas nicht aus den Augen, während er ihr die Pillen auf die Zunge legt. Noch bevor sie den Mund schließt, greift sie sich das Glas aus seiner Hand und lässt es fallen. Der Inhalt ergießt sich auf seine Hose und die Bettdecke. Reflexartig springt er auf und sieht sie erbost an. »Was hast du getan, kannst du nicht aufpassen?!«

»Tut mir leid«, stöhnt sie leise und rollt zur Seite, um aufzustehen, dabei fingert sie die Pillen aus dem Mund.

»Bleib liegen … Hast du die Pillen geschluckt?«

Sie nickt und öffnet zur Bestätigung den Mund. Es bereitet ihr Freude, ihn zu sehen, wie er ihre Mundhöhle inspiziert.

»Gut. Ich hol dir Wasser.« Er beugt sich zu ihr und haucht ihr einen Kuss auf die Stirn. Seine Hand streicht ihr über den Arm und gleitet hinunter zu ihrer zu einer Faust geballten Hand. »Gleich wird es dir gut gehen und du kannst in Ruhe schlafen.«

Müde nickt sie und dreht sich zur Seite. Erleichtert atmet Emilia auf, als sie die Tür zuschlagen hört. Sie öffnet die Hand und zählt die Pillen. Sie hat keine geschluckt, oder? Mein Gott, wie viele Pillen waren es heute Morgen? Sie fixiert die Pillen. Vier. Ja, vier. Beruhigt versteckt sie sie unter der Matratze.

20. Kapitel

Weit im Norden liegt Neuschnee auf den Bergen. Es wird nicht mehr lange dauern und auch diese Anhöhe wird von der weißen Pracht bedeckt sein. Dann sind keine Spuren mehr zu sehen, die bezeugen, dass sich hier zwei frische Gräber befinden. Ein kleines und ein großes. Nur die Spitzen der Holzkreuze, die durch den Schnee ragen, werden darauf hinweisen. Und dann im Frühling werden bunte Wildblumen und Kräuter die Gräber bedecken. Jetzt sind sie wieder vereint. Ihre Mutter, ihr Vater und Tyson. Der Gedanke gefällt Emilia. Sie schluckt ihre Trauer herunter, tupft mit einem weißen Taschentuch die Tränen von den Wangen.

Nicolas hat seinen Arm unter ihren gelegt, um sie zu stützen. Es ist ihr unangenehm, doch sie lässt es geschehen. Schon den ganzen Morgen spielt sie ihm vor, dass sie schwach und zerbrechlich ist. Und gerade jetzt sehnt sich ein Teil von ihr nach den Tabletten, um sich dem Ganzen entziehen zu können. Alma steht neben ihr, hinter ihrer großen dunklen Brille fließen die Tränen. Zu gern würde sie Alma in den Arm nehmen, aber das würde Nicolas' Aufmerksamkeit erregen.

Der alte Pastor Engström ist der Erste, der ihre Hand ergreift, um sein Beileid zu bekunden. Danach folgen die

Nachbarn. Wie in Trance schüttelt sie die Hände und dankt für die Worte. Sie möchte weg. Nach Hause. Allein sein.

»Emilia, ich …«

Sie sieht auf und blickt in Lykkes Gesicht, das ihr älter erscheint als noch vor einer Woche. Eingefallen, mit einem traurigen Zug um die schmalen Lippen. Sie geht einen Schritt auf ihn zu, ignoriert Nicolas' harten Griff, der sie zurückhalten will. »Lykke.« Sie breitet die Arme aus und der kleine drahtige Mann umarmt sie linkisch. »Emilia, es tut mir leid.«

»Mir auch, Lykke, er fehlt mir.«

Lykke löst sich aus der Umarmung. Nervös dreht er seine Mütze in den Händen. »Emilia, dein Vater hat sich nicht umgebracht. Das hätte er dir nie angetan. Er war glücklich und zufrieden.« Schnell senkt er den Blick und geht eilig davon. Sein Körper ist gebeugt von Gram und Trauer um seinen besten Freund.

* * *

Das Knistern des Kaminfeuers übertüncht die leisen Stimmen. Angelehnt an der Wand ihres Zimmers hält Emilia den Atem an, um besser hören zu können. Sie hat sich nach dem Abendessen zurückgezogen und Nicolas überlistet, um keine Pillen zu schlucken. Sie fühlt sich erbärmlich.

Einen solchen inneren Aufruhr hat sie noch nie erlebt. Am liebsten würde sie in das Wohnzimmer stürmen und Nicolas Fragen stellen, wieso er sich ihr gegenüber so benimmt, sie mit Tabletten ruhigstellt und ihr vorgaukelt, dass er sich Sorgen um sie macht. Und wieso er das Smartphone aus ihrem Versteck genommen hat. Das hat er doch, oder? Ihre Gedanken erzeugen Chaos. Keiner lässt sich greifen. Wo ist nur ihre pragmatische Art geblieben?

Sie starrt an die Decke und betrachtet das Schattenspiel, das der Mond an die Holzdecke zaubert. Sie wird warten, bis alle im Bett sind, und dann wird sie noch einmal nachsehen, ob das Smartphone wirklich verschwunden ist. Sie hofft, dass es da ist und sie einfach nicht richtig nachgesehen hat. Schließlich kann sie damit Nicolas unter Druck setzen und ihn hinter Gitter bringen. Das ist es, was sie will. Sie erinnert sich wieder. Er hat sie mit einer Prostituierten betrogen und diese umgebracht. Einfach ihr Leben ausgelöscht. Und Emilia will mit so einem Menschen nicht verheiratet sein. Wie gern hätte sie mit ihrem Vater darüber gesprochen. Einen Schlachtplan ausgearbeitet, wie sie Nicolas überführen können. Ihr ist bewusst, dass sich dieser Skandal auf ihre Karriere auswirken wird, aber das ist ihr egal. Hätte Charlie es auch so gesehen? Emilia schließt die Augen, sie möchte nicht weiter darüber nachdenken, denn sie kennt die Antwort.

* * *

Erschrocken reißt sie die Augen auf. Blickt in Nicolas' Gesicht, das sich über sie beugt.

Mit einem lauten Aufschrei setzt sie sich auf.

»Guten Morgen. Hast du gut geschlafen?«

Wild gleiten ihre Augen durch das Zimmer. Blasse Sonnenstrahlen fallen durch das Fenster. Sie spürt seinen aufmerksamen Blick. Was soll sie jetzt tun? Wie hat sie reagiert, als sie unter dem Einfluss von den Pillen stand? Ermattet lässt sie sich auf das Kissen zurückfallen.

»Hast du geträumt?«

»Ja.« Schnell schließt sie die Augen.

»Wir reisen nach dem Frühstück wieder nach Vaxholm. Kommst du allein klar oder soll ich dir helfen?«

Nicht gleich antworten. Warte ab. Sie schenkt ihm ein zaghaftes Lächeln. »Du bist so fürsorglich. Ich danke dir.«

»Ich bin dein Mann und liebe dich. Wir schaffen das. Gemeinsam.«

Wie sehr möchte sie seinen Worten glauben. Danach hatte sie sich immer gesehnt, und Nicolas war ihr Traummann. Er war der Erste, dem sie vertraute, der Erste, dessen Zärtlichkeiten sie genoss. Sie bemerkt, wie er ihr sanft eine Haarsträhne aus dem Gesicht streicht. Seine Berührung ekelt sie an.

»Ach Emilia, was würde ich dafür geben, diese Tragödie ungeschehen machen zu können. Aber ich kann es nicht. Ich bin erschüttert, genau wie du.« Er wischt sich über die Augen, atmet schwer aus. »Ich hoffe, wir beide finden wieder zueinander.«

Emilia möchte weinen, schreien und ihn anklagen. Doch sie ist steif wie ein Brett. Hofft, dass ihre Augen sie nicht verraten. »Ich bin glücklich, dass es dich gibt und du so gut zu mir bist.«

Seine Antwort ist ein Kuss auf ihren Mund. Feucht und warm. Der Drang, sich über die Lippen zu wischen, ist groß.

»Und weil ich so gut zu dir bin, hab ich dir auch deine Medizin mitgebracht.«

»Brauch ich die wirklich noch? Charlie ist begraben, und wir fangen wieder ein neues Leben an.« Zuversichtlich lächelt sie ihn an.

Er neigt den Kopf, anscheinend wägt er ab und ihre Hoffnung steigt. Um ihn vollends zu überzeugen, schlingt sie den Arm um seinen Hals und küsst seine Wange.

»Du machst es mir wirklich nicht leicht, aber ich denke, ich sollte den Anweisungen des Arztes Folge leisten. Du musst sie leider noch eine Weile nehmen.« Er streckt seine Hand aus. Vier weiße Pillen.

Diesmal sieht er genau hin. Es gibt kein Entrinnen.

21. Kapitel

Livia spitzt die Lippen, betrachtet das jungfräuliche weiße Blatt Papier. Streicht sanft darüber, blendet die Geräusche um sie herum aus. Das ständige Klappern an den Zellentüren, das laute Fluchen und Keifen der Frauen übertönt selbst den Wind, der seit Tagen um das Gemäuer fegt. Sie wählt ihre Worte mit Bedacht.

> Liebe Emilia Gustafsson,
> ja, ich entscheide mich für das Wort Liebe. Denn ich habe gerade erfahren, dass Sie einen schweren Schicksalsschlag erlitten haben. Natürlich haben Sie versucht, die Gründe für seinen Tod lange für sich zu behalten, aber wie Sie ja selbst wissen, nichts kann man lange für sich behalten. Irgendwann findet jemand heraus, was geschehen ist.
>
> Wie sehr habe ich mir gewünscht, Sie zu sehen, als Sie erfahren haben, dass Ihr Vater, der angesehene Richter, sich selbst das Leben nahm. Ich habe Ihren Vater nicht gekannt, aber wie mir zugetragen wurde, war er ein gerechter

> Mann. Sie müssen verstehen, dass sich meine Anteilnahme in Grenzen hält. Ich habe mir sehnlichst gewünscht, dass Sie leiden. Das tun Sie doch, oder? Es stimmt mich traurig, dass es Ihren Vater getroffen hat und nicht Sie. Aber wenn es das Schicksal so wollte, bin ich ebenso froh. Sie hätten gerechter sein sollen. Dann wäre es nie passiert.

Livia lehnt sich zurück und überfliegt das Geschriebene. Zufrieden reißt sie das Blatt von dem Block und faltet es sorgfältig.

22. Kapitel

Zwei Tage später

Aus dem schiefergrauen Himmel fällt starker Regen, den der Wind an die Fensterscheiben peitscht. Ein Tag, um ihn im Bett zu verbringen. Das hätte Emilia vermutlich auch getan, mit einem guten Buch und einem Tee. So hat sie die Sonntage oft verbracht, als sie noch allein lebte. Sehnsüchtig hängt sie den Gedanken nach. Gestern sind sie wieder in Vaxholm angekommen. Sie war von den Tabletten zugedröhnt. Es ekelt sie an, wenn sie daran denkt, wie willenlos sie sich hat führen lassen. Sie wollte sich Alma anvertrauen, doch es gab keine Gelegenheit, Nicolas hat sie nicht aus den Augen gelassen, und Alma ist eiligst wieder gefahren, mit dem Versprechen, sie bald zu besuchen.

Sie möchte diese Pillen nicht nehmen. Doch wie kann sie Nicolas dazu bringen, damit aufzuhören? Rastlos kratzt sie sich über die Arme, auf der Suche nach einer Lösung. Heute in der Früh hat er ihr einen Kaffee ans Bett gebracht und ihr die Pillen in den Mund geschoben. Er hat sie angelächelt und ihr zugesehen, wie sie den Kaffee trank. Doch sie hat ihn überlistet. Denn bevor sie an dem Kaffee nippte, hat sie die Pillen hineingespuckt. Er hat es nicht gemerkt und auch nicht kontrolliert, ob sie dann wirklich etwas getrunken hat. Sie hat ihm vorgespielt, dass sie müde sei, und ihm immer wieder für seine Fürsorge gedankt. Für einen winzigen Moment erheitert sie die Szene, und dann wird ihr übel. Auf was für ein Niveau hat sie sich herabgelassen?

Ihr Körper ist angespannt, und selbst das Kratzen hilft nicht, damit sie klarer denken kann. Laut stößt sie den angehaltenen Atem aus und sieht dann entsetzt auf ihre Arme, die blutige Striemen aufweisen. »Verflucht.« Das darf er nicht sehen. Auf keinen Fall. Warum macht sie nur so blödsinnige Dinge? Das ist nicht sie. Es sind die Pillen.

Sie schwingt die Beine aus dem Bett, kramt einen dicken Pullover und die Jogginghose aus dem Schrank.

Leise öffnet Emilia ihre Schlafzimmertür, horcht, um herauszubekommen, wo sich Nicolas aufhält. Es ist ruhig im Haus. Nur der Regen und der Wind, der immer stärker wird, sind zu hören. Hat er sie tatsächlich allein gelassen? Im Nu stellt sich ein Glücksgefühl ein. Auf Zehenspitzen schleicht sie die Holztreppe hinunter, bedacht darauf, dass die Stufen nicht knarren.

Am Treppenabsatz hält sie inne. Lauscht. Und dann hört sie leise Stimmen aus der Küche. Clara! Clara ist da. Ihr Herz schlägt wie wild vor Freude. Clara wird ihr helfen. Sie wird sie hier herausbringen.

Doch noch bevor sie die Küche betritt, wird ihr klar, dass es nicht so einfach sein wird. Sie hört, wie Scherben klirrend in dem Mülleimer landen – und dann Nicolas' Stimme. »Siehst du, was sie macht? Sie zertrümmert das Geschirr. Clara, ich weiß nicht, was ich tun soll. Sobald ich ihr den Rücken kehre, tobt sie, schreit hysterisch und … und droht, dass sie sich umbringen wird.«

Emilia hält sich die Hand vor den Mund, um nicht laut zu schreien.

»Das ist ja furchtbar. Das tut mir so leid.«

»Ich hab mit dem Arzt gesprochen, und er sagt, dass sie vor allem weiter die Beruhigungstabletten und Antidepressiva nehmen soll.«

Emilia hört, wie seine Stimme bricht und er sich die Nase schnäuzt. Elender Schauspieler.

»Kann ich zu ihr?«

»Ich weiß nicht, du wirst sie kaum wiedererkennen.«

»Ich bin ihre Freundin, vielleicht kann ich etwas bewirken, wir kennen uns schon so lange.«

Es ist still. Emilia kann kaum ihren Atem unter Kontrolle bringen. Er ist viel zu laut, sie kann nichts hören, nur ihren Atem.

»Also gut. Vielleicht ist es keine so schlechte Idee.«

Das Knarren von Stühlen, die zurückgeschoben werden.

Noch nie ist sie die Treppe so schnell hochgelaufen und dabei noch konzentriert gewesen, keine Geräusche zu verursachen.

Sie hechtet ins Bett. Sieht sich um, ob es verräterische Spuren gibt, dass sie unten war. Und dann bemerkt sie den Pullover, den sie trägt. Doch es ist zu spät. Leise wird die Tür geöffnet. Schnell schließt sie die Augen.

»Em, ich bin es, Clara.«

Sie spürt, wie Clara den Raum betritt. Verschlafen blinzelt sie. Clara verzieht ihre Lippen zu einem angestrengten Lächeln, doch es misslingt. Es sieht einfach nur grotesk aus und Emilia hat Schwierigkeiten, nicht laut zu lachen. »Clara«, nuschelt sie stattdessen. Ihre Augen suchen Nicolas. Sie betet zu Gott, dass er sie allein gelassen hat. Natürlich nicht, was hatte sie erwartet? Mit verschränkten Armen lehnt er an dem Kleiderschrank und sieht sie prüfend an.

»Wie geht es dir?«, fragt Clara mit leiser besorgter Stimme.

Emilia räuspert sich, sie muss Zeit gewinnen, denn wenn sie ehrlich sagt, wie sie sich fühlt, ist alles verspielt. Also, wie fühlt sie sich? »Ich weiß nicht. Ich bin so schläfrig.«

Clara wendet sich zu Nicolas. Die beiden tauschen Blicke. Und in Emilia steigt die Wut an. Dieses Gefühl, das sie verabscheut.

»Nicolas, kannst du mir Wasser holen? Ich bin am Verdursten. Seit gestern Abend habe ich nichts mehr getrunken.«

Clara schüttelt den Kopf. »Das ist nicht gut. Flüssigkeit ist essenziell für den Körper, gerade wenn man Medikamente zu sich nimmt. Nicolas, das solltest du wissen.« Heftig steht sie auf und sieht Nicolas streng an.

Oh, wie sie Clara und ihr unverblümtes Temperament liebt. Emilia sieht Nicolas an, der mit versteinerter Miene dasteht wie ein kleiner Junge, der sich ungerecht behandelt fühlt. Sein sonst so überhebliches Getue ist wie weggeblasen. Er kneift die Augen zusammen und verzieht die Lippen, während er den Blick von Clara zu ihr wendet. »Kein Problem. Oder möchtest du lieber Tee, mein Schatz?«

Tee zuzubereiten dauert länger. Schnell. Entscheide dich.

»Tee, oh ja, Tee wäre wundervoll.« Mittlerweile hasst sie ihre dahingehauchte Stimme. So ist sie nicht und so will sie nie sein. Schnell wendet sie ihren Blick ab.

Clara setzt sich auf die Bettkante und sieht Nicolas nach, der die Tür hinter sich schließt. »Wie geht es dir? Ich war schon letzte Woche hier, aber Nicolas meinte, du willst niemanden sehen. Ich hatte ja keine Ahnung, dass es dir so beschissen geht, dass du … dass du nicht mehr leben willst.« Ihre Lippen zittern und in ihren Augen sammeln sich Tränen, die sie eiligst wegwischt.

Emilia richtet sich auf, greift Claras Hände, hält sie ganz fest.

»Das ist Blödsinn. Er setzt mich unter Drogen. Ich will das nicht und kämpfe jeden Tag darum, diese Tabletten nicht nehmen zu müssen.«

Clara zieht ihre Stirn kraus, öffnet den Mund, um etwas zu sagen, schließt ihn dann aber wieder. Sieht auf ihre Hand, die schon blutleer ist, weil Emilias Griff so fest ist. »Em, was ist los? Du bist so anders, so … ich weiß nicht, wie ich es sagen soll. Du wirkst echt durcheinander. So kenne ich dich nicht. Klar, du hast deinen Vater verloren und … und es ist nicht leicht zu begreifen, dass er sich umgebracht hat.« Nachdenklich schüttelt sie den Kopf. »Das ist so furchtbar. Ich kann das auch nicht verstehen. Ich wäre gern bei seiner Beerdigung dabei gewesen, aber Nicolas meinte, dass du es nicht wolltest.«

Emilia lockert den Griff. »Blödsinn! Das hab ich niemals gesagt. Er lügt, es sind die Pillen, die mich willenlos machen.« Ihr Blick geht zur Tür. Sie hat wenig Zeit. Emilia holt tief Atem. »Hör mir jetzt bitte genau zu.« Ohne Punkt und Komma hetzt Emilia durch das Erlebte der letzten Tage und Wochen. Immer wieder vergewissert sie sich, dass Clara ihr aufmerksam zuhört.

»Verstehst du, was ich sage? Nicolas hat, wie es scheint, diese vermisste Prostituierte umgebracht, Hanna …«

»Stopp, warte.« Clara hält ihre Hand hoch. »Was für eine Prostituierte? Was redest du da?«

»Hast du die Zeitung nicht gelesen? Da wurde eine Frau vermisst. Hanna Lindqvist.«

»Ja, aber da stand nichts davon, dass sie eine Prostituierte ist.«

Emilia bemerkt, wie Clara sich zurückzieht. »Du hast recht, aber ich hatte sie schon einmal gesehen und … bitte, Clara, glaub mir.« Flehend sieht sie ihre Freundin an.

»Okay, erzähl weiter.«

»Ich hatte ihr Smartphone in unserem Schuppen gefunden, dann hab ich es versteckt, oben bei Charlie in meinem alten Zimmer, du weißt, mein Geheimversteck. Und jetzt ist es nicht mehr da. Verstehst du?« Emilia schiebt den Ärmel des Pullovers hoch, kratzt sich nervös den Arm. »Nicolas setzt mich unter Drogen und ich muss herausbekommen, warum er das tut. Da stimmt etwas ganz und gar nicht mit dem Selbstmord von Charlie.« Sie ist außer Atem. »Du musst mir helfen.«

Verwirrt sieht Clara sie an. Ihr Blick gleitet auf Emilias Arm, der mit roten Kratzspuren übersät ist. »Hör auf damit.«

Erschrocken sieht Emilia auf ihren Arm und zieht beschämend den Ärmel des Pullovers herunter. »Ich bin nervös, weil ich hier gefangen bin und Hilfe brauche.«

»Schon gut, ich bin ja da.« Clara streicht über Emilias Arm. »Ich frage mich nur, was hat die Prostituierte mit dem Selbstmord von Charlie zu tun?«

»Ich habe verflucht noch mal keine Ahnung. Ich kann wegen dieser Tabletten nicht klar denken. Ich hab immer nur ein kleines Zeitfenster, manchmal überlistet er mich und ich schlucke sie, und dann falle ich wieder in diese Lethargie.«

Verzweifelt blickt sie zum Fenster. Am Himmel türmen sich dunkle Wolken. »Ich brauche deine Hilfe. Hol mich hier raus.« Bittend sieht sie ihre Freundin an.

»Pack deine Sachen, du kommst mit zu mir. Wo ist dein Autoschlüssel?«

Erleichtert springt Emilia aus dem Bett. »Er ist unten auf dem Kommodentisch in der kleinen Schale.« Dankbar umschließen ihre Hände die von Clara. »Beeil dich.«

Mit gesenktem Kopf, die Arme fest um ihren Körper geschlungen, stemmt Clara sich gegen Wind und Regen. Der Kies unter ihren Füßen knirscht bei jedem Schritt. Das war zu viel. Sie hat keine Ahnung, was sie denken soll. Emilia so aufgelöst zu sehen hat ihr den Boden unter den Füßen weggerissen. Dieses wirre Zeug, das sie geredet hat.

»Clara, warte!«

Unschlüssig bleibt sie stehen, als sie Nicolas hört. Sie möchte nicht mit ihm sprechen. Verdammt. Zögernd wendet sie sich um.

»Tut mir leid, dass ich dich aufhalte, aber es ist wichtig.« Sein Blick ist besorgt, während er sich vor ihr hinstellt. Seine Hände wissen offenbar nicht, was sie tun sollen, erst steckt er sie in die Taschen seiner Hose, dann zieht er sie wieder heraus und verschränkt schließlich seine Arme vor der Brust.

Es irritiert Clara. Sie will es hinter sich bringen. »Was ist?«, fragt sie angeschlagen.

»Ich hab das Gefühl, dass Emilia dir eine Geschichte erzählt hat, die so nicht stimmt.«

Der Wind und der gnadenlose Regen peitschen Clara ins Gesicht. »Ich weiß nicht, was du von mir willst.« Sie drängt sich an ihm vorbei.

Mit zwei Schritten umrundet er sie und hält sie auf. »Bitte, Clara, du musst mir glauben, nichts von dem, was sie dir gesagt hat, ist wahr.«

»Was hat sie mir denn erzählt?« Nun ist sie neugierig.

»Dass ich angeblich eine Frau umgebracht haben soll und sie mich verdächtigt, dass ich ihren Vater ebenfalls … dass ich Charlie ebenfalls getötet habe.« Er wischt sich mit beiden Händen über das Gesicht. Seine Augen sind rot, die Mundwinkel hängen herunter. So fertig hat sie ihn noch nie gesehen. So voll Trauer und Verzweiflung.

»Ich hab keine Ahnung, von was du sprichst. Was für eine Frau sollst du umgebracht haben?«

»Ich habe niemanden umgebracht. Das ist alles erlogen.« Eindringlich blickt er ihr in die Augen. »Ich bitte dich, hör mit dem Spiel auf. Ich weiß, sie versucht, einen Weg zu finden, dass irgendjemand ihre wirre Geschichte glaubt.« Er fährt sich mit der Hand durch das nasse Haar, sieht hinüber zu dem Punkt, an dem sonst das Meer ist und jetzt nur eine dunkle Wand. Seufzend wendet er sich ihr zu. »Du erinnerst dich, dass wir einen Streit hatten, wegen meinem Kinderwunsch.«

Clara nickt und fragt sich, was das alles soll. Aber die Neugier ist immer noch gegenwärtig.

»Gut, ich verrate dir jetzt was. Seit dem Tag ist sie abweisend zu mir, hat mir gedroht, dass sie mich verlässt, wenn ich ihr Leben mit einem Kind belasten will. Und jetzt hat sie gedroht, mich fertigzumachen.«

»Bitte was? – Ich dachte, du hast Angst, dass sie sich umbringen will.«

»Ja, das hat sie geäußert. Sie will weg von mir.«

»Dann lass sie doch einfach gehen. Wo ist das Problem?«

»Ich liebe sie und ich werd sie auch noch von diesen Scheißpillen, die sie ständig einwirft, abbringen.« Er reckt sein Kinn. »Ja, jetzt siehst du mich entsetzt an, niemand weiß von ihrer Tablettensucht. Nicht einmal ihr Vater wusste es – oder vielleicht ja doch. Und wegen der Schande hat er sich vielleicht umgebracht.« Er zuckt mit den Schultern. »Wer weiß schon, was in seinem Kopf vor sich ging.«

»Du spinnst! Vorhin hast du mir gesagt, dass sie Beruhigungsmittel und Antidepressiva verschrieben bekommen hat, also wer spinnt hier jetzt?! Und Charlie hätte nie so reagiert!«

»Tut mir leid.« Beschwichtigend hebt er die Hände. »Ich habe gelogen, weil ich nicht wollte, dass die Wahrheit rauskommt und es einen Skandal um die Familie gibt. Doch jetzt spielt Emilia ein Spiel, das mich erschreckt – und das böse enden wird.«

»Schwachsinn!« Aufgewühlt eilt sie zu Emilias Wagen. Als sie die Wagentür öffnet, zittert ihre Hand. Sie möchte so schnell wie möglich von hier weg, bevor die Zweifel sie auffressen.

»Was soll das, Clara?«

»Ich werde Emilia mit zu mir nehmen.«

»Das wirst du nicht tun, das würde ihr nicht helfen. Sie bleibt hier.« Er drückt die Wagentür zu. »Du hilfst ihr nicht, wenn du sie bei dir versteckst … Ich hab einen Termin bei der Suchtberatung für sie gemacht.« Seufzend schüttelt er den Kopf. »Ich bin ihr Mann und werde ihr helfen.«

Unaufhörlich nagt Emilia an der Unterlippe, während sie aus dem Fenster sieht. Nicolas redet eindringlich auf Clara ein, die ihn wütend anblafft. Und dann wirkt Clara ruhiger, nachdenklicher. »Bitte nicht, Clara, hör nicht auf ihn.«

Clara hat ihren Blick auf den grauen, durchnässten Kies gerichtet. Sie nickt. Dann hebt sie den Kopf und sieht zu dem Fenster. Sieht Emilia an. Schlagartig wird Emilia bewusst, dass sie nicht auf Claras Hilfe hoffen kann. Sie geht einen Schritt zurück. Regungslos steht sie in ihrem Schlafzimmer. Ihr Körper fühlt sich leblos an. Kein Herzklopfen, kein Gefühl. Einfach nicht mehr existent.

23. Kapitel

Der nächste Morgen

»Wie geht es dir heute Morgen?« Nicolas streicht Emilia über die Wange. »Du siehst müde aus … und ein wenig, wie soll ich sagen … du könntest dein Haar mal wieder waschen. Eine Dusche würde wirklich nicht schaden.« Übergangslos füllt er Kaffee in seine Tasse. »Magst du auch noch?«

»Nein. Ich hab genug.« Sie fragt sich, ob sie es wieder geschafft hat, keine aufgelösten Pillen zu trinken, weder in dem Glas Wasser, das er ihr ans Bett brachte, noch jetzt in ihrem Kaffee. Noch spürt sie nichts. Keine Müdigkeit oder Teilnahmslosigkeit. Wie soll sie sich verhalten, damit er keinen Verdacht schöpft?

»Was ist? Du wirkst so nachdenklich.«

»Nichts weiter.«

»Auch gut. Ich fahr gleich nach Stockholm. Deine Pillen sind aufgebraucht. Brauchst du noch etwas aus der Stadt?«

Diese Nachricht bringt Leben in Emilia. Sie hat also keine Pillen geschluckt. Er sieht sie lange an. »Was ist, brauchst du noch etwas?«

»Ich würde gern mitkommen.«

»Nein. Du bleibst hier.«

»Bitte, ich möchte Alma sehen.«

Die Zeit verstreicht, und mit jeder Sekunde verfliegt ihre Hoffnung, dass er sie mitnehmen wird. Sie hasst ihn. Wieder so ein Gefühl, das sie nicht kennt – und nicht mag.

»Also gut. Geh unter die Dusche, dann fahren wir. Ich ruf Alma an.«

Sie ist den Tränen nahe, als sie ins Bad geht. Was ist nur zwischen ihr und Nicolas passiert, dass er sie so behandelt? Oder ist es Berechnung? Doch dann stellt sich die Frage nach dem *Warum*. Sie weiß im Grunde nichts über ihn. Nur dass er eine Immobilienagentur hatte, die er an seinen besten Freund verkauft hat. Finanziell gut dastand. Mehr aber auch nicht. Es war nie wichtig. Ein Gedanke, der sie in Panik versetzt: Was ist, wenn er so ein Psycho ist, dem Frauen egal sind, dem ein Leben egal ist? »Beruhige dich verdammt noch mal«, ermahnt sie sich selbst. Sie fährt mit ihm nach Stockholm, er bringt sie zu Alma und dann wird alles gut. Sie wird das mit Alma besprechen. Warum hat Alma noch nicht nach ihr gesehen? Hat Nicolas sie ebenfalls manipuliert? So wie Clara? So wie es Livias Mann getan hat? Der Gedanke an Livia löst erneut Panik in ihr aus.

Schnell legt sie ihre Kleidung ab und steigt in die Dusche. Das heiße Wasser tut gut. Lässt die Haut prickeln. Sie fühlt sich wieder lebendig.

Emilia hört ihn nicht kommen.

* * *

Die Sonne hat den Wind und Regen des gestrigen Tages verscheucht und erweckt den Eindruck, als sei nichts geschehen.

Mit einer Tasse Tee in der Hand sitzt Clara auf der obersten Stufe ihrer Terrasse und blickt über das Meer. Möwen ziehen laut kreischend ihre Runden, auf der Suche nach Beute. Es ist so friedlich anzusehen, als wäre das Leben so einfach, aber das ist es nicht. Das hat sie gestern erfahren müssen. Was für eine verdammte Scheiße war das bloß? Sie spült den kalten Tee hinunter und schüttelt sich bei dem bitteren Geschmack. Sie kann immer noch nicht glauben, was Nicolas ihr gesagt hat, doch je länger sie darüber nachdenkt, desto mehr ergibt es einen Sinn. Emilia mit ihrer introvertierten Art, ihrem ständigen Lippenkauen, wenn sie nervös ist. Dann der zerkratzte Arm – und was hat sie gesagt? *Ich bin nervös, weil ich hier gefangen bin und Hilfe brauche.* Alles Anzeichen, dass jemand drogenabhängig ist. Oder?

»Ach, verflucht!« Unruhig steht sie auf. Sie muss mit Emilia reden, ihr sagen, was Nicolas ihr erzählt hat. Das ist sie ihr schuldig, schließlich kennen sie sich seit ihrer Kindheit und haben so manchen Mist zusammen gemacht. Sie stutzt. Warum hat sie Emilia nicht geglaubt? Nur weil Nicolas so überzeugend war? Sie kennt ihn nicht annähernd so gut wie Emilia. Wenn ihre Freundin Tabletten einwirft, um ihr Leben zu ertragen, ist sie es ihr schuldig, sie davon abzubringen. Clara schließt die Augen und sieht Emilias flehenden Blick hinter den geschlossenen Lidern. Wie konnte sie sie nur im Stich lassen?

Sie stürmt ins Haus und schnappt sich ihre Handtasche, den Hausschlüssel und öffnet eilig die Tür. Das schrille Klingeln des Telefons hält sie zurück. Für einen Moment wägt sie ab. »Hallo?«

Versteinert steht sie in ihrem gemütlichen Wohnzimmer mit den bunten Bildern an der Wand, dem dunkelroten Sofa und dem Bücherregal, das Emilia ihr zum Einzug geschenkt hat. Sie legt das Telefon auf die Station und bewegt sich auf das Regal zu. Zieht das Fotoalbum heraus, das Emilia ihr mit dem Regal übergeben hat. *Das ist unsere gemeinsame Zeit. Ich werde sie nie vergessen.* Dies waren Emilias Worte. Tränen rinnen ihre Wangen herunter. Heiß und voller Reue.

24. Kapitel

»Frau Gustafsson, können Sie mich verstehen?«

Schnelle Schritte, aufgeregte Stimmen. Ein beißender Geruch nach Desinfektionsmittel.

Emilia blinzelt, sieht die Neonröhren über sich, die in schneller Abfolge an ihr vorbeirauschen. Es macht sie schwindlig.

»Sie ist wach.« Die leise Frauenstimme hat etwas Beruhigendes, obwohl die Dramatik darin nicht zu überhören ist. Emilia weiß nicht, was das alles zu bedeuten hat. Sie erinnert sich nicht.

»Alles gut, Frau Gustafsson. Schön wach bleiben. Wenn Sie mich verstehen, nicken Sie.«

Emilia versteht nicht, was das soll, aber sie nickt.

Eine Hand legt sich auf ihre Schulter. »Em, du darfst jetzt nicht aufgeben. Ich bin hier, hörst du mich?«

Sie kennt die Stimme, aber sie beruhigt sie nicht so wie die der Frau. Emilia will ihren Kopf drehen, um zu sehen, wer da mit ihr spricht, doch es geht nicht. Der Kopf ist eingepackt in eine Nackenstütze. Sie spürt nur den unbändigen Wunsch, die Hand von ihrer Schulter wegzuwischen, doch auch das gelingt ihr nicht. Ihr Atem geht schneller, diese Berührung löst ein beklemmendes Gefühl in ihr aus. Es macht sie wahnsinnig.

Sie hört lautes Piepen, das immer mehr anschwillt.

»Sie müssen jetzt gehen. Wir kümmern uns um Ihre Frau.«

»Aber ich kann sie doch nicht allein lassen.«

»Sie wird es schaffen. Aber Sie müssen ruhig bleiben. Haben Sie mich verstanden?«

Die Hand auf ihrer Schulter ist verschwunden, das Piepen beruhigt sich ebenso wie der Herzschlag.

Angespannt blickt Nicolas auf seine Armbanduhr. Seit einer halben Stunde ist Emilia im Untersuchungszimmer. Er kann die Unruhe, die in ihm herrscht, nicht mehr ertragen. Er möchte wissen, was mit ihr los ist. Aufgewühlt geht er den in kaltes Neonlicht getauchten Gang auf und ab. Das Warten macht ihn rasend.

Laut seufzend lässt er sich auf einen cremefarbenen Plastikstuhl an der Wand fallen, stützt seine Unterarme auf die Oberschenkel und faltet die Hände, an denen Blut klebt. Emilias Blut. Gott, sie hat so sehr geblutet und es hat ewig gedauert, bis der Krankenwagen eintraf. Vielleicht hat er ihr zu heftig die Beine unter dem Körper weggezogen. Sie hat den Halt verloren und ist mit dem Kopf gegen die Duscharmatur geprallt. Hörbar zieht er die Luft durch die Zähne, während er die Bilder vor sich sieht, wie sie regungslos daliegt. Ihre Arme und Beine unnatürlich verdreht. Nackt und schutzlos. Kein Laut. Es war erregend. Und dann hat er das Blut gesehen. Es strömte viel zu schnell. Das war so nicht geplant.

»Nicolas, wo ist sie? Was ist passiert!«

Herausgerissen aus seinen Gedanken blickt er erschrocken auf und sieht Clara, die aufgelöst auf ihn zustürmt.

»Clara, ich … es ist so furchtbar.«

»Was ist los?«

»Sie ist in der Dusche ausgerutscht und hat sich böse am Kopf verletzt.«

Clara hält die Hand vor den Mund, ihre Augen sind schreckgeweitet. »Wie konnte das passieren?«

»Clara, manche Dinge passieren eben.« Sie sieht ihn forschend an, er mag diesen Blick nicht.

»Hast du ihr wieder Tabletten verabreicht?«

»Ich hab dir gestern versucht zu erklären, dass Emilia seit Langem tablettensüchtig ist …«

»Das ist Bullshit! Und das weißt du ganz genau! Du gibst ihr die Tabletten! Das hat sie mir gesagt, und ich glaube ihr!« Während sie spricht, tippt sie mit dem Zeigefinger immer wieder auf seine Brust. Es macht ihn rasend, wie sich ihr Finger, spitz wie eine Nadel, durch sein Sweatshirt bohrt. Am liebsten würde er ihr eine runterhauen. Doch er reißt sich zusammen und bleibt stumm. Gerade im richtigen Moment. Er sieht Alma, die eiligen Schrittes den grell erleuchteten Flur auf sie zukommt.

»Wie geht es Emilia?« Sie sieht Nicolas und dann Clara an. Deren Gesichter versteinert sind. »Was ist hier los?«

»Er hat Emilia Tabletten verabreicht, und sie ist in der Dusche ausgerutscht, wegen dieser Scheißtabletten, die sie ruhigstellen sollen. Ich frag mich nur warum.« Anklagend sieht sie Nicolas an.

»Das ist totaler Blödsinn, was du da redest!«

»Hör auf, mir noch einmal die Lüge auftischen zu wollen, dass sie süchtig ist!« Die beiden stehen sich wie Kampfhähne gegenüber.

Alma hebt ihre Hände und stellt sich zwischen sie. »So, und nun benehmen wir uns mal wie zivilisierte Menschen.« Sie blickt von einem zum anderen. »Das Wichtigste ist doch erst einmal Emilia. Alles andere klären wir später.«

Murrend wendet sich Clara ab, verschränkt die Arme vor der Brust. Nicolas atmet auf. Alma hat die Situation geregelt. Ganz Richterin. Was anderes hat er auch nicht von ihr erwartet.

Endlich öffnet sich die Tür des Behandlungszimmers. Nicolas eilt auf die junge Ärztin zu, die ihn freundlich ansieht. »Alles in Ordnung. Ihre Frau hat viel Blut verloren, eine Gehirnerschütterung und eine Kopfwunde, die wir genäht haben. Alles nicht so schlimm, wie es erst aussah. Wir behalten sie für ein paar Tage zur Beobachtung hier.«

»Gott sei Dank. Ich danke Ihnen.« Theatralisch ergreift er die Hände der Ärztin. Sie fühlen sich kühl an, er mag das. Er sieht in ihre dunkelblauen Augen. »Kann ich zu ihr?«

Sie entzieht ihm ihre Hände und steckt sie in die Taschen ihres weißen Kittels. »Ja, aber nur kurz.« Sie blickt zu Alma und Clara. »Sie sind sicher ihre Mutter und Schwester.«

Alma und Clara tauschen Blicke aus, und dann sagt Alma: »Ja, das sind wir.«

Die Vorhänge sind zugezogen, sperren die Sonne aus. Die Lampe neben dem Bett spendet nur spärliches Licht und lässt Emilia schmal und leblos erscheinen. An ihrer Schläfe ist eine frische Narbe, die bis zur Wange reicht. Ihr Gesicht ist geschwollen und von Hämatomen gezeichnet.

Zögernd nähert sich Alma dem Bett, bleibt am Fußende stehen. Sie kann das nicht, sie kann sie nicht berühren und ihr warme Worte zuflüstern. Sie blickt zu Clara, die mit verschränkten Armen dasteht wie ein verlorenes Kind. Und dann zu Nicolas, der zärtlich über Emilias Hand streicht. Alma wendet sich zu der Ärztin um. »Wie lange wird sie hierbleiben müssen?«

»Das können wir erst morgen sagen, jetzt braucht sie Ruhe.«

»Wurde eine toxikologische Untersuchung gemacht?«

Fragend sieht die Ärztin sie an. »Wieso, gibt es Bedarf dafür?«

Alma sieht Clara an, die ihr erwartungsvoll zunickt. Dann Nicolas, der offensichtlich der Unterhaltung nicht folgt, sondern leise auf Emilia einredet.

»Nein, ich denke nicht.«

Kühler Wind weht ihnen entgegen, während sie das Krankenhaus verlassen. »Warum hast du die Ärztin nicht darum gebeten, einen Test zu machen?« Clara hält Alma am Arm fest, die schnellen Schrittes auf ihr Auto zugeht.

Ruhig sieht Alma Clara an. »Wenn ... wenn der Befund positiv ausfällt, wäre es vorbei mit Emilias Karriere.«

»Aber es ist doch nicht sie, die sich die Pillen reinstopft, er ist es!« Sie deutet mit dem Finger auf Nicolas, der sie mit traurigen Augen ansieht und dann kopfschüttelnd zu seinem Wagen geht.

»Beruhige dich, Clara, es nützt nichts, wenn wir uns in wilden Behauptungen verstricken. Emilia hat auf tragische Weise ihren Vater verloren. Sie war runter mit den Nerven, und Nicolas hat das einzig Richtige getan: Er hat ihr Beruhigungsmittel verschreiben lassen.«

»Das mag ja sein, aber das ist doch keine Dauerlösung. Ich war gestern bei ihr, und sie war in Panik.«

»Ich bitte dich, mach die Sache nicht schlimmer, als sie wirklich ist. Ich werde veranlassen, dass Emilia zu einer Kur geht.«

»Was denn für eine Kur?«

»Keine Ahnung. Eine Trauertherapie vielleicht. Ich muss mich da erst erkundigen. Aber bis dahin sollten wir alle zusammenhalten und starke Nerven bewahren.«

Clara lässt Almas Worte sacken. Sie hat recht. Vielleicht war das alles zu viel für Emilia, ganz sicher sogar, dennoch behagt es ihr nicht. Sie möchte nicht noch einmal erleben, dass sie die falsche Entscheidung trifft, so wie gestern, als sie geglaubt hatte, dass Emilia irgendeine Lüge erzählt. Deswegen macht sie sich immer noch Vorwürfe. Wenn sie Emilia einfach mit zu sich genommen hätte, dann läge sie jetzt nicht dort in dem Krankenhaus.

»Bist du einverstanden, dass wir alle ruhig bleiben?«, fragt Alma.

»Ich werde darüber nachdenken.«

»Mach das.« Alma umarmt sie flüchtig. »Ich ruf dich an, wenn ich eine Lösung hab.« Sie legt den Finger unter Claras Kinn. »Kopf hoch. Alles wird gut. Ich schätze deine Fürsorge sehr. Du bist Emilia eine wahre Freundin und wirst mit Sicherheit nur das Beste für sie entscheiden.«

25. Kapitel

Der nächste Morgen

Schmerzen jagen durch ihren Körper. Übelkeit plagt sie und Angst lässt sie aufschrecken.

Sie reißt die Augen auf, hält den Atem an. Es ist dunkel in dem Zimmer, nur durch einen schmalen Spalt der Vorhänge dringt das Licht des anbrechenden Tages. Emilia braucht eine Weile, bis sie versteht, wo sie sich befindet. Sie ist also nicht tot. Er hat es nicht geschafft. Sie weiß nicht, ob sie sich darüber freuen soll. Irgendwie wünscht sie sich, sie wäre tot, dann müsste sie ihm nie wieder begegnen.

Dieser Mistkerl hat sie reingelegt. Er wollte gar nicht, dass sie mit nach Stockholm fährt. Sie hat ihn nicht gehört, als er ins Bad kam, die Tür zur Dusche öffnete und ihr die Beine wegzog. Es kam so überraschend, dass sie nicht reagieren konnte. Sie erinnert sich, wie ein höllischer Schmerz durch ihren Körper jagte, und dann war es dunkel. Warum hat sie ihm nur vertraut? Sie hätte das Bad abschließen sollen, aber sie war so euphorisch, endlich rauszukommen aus dem Haus. Zu Alma.

Energisches Klopfen an der Tür reißt sie aus den Gedanken. Und sofort hat die Panik sie im Griff. Ihre Augen suchen den Raum ab. Sie braucht etwas, um sich wehren zu können. Ihr

Atem geht stoßweise, da ist nichts, was sie diesem Mistkerl an den Kopf schleudern kann.

»Guten Morgen, Frau Gustafsson.« Eine rundliche Frau in Schwesterntracht kommt mit breitem Lächeln auf sie zu. Erleichtert atmet Emilia aus.

»Haben Sie gut geschlafen? Es ist ein wunderbarer Morgen, mit viel Sonne. Eigentlich viel zu warm für diese Jahreszeit, aber alles ändert sich. Klimawandel, oh, da gab es eine lange Diskussion gestern im Fernsehen.« Mit Schwung reißt sie die Vorhänge zurück und lächelt Emilia an. »Aber das ist im Moment ja nicht wichtig für Sie.«

Das fröhliche Geplapper der Schwester beruhigt Emilia.

Die Krankenschwester legt ihr das Blutdruckmessgerät um den Arm und steckt ihr ein Thermometer in den Mund. Die ganze Prozedur dauert keine zwei Minuten. »So, alles in Ordnung.«

»Wann kann ich einen Arzt sehen?«

»Visite ist um zehn. Brauchen Sie noch etwas gegen die Schmerzen?«

Emilia will Ja sagen, sie fühlt sich, als hätte ihr Körper in kochendem Teer gelegen. »Nein.«

»Schön.« Mit watschelndem Gang geht die Schwester zur Tür.

»Warten Sie! Bitte, können Sie die Tür offen lassen?«

Für eine Sekunde stutzt die Schwester. »Natürlich.«

Erleichtert legt Emilia den Kopf auf das Kissen. Sie möchte wissen, wer vor der Tür steht. Nie wieder soll sich jemand anschleichen können. Sie kämpft gegen die Müdigkeit an, dieses schwache Gefühl, sich nicht bewegen zu können. Doch vergeblich.

Stimmen vermischen sich mit Geräuschen, die sie nicht einordnen kann. Ihre Kehle ist trocken. Erneut schrickt sie hoch.

Ihre Augen hetzen durch das Zimmer. Sie ist allein. Ihr Kopf fühlt sich an, als würde er jeden Moment platzen. Sie hätte das Angebot der Schwester annehmen sollen. Umständlich tastet ihre Hand nach der Klingel für das Schwesternzimmer. Sie kann sie nicht finden, ihre Ungeduld nimmt zu. Aus dem Augenwinkel sieht sie eine Frau auf dem Flur vor der Tür, die gedankenverloren eine Akte studiert, die sie in den Händen hält.

»Schwester! Ich brauche Hilfe!«

Die Frau sieht verwundert auf, blickt in das Zimmer, dann den Gang entlang, nur um festzustellen, dass niemand da ist.

»Was kann ich für Sie tun?«, fragt sie, während sie auf Emilia zugeht.

»Ich brauche Schmerzmittel und kann diese verfluchte Klingel nicht finden, mein Kopf … zerspringt.«

»Ganz ruhig.« Die Frau beugt sich vor, legt die Akte auf Emilias Decke und ertastet die Klingel neben dem Kopfteil des Bettes. »Das haben wir gleich. Sehen Sie, hier ist sie. Ich habe schon gedrückt.« Sie lächelt Emilia an, zieht ihre Augenbrauen zusammen. »Emilia Gustafsson?«

Mechanisch nickt Emilia.

»'tschuldigung, wahrscheinlich erinnern Sie sich nicht. Hauptkommissarin Smilla Berglund. Wir kennen uns nur flüchtig aus dem Gerichtssaal.«

Emilia sieht in das Gesicht, das sie anlächelt, die kurzen blonden Haare, die drahtige Gestalt, die wachen Augen. »Ja, ich erinnere mich. Sie sind die Nachfolgerin von Anderson. Richtig?«

»Ja. Er ist jetzt glücklicher Pensionär und widmet seine Zeit dem Angeln und seinem Garten.« Sie lacht, um dann gleich wieder zu verstummen. Smilla verzieht den Mund zu einer schmalen Linie des Bedauerns. »Mein Beileid. Ihr Vater war ein großartiger Mensch.«

Emilia flüstert leise: »Danke.«

Smilla deutet mit dem Finger auf deren Gesicht. »Was ist mit Ihnen passiert?«

»Oh, ich … ich bin in der Dusche ausgerutscht.« Emilia senkt den Blick und befühlt ihr geschwollenes Gesicht und die lange Narbe. Sie muss furchtbar aussehen.

»Das war aber ein heftiger Sturz.«

Emilia schweigt für einen Augenblick. Sie muss sich konzentrieren. Oh verdammt – in ihrem Kopf hämmert ein kleines Männchen mit einer Spitzhacke. »Ich hatte offensichtlich zu viel Duschgel verwendet. Mein Fehler.« Als Smilla die Augenbrauen hochzieht, erkennt sie, dass sie ihre Erklärung nicht für bare Münze nimmt. Sie sieht zur Tür und fragt sich, wie lange die Schwester noch braucht. Die Schmerzen bringen sie um. Hektisch tastet sie nach dem Klingelknopf und fegt dabei die Akte auf den Boden.

»Tut mir leid.« Sie sieht auf den Linoleumboden, auf dem Fotos einer Frauenleiche liegen. Sie sehen nicht appetitlich aus. Ekel breitet sich in ihrem Magen aus. Doch da ist ein Foto, das sie erkennt. Hanna. Ihr Herz schlägt schneller, als ihr lieb ist.

Smilla bückt sich und kramt die Fotos und die Berichte zusammen. »Kein Problem.«

»Wer ist das?«

Die Kommissarin zögert. Offensichtlich überlegt sie, ob sie ihr die Informationen geben darf. Schließlich ist sie nicht in den Fall eingebunden. Aber immerhin ist sie Staatsanwältin, auch wenn sie auf unbestimmte Zeit beurlaubt ist. Emilia wartet geduldig. »Früher oder später werde ich es eh erfahren.« Emilia bemüht sich um ein aufmunterndes Lächeln.

»Hanna Lindqvist. Seit fast zwei Wochen wurde sie vermisst. Jetzt ist sie durch Zufall auf einer Müllhalde gefunden worden, als ein aufmerksamer Arbeiter Krähen bemerkt hat, die sich wie wild immer wieder auf ein und dieselbe Stelle stürzten.

Eigentlich nichts Besonderes, Krähen sind ja immer auf der Müllhalde.« Sie zuckt mit den Schultern. »Doch diesmal schien es dem Arbeiter ungewöhnlich zu sein.« Smilla räuspert sich. »Ich komme gerade aus der Pathologie und muss das erst mal verdauen. Niemand hat es verdient, so *entsorgt* zu werden.« Bedauernd schüttelt sie den Kopf und streicht über ihr kurzes Haar, mit dem Effekt, dass es jetzt unordentlich wirkt.

Dieses kleine Detail beruhigt Emilia, denn jetzt erscheint ihr Smilla wie eine Frau, die Gefühle hat und nicht nur einen Job erledigt.

»Was wissen Sie über die Tote?«

»Sie sollten sich schonen. Und sich nicht um diesen Mist Sorgen machen.«

»Schon gut. Sagen Sie es mir.« Sie bemerkt das Zögern und fügt hinzu: »Das scheint eine Berufskrankheit von mir zu sein.« Sie versucht zu lächeln, doch die Schmerzen und die Schwellung lassen es wie eine unbeholfene Grimasse aussehen.

»Also gut. Die Ermordete arbeitete als Prostituierte. Es gab nie Probleme mit ihr. Zahlte pünktlich ihre Steuern, ging regelmäßig zum Arzt, und soweit ich in Erfahrung bringen konnte, gab es auch keine Beschwerden von den Kunden.«

»Was ist die Todesursache?« Auch wenn sie sich bemüht, klingt ihr Ton aufgeregt. Sie bemerkt Smillas Zögern. »Erzählen Sie ruhig, das bringt mich wieder auf andere Gedanken. Ich liebe meinen Job, und wie ich schon sagte: Berufskrankheit. Das kennen Sie doch mit Sicherheit auch.« Wieder zögert Smilla. »Aber ich verstehe, wenn Sie mir nichts verraten wollen.«

»Na ja, wie Sie schon sagten, Sie werden es ja doch erfahren, und vielleicht bekommen Sie den Fall sogar auf den Tisch.« Sie verzieht die Lippen zu einem schiefen Lächeln, und in Emilia arbeitet es. Auf keinen Fall will sie etwas damit zu tun haben, aber sie braucht Informationen und die Sicherheit, ob sie der Kommissarin trauen kann.

Smilla drückt die Akte an ihre Brust. »Hanna Lindqvist wurde erdrosselt und dann einfach dort *entsorgt.*« Sie macht eine Pause und sieht an Emilia vorbei zum Fenster. »Am liebsten würde ich den Kerlen die Eier abschneiden, die so was machen … Tut mir leid, manchmal geht mein Temperament mit mir durch.«

»Verständlich.« Smilla scheint eine Frau zu sein, die Gewalt an sich und insbesondere gegen Frauen missbilligt. Sie schluckt. *Und was ist mit Livia? Bitte nicht jetzt.* Soll sie die Chance ergreifen und Smilla alles sagen? Aber was hat sie schon zu bieten? Das Smartphone ist weg. Sie kann nicht beweisen, dass Nicolas der Mörder ist. Das ist er doch, oder? Ja, alles weist darauf hin. Gott, warum hat sie nur diese quälenden Zweifel? Er ist es. Punkt. Aber wie soll sie es anstellen? Es ist kompliziert, und sie kennt das Räderwerk von Polizei und Rechtsprechung. Sie braucht Beweise.

»Ich schau mal, was die Schwestern so treiben. Ist ja unfassbar, dass sich niemand kümmert.« Smilla klemmt sich die Akte unter den Arm und geht hinaus in den Flur.

Emilia wendet den Kopf zum Fenster. Die Sonne scheint ihr ins Gesicht. Sie schließt die Augen, verdrängt ihre quälenden Gedanken und genießt einfach nur die Wärme, träumt vom Sommer, von einer unbeschwerten Zeit, von dem Glück, das sie empfand, als sie Nicolas kennenlernte. So unbeschwert und neu für sie. Und jetzt? Jetzt wünscht sie sich, dass sie ihm niemals begegnet wäre. Sie spürt, dass jemand im Raum ist. Sie lächelt in Erwartung, dass es Smilla oder eine Schwester ist.

»Hej Süße. Wie geht es dir?«

Ihr Körper versteift sich. Nicht einen Ton bekommt sie heraus. Wild hetzen ihre Augen zu der Tür. Wo bleibt nur Smilla oder irgendeine verdammte Schwester?

»Das ist so furchtbar, was passiert ist. Ich hatte wahnsinnige Angst um dich.«

»Was redest du da?!«

»Tsch … ganz ruhig. Du darfst dich nicht aufregen.« Nicolas haucht ihr einen Kuss auf die Stirn und hält ihre Hand.

Wie soll sie reagieren? Was ist die beste Strategie? In ihrem Kopf hämmert es wie verrückt, und der Drang, laut um Hilfe zu schreien, ist übermächtig. *Du musst besonnen vorgehen. Niemals die Nerven verlieren, egal wie schwierig der Fall ist. Niemals deinen Emotionen die Führung überlassen.* Emilia erinnert sich an die Worte ihres Vaters. Aber es ist so verflucht schwer, wenn man selbst …

»So, ich hab die Schwester informiert. Sie hatten einen Notfall, aber sie kommt sofort.« Smilla hält inne. »Oh, Sie haben Besuch.«

»Kommen Sie nur.« Emilia ist erleichtert, die Kommissarin zu sehen. »Das ist mein Mann, Nicolas.« Die Worte *mein Mann* kommen ihr schwer über die Lippen.

Smilla reicht Nicolas die Hand. Mit einem smarten Lächeln ergreift er sie. »Sind Sie eine Freundin von Emilia?«

»Nicolas, das ist Hauptkommissarin Smilla Berglund.« Es bereitet ihr Freude, seine Verwirrung zu sehen.

* * *

Nachdenklich bewegt Smilla ihre Lippen von rechts nach links, während sie auf ihren Dienstwagen zugeht. Die junge Staatsanwältin schien sehr interessiert, obwohl sie offensichtlich starke Schmerzen hat. Na ja, vielleicht sind es wirklich die Gene ihres Vaters, und außerdem ist sie am Gericht bekannt dafür, dass sie reges Interesse an allen möglichen Fällen hat, das schon an Neugier grenzt. Eine Streberin.

Smilla schwingt sich hinter das Steuer, blickt in den Rückspiegel und ist entsetzt, als sie ihr zerzaustes Haar sieht. »Scheiße!« Flink streichen ihre Hände darüber. Sie hält inne.

Emilias Mann wirkte merkwürdig. Wieder bewegen sich ihre Lippen. Rechts, links. Ein smarter Typ, doch eines ist ihr aufgefallen: Seine freundliche Fassade bekam Risse, als er hörte, dass sie Kommissarin ist. »Verflucht, jetzt hör ich schon die Flöhe husten.«

Sie reckt den Kopf, während sie vom Parkplatz fährt und das Lenkrad umklammert hält. Bei dem Gedanken, dass Anderson jetzt laut lachen würde, muss sie grinsen. Er hat sie immer aufgezogen, dass sie hinter dem Steuer wie ein Kind aussehe. Rasant fädelt sie sich in den Verkehr ein. Sie sollte Anderson mal wieder anrufen oder am besten sogar besuchen.

26. Kapitel

Drei Tage später

Das Haus ist picobello aufgeräumt, der Geruch nach Putzmitteln liegt in der Luft. Emilia mag diesen beißenden Gestank nicht. Manche Menschen mögen es, wenn man riechen kann, das ordentlich geputzt worden ist. Sie gehört definitiv nicht dazu. Besonders jetzt, denn der Krankenhausgeruch war noch intensiver als hier. Aber ihr größtes Problem ist nicht der Geruch, sie ist wieder hier in ihrem Haus. Eingesperrt, abgeschirmt von der Umwelt, mit einem Mann, den sie nicht wiedererkennt. Dabei sollte das Haus ihr immer eine Zuflucht sein, ein Ort der Wärme und der Geborgenheit. Und das war es auch, bis Nicolas in ihr Leben trat. Wie blind ist sie nur gewesen? Warum haben weder ihr Vater noch Alma gemerkt, dass etwas an ihm nicht stimmt? Warum hat sie nicht besser nachgeforscht?

Die Antwort ist so simpel. Weil sie verliebt war. Weil er der erste Mann in ihrem Leben war, der es schaffte, sie zu begeistern. Bei dem sie Lust empfand und Geborgenheit. Und jetzt ist sie in der Hölle gelandet. Aber sie wird dort herauskommen, sie wird dafür sorgen, dass er seine gerechte Strafe bekommt.

»Schatz, möchtest du eine Kleinigkeit essen?«

Aus ihren Gedanken gerissen, wendet sie sich zu ihm. Sein Lächeln ist so einladend, die Augen so voller Sorge um sie. Und doch alles nur Schauspielerei. »Gern, ich bring nur schnell meine Sachen nach oben.«

»Mach das.« Er geht einen Schritt auf sie zu. »Ich bin so erleichtert, dass du wieder hier bist. Ich hätte es nicht ertragen, dich zu verlieren.« Sacht nimmt er sie in den Arm.

Bei seinen Worten schluckt sie. Ihr Körper versteift sich in seinen Armen. In ihr tobt ein Sturm. Sie hat sich geschworen, nicht zu sagen, dass sie weiß, dass er es war, der ihr die Beine weggezogen hat. Sie muss ein Spiel spielen, *sein* Spiel, sonst wird sie nie erfahren, was er wirklich vorhat. Und doch mutiert ihr innerer Sturm zu einem Orkan. Sie kann sich nicht mehr zurückhalten. »Warum hast du das getan?!«

Er lässt sie los, geht einen Schritt zurück und sieht sie fragend an. »Wovon redest du?«

»Das warst du!« Sie deutet mit bebendem Finger auf ihre Schläfe. »Versuch nicht, mich anzulügen. Ich habe deine Hände gespürt, als du mir die Beine weggezogen hast! Was willst du von mir?!« Sie sieht in sein Gesicht, das traurig wirkt. Es irritiert sie. Innerlich hat sie damit gerechnet, dass er sie verprügeln würde. Doch er steht einfach nur da und sieht sie besorgt an. Und sie hat ihre Chance vertan. Die Chance, mehr zu erfahren, ohne dass er es bemerkt. Nur deshalb ist sie hier in ihrem Haus, an ihrem Zufluchtsort.

»Ehrlich gesagt hatte ich schon im Krankenhaus damit gerechnet, dass du das sagen wirst. Ich war so froh, dass du es nicht angesprochen hast. Emilia, du hattest zu viel Pillen genommen, die haben dich ausgeknockt. Offensichtlich bist du ohnmächtig geworden. Als ich das Geräusch des Aufpralls hörte, bin ich nach oben gerannt und natürlich habe ich die Tür aufgerissen und wahrscheinlich habe ich auch deine Beine berührt. Das weiß ich allerdings nicht mehr so genau. Ich habe nur all das Blut gesehen. Es war schrecklich, überall Blut.«

Fassungslos starrt sie ihn an. Was für ein elender Lügner. Sie will es ihm ins Gesicht brüllen, doch etwas hält sie zurück. Es sind seine Augen, die um eine Nuance dunkler geworden sind. Sie ist alarmiert und schlägt einen anderen Kurs ein. »Wenn es diese Pillen sind, die mich so fertigmachen, dann sollten wir sie verbannen.«

»Das habe ich ja, aber du schluckst sie heimlich.«

Erneut schwillt der Sturm in ihr an. Sie hat Mühe, ihn zu verscheuchen. »Dann hilf mir dabei«, presst sie die Worte heraus.

»Nichts lieber als das.«

Sie sehen sich an, als würden sie abwägen, wer diese Lügen zuerst schluckt.

»Ich liebe dich, Emilia. Du bist der einzige Mensch, der mich versteht.«

»Ich weiß. Wir schaffen das. Du und ich.« Sie hebt ihre Tasche vom Boden. »Ich bringe meine Sachen nach oben.«

»Ach, übrigens, Clara und Alma kommen gleich. Clara bringt dir die Zimtschnecken mit, die du so liebst.«

Emilia muss ihr Befremden erneut verstecken. Er tut tatsächlich so, als wäre alles wie vorher. Eine ganz normale Ehe. Sie bringt ein Lächeln zustande. »Wie schön, da freue ich mich. Das Krankenhausessen ist furchtbar.« Sie blickt ihn intensiv an. »Aber wenn es möglich ist, dann bitte hilf mir dabei, dass es nicht zu lange dauert. Ich möchte es nicht gleich übertreiben. Die Ärzte meinen, ich soll mich unbedingt schonen.« Sie haucht ihm einen Kuss auf die Wange und geht die Treppe hinauf. *Geh langsam. Sei ganz ruhig.*

Sie lehnt sich mit dem Rücken an die Tür. Erst jetzt wagt sie es, das Zittern zuzulassen, den Ekel, den sie empfand, als sie ihn küsste. Mit dem Handrücken wischt sie sich heftig über den

Mund, will es ungeschehen machen. Sie hatte drei Tage und Nächte Zeit, sich zu überlegen, wie sie es anstellt, diesen Mann, der ihr Ehemann ist, zu überführen. Sie ist sich sicher, dass er Hanna umgebracht hat. Sie muss es nur noch beweisen. Und dann wird sie wissen, ob er auch ihren Vater getötet hat. Diese Zuversicht gibt ihr Kraft. Sie wird diese Hölle überleben, und er wird dafür büßen. Aber dabei braucht sie Hilfe. Jemanden, dem sie vertrauen kann.

* * *

Nicolas hat den Kamin angefeuert, leise Musik im Hintergrund, überall Kerzen angezündet, selbst die auf der Fensterbank. Der Duft der Kerzen und die Wärme des Feuers erfüllen den Raum. Emilias Nerven flattern, das eben noch so belebende Gefühl, das sie es schaffen wird, schwindet mit jeder Sekunde, die sie hier in dem Raum ist. So hat sie es sich immer gewünscht. Behaglich – und mit dieser Leichtigkeit das Leben mit einem Menschen zu teilen.

»Setz dich. Die beiden sind gleich da. Alles okay?«

Seine Fürsorge ist nur ein trügerischer Schein. »Ja, mir geht es viel besser.« Sie fragt sich, ob er sie wirklich für so dumm hält, dass sie ihn nicht bemerkt hat, als er ihr die Beine wegzog. Sie möchte ihn anschreien. Ihm ins Gesicht brüllen, dass sie weiß, was er getan hat, dass sie weiß, dass er Hanna erdrosselt hat. Der Gedanke an die Prostituierte liegt wie Zement in ihrem Magen. Und noch ein anderer Gedanke drängt sich ihr auf. Livia und ihre Worte: *Ich wünsche dir die Pest an den Hals.* Ja, Livia, die Pest hat mich erreicht.

Mit einem fröhlichen *Hej* stürmt Clara ins Wohnzimmer. Emilia ist überglücklich, sie zu sehen, und die Umarmung ist stürmisch. Clara hält sie ganz fest. »Ich halte zu dir, meine

Tür steht jederzeit offen«, flüstert sie ihr ins Ohr. »Ich weiß, dass er dir das angetan hat. Er hat dir wieder diese Pillen gegeben.« Emilia will sie ansehen, doch Clara drückt sie fest an sich. »Nicht. Sei ganz entspannt.« Dann lässt sie Emilia los. Die beiden halten sich an den Händen. Emilia ist so dankbar, dass sie am liebsten vor Freude tanzen würde. Doch Clara hat recht, sie darf sich nichts anmerken lassen.

»Na, das sieht ja fast wie eine Party aus.«

»Alma! Ich bin so froh, dich zu sehen.« Mit ausgebreiteten Armen geht Emilia auf sie zu. Die Umarmung ist herzlich.

»Und ich bin froh, dass du noch am Leben bist. Was war das für ein Schock. Aber nun ist ja alles gut. Oder gibt es Spätfolgen?« Sie zwinkert Emilia zu, deutet auf ihren Kopf. Keine Sekunde danach lachen sie aus vollem Herzen. Auch wenn sich Emilia in diesem Moment wohl und aufgehoben fühlt, weiß sie, dass ihre Sorglosigkeit jäh zu Ende sein wird, sobald die beiden gegangen sind. Doch jetzt möchte sie den Moment genießen.

Nicolas beobachtet jede Bewegung und Regung der drei Frauen, besonders die von Emilia. Er ist sich nicht sicher, was er von dieser Gelöstheit halten soll. Emilias Verhalten ist anders, als er erwartet hat. Sie wirkt entspannt. Offenbar versucht sie nicht, ihren Freundinnen diese Geschichte aufzutischen, dass er es war. Also muss er nicht schon wieder in diese verdammte Rolle des treuen, unschuldigen Ehemanns schlüpfen. Das ist erleichternd, und doch liegt Argwohn in der Luft. Clara weicht nicht von Emilias Seite und ist ihm gegenüber einsilbig. Oder bildet er sich das nur ein?

»Nicolas, hast du mir zugehört?«

Rausgerissen aus seinen Gedanken sieht er Alma an. »Entschuldige bitte.«

»Schon gut. Ich sagte gerade, dass ihr ein tolles Paar seid, du und Emilia, und ich bin glücklich, dass dieser Unfall nicht auch noch in einer Tragödie geendet ist.« Sie blickt Emilia an, die ihren Mund zu einem Lächeln verzieht und Nicolas ansieht. Wie er findet, ohne jegliche Emotion. Und das ist nicht gut. Aber was hat er erwartet? Alles ist nicht so gelaufen, wie er es wollte. Er muss es schnell zu Ende bringen.

27. Kapitel

Der nächste Morgen

Was für eine Farce war das nur gestern? Diese Frage beschäftigt Emilia schon den ganzen Morgen. Erst Nicolas, der den besorgten Ehemann gibt, und dann Alma mit ihrem völlig irrsinnigen Gehabe, dass sie und Nicolas ein tolles Paar wären. Emilia hat das Gefühl, dass Alma angetrunken war, auch die Begrüßung war für Almas Verhältnisse viel zu übertrieben. Einzig das Angebot, das Clara ihr gemacht hat, dass sie zu ihr kommen kann, erleichtert sie. Doch sie muss hierbleiben, denn nur hier kann sie herausfinden, was Nicolas vorhat. Riskant, aber das Risiko geht sie ein.

Nachdenklich steht sie an der Spüle und sieht aus dem Fenster. Der blaue Himmel, der Wind, der die letzten Blätter der Bäume tanzen lässt, bevor sie zur Erde fallen, entspannt sie, bis zu dem Moment, als Nicolas in ihr Sichtfeld gerät. In den Händen hält er die Post, sein Gesicht ist angespannt, sein Körper steif wie ein Brett. Ja, das ist es, er ist ein Stück rohes Holz. Schwer stützt sie sich an der Spüle ab. Sie strafft sich. Sie darf sich nicht von ihren negativen Emotionen leiten lassen. Sie muss wie eine Anwältin agieren. Sie richtet sich auf, ordnet flink ihr offenes Haar.

»Hej, hast du gut geschlafen?« Nicolas legt die Post neben das Spülbecken und umfasst ihre Taille. »'tschuldige, ich wollte dich nicht wecken, dachte, du brauchst deinen Schlaf. Deshalb bin ich allein ans Meer gegangen, um den Kopf freizubekommen. Hast du schon gefrühstückt?«

»Ja.« Sie beißt sich auf die Lippen. Er war am Meer. Das hat er noch nie ohne sie getan, und die Art, wie er es sagt, alarmiert sie auf unerklärliche Weise. *Entspann dich.* Und doch fällt es ihr schwer, dieses Grummeln in ihrem Magen zu ignorieren. »Wie sieht es aus, das Meer?«

Verwundert blickt er sie an. »So wie immer.«

»Nicht aufgewühlt?«

»Nein, glatt wie ein Spiegel.« Er nimmt sich die Post und sieht sie nachdenklich durch.

»Stimmt was nicht?«

»Nein, alles gut.« Er blickt auf seine Armbanduhr. »Mist, ich bin spät dran. Ich fahre in die Stadt, um mich mit einem Interessenten zu treffen.«

»Oh, wie schön. Welche Immobilie ist es?« Sie verabscheut sich, dass sie Interesse heuchelt, doch es macht die Sache einfacher.

»Die, die ich eigentlich nicht wollte und die du so attraktiv gefunden hast.«

Ohne dass sie es will, lacht sie. »Das ist eine gute Nachricht. Ich wünsch dir viel Glück.« Für den Bruchteil einer Sekunde fühlt es sich so an, wie sie es sich immer erträumt hat.

»Kommst du ohne mich klar?«

»Natürlich.«

»Gut, wir sehen uns später.« Er lächelt sie an. So wie früher, als sie ihm glaubte, dass er der Mann ihres Lebens sei, und sie sich nach seinem Lächeln und seinen Berührungen sehnte.

Emilia sieht ihm nach, wie er den Kiesweg entlangschreitet wie ein Gewinner. »Ich krieg dich«, flüstert sie und erschrickt über ihre dunklen Gedanken.

Emilia trägt den Laptop in das Wohnzimmer, von hier aus hat sie eine gute Sicht auf den Weg, der zu ihrem Haus führt. Falls Nicolas unerwartet auftauchen sollte, kann sie schnell reagieren. Sie schaltet den Laptop an, wartet geduldig, bis er hochgefahren ist, dann gibt sie den Suchbegriff ein: »Nicolas Ferber Hamburg«. Eine Anzahl von Einträgen erscheint. Doch alle passen nicht zu ihrem Nicolas. Nicolas Ferber ist ein Mann um die fünfzig, Immobilienmakler wie ihr Nicolas. Nun gut, das kann auch Zufall sein, der Name ist ja nicht so ungewöhnlich. Sie geht die Listen der Immobilienmakler durch. Nichts. Nur der *falsche* Nicolas taucht auf. Schlagartig wird ihr bewusst, dass er ihr sein Portfolio in Papierform präsentiert hatte. Nervös nagt sie an der Unterlippe. Okay, und wie sieht es mit seinem Freund aus, der angeblich seine Immobilienfirma gekauft hat? Verdammt, wie war noch sein Name? Frank? Nein. Klaus, ja Klaus Ebermann. Doch noch bevor sie den Namen in die Suchleiste eingibt, wird ihr klar, dass das erfolglos sein wird. Denn sie hat Klaus nie kennengelernt. Doch Aufgeben kommt nicht infrage. Die Suche bringt kein Ergebnis.

Sie schließt die Augen und lehnt sich an das Polster des Sofas. Was für Suchbegriffe kann sie noch eingeben, um mehr über ihren Ehemann zu erfahren? Sie verflucht sich, dass sie erst jetzt damit anfängt. Sie war so verliebt, doch er war in Hamburg und sie in Stockholm, und die Sehnsucht nach ihm hat sie blind gemacht.

Abwesend streicht sie sich über ihre Narbe, die sich wulstig anfühlt. Sie hätte tot sein können. Will er ihren Tod? Warum? Und was ist mit Charlie? Hat er auch Charlie … Nein, das ergibt keinen Sinn, warum sollte er das getan haben? Emilia verliert sich in ihren Gedanken. Plötzlich schreckt sie hoch. Da war ein Geräusch. Hastig steht sie auf. Sieht in die Diele. »Nicolas?« Sie lauscht in die Stille. Kopfschüttelnd lässt sie ihren angehaltenen Atem entweichen und streicht über ihren verspannten Nacken. Sie muss ruhiger werden, ermahnt sie sich, und mit Alma reden. Sie hat Kontakte zu deutschen Gerichten und zur Polizei. Vielleicht hat sie eine Idee. Zuversichtlich nimmt sie sich das Telefon von der Station und drückt die Kurzwahl. Nichts. Kein Freizeichen, einfach nur Stille. Sie drückt erneut. Schüttelt das Telefon, als würde das etwas nützen. Die Leitung ist tot. Nachdenklich tippt sie mit dem Telefon an ihre Lippen.

Zielstrebig geht sie nach oben in ihr Schlafzimmer zu dem Nachttisch. Kein Smartphone. Merkwürdig, es liegt immer dort. Vielleicht hat sie es woanders hingelegt. Sie durchwühlt ihre Handtasche, den Schrank, das Bad. Genervt stemmt sie die Hände in die Hüften, schnaubt frustriert durch die Nase. Hat sie es etwa in Charlies Haus gelassen? Sie weiß es nicht mehr. Diese verfluchten Tabletten haben ihr Gehirn aufgeweicht. »Mist.«

Während sie die Treppe hinuntergeht, versucht sie, eine Lösung zu finden. Doch ihr fällt partout nichts ein, was nur annähernd Sinn ergibt, außer nach Stockholm zu fahren und zu hoffen, dass Alma im Büro ist.

Bevor sie den Treppenabsatz erreicht, verharrt sie. Was war das? Das Geräusch kam aus der Küche. Ihr Herz schlägt so schnell, dass sie kaum Luft bekommt. Wie versteinert steht sie auf dem Treppenabsatz und kann sich nicht rühren. *Atme. Atme. Beruhige dich.* Ihre Beine sind schwer wie Blei, während sie sich auf die Küche zubewegt. Sie nimmt ihren Mut zusammen und tritt einen Schritt vor. Ihre Augen suchen die Küche ab. Doch da ist niemand. Nur die Post liegt auf dem Boden. Sie hebt sie auf und legt sie wieder auf die Küchenzeile. Vor lauter Aufregung ist ihr Hals kratzig und sie hat Durst. Aus dem Kühlschrank nimmt sie eine Flasche Wasser, füllt ein Glas und leert es in einem Zug. Füllt es erneut und stellt die Flasche zurück in den Kühlschrank.

»Verflucht, ich brauche eine Idee.« Sie hält inne, ein Lächeln breitet sich auf ihren Lippen aus. »Ich könnte Alma eine E-Mail schreiben.« Beflügelt von dieser Idee geht sie aus der Küche.

Emilia lässt sich auf das Sofa fallen, zieht den Laptop zu sich heran, doch noch während sie das Programm öffnet, wird ihr klar, dass auch dies nicht funktioniert. Kein Telefon. Kein Internet. Sie stürzt das Wasser herunter und lehnt sich an das Polster. Eine seltsame Schwere macht sich in ihrem Körper breit. Angenehm hüllt sie sie ein. Alle Sorgen, Gedanken sind wie weggeblasen. Wie ein Luftballon entschwinden sie hoch in die Luft. Emilia kann den Luftballon sehen, wie er mit dem Wind tanzt. Es gefällt ihr. Und doch stimmt was nicht. Mühsam kämpft sie gegen die Lethargie an, gegen diese Schwere in den Beinen, die sie daran hindert, aus dem Haus zu laufen und Hilfe zu holen.

Erst jetzt wagt es Nicolas zu atmen. Das war knapp. Er lehnt den Kopf an die Seitenfront des Kühlschranks. Er wartet noch ein paar Sekunden, bis er es sich erlaubt, einen Blick in die Küche zu werfen. Alles gut. Er schiebt die Post weiter nach hinten. Verdammt, er war nachlässig, viel zu hektisch. Das muss er ändern.

Bevor Nicolas ins Wohnzimmer geht, lauscht er angestrengt in den Flur. Doch nur das Monstrum von Standuhr ist zu hören.

Von der Tür zum Wohnzimmer aus betrachtet er Emilia, die mit einem Lächeln und entspannten Gesichtszügen einen wunderbaren Traum zu haben scheint. So hat sie nie gelächelt, wenn sie neben ihm lag. Sie war immer angespannt, frigide, kalt wie ein Fisch. Nur ein einziges Mal hatte er das Gefühl, dass sie den Sex mit ihm genossen hat. Ausgerechnet als er sie um Verzeihung bat und dieses dämliche Essen für sie kochte. Aber was soll's? Schnee von gestern, auch wenn es an seinem Ego kratzt.

Er beugt sich zu ihr und streicht über die Narbe. Fast wäre es schiefgegangen mit dem Unfall. Alles Emilias Schuld, sie hat ein ungeheures Talent, ihn zum Äußersten zu reizen. Seine Finger streichen über ihren Hals. Er spürt ihren Pulsschlag, langsam, aber regelmäßig, seine Finger ertasten die kleine Kuhle ihres Halses. Die Haut dort fühlt sich zart an. Sein Mund ist trocken und eine wunderbare Erregung durchflutet ihn. Er richtet sich auf.

Sein Herz schlägt schneller, das mag er gar nicht. Tief atmet er ein und aus, bis er sich beruhigt hat. Ohne Emilia aus den Augen zu lassen, zieht er sein Smartphone aus der Jackentasche.

»Hej Clara, ich bin es, Nicolas. Ja, ich weiß, dass du nicht mit mir sprechen willst. Es geht um Emilia. Ich … ich bin in Stockholm und habe versucht, sie anzurufen. Sie geht aber nicht ans Telefon. Ich mach mir Sorgen. Kannst du bitte bei ihr vorbeischauen? Bitte, Clara. Und ruf mich an, wenn du da bist. Machst du das?«

Zufrieden steckt er sein Smartphone zurück in die Tasche. Legt ein paar Pillen auf den Tisch, geht in den Flur und steckt das Kabel in den Router. »Ach Emilia, du bist wirklich eine Niete, wenn es um Technik geht.« Dann sprintet er die Treppe hoch und legt ihr Smartphone auf den Nachttisch.

In der Küche leert er die Wasserflasche im Spülbecken aus, säubert sie und stellt sie in die Kiste im Abstellraum. Er nimmt sich eine neue, leert sie bis zur Hälfte und stellt sie in den Kühlschrank. Er sieht sich um, geht noch einmal alles durch, ob er irgendetwas vergessen hat. Das Glas! Verdammt. Er eilt ins Wohnzimmer. Sieht versonnen auf Emilia, ihre Gesichtszüge sind entspannt. Sie ist wunderschön. Seufzend wickelt er sich das Handtuch um seine Hand, hebt ihre schlaffe Hand an und presst sie um das Glas, füllt dieses mit frischem Wasser.

Zufrieden schleicht er sich aus dem Haus und eilt in den Schuppen. Von hier hat er eine gute Sicht und kann unbemerkt verschwinden.

28. Kapitel

»Chefin, ich hab hier was.«

»Melvin. Bitte sag nicht Chefin. Entweder Kommissarin oder Hauptkommissarin oder am liebsten Smilla.«

»In Ordnung, ich werde es mir merken.«

Smilla verdreht ihre Augen, bevor sie in sein sommersprossiges Gesicht sieht. Er ist jung, hat gerade die Polizeischule mit Bravour bestanden und ist übereifrig. »Schon gut. Lass sehen.« Sie nimmt ihm das Papier aus der Hand. Überfliegt es und versteht kein Wort. »Was soll das sein?«

»Nun, das sind die Namen der Stammgäste in dem Restaurant, in dem Hanna Lindqvist gewöhnlich verkehrt hat.«

»Ja und?«

Melvin zieht sich einen Stuhl an den Tisch, setzt sich, und blickt Smilla bedeutsam an. »Das ist ein Restaurant, in dem sich die Crème de la Crème trifft. Richter, Anwälte und auch deren Klienten. Dort ist das Geld, und wenn ich es richtig verstanden hab, war Hanna eine Nutte.« Er räuspert sich. »Ich mein, eine Prostituierte, die sich ihre Kunden aussuchte und nicht umgekehrt.« Er streckt seine langen Beine aus.

Smilla ist immer wieder fasziniert, wie ein Mensch nur so groß sein kann. Melvin ist mindestens eins neunzig. Viel zu groß, findet sie.

»Hast du mir zugehört?«

»Ja natürlich.« Ertappt. Sie grinst und geht noch einmal die Liste durch. Diesmal etwas genauer. Bei einem Namen bleibt sie hängen. *Emilia Gustafsson.* Ja, sie gehört zur Crème de la Crème. Nachdenklich stützt sie ihr Kinn auf die Hand und blickt Melvin an. »Gute Arbeit. Hast du schon eine Idee?«

»Nein, ich mein, ich würd jetzt einfach die Liste durcharbeiten.«

»Ja, das könnte man tun.« Sie neigt den Kopf. »Ich kenne zwei auf dieser Liste, und genau die werden wir uns als Erstes vornehmen.«

Ungläubig blickt Melvin sie an.

»Entspann dich. Es ist nicht das, was du denkst. Es sind die Staatsanwältin und die Richterin.« Sie schnappt sich ihre Jacke von der Stuhllehne und geht zielstrebig auf die Tür zu. »Was ist, kommst du?«

Smilla setzt sich hinter das Steuer. Dreht den Schlüssel und lenkt den Wagen in großem Schwung aus der Parklücke.

»Wohin zuerst?«

»Zu Emilia Gustafsson.«

»Warum?«

»Nur so ein Gefühl.« Sie blickt zu ihm hinüber. »Besser, du schnallst dich an. Und wage es ja nicht, dich über meinen Fahrstil lustig zu machen.«

* * *

Sie parkt an der Straße und sieht sich um. »Schick ist es hier. Warst du schon mal in der Gegend?«

»Nein. Aber könnte mir gefallen.« Er sieht sich um. »So eine Immobilie ist schon was Feines. Aber ich fürchte, das übersteigt meine Finanzen.«

Smilla nickt und geht auf das Haus zu. Schön ist es und ganz nach ihrem Geschmack. Dennoch würde sie nicht mit ihrem Apartment in der Stadt tauschen wollen. Zu ländlich. Zu schwedisch.

Sie drückt auf die Klingel. Ein elegantes Arrangement von Tönen erklingt. Auch das ist etwas, das sie gar nicht mag. Sie sieht zu Melvin auf, der seinen Blick über den Garten schweifen lässt. »Wow, von hier sieht man das Meer – das hat was.« Er lächelt sie an, und sie kann sich ausmalen, was in ihm vorgeht. Frau, Kinder, Hund. Bevor sie den Gedanken weiterspinnen kann, wird die Tür aufgerissen. Doch nicht Emilia, sondern eine andere Frau, die sie verstört ansieht. Ihr Haar klebt ihr an der Stirn und ihre Augen hetzen von Smilla zu Melvin.

»Hej, ich bin Hauptkommissarin Smilla Berglund.« Sie zückt ihren Ausweis und deutet auf Melvin. »Und das ist mein Kollege Melvin Sandberg. Wir würden gern mit Emilia Gustafsson sprechen.«

Völlig überrumpelt tritt Clara zur Seite. »Ich weiß nicht, was mit Emilia los ist, ich bin gerade angekommen und …«

»Beruhigen Sie sich. Wo ist sie?«

»Im Wohnzimmer.«

Smilla drängt sich an Clara vorbei. »Was ist passiert?«

»Ich weiß es nicht.« Clara ist den Tränen nahe. »Nicolas, ihr Mann, rief mich an, er meinte, dass etwas nicht stimmen würde, da sie nicht ans Telefon geht, er war sehr aufgebracht und …« Sie schüttelt traurig den Kopf. »Sie hat eine Überdosis Pillen geschluckt.«

Smilla ignoriert Claras wehklagenden Tonfall. »Zeigen Sie mir das Wohnzimmer.«

Auf dem Sofa wälzt sich Emilia wie betrunken hin und her. Ihre Augen flattern wie Schmetterlinge im Wind.

»Frau Gustafsson, können Sie mich verstehen?«

Emilia lächelt sie an und nickt. »Ich kenn Sie von irgendwoher.«

»Ja, ich bin Hauptkommissarin Smilla, wir haben uns im Krankenhaus gesehen.«

»Richtig, ich erinnere mich.« Emilia bemüht sich, sich aufzurichten, doch orientierungslos fällt sie wieder zurück. »Warum sind Sie hier?« Ihre Stimme ist schwer.

»Ganz ruhig, entspannen Sie sich.« Smilla wendet sich zu Melvin. »Ruf einen Krankenwagen.«

Suchend sieht sich Smilla um und entdeckt die Pillen auf dem Tisch. »Was ist passiert, Frau Gustafsson?«

»Ich verstehe nicht, was Sie meinen.« Emilia schließt wieder die Augen.

»Schön wach bleiben. Der Krankenwagen ist unterwegs.«

Rasant lenkt Nicolas seinen Wagen in die Einfahrt, immer wieder kneift er die Augen zusammen, damit sie eine Rötung annehmen oder zumindest angespannt wirken. Ein heftiger Adrenalinschub strömt durch seinen Körper, gefolgt von heißen und kalten Schüben, als er den Polizeiwagen vor dem Haus stehen sieht. Es dauert Sekunden, bis die Erkenntnis, was das bedeutet, zu ihm dringt. Es ist schiefgegangen. Bitte nicht.

»Emilia!«, ruft er panisch, während er in das Haus stürmt. Clara kommt ihm entgegen, ihre Augen sind geweitet und wirken paralysiert. »Clara, was ist mit Emilia?« Er erhält keine Antwort, nur ein Kopfschütteln.

Sie ist tot. Anders kann er diese Reaktion nicht deuten. Eine Mischung aus Wut und Verzweiflung übermannt ihn. Alles war umsonst. Sein genialer Plan verpufft, wie einer dieser stinkenden Pilze, wenn man auf sie tritt. Aber gut, vielleicht ist es ja doch nicht so übel, dass es jetzt vorbei ist. Spart Arbeit.

»Clara, sag, was ist mit ihr, warum ist die Polizei hier?« Flehend greift er nach ihren Oberarmen. Und dann bemerkt er die Frau im Türrahmen zum Wohnzimmer, die langsam auf ihn zukommt. Er hat sie schon mal irgendwo gesehen. Und wieder diese Ohnmacht, die ihm die Luft raubt. Er ist am Arsch.

»Ganz ruhig, Ihrer Frau geht es gut, der Krankenwagen ist schon auf dem Weg.«

Diese Nachricht haut ihn erneut um. Also doch alles so gelaufen, wie er wollte.

»Ich bin Hauptkommissarin Smilla …«

»Ich weiß. Ich will zu ihr«, unterbricht er sie schroff und drängt sich an ihr vorbei. Sie ist nicht tot, und er ist nicht … Wenn es einen Gott gibt, ist er sein Freund. Sein Herz schlägt wie wild vor Hochgefühl. Er muss jetzt klug sein und wie ein besorgter Ehemann agieren.

Benommen fällt er auf die Knie. »Em, Schatz, was hast du getan?« Emilia weicht zurück, und das ist nicht gut. »Tsch … ich bin es, Nicolas. Alles wird gut.« Er blickt über die Schulter zu der Kommissarin, die ihn genau beobachtet. Perfekt. Mit einem herzergreifenden Seufzer beugt er sich erneut zu Emilia, achtet darauf, dass Smilla keinen guten Blick hat, und gibt Emilia einen Kuss. Sie sieht ihn mit aufgerissenen Augen an. Und er betet zu Gott, seinem neuen Freund, dass sie stumm bleiben möge. »Der Krankenwagen wird gleich hier sein. Alles wird gut werden. Halte durch, Emilia, wir schaffen das zusammen.« Er hält Emilias Kopf fest, der sich vehement gegen seine Berührung wehrt. »Tsch … ich bin es, Nicolas.«

Er wendet den Kopf und sieht zu dem Tisch. Resigniert schließt er die Augen, bevor er Emilia ansieht. »Warum hast du wieder diese verdammten Pillen geschluckt?« Er streicht ihr feuchtes Haar aus der Stirn und erhebt sich ungelenk. Frustriert reibt er mit beiden Händen über sein Gesicht.

»Ich weiß nicht mehr, was ich tun soll.« Besorgt sieht er zu Smilla, die offensichtlich keine Gefühle hat. Ihre Miene ist ungerührt.

»Was sind das für Pillen?«

»Beruhigungsmittel und Antidepressiva. Sie hatte sie verschrieben bekommen, als ihr Vater …« Er schluckt und sieht zu Clara, die ihren Blick senkt. »Seit dem Selbstmord ihres Vaters. Sie war völlig mit den Nerven am Ende. Und der Arzt meinte, es sei besser, wenn sie sie eine Weile nimmt.«

Smilla nickt und mit einer Kopfbewegung zu Melvin sagt sie: »Gib sie dem Rettungsarzt.« Sie wendet sich wieder Nicolas zu. »Macht sie das öfter?«

»Leider ja. Ich hab keine Ahnung, wie sie es anstellt, denn ich hab sämtliche Pillen entsorgt, als ich merkte, dass sie den Zustand, diesen Nebel, der sie einhüllt, angefangen hat zu lieben.«

»Verstehe.« Smilla sieht zu Clara, die mit verkniffenem Mund und verschränkten Armen in der Tür steht. Ihre Augen gleiten immer wieder zu Emilia, die sie entrückt anlächelt.

»Wenn Sie nichts dagegen haben, würde ich gern wieder nach Hause.«

»Ja, sicher. Soll mein Kollege Sie fahren?«

»Nein, nein, nicht nötig. Danke.«

Mit gesenktem Kopf stürmt sie aus dem Haus und schlingt die Arme um ihren Oberkörper. Sie weiß nicht mehr, was sie denken soll. Fühlt sich wie eine Verräterin und eine Betrogene zugleich. Emilia ist ihre Freundin und sie hat wieder geschwiegen, aber doch nur, weil Alma im Krankenhaus meinte, es sei besser für Emilia, wegen der verfluchten Karriere. »Scheiße!«, brüllt sie laut und wischt sich den Rotz unter der Nase fort.

Der Wind fegt durch die Bäume, um auch noch das letzte Laub zu vertreiben. Die Sonne steht mittlerweile tief und die Kälte des Herbstes kriecht an ihnen hoch. Smilla sieht dem Krankenwagen hinterher und dann zu Nicolas, der ihm mit vor Gram verzerrtem Gesicht ebenfalls nachsieht. »Ich sollte mit in die Klinik fahren.«

»Ich denke, es ist nicht so schlimm, wie es aussieht.«

»Woher wollen Sie das wissen?«

»Erfahrung.«

»Aha, Sie sind also auch drogensüchtig, oder woher haben Sie diese Weisheit?« Er klingt aggressiv. Und bereut es sofort. Blickt zu Melvin, der etwas abseits steht und alles wie ein Wachhund beobachtet. »Tut mir leid.« Er lächelt sie verlegen an.

»Schon gut. Ich kann Sie verstehen, ist alles nicht einfach.«

»Nein, und ich hab Angst um sie, dass sie sich etwas antun wird. Wissen Sie, Emilia stand ihrem Vater sehr nahe.«

»Vielleicht ist es dann besser, einen guten Therapeuten aufzusuchen.«

»Ja, aber dazu muss sie bereit sein.«

»Stimmt. Wenn Sie Hilfe brauchen, ich kenn einen sehr guten.«

»Danke für das Angebot.« Verlegen lächelt er sie an. »Was wollten Sie eigentlich von Emilia?«

»Ich hatte nur eine Frage zu einer Frau, die vermisst wurde.« Sie sieht ihn an, ohne dass er in ihrem Gesicht lesen kann, was in ihr vorgeht. Das macht ihn nervös. Er nickt nur, vergräbt die Hände in seinen Hosentaschen. »Na gut, das muss wohl noch warten.«

»Ja, für den Moment.« Sie wendet sich zum Gehen, bleibt stehen, neigt den Kopf. »Vielleicht kennen Sie ja die Frau und können mir etwas über sie sagen.« Umständlich zieht sie ein Foto aus ihrem Tweedsakko und hält es ihm hin.

Nicolas kneift die Augen zusammen, schüttelt bedauernd den Kopf. »Nein. Tut mir leid, ich hab sie noch nie gesehen.«

»Schade. Aber es hätte ja sein können.«

»Was ist mit ihr?«

»Sie ist tot.« Smilla nickt ihm zu und geht, ohne sich noch einmal umzudrehen, zu ihrem Wagen.

»Verfluchte Scheiße!«, presst er durch seine Lippen, während er dem Auto hinterhersieht.

29. Kapitel

Alma schaut aus dem Fenster ihres Büros. Dunkle Wolken schieben sich vor den blassen Sonnenuntergang. Es wird Regen geben, und dann kommt der Wind und bald darauf der Winter. Sie mag das nicht. Sie mag ihre wehmütigen Gedanken nicht. Alles ist anders, seit Charlie nicht mehr lebt. Das Einzige, was sie noch am Laufen hält, ist ihr Job. Sie liebt ihr Amt als Richterin, so wie Charlie es getan hatte. Was haben sie diskutiert, genau hier, als sie noch Staatsanwältin war und er Richter. Er hat auf diesem Stuhl gesessen, auf dem sie jetzt sitzt. Was ihr nun noch bleibt, ist die Erinnerung und dieser Job, den sie nie aufgeben wird.

Sie lehnt sich zurück an die Polsterung ihres Bürosessels, betrachtet den aufgeräumten Schreibtisch. Charlie hatte seinen Schreibtisch auch immer akkurat geordnet, das hat sie von ihm übernommen. Ein Lächeln zeichnet sich auf ihren Lippen. Was hat Charlie immer gesagt, wenn ein Tag zu Ende ging und sie einen guten Job gemacht hatten? *Ein Gläschen in Ehren kann niemand verwehren.* Und dann hat er aus der untersten Schublade eine Flasche Whisky und zwei Gläser hervorgeholt.

Sie öffnet die Schublade und stellt zwei Gläser auf den Tisch und schenkt ein. Symbolisch prostet sie dem Glas auf der anderen Seite des Tisches zu. »Ich hab die Zeit mit dir genossen.«

Alma zuckt zusammen, als das Telefon klingelt und sie aus ihren Gedanken reißt.

* * *

Energische Schritte hallen im Krankenhausflur wider. Dann Stille.

Gebannt blickt Emilia zur Tür. Ein festes Klopfen, und da öffnet sie sich. Sie hält den Atem an, ihre Hand tastet nach dem Notfallschalter. Fest umschließt sie ihn in der Hand.

»Emilia?«, flüstert Alma.

Erleichtert lässt Emilia den Kopf auf die Kissen sinken.

»Alma. Gott sei Dank bist du hier.« Ihre Stimme lallt. Sie fühlt sich wie eine Pflanze, der man das Wasser verweigert. Schlapp und ausgelaugt.

»Was ist los? Warum bist du wieder hier?« Sie streicht mit spitzen Fingern das verschwitzte Haar aus Emilias Gesicht. »Du siehst nicht gut aus. Was ist bloß los mit dir?«

»Alma, ich brauch deine Hilfe.« Inständig umfasst sie Almas Hand. »Ich hab nicht viel Zeit …«

»Was meinst du damit? Wo ist Nicolas?«, unterbricht sie Emilia unruhig.

»Ich will ihn nicht sehen. Nur dich. Das habe ich angeordnet und hoffe, dass sie es auch befolgen.« Sie macht eine Pause, bemerkt Almas irritierten Blick. »Alma, bitte, du musst mir zuhören. Es ist wichtig.« Sie bemüht sich um eine ernst zu nehmende Miene.

Alma blickt sie prüfend an, presst ihre Lippen aufeinander, lässt Emilias Hand los und zieht sich einen Stuhl an das Bett. »Okay, ich bin ganz Ohr.« Sie schlägt die Beine übereinander und faltet ihre Hände in den Schoß.

Typisch Richterin, schießt es Emilia durch das benebelte Gehirn. Diesmal ist es besonders schlimm. Sie hasst diesen Zustand. Sie muss konzentriert bleiben. Ihr ist bewusst, dass Alma Fakten liebt, keine Vermutungen. Sie würde sie als Hirngespinste abtun. Das muss Emilia unbedingt vermeiden.

Sie holt tief Luft. »Ich bin hier, weil Nicolas mir diese …« Sie schluckt, atmet erneut tief durch. »Weil Nicolas mir Pillen in hoher Dosis verabreicht, damit ich nicht mehr klar denken und handeln kann.« Sie sieht Alma an, die ihren Blick ermutigend erwidert.

Emilia erzählt ihr alles, ohne eine Pause zu machen, angefangen bei Tysons Tod über die Handgreiflichkeiten bis hin zu dem, was sie über Nicolas herausgefunden hat. Sie überlegt, ob sie Alma auch etwas von dem Smartphone der Prostituierten sagen soll. Entscheidet sich dagegen. Es ist nicht mehr wichtig, das Smartphone ist ja verschwunden.

»Er ist nicht der, der er vorgibt zu sein. Er ist kein Immobilienmakler.« Sie sieht Alma an, die ihren Blick zum Fenster gewendet hat. Es ist dunkel geworden, der Regen hat eingesetzt, lange Wasserschlangen fließen die Fensterscheibe herunter. Emilia wartet, sie kennt Alma gut genug, um zu wissen, dass sie genau zugehört hat und sich mit ihren Überlegungen Zeit lässt.

Nach einer gefühlten Ewigkeit räuspert sich Alma, schiebt den Stuhl geräuschvoll nach hinten und geht zum Fenster. Sie hat Emilia den Rücken zugekehrt. »Bist du dir sicher, dass er nicht der ist, für den er sich ausgibt?«

»Ja.«

Sie wartet ab und starrt auf Almas Rücken. Sie steht wie in Stein gemeißelt da. »Alma, ich weiß, dass er ein gewalttätiger Mann ist und ein Betrüger, doch ich brauch Beweise dafür. Informationen. Du hast doch Verbindungen in Deutschland.«

In aller Ruhe dreht sich Alma zu ihr. »Ja, das hab ich. Nur frage ich mich die ganze Zeit: Warum all das? Warum will er dich zerstören?«

Diese Frage lässt sich Emilia lange durch den Kopf gehen. Latent war sie immer da, so wie auch die Antwort darauf. »Er will mich nicht zerstören, er will mich töten.«

»Was für einen Grund sollte er haben?«

»Geld. Wenn ich sterbe, geht alles an ihn.«

»Das klassische Motiv.« Alma setzt sich auf die Bettkante und hält Emilias Hand. »Ich werde sehen, was ich tun kann. Es gibt da einen Kollegen, der schuldet mir noch was.«

Emilia klammert sich an Almas Arm, ihre Augen sind geweitet und der Schreck darin lässt Alma aufspringen. »Was ist?«

»Charlie … ich glaube, Nicolas hat auch meinen Vater umgebracht.« Ihre Stimme klingt schrill. Die Erkenntnis verschlingt sie wie ein Drache.

»Was soll das heißen?«

Sie braucht Zeit, um zu antworten. Almas Anspannung schaukelt ihr Schuldgefühl hoch. Sie schließt die Augen. »Nicolas wusste nicht, dass ich schon vor Jahren das Erbe überschrieben bekommen habe. Niemand wusste es.«

Alma weicht zurück. Sie ist kreidebleich, schlingt die Arme um ihren Körper. »Warum hast du es ihm verschwiegen? Selbst ich wusste davon.«

»Woher wusstest du das?« Irritiert gleiten ihre Augen über Almas blasses Gesicht.

»Charlie hat es mir nach der Unterzeichnung gesagt, im Vertrauen. Und ich habe geschwiegen, aber du hättest es Nicolas erzählen müssen. Er ist dein Mann.«

»Nein. Das wollte ich nicht. Ich wollte keinen Mann heiraten, der es nur auf mein Geld abgesehen hat.« Sie weicht Almas entsetztem Blick aus. »Sag es nicht … bitte, Alma. Ich mach mir solche Vorwürfe, Charlie würde noch leben, wenn ich Nicolas alles gesagt hätte.« Ihr ist heiß und übel. Sie schlägt die Bettdecke zurück und taumelt zum Fenster, öffnet es weit und saugt die kalte, feuchte Regenluft ein.

* * *

Nicolas schlägt den Kragen seiner Jacke hoch und rennt über den Parkplatz des Karolinska-Universitätskrankenhauses. Als er in die Empfangshalle tritt, ist er bis auf die Haut durchnässt. Mit den Händen streicht er durch sein nasses Haar und sieht sich suchend nach dem Infotresen um. *Verfluchter Regen, verfluchter Tag!* Mit ausholenden Schritten geht er auf den Schalter zu. Eine junge Dunkelhaarige hebt den Kopf und lächelt ihn an. »Hej, was kann ich für Sie tun?«

»Hej, ich bin Nicolas Ferber, meine Frau Emilia Gustafsson wurde vor ein paar Stunden eingeliefert. Ich möchte gern zu ihr.«

Während die Dunkelhaarige in ihrem Computer nachsieht, blickt er sich in der Halle um. Es ist ruhig, nur ein paar Menschen laufen herum, verabschieden sich voneinander. Lachen, weinen und trösten sich. *Ich hasse Krankenhäuser. All diese Krankheitserreger, Viren und Bazillen, die an Wänden und Türklinken kleben, und dieser Geruch, den man nie wieder aus der Nase bekommt.*

Ungeduldig trommelt er mit den Fingern auf die glatte Oberfläche des Tresens.

»Tut mir leid. Aber Frau Gustafsson darf keinen Besuch empfangen.«

»Was soll das heißen? Ich bin ihr Ehemann, auch wenn wir nicht den gleichen Namen tragen.«

Bedauernd schüttelt die Dunkelhaarige den Kopf. »Tut mir wirklich leid, aber das ist eine Anordnung des Oberarztes.«

»Dann möchte ich ihn sprechen! Und zwar sofort!«

Unbeeindruckt antwortet sie: »Tut mir leid, er ist nicht mehr im Haus. Versuchen Sie es morgen noch einmal.«

Seine Wut schwillt an wie ein reißender Fluss. Er möchte dieser hübschen kleinen Frau seine Wut ins Gesicht brüllen, doch besinnt er sich eines Besseren. »Bitte, ich muss sie sehen, sie ist alles, was ich hab.« Er quält sich ein paar Schluchzer ab. Doch es hilft nichts.

»Wenn es nach mir gehen würde, würde ich Sie zu ihr lassen. Aber leider …«

Abrupt dreht er sich um, die Worte, die ihm auf der Zunge liegen, würden seine Chancen, Emilia morgen zu sehen, minimieren.

Betont langsam und mit gesenktem Kopf geht er durch die Halle in Richtung Ausgang. Und dann sieht er sie. Alma. Schnellen Schrittes geht sie zum Ausgang. Er bleibt stehen, wartet, bis sie durch die große gläserne Tür geht und von der Dunkelheit verschluckt wird. Dann folgt er ihr.

Almas Hand bebt, und als sie den Wagenschlüssel aus der Handtasche holt, fällt er zu Boden. »Oh verflucht«, schimpft sie und bückt sich, um ihn von der nassen Straße zu heben.

»Lass mich das machen.«

Ein spitzer Schrei gellt über den Parkplatz. »Nicolas! Bist du wahnsinnig, wie kannst du mich nur so erschrecken?«

»Tut mir leid, war nicht meine Absicht.« Er drückt ihr den Schlüssel in die Hand, vergräbt die Hände in den Taschen seiner Jacke.

Alma presst die Lippen aufeinander, und am liebsten würde sie ihm den Schädel einschlagen. »Was ist bloß los mit dir?«

»Was meinst du?«

»Einen Rat für die Zukunft hab ich für dich: Wenn du etwas machst, dann mach es gefälligst richtig.« Sie schließt die Tür auf und schwingt sich in den Wagen.

»Wie meinst du das?«

»Denk nach.« Sie knallt die Tür zu und fährt mit hoher Geschwindigkeit vom Parkplatz.

* * *

Aufgewühlt pfeffert Alma die Handtasche auf den Sessel neben dem Fenster, blickt auf die graue Stadt, die im Regen versinkt. Sie stößt den angehaltenen Atem aus und geht zielstrebig in ihre Designerküche. Das helle Deckenlicht wirft harte Schatten auf ihre angespannten Gesichtszüge. Mit Schwung reißt sie die Kühlschranktür auf und holt sich eine Flasche Weißwein heraus. Es ist noch viel zu früh, um etwas zu trinken, doch sie braucht es jetzt, wie auch schon in den letzten Tagen, wie immer seit Charlies Tod. Der Gedanke an Charlie lässt ihr unvermittelt Tränen in die Augen schießen.

Mit der Flasche und einem Glas geht sie in ihr Arbeitszimmer, öffnet den Waffenschrank und holt den USB-Stick heraus. Schwer lässt sie sich auf den lederbezogenen Schreibtischstuhl fallen. Sie nimmt einen kräftigen Schluck und fährt den Computer hoch. Öffnet die Datei auf dem Stick und liest zum gefühlt hundertsten Mal die Daten. Wenn diese Datei bei ihr gefunden wird, ist alles aus. Schmerzlich wird ihr bewusst, dass sie diese Pokerpartie verloren und einen hohen Preis dafür gezahlt hat. Alma leert das Glas und stellt es hart auf die polierte Tischplatte, bevor sie auf Löschen drückt.

* * *

»Mein Gott, will dieser Regen überhaupt nicht aufhören?« Smilla sieht aus dem Fenster des Büros. Als hätte der Himmel die Pforten geöffnet und all den Regen, den er zu bieten hat, auf die Erde geschickt. Nicht einmal die andere Straßenseite ist zu erkennen. Sie dreht sich um und sieht Melvin an, der sich in die Liste mit den Gästen des Restaurants vertieft hat. Unabsichtlich muss sie lächeln, sie mag ihn, auch wenn er bisweilen ein absoluter Pedant ist. »Melvin, pass auf!«, ruft sie.

Hektisch springt er vom Stuhl hoch, bereit zu handeln, was auch immer los ist. Es wirkt grotesk, wie er in dieser angespannten Haltung dasteht.

Smilla lacht über seine Reaktion. »Was ist, wollen wir noch eine Kleinigkeit essen gehen?«

Er lässt den angehaltenen Atem entweichen. »Smilla, das war nicht nett.«

»Sollte ein Scherz sein. Was ist, Hunger?«

* * *

Der kleine Imbiss, nicht weit entfernt von der Polizeistation, ist gut besucht. Bei diesem Wetter kein Wunder. Smilla streift sich die Regenjacke ab, während sie sich nach einem ruhigen Tisch umschaut. Ganz hinten in der Ecke wird einer frei. Ohne auf Melvin zu warten, der noch mit der Bedienung spricht, geht sie forsch darauf zu. Geduldig wartet sie, bis das Paar seine Regenkleidung angezogen hat. Sie lächelt ihnen zu: »Furchtbar nass draußen.« Gott, was für eine idiotische Bemerkung. Aber etwas Besseres fiel ihr gerade nicht ein. Sie hat Hunger.

»Smilla, der ist reserviert.«

»Wer sagt das?«

»Die Bedienung.«

»Egal, jetzt sitzen wir hier. Lass mich das regeln. Ich sterbe vor Hunger.«

Mit einem freundlichen Lächeln räumt die junge Bedienung, die ihr braunes Haar zu einem Pferdeschwanz gebunden hat, den Tisch ab. »Haben Sie reserviert?«

»Nein, aber ich bin Stammgast, und das ist seit Jahren mein Tisch.«

»Na ja, aber der Tisch ist reserviert und …«

»Sie sind neu hier. Stimmt's?«

Die junge Bedienung nickt und ihr Pferdeschwanz tanzt hin und her. »Fragen Sie Liam, Ihren Boss. Er kennt mich. Hauptkommissarin Smilla Berglund.« Entschieden, aber mit einem Lächeln blickt sie die Bedienung an, die eiligst davoneilt.

»Das war nicht nett.«

»Nein, aber relevant. Ich hab Hunger, und wenn ich hungrig bin, bin ich ein Stinkstiefel.«

Während des Essens schweigen sie die meiste Zeit. Erst als Smilla mit einem zufriedenen Seufzer den Teller von sich schiebt, kann sie wieder klar denken. »Puh, das war dringend nötig. Okay, jetzt zum Job. Was denkst du über die Gustafssons? Ich meine Emilia Gustafsson und ihren Mann Nicolas Ferber.«

»Ich weiß nicht, ich fand es ganz normal. Ich meine, er war besorgt und die Staatsanwältin war stoned.«

»Hast du nicht das Gefühl, dass es von seiner Seite aus gekünstelt wirkte?«

Melvin lehnt sich zurück und verschränkt die Arme. »Nein. Wäre es meine Frau gewesen, es wäre mir unendlich peinlich, wenn sie so zugedröhnt vor den Augen der Polizei auf dem Sofa liegt.«

Smilla beugt sich vor. »Das kann nicht dein Ernst sein. Was hast du auf der Polizeischule gelernt? Dass Frauen ein Problem haben, aber Männer nicht?«

»Quatsch.« Beleidigt wendet er seinen Kopf zur Seite.

»Nun, ich sag dir mal, wie das im realen Leben aussieht. Ein Mann, der sich so benimmt, so überaus fürsorglich ist, hat ein Problem.«

»Findest du nicht auch, dass das ein Klischee ist?«

»Nein. Das ist Lebens- und Berufserfahrung.«

»Aha. Und was soll deiner Meinung nach sein Problem sein?«

»Keine Ahnung.«

»Und warum sagst du das dann?«

»Ich habe die Staatsanwältin zufällig im Krankenhaus getroffen.« Sie hebt die Hand. »Und bevor du fragst, sie war dort, weil sie einen Unfall hatte.« Smilla nippt an ihrem Bier. *War es ein Unfall?* Gedankenverloren starrt sie auf das Bier in ihrer Hand.

»Was ist? Ich warte.«

Smilla verlagert ihre Sitzposition. *War es ein Unfall?* Der Gedanke lässt sie plötzlich nicht mehr los. Sie schüttelt ihn ab und sagt: »Ich kam gerade aus der Pathologie und … egal, ich war jedenfalls bei ihr im Zimmer und sie hat die Bilder von Hanna gesehen.« Sie lehnt sich über den Tisch und senkt die Stimme. »Sie war trotz ihres Zustands äußerst neugierig.«

»Was willst du damit sagen?«

»Dass wir ihren Mann noch einmal unter die Lupe nehmen sollten.« Sie leert das Glas und stellt es hart auf den Tisch. »Lass ihn mal durch den Computer laufen.«

Smilla hebt die Hand, signalisiert der Bedienung, dass sie zahlen möchte.

30. Kapitel

Zum zweiten Mal kommt sie in das Haus zurück, das ihre Zuflucht sein sollte, und zum zweiten Mal ist sie enttäuscht. Für Emilia fühlt es sich wie ein Déjà-vu an. Sie will das nicht mehr. Sie möchte ihr Leben zurück. Gleichgültig lässt sie ihre Handtasche auf den Fußboden im Flur sinken.

»Em, was ist, kann ich etwas für dich tun? Magst du einen Tee oder Kaffee? Soll ich uns was zu essen kochen? Ich habe wunderbaren Lachs, ganz frisch vom Hafen.«

»Lass mich einfach zufrieden.« Ihr Blick ist müde, ihre Stimme kraftlos. »Geh und komm nie wieder zurück.«

Nicolas zeigt sich unbeeindruckt, hebt ihre Tasche vom Boden auf und stellt sie auf den Kommodentisch. »Schatz, du machst gerade eine schwere Zeit durch.«

»Vielleicht. Ganz bestimmt sogar. Ich frag mich aber, was du von mir willst.« Emilia sieht ihn prüfend an. Sie hat sich diese Frage immer wieder gestellt. Sich ausgemalt, wie er reagieren wird.

»Oh bitte, nicht schon wieder. Ich will dich, ich möchte, dass wir zusammen alt werden, eine Familie gründen. Ich liebe dich.«

So in der Art hatte sie erwartet, dass er antworten werde. Nun ist auch noch der letzte kleine Zweifel, den sie gehegt hatte, verflogen. Sie lächelt ihn schwach an. Er soll sich in Sicherheit wiegen. Und offensichtlich tut er das.

Behutsam nimmt er sie in den Arm, schmiegt seinen Kopf an ihr Haar. »Ich kann ohne dich nicht leben. Du musst aufhören mit den Pillen.«

Emilia hat Mühe, ihre Fassungslosigkeit zu verbergen. Sie kann jetzt nicht sprechen und nickt schwach.

Nicolas blickt ihr in die Augen. »Ich durfte nicht zu dir ins Krankenhaus, wusstest du das?«

»Nein. Ich … ich war zu – sie hatten mich ruhiggestellt, nachdem sie den Mist aus meinem Magen gepumpt hatten.« Es sollte nicht zornig klingen, doch die Wut in ihr ist mächtig. Viel zu mächtig, sie muss aufpassen, sich zurücknehmen und ihn in Sicherheit wiegen.

»Das ist schlimm. Ich wäre in dieser Zeit gern bei dir gewesen.«

»Ja, ich hätte dich auch gebraucht.« Sie sieht an seinen Augen und dem weichen Zug um seine Lippen, dass sie den richtigen Ton, den richtigen Kurs gewählt hat. »Ich würde gern mit dir zu Abend essen. Auf Lachs hätte ich große Lust. Ich geh mich nur rasch frisch machen.« Sie hat genug von diesem Wahnsinn. Sie ist bereit, was auch immer kommen wird.

Leise verriegelt sie die Schlafzimmertür. Presst ihr Ohr dagegen und lauscht mit angehaltenem Atem, wartet darauf, dass sie das Knarren der Treppe hört. Nichts. Natürlich nicht, er ist ja nicht dumm und wird sie nicht gleich wieder ins Koma legen wollen, das wäre zu auffällig.

Aus ihrer Handtasche holt sie ihr Smartphone und wählt Almas Nummer. Während sie dem Klingeln lauscht, kaut sie nervös auf ihrer Unterlippe, geht zu dem Fenster hinüber und blickt aufs Meer. Die tief stehende Herbstsonne lässt es in fantastischem Licht schimmern von hellblau bis tiefschwarz. Darüber kreisen Möwen. Sie öffnet das Fenster und lauscht dem Kreischen der Vögel. Der Ausblick und die Geräusche beruhigen sie.

Emilia runzelt die Stirn. Alma meldet sich nicht, nur die Mailbox springt an. Hastig hinterlässt sie eine Nachricht, mit der Bitte, sie anzurufen.

Sie geht ins Bad und auch hier schließt sie ab.

* * *

Emilia muss zugeben, dass Nicolas ein exzellenter Koch ist. Der Lachs ist hervorragend. Dennoch hütet sie sich, ihn mit Komplimenten zu überhäufen. Immer wieder holt sie sich ins Gedächtnis, was er ihr angetan hat.

»Der Fisch ist dir gut gelungen. Ich würd gern ein Glas Wein dazu trinken. Nur einen ganz kleinen Schluck.«

»Okay, ich glaub, das geht in Ordnung.« Er zwinkert ihr zu, so wie ihr Vater es immer tat, wenn sie etwas Außergewöhnliches wollte oder sagte. Sie schluckt den Kloß herunter. Sie darf nicht darüber nachdenken, was mit Charlie passiert ist. Nicht jetzt. Sie muss unbedingt mit Alma sprechen. Immer wieder schielt sie zu ihrem Smartphone, das auf der Küchenzeile liegt. *Warum ruft sie nicht zurück?*

»Cheers! Ich trinke auf uns.« Mit einem wohligen Seufzer stellt er das Glas auf den Tisch, dreht es sacht hin und her. Sieht sie zaghaft an. »Ich möchte ein heikles Thema anschneiden.«

Sofort ist Emilia alarmiert. Sie schielt auf ihr Glas, das leer vor ihr steht. Wie gern würde sie jetzt noch ein wenig Wein trinken. Ein helles Piepen lässt sie aufhorchen. Emilia springt auf und nimmt ihr Smartphone von der Küchenzeile. Ohne Nicolas anzusehen, geht sie in den Flur.

Eine Textnachricht von Alma.

Ich habe noch keine Informationen von dem Kollegen aus Deutschland. Melde mich morgen bei dir. Sei vorsichtig.

Mist, sie hat so sehr darauf gewartet, dass es Hinweise gibt, damit sie ihn an die Polizei ausliefern kann.

»Emilia, was ist los? Ist irgendetwas passiert?«, ruft Nicolas aus der Küche.

»Nein, es war nur das Büro.« Schnell löscht sie die Nachricht, bevor sie in die Küche geht.

»Tut mir leid, das waren meine Kollegen, die mir gute Besserung gewünscht haben.« Sie gleitet auf den Stuhl, lächelt ihn entschuldigend an.

»Und deshalb springst du so hektisch auf, obwohl wir gerade ein schönes Dinner haben?«

»Ich sagte doch, es tut mir leid.« Sie taxieren sich, und Emilia lenkt ein. »Ich hab es ausgestellt, damit wir in Ruhe gelassen werden.« Sie streicht über seinen Handrücken. »Du wolltest mich etwas fragen.«

Mürrisch trinkt Nicolas einen Schluck Wein. Lässt sie warten. Es amüsiert sie, wie er sich wie ein kleines Kind benimmt, dessen Spielzeug nicht so funktioniert, wie er es gerne hätte. Emilia wartet geduldig.

»Em, denkst du, dass mich unsere Situation kaltlässt? Ich mach mir Sorgen um dich und um uns. All das, was passiert ist, geht mir an die Nieren. Ich wünsch mir, wir könnten von vorn anfangen.« Ruckartig steht er auf. Geht unruhig auf und ab, bleibt an der Spüle stehen, stützt seine Hände darauf.

Er hat ihr den Rücken zugekehrt und sie kann nicht sehen, was in ihm vorgeht. Sie wartet ab. Doch nichts passiert.

»Nicolas, komm, setz dich zu mir und sag mir, was los ist. Was ist das für ein heikles Thema, das du mit mir besprechen willst?«

»Ich weiß nicht, ob das jetzt ein guter Moment ist. Vielleicht sollten wir es verschieben.« Er sieht flüchtig über die Schulter und blickt sie mit leerer Miene an.

Emilia streicht mit der flachen Hand über den rauen Holztisch. Wie soll sie reagieren? Schließlich möchte sie wissen, was so wichtig für ihn ist. Aber sie darf auch nicht zu sehr darauf drängen. »Wie du meinst. Deine Entscheidung.« Sie lächelt ihn an. Sieht, wie er mit sich ringt. Gut so.

»Na ja. Aber bitte versteh mich nicht falsch, es ist nur, weil im Moment so viel drunter und drüber geht und ich nicht weiß, was noch alles passieren wird, wenn du nicht von den Pillen loskommst.« Er setzt sich neben sie. Nimmt ihre Hände fest in seine, senkt den Blick. »Es geht um dein Erbe. Ich frag mich, warum euer Familienanwalt, wie ist noch sein Name?«

»Mattson, Nils Mattson«, antwortet sie tonlos.

»Ja richtig, warum hat er sich noch nicht gemeldet?«

Heiß und kalt läuft es ihr den Rücken herunter. Also doch. Jetzt hat sie die Bestätigung ihrer Vermutung, und all ihr Denken, Hoffen und Glauben schwindet, als würde ihr Blut aus ihrem Körper gesaugt.

»Ich versteh nicht, was du meinst.« Sie bemüht sich, ihrer Stimme einen festen Klang zu geben.

»Also, wegen dem Erbe, dem Nachlass deines Vaters. Musst du nicht irgendetwas unterschreiben oder so? Tut mir leid, ich bin da nicht so bewandert, ich mein ja nur, nicht dass wir etwas versäumen.« Er schenkt sich Wein nach. »Möchtest du auch noch einen kleinen Schluck?«

Für den Bruchteil einer Sekunde überlegt sie. »Nein. Ich hab genug.«

»Also, was denkst du?« Erwartungsvoll ruhen seine Augen auf ihr. Sie muss sich entscheiden, was sie ihm sagt. Ihr Herz hämmert gegen ihre Rippen. Sie hat Angst, dass er handgreiflich werden könnte, wenn sie ihm die Wahrheit sagt. *Verhalte dich wie im Gerichtssaal. Keine Emotion. Nur Fakten.* Sie sieht ihn an, neigt den Kopf, bereit, ihm auszuweichen. »Aber es ist doch schon alles geregelt.«

»Wie meinst du das?«, fragt er verdutzt.

»Charlie hat mir schon vor Jahren das Erbe überschrieben.« Für einen Moment genießt sie den perplexen Ausdruck, der sein hübsches Gesicht, das sie einmal so attraktiv fand, wie eine Fratze aussehen lässt. Oh, sie ist gemein, aber für diesen winzigen Augenblick darf sie es genießen. Ab jetzt muss sie wieder ganz die kleine Emilia sein, die er lenken kann, wie es ihm passt. So viel ist sicher, er wird ein Spiel mit ihr treiben.

In ihr mischen sich Wut, Angst und Traurigkeit. Ihr wird immer mehr bewusst, dass sie an Charlies Tod Schuld trägt. Sie hat den falschen Mann geheiratet. Wie blind war sie nur. Sie wird Nicolas hinter Gitter bringen, das ist das Einzige, was sie tun kann, aber sie braucht Beweise.

»Das sind ja gute Nachrichten.« Nicolas füllt sein Glas aufs Neue.

»Jetzt würde ich doch noch gern einen Schluck Wein trinken.«

Er zögert, doch dann schenkt er ihr ein und reicht ihr das Glas. »Ich bin so froh, dass es dir besser geht. Ich möchte mit dir anstoßen, auf eine glücklichere Zeit. Lass uns das Vergangene vergessen.«

»Nichts lieber als das.« Ihre Hand zittert, als sie das Glas zum Mund führt.

In der Küche ist es dunkel geworden, nur noch die Lampe über dem Tisch gibt weiches Licht ab. »Ich geh schlafen.« Ermattet erhebt sie sich. Widerstrebend legt sie die Hand auf seine Schulter. »Gute Nacht, schlaf gut.«

Da ergreift er ihre Hand und zieht sie zu sich an den Mund, küsst ihre Fingerspitzen. Langsam erhebt er sich von seinem Stuhl, schlingt seine Arme um sie. »Ich würde gern die Nacht mit dir verbringen.«

Emilia dreht sich der Magen um. »Gib mir noch etwas Zeit. Ich bin noch nicht so weit.« Widerwillig schmiegt sie sich an ihn. »Bitte, wenn du mich wirklich liebst, dann gib mir die Zeit, die ich brauche. Zu viel ist passiert.« Sie spürt, wie sich sein Körper anspannt. Sie hält den Atem an. Dann entspannt er sich wieder und vergräbt sein Gesicht an ihrem Hals. »Natürlich, das verstehe ich.«

Er lässt sie gehen. Emilia hat Mühe, nicht schreiend aus der Küche zu rennen.

31. Kapitel

Unruhig läuft Emilia ihr Zimmer ab. Von der Tür zum Fenster und wieder zurück. Sie hat keinen Blick für den fantastischen Sonnenaufgang. Sie kann sich nicht konzentrieren. Sie ist nicht Anwältin. Sie ist eine Frau, die um ihr Leben fürchtet. Was kann sie tun, um das Schlimmste zu verhindern? Sie will Nicolas unbedingt überführen, damit sie Ruhe vor ihm hat, und das kann sie nur, wenn sie hierbleibt, bei ihm.

Wieder blickt sie zu dem Wecker auf ihrem Nachttisch, 7.00 zeigt er in roten Ziffern. Sie unterbricht ihre Wanderung, setzt sich auf die Bettkante. Zählt langsam bis zwanzig, bis sie vollkommen ruhig ist. Dann nimmt sie ihr Smartphone und ruft Alma an. Sie schließt die Augen, während sie dem Klingeln lauscht, und dann springt wieder nur die Mailbox an. »Alma, ich bin es. Bitte ruf mich an, es ist dringend.« Enttäuscht legt sie das Smartphone zurück auf den Nachttisch.

Kurz entschlossen zieht sie sich Jogginghose und Laufschuhe an. Sie muss sich bewegen, sonst wird sie noch irre. So wie Nicolas es den Menschen um sie herum weismachen will. Dass sie verrückt ist, nicht mehr weiß, was sie tut, sich nur noch den Drogen hingibt und an Selbstmord denkt. Sie schluckt hart.

»Ich möchte das alles nicht. Ich will doch nur glücklich sein«, wimmert sie vor sich hin, während sie die Laufschuhe zubindet.

Sie gibt sich nicht einmal die Mühe, leise das Haus zu verlassen. Sie weiß auch so, dass er sie beobachtet.

Behutsam schiebt Nicolas den Vorhang am Fenster des Gästezimmers beiseite. Emilia läuft den Kiesweg entlang, wendet den Kopf flüchtig zum Haus. Blitzschnell lässt er den Vorhang los und geht einen Schritt zurück. »Miststück.« Er reibt sich über sein stoppeliges Kinn. Er hat sie unterschätzt. Sie weiß es. Sie weiß, dass er Charlie getötet hat. Die Zeit rennt ihm davon. Alles lief gut, bis diese Kommissarin auftauchte. Erst im Krankenhaus und dann hier bei ihm zu Hause. Er hatte alles so sorgfältig geplant, er hat Clara überzeugt, dass Emilia süchtig ist und nicht mehr die Frau ist, die sie zu kennen glaubt. Aber bei dieser kleinen drahtigen Kommissarin, die so viel Sex-Appeal hat wie eine Wanze, versagt sein Charme.

Er springt unter die Dusche. Er muss einen klaren Kopf bekommen, muss ordentlich aussehen, sich anständig benehmen. Diese Gedanken zermürben ihn. Er will, dass es endlich vorbei ist. Er will endlich sein Leben genießen. Je mehr er darüber nachdenkt, desto kälter stellt er das Wasser, bis seine Zähne zitternd aufeinanderschlagen.

* * *

Außer Atem beugt sich Emilia vor, stützt die Hände auf ihren zitternden Oberschenkeln ab. Wie eine Wahnsinnige ist sie den ganzen Weg gerannt, und jetzt hat sie kaum noch Luft. Diese verdammten Pillen haben auch noch den Rest ihrer Kondition geraubt.

Sie hebt den Kopf und wirft einen Blick auf die Bäckerei, in der Licht brennt. Sie kann Claras Silhouette erkennen, wie sie eifrig die Regale füllt. Schwerfällig richtet sich Emilia auf, stützt die Hände an ihren Rücken und beugt sich nach hinten, sieht in den Himmel, an dem die Wolken hängen, als wären sie auf eine Kette gezogen. Es wird windig werden, schießt es ihr durch den Kopf.

Ihre Beine fühlen sich an, als wären sie aus Beton gegossen, während sie die Stufen hinaufgeht und die Tür öffnet. Der Geruch von frischen Backwaren weht ihr wohlig in die Nase. Das helle Klingeln der kleinen Glöckchen über der Tür erklingt.

Lächelnd wendet sich Clara um. Ihr Lächeln erstirbt für einen flüchtigen Moment, und dann geht sie mit ausgebreiteten Armen auf Emilia zu.

»Hej! Ich wusste nicht, dass du schon wieder zu Hause bist. Warum hast du mich nicht angerufen?«

»Ich weiß nicht, ich war einfach noch zu erschöpft, nehm ich an.« Emilia senkt den Blick und starrt auf ihre Laufschuhe.

Es ist still zwischen ihnen. Emilia erschrickt, als sie Claras Hand auf ihrem Arm spürt. »Ich mach uns einen Tee.«

Schweigsam sitzen sie auf den Stufen des Ladens und genießen die Herbstluft und den Anblick des Meeres.

»Es wird einen mächtigen Sturm geben«, sagt Clara und trinkt einen Schluck Tee.

»Du bist also auch der Meinung, dass ich die Pillen nehme und abhängig von ihnen bin?«

Clara lässt sich mit ihrer Antwort Zeit. Blickt Emilia unschlüssig an. »Um ehrlich zu sein, ich bin mir nicht sicher. Ich war es, als du wegen deines Unfalls im Krankenhaus warst, aber nachdem ich dich in deinem Haus gefunden hab …«

»Ist alles anders?« Emilia sieht Clara prüfend an.

Clara zuckt mit den Schultern. »Sag du es mir. Ich hab dich noch nie so erlebt. Ich dachte immer, du liebst das Leben. Sucht ist was für Schwache. Ich hab gedacht, du bist immer noch *Fräulein Saubermann.* So wie früher, als wir Kinder waren.«

Emilia will nicht lachen, doch es ist ein Reflex, den sie nicht kontrollieren kann. Sie wischt sich über die Augen. »Oh ja, ich erinnere mich an die lauten Rufe der Kinder in der Schule. *Hier ist unsere Streberin, Fräulein Saubermann, die keinen Spaß haben kann.*« Emilia trinkt den Becher leer und stellt ihn neben sich auf die Stufe.

Clara verzieht ihren Mund. »Kinder können gemein sein. Tut mir leid für dich. Ich mochte es nie, wenn sie dich so hänselten.«

»Ich weiß. Und ehrlich gesagt ist es wirklich Schnee von gestern.« Emilia ist sich nicht mehr sicher, ob sie Clara einweihen soll in ihren Gedanken, dass Nicolas ihren Tod will, um an das Erbe zu kommen. Sie betrachtet ihre Freundin von der Seite. Ihre Stupsnase, die Sommersprossen darauf, die kleinen Lachfältchen um die Augen. »Ich wünsche mir, dass du mir glaubst. Ich habe die Pillen nicht freiwillig geschluckt.«

Clara sieht sie an, zögert einen winzigen Augenblick. »Ich glaube dir.«

Emilia umarmt ihre Freundin, atmet ihren Duft nach frischem Gebäck und dem Parfüm, das sie schon ewig trägt, ein. »Danke. Das tut gut.« Und doch weiß sie, dass Clara Zweifel hat.

* * *

Das Haus ist still und wirkt verwaist. »Nicolas?« Sie wartet und ruft erneut. Sie geht in die Küche hinüber. Auf dem Tisch steht noch ein Kaffeebecher, unter dem ein Zettel klemmt.

> Emilia, ich bin in Stockholm beim Notar, um
> den Kaufvertrag der Immobilie abzuschließen.

> Ich habe es tatsächlich geschafft, meine erste Immobilie in Schweden zu verkaufen. Und das verdanke ich dir. Du erinnerst dich? Das alte Haus, das du so mochtest. Mit der hohen Birke. Ich sehe dich später, und dann feiern wir. Ich liebe dich.

Nachdenklich lässt sie sich auf einen Stuhl fallen. Sie erinnert sich an den Tag, als er ihr die Immobilie zeigte, sie erinnert sich, wie er reagierte, als sie ihm vorschlug, seine stille Teilhaberin zu werden, und wie sie auf dem Küchenboden landete. Und sie erinnert sich, dass er ihr vor ein paar Tagen wieder von dieser Immobilie erzählte und sie anschließend ins Krankenhaus kam.

»Elender Schuft!«, brüllt sie laut und erschrickt selbst über ihren wütenden Tonfall. Sie muss etwas tun, etwas, das sie heil aus dieser verzwickten Lage holt. Aber was? Sie hat keine Beweise. Niemand glaubt ihr, dass er ihr die verdammten Pillen gibt. Dass er es war, der ihr unter der Dusche die Beine weggezogen hat. *Hat sich Livia so gefühlt?* Erhitzt und beschämt zerknüllt sie den Zettel in ihrer Hand. Eilt zum Flur, greift sich das Telefon von der Station und wählt die Nummer von Nils Mattson, dem Familienanwalt.

32. Kapitel

»Emilia?!«

Ihr Herz klopft wie wild, denn seine Stimmlage ist angespannt. »Ich bin hier, im Wohnzimmer.« Sie bemüht sich, neutral zu klingen. Seine schnellen Schritte jagen ihr Angst ein.

»Mein Gott, Emilia, ich hatte schon Angst. Geht es dir gut?«

Misstrauisch sieht sie ihn an. »Ja, alles okay. Was ist los?« Sie richtet sich auf, seine Augen strahlen sie an.

»Ich habe es geschafft! Die Immobilie ist verkauft. Es ging so schnell, damit hatte ich nicht gerechnet.« Nicolas geht auf und ab, fährt sich mit der Hand durchs Haar und sein Lächeln will nicht verschwinden.

Am liebsten würde sie ihm ins Gesicht brüllen, dass Nicolas Ferber ein fünfzigjähriger Makler aus Hamburg ist, doch stattdessen lächelt sie ihn an. »Das sind tolle Nachrichten. Glückwunsch!«

»Ja, und das hab ich nur dir zu verdanken. Du hast mich angetrieben, das Haus nicht aufzugeben. Du hattest recht. Ich kann es immer noch nicht fassen. Meine erste Immobilie, die ich hier in Schweden verkaufe. Das muss gefeiert werden.« Er kniet sich vor das Sofa, hält ihre Hände. »Ich danke dir.«

»Ich habe doch nichts getan. Du bist es gewesen, der es den Interessenten schmackhaft gemacht hat.« Seine warmen Hände machen sie nervös. Sie möchte ihre wegziehen, entscheidet sich aber dagegen. Er darf nicht argwöhnisch werden.

»Oh, es war wie ein Rausch. Endlich, nach all den Niederlagen.« Er schnellt hoch, geht hinüber zu der Vitrine und holt die Flasche Whisky heraus. »Darauf muss ich etwas trinken.« Er wendet sich ihr zu. »Du darfst leider nicht.« Er zwinkert ihr zu, und sie ist dankbar dafür, dass er sie nicht zum Trinken animiert, und auch dafür, dass sie seine Hände nicht mehr spüren muss.

Nicolas erhebt sein Glas. »Ich trinke auf unsere Zukunft.« Mit einem Zug trinkt er den Whisky aus.

Emilia lauscht seinen Ausführungen, wie er die Interessenten überzeugen konnte, was er gefühlt hat und wie er immer an sie denken musste und an das, was sie ihm über die Immobilie gesagt hatte. Es interessiert sie nicht. Dennoch lächelt sie oder gibt einen Kommentar ab. Sie ist erstaunt, wie gut sie im Schauspielern geworden ist. Niemals hätte sie das von sich gedacht. Nicht hier. Im Gerichtssaal, ja. Aber nicht in ihrem privaten Leben.

»Emilia, hast du mir zugehört?«

Fragend blickt sie ihn an. »Entschuldige, ich war in Gedanken.«

»Und was waren das für Gedanken?«

»Nicht so wichtig. Ich hatte nur überlegt, ob ich uns etwas Besonderes kochen soll.« Sein durchdringender Blick macht sie nervös. Sie reibt ihre verschwitzten Hände an ihrer Jeans.

»Das ist lieb von dir, aber ich habe gerade gefragt, ob wir eine Segelpartie wagen wollen. Was meinst du? Heute ist es ideal, die letzte Chance, bevor der Winter kommt. Ich weiß doch, wie sehr du das Segeln liebst. Ich hab Champagner und ein paar kleine Leckereien besorgt.« Er neigt den Kopf und verzieht die Lippen zu einem Grinsen.

Ja, auch daran erinnert sie sich: Ihre erste intime Nacht in Schweden verbrachten sie auf dem Boot. Unruhe kriecht an ihr hoch. Das ist es also. Das ist seine Lösung, sein Plan: sie auf dem Boot mit ihm allein. Warum hilft ihr niemand? Warum ruft Alma nicht an, mit einem Ergebnis, wer Nicolas wirklich ist? Warum kommt jetzt die Kommissarin nicht vorbei?

»Em? Was ist? Wollen wir?«

Sie hasst es mittlerweile, wenn er die Kurzform ihres Namens sagt. Nur Charlie durfte das, und Clara. Bei dem Gedanken an Charlie ist sie den Tränen nahe, schnell wendet sie den Blick zum Fenster. Die Zweige der Birken wiegen sich im Wind. »Ein Sturm ist im Anmarsch. Ich glaub, es ist besser, wir verschieben das.«

»Bis der Sturm kommt, sind wir längst wieder zu Hause. Bitte, ich hab mich den ganzen Tag darauf gefreut. Außerdem bist du eine exzellente Seglerin.«

Ihr schnürt es die Kehle zu. Sie will das nicht. Dafür hat sie nicht genug Mut. Sie weiß, was er vorhat, aber so will sie es nicht, nicht nach seinen Regeln.

»Charlie wäre mit Sicherheit raus aufs Meer gesegelt und hätte dem Sturm die Stirn geboten.«

»Warum sagst du das jetzt?«

»Ich weiß nicht, vielleicht, um dich daran zu erinnern, dass es ein Leben gibt. Du musst endlich von deiner Trauer um ihn wegkommen. Charlie hätte es auch gewollt. Er hat dich als starke Frau bezeichnet. Jedenfalls sagte er mir das, bevor wir zur Jagd aufbrachen.«

Ihr bleibt die Luft weg. Sie möchte ihn anschreien und ihm ins Gesicht sagen, dass er ein Lügner und ein Mörder ist. Aber sie schluckt dieses Gefühl der Wut herunter. *Sei ganz Anwältin, strukturiert, fokussiert auf den Fall.* Ja, sie sollte es als einen Fall betrachten. Auch wenn es ihr schwerfällt, denn sie könnte dabei sterben. Oder aber die Wahrheit und Beweise aus ihm herauslocken. Ihre Chancen stehen fifty-fifty. »Also gut. Du hast mich überredet.«

* * *

Forsch lenkt Smilla den Wagen durch den Stockholmer Feierabendverkehr. Sie stellt das Radio an. Ihre Finger trommeln den Rhythmus eines Songs von Simply Red auf das Lenkrad. Am liebsten würde sie die Textzeilen laut singen. Doch das traut sie sich nicht. Sie verdreht die Augen. Wer in Gottes Namen wird sie schon hören, wenn sie falsch singt? Sie grinst verschmitzt und singt in den schiefsten Tönen den Refrain mit: *Money's too tight to mention. Oh money, money, money, money. Money's too tight to mention.* Mittendrin hört sie auf zu singen, stellt das Radio leiser. Bevor sie das Büro verlassen hatte, hatte ihr Melvin seine magere Ausbeute über Nicolas Ferber gereicht. Nichts hat er herausbekommen. Jedenfalls nichts über den Nicolas, den sie kennengelernt hat. Irgendetwas ist faul an ihm. Sie hofft, dass sie falschliegt, aber ihr Gefühl sagt das Gegenteil.

Schnellen Schrittes geht sie auf das Haus zu. Immer wieder gleiten ihre Augen über das Grundstück bis hin zum Meer. Melvin hat recht, es ist schön hier. Für einen Moment gibt sie sich der Idee hin, vielleicht doch der Stadt den Rücken zu kehren. »Quatsch«, murmelt sie und drückt auf den Klingelknopf an der Haustür und vergräbt die Hände in den Hosentaschen. Nichts. Sie klingelt erneut, tritt einen Schritt zurück und sieht nach oben zum ersten Stock. Dann umrundet sie das Haus. Kein Auto steht im Carport. Während sie ihr Smartphone aus der Innentasche ihres Jacketts zieht, bewegen sich ihre Lippen hektisch von rechts nach links. Sie wählt Emilias Nummer, doch nur die Mailbox springt an. Smilla hinterlässt eine kurze Nachricht. »Hm …«, brummelt sie erneut und bewegt sich zögernd auf ihren Wagen zu. Immer wieder blickt sie zum Haus zurück. Der Wind hat zugenommen und lässt die nackten Zweige der Birke wild aneinanderschlagen. Sie wird es später noch einmal versuchen. Bevor sie in ihr Auto steigt, sieht sie zum Meer herüber. »Schöner Ausblick«, murmelt sie und wundert sich über das Segelboot, das Kurs auf das offene Meer nimmt.

33. Kapitel

Die Sonne steht tief, taucht den Himmel in ein unendliches rotviolettes Farbspektrum.

Das Meer ist unruhig, so wie Emilia, die sich darauf konzentriert, Nicolas und sein Verhalten nicht aus den Augen zu lassen. Mit routinierten Handgriffen setzt sie die Segel. Der Wind zerrt an der Takelage. Schnell nimmt das Boot Fahrt auf.

Die frische Brise lässt ihr Haar tanzen. Sie stülpt die Kapuze ihrer Öljacke über den Kopf, für einen Moment genießt sie den Wind, die Kraft, die er hat, und den Geruch des Meeres. Freiheit. Sorglosigkeit. Wie sehr würde sie es genießen, wenn sie allein hier wäre.

»Em, das ist toll! Wir fliegen, nur wir beide, auf den Horizont zu!«

Sie lacht erfrischend, blendet aus, warum sie hier sind. Sieht zu ihm, wie er die Reling fest umklammert, den Blick nach vorn gerichtet, die Gischt hat sein Haar durchnässt. Er sieht sexy aus. Doch ihre Ernüchterung folgt auf dem Fuße. Alles nur Show. Schöner Schein, der schnell verblasst.

Das Ufer ist zu einer schmalen Silhouette geworden. Vor ihnen nur noch das Meer. Emilia kneift die Augen zusammen.

Weit draußen kommt eine dunkle Front auf sie zu. »Nicolas, lass uns umkehren!«

Er folgt ihrem Blick. »Noch nicht, wir haben Zeit. Hol das Segel ein.« Ohne weitere Erklärung verschwindet er in der Kajüte. Immer wieder sieht sie zu den schwarzen Wolken vor ihnen. Ihr Verstand sagt ihr, sie sollten umkehren, aber da ist auch die Neugier. Was hat er vor? Ein lauter scharfer Knall lässt sie zusammenzucken. Kurz darauf erscheint Nicolas mit zwei Gläsern in der Hand. Drückt ihr eines in die Hand. »Warte, ich hab noch etwas vergessen.« Während sie den Geräuschen aus der Kajüte lauscht, riecht sie an dem Champagner.

»Halt, noch nicht trinken.«

Erschrocken starrt sie ihn an. Bemerkt das Tablett in seiner Hand.

»Hier, die versprochenen Leckereien. Lachs. Kaviar. Krebsfleisch. Das liebst du doch, oder?«

»Ja, und es war genau das, was du auch schon bei unserer ersten Bootsfahrt eingepackt hast, weil Charlie es dir verraten hatte.« Das Lächeln fällt ihr schwer. Sie wartet ab, was als Nächstes passiert. Der Wind hat nachgelassen. Kein gutes Zeichen – die Ruhe vor dem Sturm. Doch diesmal sagt sie nichts. Ihre Hand gleitet in die Tasche der Öljacke. Fest umklammert sie das Diktiergerät. Es fühlt sich vertraut an und verleiht ihr Stärke. Blind tasten ihre Finger darüber … zum Aufnahme-Schalter. Sie hofft, ihr Plan wird aufgehen.

Nicolas stellt das Tablett ab, macht einen Schritt auf sie zu. »Ich möchte mit dir auf die Zukunft anstoßen.«

»Haben wir denn eine Zukunft?«

»Natürlich.« Zärtlich streicht er mit den Fingern über ihre Wange. »Du solltest dich mehr entspannen, vielleicht hilft ja der Champagner. Cheers, auf uns.«

»Moment! In Schweden haben wir ein Ritual: Wenn sich zwei Menschen lieben und auf ihre Zukunft trinken, dann tauschen sie die Gläser.« Sie hofft, dass er die Lüge schluckt.

»Und wie sieht es mit dem Essen aus? Füttern die Schweden sich auch gegenseitig?« Sein Ton ist barsch. Jetzt weiß sie, dass in ihrem Glas nicht nur Champagner ist. Sie legt den Kopf in den Nacken und lacht. In ihren Ohren klingt es falsch. Sie schaut ihn an, versucht, in seiner Miene etwas zu erkennen, das ihr hilft, den richtigen Weg einzuschlagen. Doch da ist nichts. »Nein, aber eigentlich eine gute Idee. Lassen wir die alten Sprüche.«

Aus dem Augenwinkel sieht sie die Front immer näher rücken. Sie spürt unter ihren Füßen, wie das Meer unruhig wird. Emilia legt die Hand auf seine Brust, ist ihm ganz nah. Atmet seinen Duft ein, den sie immer so betörend fand. Nie hat sie einen Mann so sehr geliebt wie ihn.

Ihre Körper wanken im Rhythmus mit dem Meer. Das Flattern des Segels wird stärker. Ihr bleibt nicht mehr viel Zeit. »Bevor wir auf unsere Zukunft anstoßen, möchte ich eines von dir wissen: Hast du Charlie umgebracht – und Hanna Lindqvist? Und was ist mit mir, wirst du mich töten?«

Konsterniert weicht er zurück. »Was soll das?«

»Es ist genau das, was mich beschäftigt, und ich möchte eine Antwort.«

Missmutig blickt er zum Himmel, atmet er tief ein und aus. »Wie kannst du nur so etwas denken? Nein, ich habe Charlie nicht getötet, und ich kenne keine Frau mit dem Namen Hanna. Und warum sollte ich dich töten wollen?«

»Weil du, wenn ich sterbe, alles erben wirst.« Provozierend geht sie auf ihn zu. »Aber du hast dich verschätzt. Ich habe mit dem Familienanwalt telefoniert und es ändern lassen.«

»Was für Gedanken hast du bloß? Du bist doch irre!«

Er hat recht. Aber nicht so irre, wie er denkt. Dennoch weiß sie, dass sie ihn gereizt hat und nicht wie erhofft ein Geständnis oder eine Zustimmung bekommt. Und jetzt hat sie keinen Plan, wie es weitergehen wird.

Nicolas reißt das Glas aus ihrer Hand und leert es in einem Zug. »Zufrieden?« Er beugt sich zu ihr. »Glaubst du wirklich, ich würde dir etwas antun? Wie kleingeistig. So hab ich dich nicht eingeschätzt.« Er dreht ihr den Rücken zu. Hat sie sich getäuscht, hat sie die falschen Schlüsse gezogen? Nein. Er ist gut. Wäre die Situation eine andere, würde sie ihm Achtung zollen für sein Talent. Aber auch sie ist gut. »Nicolas, es tut mir leid. Bitte, ich … ich weiß nicht mehr, was ich denken soll.«

Ruckartig wendet er sich zu ihr. »Okay, ich verstehe, du hast einiges durchgemacht, und ich war egoistisch.« Resignierend hebt er die Hände. Er wirkt zerbrechlich wie eine Glasfigur. Emilia erinnert sich, wie er von Georg, seinem Hamster erzählte, von seinen Geschwistern und dem Vater. War das auch alles Lüge? Aufmerksam sieht sie ihn an. Er wirkt nicht benebelt nach dem Champagner, in dem sie die Pillen vermutet hat. Hat sie sich das alles nur eingebildet?

»Lass uns von vorn anfangen. Bitte.« Seine Stimme ist leise, Hilflosigkeit schwingt darin mit.

Für einen Augenblick streifen sie Zweifel an ihrem Vorhaben. *Er spielt mit dir. Und genießt es.*

Fest sieht sie ihn an. »Ja.« Sie prostet ihm zu, stürzt den Champagner herunter und hält seinem Blick stand. Für eine Weile schweigen sie.

»Wir schaffen das, Emilia. Wir beide gehören zusammen. Oder siehst du das anders?«

Sag etwas, irgendwas Aufmunterndes. »Die Zeit wird es zeigen.« Ihre Zunge ist schwer und klebrig. Sie verträgt den Alkohol nicht, und schon gar nicht Champagner. Trocken schluckt sie.

Erleichtert atmet er auf, sieht zu der dunklen Wand hinüber, die bedrohlich nah ist. »Das wird heftig.«

Emilia folgt seinem Blick, kneift die Augen zusammen. »Wir sollten umkehren.« Sie fühlt sich schläfrig, und im Grunde ist es ihr egal, ob der Sturm kommt oder nicht. Sie muss sich hinlegen.

Sie wankt zur Kajüte. Stolpert und landet hart auf dem Boden. Der Schock darüber setzt kurzweilig Adrenalin in ihr frei. In Sekundenschnelle reagiert ihr Bewusstsein. Champagner. Müdigkeit. Er hat sie betrogen, überlistet. Mechanisch wandert ihr Finger in den Mund. Der Würgereflex will nicht funktionieren. Immer tiefer steckt sie den Finger in den Schlund, bis sie endlich den Brechreiz spürt.

»Em, was ist los? Ist dir der Champagner nicht bekommen? Oh, ich verstehe, du wolltest ja unbedingt meinen trinken.« Er hockt sich zu ihr, neigt den Kopf. »Armes Mädchen. Dachtest du, du könntest mich reinlegen?«

Sie hebt ihren Kopf. »Unterschätz mich nicht«, lallt sie, während sie versucht, sich aufzurichten.

»Ich weiß, du bist eine Kämpferin. Und du bist schlau. Das hat alles sehr erschwert. Aber am Ende habe ich dich mit deinen eigenen Waffen geschlagen.«

Emilia wischt sich mit dem Handrücken über den Mund. »Vielleicht hast du das.« Sie wankt – und nicht nur wegen der Pillen, das Meer spielt mit dem Boot. *Ich muss die Segel reffen und den Motor anschmeißen, um dem Sturm zu entkommen.* Emilia will sich an ihm vorbeidrängen, doch er ist schneller als sie und versperrt ihr den Weg. »Wir müssen die Segel einholen. Der Sturm …«

»Ach Emilia, das hat Zeit.«

Und ohne jeden Übergang ist ihre Angst wieder da, ganz sachte steigt sie auf und blockiert ihr Denken. »Was passiert als Nächstes?«

Nachdenklich sieht er sie an. »Nun, du wirst über Bord gehen. Der Sturm, verstehst du? Sieh mich nicht so an, als wäre ich ein Volltrottel.«

Er geht einen Schritt auf sie zu und Emilia weicht zurück. Sein Finger bohrt sich gegen ihre Brust. »Ich kann auch segeln, genau wie du. Das hab ich in Spanien gelernt. Von einer entzückenden Frau. Sie war sehr temperamentvoll und hat mir jeden Fehler aufgezeigt.« Ein verträumtes Aufblitzen in seinen Augen, das so schnell, wie es kam, auch wieder verschwindet. »Ich wusste, dass der Sturm kommen wird.« Er hebt seinen Kopf und sieht aus der Luke der Kajüte. »Ach, wie ich mich freue. Ich mag Sturm. Komm, lass uns die Show ansehen.« Er reicht ihr die Hand.

Emilia bleibt starr stehen. »Nein, ich werde nicht mit dir da rausgehen.«

Lachend legt er den Kopf in den Nacken. Ohne Vorwarnung greift er blitzschnell nach ihrem Arm und zieht sie zu sich heran. »Ob du willst oder nicht, wir gehen jetzt raus.« Emilia wehrt sich gegen seinen harten Griff. Ihre Augen hetzen durch die Kajüte, suchen nach etwas, das sie ihm über den Schädel ziehen kann, etwas, das sie ihm in den Bauch rammen will. Ihre Angst geht in Panik über. Für den Bruchteil einer Sekunde wünscht sie sich, sie hätte die Pillen nicht erbrochen. Das Boot rollt mit den Wellen auf und ab. Das unruhige Flattern der Segel dringt zu ihr. Es wird nicht lange dauern, bis der Sturm sie erreicht hat. Sie muss handeln. Irgendetwas tun. Sie gibt nach.

Regen peitscht ihr ins Gesicht. Macht sie blind.

»WOW! Ist das nicht grandios!«, brüllt Nicolas siegesgewiss gegen den Wind. Seine Hand umklammert fest ihren Arm.

»Wie willst du es anstellen?« Der Sturm verschluckt ihre Worte.

»Was? Ich versteh dich nicht!«

Sie beugt sich vor. »Wie willst du mich umbringen?«

»Ich werde dich über Bord werfen. Dann schmeiß ich den Motor an, und wenn ich sicher bin, dass niemand dich findet, rufe ich über Funk die Küstenwache.«

»Guter Plan.« Eiseskälte jagt ihr den Rücken herunter.

»Danke, ich weiß deine Zustimmung zu schätzen.« Er presst sie eng an sich. Stutzt. Tastet ihre Öljacke ab. Emilia dreht und wendet sich, will sich aus seinem Griff herauswinden. Doch er ist zu stark für sie. Seine Hand gleitet in die Tasche der Öljacke und zieht das Diktiergerät hervor. »Du kleines Miststück.« Eingehend betrachtet er es und wirft es über Bord. »Das wirst du nicht mehr brauchen. Und übrigens … die Geschichte mit dem Anwalt. Auch ich hab ihn angerufen.« Er grinst sie unverschämt an. »Tja, was soll ich sagen, er ist im Urlaub. Aber das weißt du ja.«

»Nein, ich habe mit ihm gesprochen.«

»Netter Versuch. Seine Sekretärin hat mir versichert, dass er sich melden wird, sobald er aus dem Urlaub zurück ist – und dass sie dir das ebenfalls schon gesagt habe.«

Sie mustern sich. Emilia wird schlagartig klar, dass sie verloren hat. Sie hat ein Spiel gespielt, das sie nicht so gut beherrscht wie er. Sie will nicht sterben. Nicht hier, und schon gar nicht so, dass er es bestimmt. Sie bäumt sich gegen seinen Griff, tritt mit den Beinen nach ihm.

Ein Ruck geht durch das Boot, lässt es auf einer Welle tanzen. Automatisch lässt Nicolas ihre Arme los, um sich an der Reling festzuhalten. Emilia nutzt die Gelegenheit und stemmt sich gegen den Wind, hangelt sich auf die andere Seite des Bootes. Ihre Hände krallen sich an der Reling fest. Sie muss von hier weg, aber wohin? Das Meer wird sie verschlucken. Sie will nicht sterben. Die Ausweglosigkeit lähmt sie. »Warum tust du das alles?«

»Das ist eine ziemlich dämliche Frage, was denkst du denn? Geld, Land, Immobilien. Das ist es, was ich immer wollte. Und du hast es.« Er wankt auf sie zu, sie weicht ihm aus. »Verdammt, Emilia, mach es uns nicht so schwer. Du bist selbst schuld, dass du dich übergeben hast. Es wäre einfacher für dich gewesen.« Er sieht sie eindringlich an. »Und auch an Charlies Tod bist du schuld. Er hätte nicht sterben müssen, wenn du mir verraten hättest, dass du schon alles geerbt hast. Und der dämliche Kater musste bloß dran glauben, weil ich dir wehtun wollte. Jetzt kennst du die Wahrheit.«

Wie gelähmt starrt sie ihn an. Er hat ihr tatsächlich alles genommen, was sie liebte. Und dann dieses Gefühl, das er ihr eingepflanzt hat. Schuld. Schuld daran, dass alles, was sie liebte, zerstört wurde. Sie will es nicht zulassen. Nein, er ist es gewesen, der ihr Leben zerstört hat.

Grelle Blitze zucken durch die blauschwarzen Wolken. Erhellen für Sekunden sein höhnisch grinsendes Gesicht. »Du bist wahnsinnig!«, brüllt sie aus Leibeskräften gegen den Sturm.

»Ja, das haben mir schon einige Menschen gesagt.« Da ist wieder sein widerwärtiges Lachen. Es schürt ihre Wut, ihren Hass. Schritt für Schritt bewegt sie sich zu dem Steuerrad. Lässt ihn nicht aus den Augen. Es ist ihre Chance, vielleicht die einzige, die sie hat. Sie öffnet den Kasten neben dem Steuerrad, tastet den feuchten Hohlraum ab, bis sie sie in der Hand hat. Mit beiden Händen umklammert Emilia die Leuchtpistole. Richtet sie auf ihn. Sein Lachen verstummt. »Runter in die Kajüte!«

»Und wenn ich es nicht tue?«

»Dann werde ich auf dich schießen, und glaub mir, das ist nicht angenehm.«

»Dazu fehlt dir der Mut.«

»Finde es heraus.« Er hat recht. Mut war noch nie ihre Stärke. Aber das ändert sich gerade. »Los, beweg dich.«

»Soll ich die Hände heben?«

»Mir egal.«

Er wendet sich grinsend um und schlingert zur Kajüte. Ihr ist übel vor Aufregung. Sie bekommt kaum Luft und das

Schwanken des Bootes macht sie nervös. Ein greller Blitz jagt durch den Himmel, gefolgt von ohrenbetäubendem Donner. Vor Schreck schreit sie auf.

Es geht alles so schnell, plötzlich liegt sie am Boden, Nicolas auf ihr, die Leuchtpistole gleitet ihr aus der Hand, sie windet sich unter ihm, will an die Pistole gelangen, die nur wenige Zentimeter vor ihr am Bootsrand liegt. Sie spürt den Griff an ihren Beinen. Unkontrolliert tritt sie nach hinten, trifft ihn am Schienbein.

»Lass gut sein, Emilia!«, brüllt er wutverzerrt.

»Dann lass mich los!«

Emilia rappelt sich hoch, taumelt gegen den Mast, als er sie plötzlich loslässt. Schwer atmend umklammert sie das nasse Segel. Was jetzt? *Denk nach. Denk nach. Beeil dich.* Die Wellen werden höher. Wenn sie jetzt nicht den Motor anschmeißt und die Segel setzt, werden sie kentern. Und das will sie nicht. Nie wieder will sie in seiner Nähe sein. Sie muss es tun, sie muss es versuchen und hoffen, dass es funktioniert.

Ihre klammen Finger nesteln an der Vertäuung des Segels. Der Wind erfasst es sofort, spielt mit ihm und der Baum schwingt mit unkontrollierter Wucht hin und her. Sie duckt sich, doch Nicolas reagiert zu spät. Mit Schwung wird er über Bord geschleudert.

Emilia stürzt zur Reling, ihr Herz hämmert vor Aufregung, während sie auf das aufgewühlte dunkle Wasser stiert. Es hat funktioniert. Er ist weg. Das Meer hat ihn verschluckt. In ihr ist ein Vielerlei an Gefühlen, die sich rasend schnell abwechseln. Angst und Schuld wirbeln in ihr herum. Aber kein Glücksgefühl und auch keine Euphorie. Vielleicht Erleichterung. Vielleicht.

Die Gischt einer hohen Welle spritzt ihr ins Gesicht und erinnert sie daran, dass sie sich beeilen muss. In dem Moment, als sie sich abwenden will, sieht sie, wie ein Arm aus dem Kamm einer Welle herausragt.

Der Wind verzerrt ihren Namen, den Nicolas panisch ruft. Keine fünf Meter von ihr entfernt bewegt sich sein Körper im Rhythmus der Welle. »Emilia! Hier! Ich bin hier! Hilf mir!«

Sie schluckt. Der Anblick, wie Nicolas wild mit den Armen winkt, lässt sie am ganzen Körper zittern. Ihr Atem geht stoßweise. Ihre Gedanken rasen wie Ameisen hin und her. Was soll sie tun? *Sieh genau hin, handle besonnen und urteile gerecht.* »Nicht jetzt, Charlie«, murmelt sie. Doch immer wieder hört sie seine Worte im Inneren ihres Kopfes. Sie nimmt den Rettungsring. Zielt.

»So ist es gut. Ja, wirf mir den Ring rüber. Wir beide schaffen das. Emilia, ich liebe dich!« Sie zögert. Blickt zu ihm. Kann sie seine Wut, aber auch seine Angst sehen? Oder bildet sie sich das ein?

»Mach schon! Du kannst mich doch nicht ertrinken lassen! Emilia! Verdammt!«

Der Rettungsring gleitet an Deck.

Während Emilia sich dem Segel zuwendet, summt sie ein Lied, das ihre Mutter oft gesungen hat, wenn sie traurig war.

Kleine Katze, kleine Katze, die kleine süße Katze.
Weißt du das, weißt du das, es wird dunkel in der Nacht.

Sie lässt sich Zeit, auch wenn sie keine hat, der Sturm ist direkt über ihr.

Sie startet den Motor. Navigiert sich durch die Wellen, die sich hoch auftürmen. Dunkel und geheimnisvoll. Sie blickt nicht zurück. Er ist fort. Das Meer ist gerecht gewesen.

Emilia steuert auf die Küste zu. Nicht zu weit, aber nah genug. So wie Nicolas es geplant hat für seine *Tragödie*, ruft sie über Funk die Küstenwache. Gibt ihre Koordinaten durch und schmeißt den Rettungsring ins Wasser.

34. Kapitel

Über den blutroten Himmel ziehen einzelne graue Schleierwolken. Der Sturm hat seine Kraft verloren und das Meer erscheint wie ein glatter Spiegel.

Eng zieht Emilia die Wolldecke um ihre Schultern. Ihre Zähne klappern vor Kälte und Anspannung. Aufmerksam verfolgt sie das Treiben am Anleger, die Anwohner haben schnell mitbekommen, dass ein Unglück geschehen ist.

»So weit ist alles in Ordnung bei Ihnen.« Der junge Notarzt vom Rettungswagen drückt ihr eine heiße Tasse Tee in die Hand. »Möchten Sie mit uns fahren? Im Krankenhaus ist es vielleicht ruhiger.« Er linst zu den Menschen, die neugierig zu ihnen sehen.

»Nein, vielen Dank. Ich möchte hierbleiben und auf das Rettungsboot warten und auf … auf meinen Mann.«

»Das verstehe ich.« Fürsorglich legt er die Hand auf ihre Schulter. »Ich gebe Ihnen ein paar Beruhigungs- und Schlaftabletten, für den Fall …« Er beendet den Satz nicht, und sie ist ihm dankbar dafür. Er ahnt, dass Nicolas nicht gefunden werden wird.

»Emilia!« Völlig außer sich stürmt Clara auf den Rettungswagen zu. Ihre feste Umarmung tut Emilia gut. Für einen Augenblick entspannt sie sich nach all den Strapazen und Ängsten.

»Wie geht es dir?«

Emilia kann nicht antworten. Was soll sie ihrer Freundin sagen? Dass sie erleichtert ist, den Mann getötet zu haben, der sie umbringen wollte, der ihr alles genommen hat, was sie liebte, und dass sie jetzt schon Gewissensbisse hat, weil sie ihn kaltherzig ertrinken ließ?

»Wollen wir nicht lieber zu dir nach Hause? Wir können auch dort warten, bis sie … bis sie mit der Suche fertig sind.«

Entsetzt sieht Emilia zum Meer hinüber. Was hat sie getan?

»Emilia, komm, du musst warme Sachen anziehen, dich ausruhen.« Willenlos lässt Emilia sich führen.

Der wohlige Geruch nach Lilien und Rosen steigt Emilia in die Nase, als sie in die Badewanne steigt. Der Schaum hüllt ihren Körper ein, die Wärme des Wassers entspannt ihre verkrampften Muskeln. Sie schließt die Augen – doch statt der erhofften Ruhe lassen die Bilder, die sie sieht, das Grauen, das sie erlebt hat, aufleben. Sie fragt sich, wie lange es wohl dauern wird, bis sie sie aus dem Kopf bekommt. Sie streicht über den Schaum, der unter ihrer Berührung knisternde Geräusche von sich gibt.

Wie muss Nicolas sich gefühlt haben, als sie ihm nicht an Bord half, sondern sich einfach von ihm entfernte, ohne noch einmal zurückzublicken? Das kalte Wasser, das die Glieder schnell erlahmen lässt, bis die Kraft nachlässt und man einfach ertrinkt, weil keine Luft mehr in die Lungen kommt, nur noch kaltes, salziges Meerwasser.

Emilia gleitet tiefer in das behaglich warme Schaumbad, bis ihr Kopf ganz unter Wasser ist. Sie hält den Atem an, ihre Augen sind geöffnet, winzige Schaumberge gleiten auf der Oberfläche umher und muten aus ihrer Perspektive wie Eisberge an.

Sie hätte ihm helfen müssen.

Ihre Lungen schreien nach Sauerstoff. Der Druck, den Emilia verspürt, ist enorm, der Drang zu atmen unbeschreiblich groß. Das ist der Moment, wenn man den Mund öffnet und atmet. Wasser in die Lungen zieht. Und dann?

Clara dreht den Hahn an der Spüle auf, um den Wasserkocher zu befüllen. Sie sieht auf, als sie einen Wagen hört, der mit hoher Geschwindigkeit die Auffahrt zum Haus heraufgefahren kommt. Sie stellt den Wasserkocher auf die Arbeitsplatte und eilt zur Tür.

»Gut, dass du so schnell kommen konntest.« Flüchtig umarmt sie Alma, die leichenblass und sichtlich mitgenommen ist.

»Hat man ihn gefunden? Wo ist Emilia, wie geht es ihr?« Alma geht direkt in das Wohnzimmer, in dem der Kamin angeheizt ist und angenehme Wärme versprüht.

»Alma, beruhige dich. Emilia nimmt ein Bad. Sie ist total fertig. Wie schrecklich ist das alles für sie. Erst ihr Kater, dann Charlie und jetzt Nicolas. Ich an ihrer Stelle würde durchdrehen.«

»Hat man ihn schon gefunden?«

»Nein, noch nicht.« Kopfschüttelnd schlingt Clara die Arme um die Brust. »Ich denke, dass sie ihn nie finden werden. Und das ist auch gut so. Das hätte nicht passieren müssen … Ich fühle mich so schlecht und mach mir Vorwürfe, dass ich nicht die Freundin war, die sie gebraucht hat. Ich hab ihr nicht geglaubt, sondern dir, ich habe dir vertraut, dass du dich kümmern wirst. Aber das hast du nicht.« Erbost sieht sie Alma an, die sich kopfschüttelnd auf den Sessel neben dem Kamin fallen lässt.

»Eine Tragödie. Aber niemand konnte vorhersehen, was passieren würde. Und um dich zu beruhigen, auch ich mache mir Vorwürfe, dass ich nicht schneller agiert habe, sie in eine

Klinik einzuweisen. Reicht dir das?« Nachdenklich sieht Alma dem Flammenspiel zu.

»Scheiße … Willst du Tee?«

Nachdem Clara in die Küche gegangen ist, steht Alma auf, geht zu der Vitrine hinüber und schenkt sich einen Whisky ein. Unkonzentriert stürzt sie ihn herunter. Sie kann das alles nicht mehr ertragen. Was hat Emilia nur angerichtet? Ihre Gedankengänge werden durch das Klappern von Tassen gestört. Beschämt darüber, dass sie hemmungslos den Whisky in sich hineinschüttet, versteckt sie das Glas in ihrer Handtasche. Sie hört Clara, wie sie nach Emilia ruft. Erneutes Rufen, dann eilige Schritte die Treppe hinauf.

Alarmiert geht Alma in den Flur hinaus. »Was ist los?« Doch sie bekommt keine Antwort.

Nackt und zitternd sitzt Emilia auf dem Wannenrand, das Wasser tropft aus ihrem Haar auf den weißen Fliesenboden. Sie musste Luft holen, sie konnte dieses nach Lilien und Rosen duftende Wasser nicht einatmen. Sie war zu feige.

Clara legt ihr ein Handtuch um die Schultern. »Alma ist da. Ich hab Feuer im Kamin gemacht und deinen Lieblingstee gekocht.« Sie lächelt Emilia aufmunternd an. »Wenn ich jetzt sage, alles wird gut, ist es eine Lüge. Aber glaub mir, die Zeit heilt alle Wunden.«

Müde sieht Emilia zu Clara auf. »Vielleicht.«

Der Tee tut ihr gut. Die Wärme des Feuers und die beiden Menschen, die sich rührend um sie kümmern, tun ihr gut. Lange schweigen sie, und auch das tut gut, denn Emilia ist sich nicht sicher, was sie ihnen sagen soll. Die Wahrheit?

Sie entscheidet sich für die Lüge.

35. Kapitel

Der nächste Tag

Smillas linke Finger trommeln auf die glatte, graue Schreibtischplatte, in der rechten Hand hält sie einen Becher Kaffee, ihre Augen schweifen über den Bericht der Gerichtsmedizin.

»Morgen, Smilla.«

Ohne den Kopf zu heben, erwidert sie den Gruß, indem sie ihr Trommeln unterbricht und die Hand hebt.

»Was liest du so Interessantes, das du noch nicht einmal aufblickst, geschweige denn etwas sagst?« Melvin setzt sich auf den Besucherstuhl an Smillas Tisch.

Sie verzieht ihren Mund zu einem Grinsen. In den letzten Tagen ist Melvin aufgetaut wie ein Pflänzchen, das dem Winter getrotzt hat. Mittlerweile mag sie ihn und seine Art, die so unverbraucht und frisch ist.

»Die Schilderung der Gerichtsmedizin von Hanna Lindqvist. Sie haben tatsächlich ein paar DNA-Spuren herausfiltern können.« Sie sieht Melvin an. »Wie weit bist du mit deinen Vernehmungen?«

»Es geht so. Niemand will natürlich eine Prostituierte kennen. Zu viel steht auf dem Spiel.«

»Hm … ja, so sind sie, die Herren der Gesellschaft.«

»Hier, hast du das schon gelesen?« Er schiebt ihr die Tageszeitung rüber.

Der Mann der Staatsanwältin Emilia Gustafsson offensichtlich bei Segelpartie ums Leben gekommen.

»Scheiße. Und ich war gestern noch dort, um mit ihr oder ihrem Mann zu reden. Aber sie waren nicht da.« Sie lehnt sich an die Stuhllehne. Ihr fällt das Boot ein, das sie gesehen hatte, als es den Anleger verließ. Sie hatte sich noch gewundert, da doch Sturm angesagt war.

»Was wolltest du bei den Gustafssons?«

»Nichts weiter, nur reden.« Sie schließt die Mappe und schiebt sie zu Melvin. »Wir haben viel zu tun. Also ran an die Arbeit.«

* * *

Durch das vergitterte Fenster des Besucherraums fällt fahles Sonnenlicht auf den grauen Linoleumboden. Der Zeiger der großen runden Wanduhr zeigt eine Minute vor elf. Livia streicht sich eine Strähne ihres dunklen Haares hinter das Ohr, anschließend legt sie die Hände flach auf den Tisch und sieht zur Tür. Für sie ist heute ein wichtiger Tag, und das darf sie mit ihrer impulsiven Art nicht vermasseln. Viel zu oft hat genau diese Art sie in Bedrängnis gebracht.

Das Rasseln von Schlüsseln und leise Stimmen lassen unweigerlich ihr Herz schneller schlagen. Sie will das nicht, sie will nicht aufgeregt sein. Sie schluckt und räuspert sich, als die Tür aufgestoßen wird. Ein misslungenes Lächeln zeigt sich auf ihren Lippen, während sie darauf wartet, dass ihr Verteidiger Casper Hansson auf sie zugeht. Er streckt ihr seine Hand entgegen, und sie springt hastig auf und ergreift sie viel zu schnell und zu fest. Sie ist froh, dass er hier ist und sie endlich mit ihm besprechen kann, wie es weitergeht.

»Hej Livia. Ist das nicht ein wundervoller Morgen nach dem gestrigen Weltuntergang?« Er bemüht sich um ein neutrales Lächeln, während er seine Hand aus ihrer löst, die sie immer noch fest umklammert.

»Ja, einfach fantastisch.« Ihre Stimme flattert. Unruhig sieht sie, wie er die Finger seiner Hand bewegt, die sie wie eine Schraubzwinge festgehalten hatte, wie er seine Aktentasche auf den Tisch legt und sich den Stuhl zurechtrückt.

»Setzen Sie sich.« Er faltet seine malträtierten Hände, legt sie auf die kalte Tischplatte, die voller Flecken von Tausenden Händen ist. »Ich habe eine gute und eine schlechte Nachricht. Welche zuerst?«

»Die schlechte.« Livia wagt es kaum zu atmen.

»Das Wiederaufnahmeverfahren wurde abgelehnt. Wir haben nicht genügend Beweise, die es begründen würden.« Er hebt die Hand. »Bevor Sie losbrüllen, kommt die gute Nachricht. Ich werde weiter daran arbeiten.«

»Und das soll die gute Nachricht gewesen sein? Sie sind ein Vollidiot!« Sie springt auf, der Stuhl fällt krachend zu Boden.

»Beruhigen Sie sich. Sie haben Ihren Mann getötet, so viel steht fest, da gibt es nichts, was wir ändern können. Was die Sache erschwert, ist, dass Ihre sogenannten Freunde Ihnen nicht helfen wollen. Und ich brauche mehr Zeit, um genau diese Freunde zu überzeugen.«

»Scheiße! Das hätten Sie von Anfang an tun müssen!« Sie kocht, und der Dampf muss unbedingt heraus. »Diese verdammte Staatsanwältin ist schuld an allem, sie hat die Zeugen mit ihrer *ach so sauberen Moral* beeinflusst. Und wäre die Richterin nicht gewesen, ich würde hier noch ein paar Jahre länger versauern!« Sie stemmt die Hände in die Hüften und starrt Casper an. »Was ist? Warum sehen Sie mich so an?«

»Nichts. Sie sollten schon einmal anfangen, an Ihrer ungezügelten Art zu arbeiten, das mögen die Gerichte nicht.«

»Und Sie sollten anfangen, sich auf die Opferseite zu schlagen, denn das bin ich gewesen. Ich war ein Opfer von Gewalt.« Sie stützt die Hände auf den Tisch und funkelt ihn an. »Sie sollten sich darum kümmern, dass Frauen nicht wie ein Stück Dreck behandelt werden.«

Casper kneift die Lippen aufeinander. Erhebt sich von dem Stuhl. »Genau aus diesem Grund werde ich Sie weiterhin begleiten, aber anscheinend haben Sie das nicht verstanden.«

Konsterniert runzelt Livia die Stirn. »Ich hätte mir gewünscht, dass Sie das während des Prozesses getan hätten.«

Aufmerksam beäugen sie sich. Livia wird klar, dass er es ehrlich meint, und bereut wie so oft zu spät, was sie gesagt hat. Doch was kann sie gegen ihr Temperament tun? Sie kann nur hoffen, dass die Welt sie so nimmt, wie sie ist. Im Grunde liebt sie das Leben, Menschen, die mit ihr lachen und weinen. Zärtlichkeiten, die ausgetauscht werden, Diskussionen, die ausgetragen werden – und dass man sich anschließend wieder in die Augen sehen kann. So wie jetzt. »Tut mir leid. Wahrscheinlich schlummert das wilde Temperament meiner irischen Vorfahren immer noch in mir …« *Und die Lust auf Vergeltung*, beendet sie den Satz still in ihrem Kopf. Sie reicht ihm die Hand. »Danke.«

»Ich werd alles daransetzen, dass wir ein neues Verfahren bekommen.«

Sie hat ihre Zweifel, doch für den Moment schweigt sie und sieht ihm zu, wie er seine Aktentasche vom Tisch nimmt. Sie stutzt. »Warten Sie, ist das die Tageszeitung?« Sie deutet auf die Zeitung, die aus der Aktentasche lugt. »Darf ich sie sehen?«

Nach kurzem Zögern zieht er sie aus der Tasche und reicht sie ihr.

Livias Augen weiten sich, als sie die Schlagzeile liest.

Der Mann der Staatsanwältin Emilia Gustafsson offensichtlich bei Segelpartie ums Leben gekommen.

»Darf ich die behalten?«

»Livia, die Staatsanwältin ist an Ihrem Problem nicht schuld. Ich bitte Sie inständig, sich nicht auf sie zu fokussieren.«

»Nein, natürlich nicht. Ich bin einfach nur neugierig, was in der Welt so passiert.« Keck grinst sie ihn an.

Der Stift in Livias Hand fliegt über das jungfräuliche Papier. Was für eine Nachricht. Die saubere Staatsanwältin hat gleich zwei Schicksalsschläge hinnehmen müssen. Traurig, aber gerecht, oder? Für einen Augenblick hält Livia inne.

36. Kapitel

Unauffällig sieht Clara auf ihre Armbanduhr. Elf Uhr dreißig. Sie sollte Lara anrufen, die eingesprungen ist, um den Laden zu öffnen.

»Fahr ruhig, ich komm schon klar.« Dankbar legt Emilia die Hand auf Claras Arm. »Ich danke dir, dass du mit mir diese furchtbare Nacht verbracht hast, und auch für dieses exzellente Frühstück.« Sie schiebt den Teller mit den Resten von Rührei von sich. »Außerdem wird Alma kommen, sobald sie ihre Termine verschoben hat. Ich werde also nicht allein sein.«

»Ich sollte bei dir bleiben, wenn … wenn es Neuigkeiten gibt.«

»Ich schaffe das.« Zuversichtlich drückt sie Claras Hand. Sie möchte allein sein. Sie will diese verdammte Lüge, die sie Clara und Alma aufgetischt hat, von sich abstreifen. Noch weiß sie nicht wie, aber es macht sie wahnsinnig zu sehen, wie ihre Freundin ihr beizustehen versucht. Sie, Emilia, ist eine Mörderin, die eine Geschichte erzählt, die nichts mit der Wahrheit zu tun hat. Auch wenn man es als Notwehr interpretieren könnte, wird ihr niemand glauben. Es gibt keine Zeugen. Es gibt nur sie und Nicolas und seine perfekt arrangierten Lügen über ihren angeblichen Tablettenmissbrauch.

»Nein, ich bleib hier. Es ist keine Saison und die paar Kunden kann Lara mit links abfertigen.« Sie nimmt sich die Kanne mit dem Kaffee. »Magst du auch noch?«

Abwehrend hebt Emilia die Hände. »Nein, ich hab genug.« Nervös sieht sie zur Küchenuhr. »Langsam müssten sie sich mal melden.« Sie braucht die Bestätigung, dass sie ihn nicht gefunden haben. Erst dann kann sie wieder klar denken und … ja, was eigentlich? Mit der Schuld leben?

Plötzlich springt sie auf und geht zum Fenster, durch das die Sonne scheint. Krampfhaft versucht der milchige Himmelskörper, Wärme zu spenden, bevor er sich dem Winter beugen muss. Der Kreislauf der Zeit. Alles ist vergessen, wenn sich das Rad der Zeit weitergedreht hat. Wird auch diese schreckliche Zeit, die sie durchmacht, vergessen sein? Kann *sie* sie vergessen?

»Emilia, was auch immer die Suche ergeben wird: Ich bin für dich da.«

Emilia schießen die Tränen in die Augen. Jetzt wäre ein guter Zeitpunkt, um Clara in ihr Geheimnis einzuweihen. Aber wird Clara ihr glauben, wird sie Verständnis haben? Schließlich steht sie als Staatsanwältin für den geraden Weg und die Urteilskraft des Gerichts. Nein. Sie kann nur hoffen, dass niemand etwas davon erfährt.

»Emilia, für dich.« Clara hält ihr das Telefon hin. Sie hat es nicht klingeln gehört, so tief war sie in ihren Gedanken.

Ihre Hand zittert, als sie das Telefon aus Claras Hand nimmt. Sie schließt die Augen, während sie die Nachricht bekommt, dass die Suche eingestellt wird. Sie nehmen an, dass Nicolas nicht mehr am Leben ist. Eine Welle der Erleichterung durchströmt sie. Doch niemand darf es merken. Wie reagiert eine besorgte Ehefrau in solch einem Augenblick? Ihr fällt nichts ein. Am liebsten würde sie alles aus sich herausbrüllen, dass sie an der falschen Stelle gesucht haben, dass sie es war … »Frau

Gustafsson?« Die Stimme am Telefon klingt besorgt. »Suchen Sie weiter«, haucht sie ins Telefon und hofft, dass der zuständige Leiter des Suchtrupps einwilligt.

»Frau Gustafsson, Sie wissen genauso gut wie ich, dass es sinnlos ist.«

»Ich bitte Sie von Herzen, suchen Sie weiter. Ich möchte die Hoffnung nicht zu früh aufgeben. Vielleicht hat er den Rettungsring doch noch erreicht …«

»Wir haben weder den Rettungsring noch Ihren Mann gefunden. Es tut mir leid.« Fest umklammert ihre Hand das Telefon. Ihre Gedanken kreisen und lassen sich nicht aufhalten. Kein Rettungsring … Könnte das bedeuten, dass Nicolas ihn doch erreicht hat? Nein. Das ist unmöglich, oder doch? Sie wendet sich von Claras fragendem Blick ab, sieht wieder aus dem Fenster. Dunkle Wolken haben sich mittlerweile über dem Meer versammelt. Ein ungutes Gefühl beschleicht sie. »Ich möchte, dass Sie weitersuchen.« Diesmal duldet ihre Stimme keinen Widerspruch.

* * *

Sachter Regen perlt an der Fensterscheibe der Küche ab. Das Licht über dem Tisch ist gedämpft. Leise Musik weht aus dem Wohnzimmer zu Emilia, irgendein Violinkonzert. Angestrengt lauscht sie, ob sie es erkennt. Doch ihre Gedanken sind zu sprunghaft, und im Grunde ist es auch egal. Es ist Musik, die sie mag. Sie stellt noch zwei Gläser auf das Tablett, zu den Köttbullar, dem Brot und den Preiselbeeren. Bei dem Anblick wird ihr ganz anders in der Magengegend. Sie liebt Köttbullar, aber heute ist ihr nicht danach. Alma hat darauf bestanden, sie solle etwas essen. Dabei wäre sie so gern allein, vielleicht mit einem Glas Wein und dieser Musik, die aus dem Wohnzimmer klingt.

»Emilia, ich brauch deine Hilfe!«

»Sofort!«, ruft sie, nimmt das Tablett. »Was ist los?«

Dünne Rauchschwaden wabern durch das Wohnzimmer. Alma hockt prustend vor dem Kamin. »Ich stell mich immer zu dumm an. Kannst du mir helfen?«

Lachend stellt Emilia das Tablett auf den Tisch. »Ich dachte, das hättest du längst gelernt. Du hast doch dein halbes Leben in unserem Landhaus verbracht.« Gekonnt schichtet sie die Holzscheite, zwängt altes Zeitungspapier dazwischen und entzündet es mit einem Streichholz. Sofort züngeln die Flammen auf. »Siehst du, ist ganz einfach.«

»Sieht so aus. Ich hab nie begriffen, wie man das macht.«

»Egal, dafür kannst du besser kochen als ich«, sagt sie, während sie das Tablett auf den Tisch stellt. »Ich hoffe, die Köttbullar sind okay.«

Wenig später ist das Feuer heruntergebrannt, die Teller sind leer und der Wein ist ausgetrunken. Sehnsüchtig sieht Emilia zu Alma, die es sich mit angezogenen Beinen auf dem Sofa gemütlich gemacht hat, als wäre sie mit der Welt im Einklang. Dieses Gefühl vermisst sie, spürt eine Leere. »Was denkst du?«, fragt sie leise.

Alma atmet tief durch. Verändert ihre Sitzposition und blickt sie ernst an. »Was ist wirklich auf dem Boot passiert?«

Die Frage kommt so unvermittelt, dass Emilia aufspringt und noch ein Scheit Holz auf die Glut wirft. Sie braucht Zeit. Wartet, bis es Feuer gefangen hat, bevor sie sich zu Alma umdreht. »Das, was ich gesagt hab. Wir haben uns versöhnt, bemerkten nicht, dass der Sturm heftiger wurde. Und dann geriet alles außer Kontrolle.«

»Ja, das hast du gesagt. Emilia, ich will dir helfen.«

»Da gibt es nichts, was du für mich tun kannst.«

Alma erhebt sich, geht auf sie zu und legt die Hand auf Emilias Arm. »Ich glaube nicht, dass es so war. Deshalb biete ich dir meine Hilfe an.«

Entsetzt und außer sich, schüttelt Emilia Almas Hand ab. »Ich bitte dich, du glaubst doch nicht im Ernst, dass ich … oh Alma, das kann nicht sein.«

»Ich kenne dich, seit du ein kleines Kind warst, und ja, es fällt mir schwer zu glauben, dass du Nicolas getötet haben könntest. Aber wenn ich mir die letzten Wochen ins Gedächtnis rufe …«

»Du fantasierst dir da etwas zurecht. Vergiss einfach für eine Sekunde, dass du Richterin bist. Ich habe meinen Mann verloren. Ich habe meinen Vater verloren. Mir geht es nicht gut und ich brauch jetzt keine abstrusen Vermutungen deinerseits. Ich brauche Freunde, die mich stützen. Die mir Mut zusprechen und mit mir hoffen, dass Nicolas gefunden wird. Das ist für mich im Moment das Wichtigste.«

Die Luft ist stickig. »Ich möchte, dass du gehst.« Ohne Almas Antwort abzuwarten, stürmt sie aus dem Zimmer.

Heftig schließt sie die Schlafzimmertür hinter sich. Ihr ist kalt und heiß zugleich. So fühlt sich das also an, wenn man lügt und darin nicht geübt ist. Unruhig wandert sie auf und ab. Was soll sie tun? Sie hat sich in eine Situation gebracht, die sie nicht bewältigen kann. Sie schlägt die Hände vors Gesicht. Sie will die Bilder nicht sehen, wie sie das Segel löst, wie sie Nicolas zurücklässt, wie Alma ihr die Hand gereicht hat, um ihr zu helfen, und sie sie ausgeschlagen hat. Der Kloß in ihrem Magen schwillt an. Wie soll sie damit leben? Kann sie es?

Sie hört Almas Wagen, der langsam davonfährt.

37. Kapitel

Drei Tage später

Emilia zieht die dicke Strickjacke fest um ihren Körper, während sie in ihrem Garten steht und aufs Merr schaut. Der frühe Morgen ist kühl und neblig. Sie liebt diese Stimmung, wenn der Nebel die Welt einhüllt, die Gerüche und Geräusche darin einschweißt. Gestern wurde die Suche offiziell abgebrochen. Mit einer Mischung aus Erleichterung und Angst hat sie die Nachricht aufgenommen. Aber auch mit Trauer, denn sie hat ihn geliebt. Damals, als sich alles so unbeschwert und leicht anfühlte, bevor er ihr Leben zerstörte.

Emilia hüllt sich noch fester in die Jacke, um die Kälte in ihr zu verbannen. Sie muss an die unendlichen Befragungen der Polizei denken, die sie stoisch über sich ergehen ließ. Immer wieder hat sie ihre Version des Geschehens erzählt. Mittlerweile ist sie gut darin geworden, und manchmal ertappt sie sich, dass sie sie ebenfalls glaubt. *Ist es nicht so, wenn du eine Lüge immer wiederholst, dann wird sie irgendwann zur Wahrheit – für dich.* Der Gedanke erschreckt sie.

Sie löst sich vom Anblick der friedlichen Welt, geht ins Haus, um einen Plan zu erarbeiten, wie es jetzt weitergeht.

Mit einem Seufzer wirft sie einen Blick auf den Stapel ungeöffneter Post auf der Küchenzeile. Sie hatte bis jetzt nicht den Wunsch, sie durchzusehen. Vielleicht wäre es ja ein guter Anfang für das neue Leben. Was für ein absurder Gedanke. Sie füllt sich den Becher mit Kaffee und setzt sich mit der Post an den Tisch.

Rechnungen, Werbung, aber auch Zeilen der Anteilnahme von ihren Nachbarn und Kollegen. Es rührt sie an, und wieder macht sich dieses Gefühl der Scham bemerkbar. Sie spült es mit Kaffee herunter und nimmt den letzten Brief vom Stapel. Kein Absender. Na ja, vielleicht jemand, der es einfach nur vergessen hat. Der Brieföffner gleitet mit einem reißenden Geräusch durch den Umschlag. Es ist nur ein Satz, der auf dem weißen Papier steht und sie dazu bringt, den Becher fallen zu lassen.

Wie hat es sich angefühlt, Emilia?

Minutenlang starrt sie auf den Satz, bis er vor ihren Augen verschwimmt. Wer hat das geschrieben? Was soll sie tun, was kann sie tun? Ihr erster Gedanke ist, die Polizei zu rufen, aber was dann? »Beruhige dich, ignoriere es.« Sie erschrickt über ihre eigene Stimme, die heiser und monoton ist. Benimm dich ganz normal, gibt sie sich selbst die Anweisung. Denk an die Anfeindungen nach Livias Verurteilung. Nicht alle waren dir wohlgesonnen.

Mit dem Brief in der Hand geht sie in ihr Arbeitszimmer. Öffnet das Geheimfach des Sekretärs, ein Erbstück ihres Großvaters. Er war verschrien als der strengste Richter Schwedens. Was für eine Ironie, dass er jetzt noch Mitwisser eines Verbrechens wird – und dies aus den Reihen der Familie. Der Gedanke erheitert sie, auch wenn es nur für einen kurzen Augenblick ist.

Sie vergräbt die Hände in den Hosentaschen und überlegt angestrengt, was sie tun kann. Sie darf sich nicht unterkriegen lassen, dann hätte Nicolas am Ende doch gesiegt.

Sie geht zu dem Fenster hinüber. Der Nebel ist noch dichter geworden, man kann keine zwei Meter weit sehen. Emilia lehnt die Stirn an die kühle Scheibe, was wird ihr die Zukunft bringen? Wird sie weiterhin als Staatsanwältin arbeiten und doch noch Richterin werden? Erschöpft reibt sie über ihr Gesicht, es ist nur möglich, wenn sie ihre Lüge aufrechterhält. Und sie ist sich nicht sicher, ob sie das kann. Schon gar nicht nach diesem anonymen Brief.

Heftig zuckt sie zusammen, als ihr Smartphone in der Hosentasche klingelt. »Oh verdammt«, keucht sie vor Schreck, dann sieht sie auf das Display. Sie räuspert sich, streicht über ihr Haar. »Hej Alma.« Seit dem Vorfall vor ein paar Tagen haben sie nicht wieder miteinander gesprochen. Also ist sie nervös.

»Hej Emilia. Ich musste gerade an dich denken und … und dachte, vielleicht hast du Lust auf ein wenig Abwechslung und gutes Essen.«

Emilia zögert nicht lange und sagt zu. Die Abwechslung wird ihr guttun, und vielleicht kann sie mit Alma reden, was ihre Zukunft betrifft. Ein Hauch von Vorfreude auf einen geselligen Abend lässt sie erleichtert aufatmen. Plötzlich sieht die Welt wieder anders aus.

Mit dem Smartphone in der Hand eilt sie die Treppe hinauf. Es ist noch viel Zeit, aber sie will sich hübsch machen, eine Feuchtigkeitsmaske, die Nägel lackieren, was man so macht, wenn man in die Stadt fährt. Während sie in Gedanken ihre Wellness-Session durchgeht, klingelt das Smartphone erneut. »Du willst doch nicht etwa absagen – das kommt überhaupt nicht infrage.« Emilia lauscht. »Alma?« Doch nur ein Atmen ist zu hören, langsam und ruhig.

»Wer ist da?« Sie sieht auf das Display. Unterdrückte Nummer. Sie lauscht erneut. Nur dieses Atmen. »Was soll das?«, faucht sie und legt auf. Ihre Augen fliegen zur Haustür. Abgeschlossen? Nein, sie ist immer offen.

Kopflos rennt sie die Treppe hinunter, verriegelt die Tür. Ihr Herz schlägt wie wild. Sie muss sich beruhigen, alles nur ein purer Zufall. Wahrscheinlich irgendein Kerl, der es liebt, wenn Frauen ihm zuhören, während er … Sie will den Gedanken nicht weiterverfolgen und stapft die Treppe hinauf, um zu tun, was sie sich vorgenommen hat. Wellness.

* * *

Endlich sieht sie die Lichter der Stadt. Emilias Finger, die eisern das Lenkrad umschließen, lockern sich. Die Fahrt war ein Albtraum. Die Sicht gegen null. Je näher sie Stockholm kommt, desto mehr Selbstbewusstsein fühlt sie und die Freude darauf, endlich wieder am Leben teilzunehmen.

Ihre Freude wird noch größer, als sie einen Parkplatz nicht weit von dem Restaurant Ekstedt in der Humlegårdsgatan findet. Ohne Eile geht sie die paar Schritte zu dem Restaurant und bemerkt, wie sie die Stadt vermisst hat.

Tief atmet sie den Duft nach köstlichen Speisen ein, nimmt das Stimmengewirr in sich auf. Leichtfüßig bewegt sie sich zwischen den Tischen auf Alma zu, die ihr zuwinkt. Dann stockt sie. Es ist der Tisch, an dem nach dem Prozess alle zusammen gegessen haben. Als die Welt noch in Ordnung war.

Reiß dich zusammen. Ist einfach Zufall. Und doch sackt ihre Haltung zusammen. Mit gesenktem Kopf geht sie auf Alma zu, die sie mit ausgebreiteten Armen empfängt. »Hej, wie schön, dich zu sehen. Geht es dir gut?«

»Ja, langsam heilen meine Wunden«, haucht sie und drückt Alma noch fester an sich. »Ich bin froh, dass du mich angerufen hast. Sie haben die Suche abgebrochen.«

»Ich weiß«, sagt Alma und löst sich aus der Umarmung. »Ich dachte, du brauchst ein wenig Unterhaltung.« Aufmerksam sieht sie Emilia an. »Das Leben geht weiter, du bist eine starke Frau.«

Bei Almas Worten füllen sich ihre Augen mit Tränen. Wie gern würde sie Alma alles sagen, doch das geht nicht. »Bevor ich jetzt anfange zu heulen, lass uns lieber etwas bestellen.« Mit zitternden Fingern wischt sie die erste Träne fort. »Siehst du, geht schon los.«

»Verstanden«, sagt Alma lächelnd und setzt sich an den Tisch.

Nachdem sie die Bestellung aufgegeben haben und der gekühlte Weißwein vor ihnen steht, löst sich Emilias Anspannung. Sie genießt das Treiben um sich herum, den Wein und Almas Gesellschaft. Für den Moment sind die letzten Wochen und Tage vergessen, die wie eine dunkle, stickige Decke über ihr lagen, unter der sie keine Luft bekam. »Ich möchte wieder arbeiten.« Die Worte kommen einfach so über ihre Lippen.

Sorgfältig stellt Alma ihr Glas auf den Tisch und sieht sie abwägend an. »Das ist keine gute Idee.« Sie beugt sich vor. »Es ist zu früh, die Ermittlungen sind noch nicht abgeschlossen …«

»Aber es war ein Unfall!«, unterbricht Emilia sie. »Auch wenn es keine gute Idee war, bei dem Wetter rauszufahren, um Nicolas' Erfolg zu feiern und unsere kleinen Differenzen beizulegen.«

»Kleine Differenzen? Ich bitte dich, Emilia. Du hast ihn beschuldigt, dass er dir Pillen verabreicht hat, und wenn ich mich recht erinnere, hast du auch gesagt, dass er dir gegenüber gewalttätig wurde und du ihn verdächtigst, dass er – dass er Charlie umgebracht hat.«

Beklommenheit kriecht in ihr hoch. Sie erinnert sich, dass sie Alma in ihren Gedanken einweihte, als sie im Krankenhaus lag. »Ich stand unter Drogen, als ich das sagte.« Sie senkt den Blick und streicht die Tischdecke glatt. »Du hast es mir doch sowieso nicht geglaubt, sonst hättest du dich bei mir gemeldet, um mir die Information über Nicolas zu geben.« Sie reckt ihr Kinn. Sie hatte es verdrängt, es war nicht mehr wichtig. *Ich habe das Problem selbst gelöst.* Ihr kaltherziger Gedanke erschreckt sie.

»Ich hatte nichts über ihn herausbekommen. Und dann war Nicolas plötzlich tot.« Alma kneift die Augen zusammen. »Ich frage dich noch einmal: Was ist wirklich auf dem Boot passiert?«

»Das habe ich dir bereits gesagt.«

»Emilia, ich will dir helfen.« Sie legt die Hand auf Emilias, die immer noch über die Tischdecke streicht. »Bitte, ich bin deine Freundin. Und ich hab deiner Mutter versprochen, auf dich aufzupassen.«

Ruckartig zieht Emilia ihre Hand weg. »Ach ja? Wo warst du, als ich dich gebraucht habe? Als ich dich darum bat, mir zu helfen, mir zu glauben?« Ihre Stimme schwillt an. »Ich habe ihn nicht getötet, das hat der Sturm für mich getan!«

»Beruhige dich.« Alma sieht sich im Restaurant um, das für einen Moment still geworden ist. »Schon gut, ich glaube dir und werde dir helfen. Du kannst auf mich zählen, das bin ich dir und deinen Eltern schuldig.«

Emilia braucht einen Augenblick, bis sie antwortet. »Ist das der Grund für diese Verabredung gewesen? Die Öffentlichkeit, das Publikum, das du so liebst?«

»Was soll das jetzt?« Alma schaut Emilia in die Augen. »Nein, war es nicht. Es war nur die Antwort auf dein Begehren, wieder als Staatsanwältin zu arbeiten. Das geht zurzeit nicht. Du musst dich ruhig verhalten, wie man es von einer trauernden Witwe erwartet.« Sie schenkt sich Wein nach. »Ich rate dir, dich unauffällig zu benehmen, denn wenn du einfach so in den Gerichtssaal trittst, nur eine Woche nachdem dein Mann ertrunken ist, dann weiß ich nicht, was passieren wird.« Sie nimmt einen Schluck Wein und stellt anschließend das Glas energisch auf den Tisch. »Ich kenne die Kommissarin. Sie ist wie ein Terrier, der nicht loslässt.«

Diese Ansprache muss Emilia erst einmal verarbeiten, und die Lust auf ein Abendessen ist ihr gründlich vergangen. »Ich denke, ich fahre jetzt nach Hause.«

»Nein, tu das nicht.« Ihre Augen gleiten durch das Restaurant und bleiben an einem Mann hängen, der nur zwei Tische weiter sitzt. »Jönnsson vom ›Dagens Nyheter‹ ist schon ganz Ohr. Und wir wollen doch nicht das Gespräch in der morgigen Ausgabe sein, oder?«

Widerstandslos schüttelt Emilia den Kopf. Nein, das will sie auf keinen Fall noch einmal erleben. »Also gut, ich bleibe. Aber bitte, lass uns über das Wetter oder sonst irgendein belangloses Thema reden. Mein Bedarf an Aufregung ist für heute gedeckt.«

38. Kapitel

Der Nebel hat sich gelichtet, doch dafür sind die Temperaturen gesunken und die Straßen mit einer dünnen Eisschicht überzogen. Emilia vermeidet es, an das Treffen mit Alma zu denken, sie muss sich konzentrieren, doch es fällt ihr schwer. Mit einer Hand tastet sie nach dem Radio. Sie braucht etwas, das sie ablenkt, etwas Seichtes, Fröhliches. Endlich hat sie was Passendes gefunden.

Sie fährt langsam, und es stört sie nicht im Geringsten, dass ihr immer wieder von den Autos hinter ihr mit der Lichthupe angezeigt wird, dass sie das Tempo erhöhen soll.

Erleichtert atmet sie auf, während sie die Auffahrt zu ihrem Haus entlangfährt. Bis jetzt hat sie es erfolgreich geschafft, nicht über den Abend nachzudenken, doch nun überschlagen sich ihre Gedanken. Was für eine Farce dieses Essen war. Beunruhigend, wie gut Alma sie kennt. Doch sie wird den Teufel tun, ihr zu sagen, dass sie Nicolas nicht die hilfreiche Hand geboten hat, als er über Bord geschleudert wurde.

Sie ist so in Gedanken, dass sie nicht bemerkt, wie sich ein Wagen langsam ihrem Haus nähert, das Abblendlicht ausschaltet und ausrollt.

Bevor sie das Haus betritt, sieht sie noch einmal in den sternenklaren Himmel und atmet tief die kühle Luft ein. Oben im Norden liegt schon Schnee, und es wird nicht lange dauern, dann ist auch hier alles weiß. Noch einmal atmet sie tief ein, sie will die Gedanken – alles, was Alma ihr sagte – abschütteln, bevor sie ins Haus geht. Denn da ist ein anderes Problem, das sie beunruhigt. Der Brief und der anonyme Anrufer.

Sorgsam schließt sie die Tür hinter sich ab. Lauscht in die Stille. Nur das *Ticktack* der Standuhr.

In der Küche macht sie Licht, geht zum Kühlschrank, nimmt sich eine Flasche Wasser und ein Glas aus dem Schrank. Bevor sie das Licht ausknipst, sieht sie sich noch einmal um. Aber da ist nichts Außergewöhnliches, alles an seinem Platz. Und doch beschleicht sie ein Gefühl, dass etwas nicht stimmt. Sie hält inne. Schnuppert. Ein Duft, der ganz fein in der Luft liegt. Sie erkennt ihn sofort. Nicolas. Sein Aftershave.

Unwillkürlich versteift sich ihr Körper, die kleinen Härchen im Nacken richten sich auf. Alles pure Einbildung. Natürlich ist sein Geruch noch anwesend, schließlich hat er hier gelebt. Es liegt nur an diesem Tag und dem Treffen mit Alma, dass sie so überempfindlich ist. Entschieden löscht sie das Licht und geht die Treppe hinauf.

Schwungvoll zieht sie die Vorhänge am Fenster zu, zwingt sich, nicht hinauszusehen. »Alles in Ordnung«, flüstert sie und verkriecht sich unter die Bettdecke. So hat sie es als Kind getan, wenn sie heimlich einen viel zu aufregenden Film gesehen hatte. Unter der Decke hatte sie sich dann einen Traum ausgedacht, lieblich, erheiternd und mit Happy End. Sie bezweifelt, dass es auch jetzt funktioniert.

Unruhig wälzt sie sich im Bett, die ersehnten Bilder bleiben aus, aber dafür das Meer, der Wind, Nicolas' Hand, die er ihr entgegenstreckt, damit sie ihm hilft. Und dann das Geräusch … es passt nicht zu dem Traum.

Das Knarren der Treppe.

Sie schreckt auf. Hektisch sieht sie sich um und lauscht. Hat sie die Tür abgeschlossen? Sie erinnert sich nicht mehr. Ohne die Tür aus den Augen zu lassen, tastet sie nach dem Smartphone auf dem Nachttisch. Wie einen Schatz hält sie es in der Hand, einen Finger auf die Kurzwahl für den Notruf. Jetzt fühlt sie sich sicherer und schleicht zur Tür. Presst ihr Ohr daran. Nichts. Behutsam drückt sie die Klinke herunter.

Abgeschlossen.

Erst jetzt atmet sie die angehaltene Luft aus. Auf Zehenspitzen geht sie zum Fenster, schiebt die Vorhänge ein wenig zur Seite und sieht hinaus. Sie kann nichts Ungewöhnliches erkennen und fragt sich, ob es doch nur ein Streich ihres angespannten Verstands war.

* * *

Müde und lustlos, als hätte ihr irgendjemand jegliche Energie entzogen, fühlt sich Emilia, während sie hinunter in die Küche geht. Ihre Augen suchen auf den Holzstufen nach verdächtigen Spuren. Nichts. »Nur ein verdammter Traum«, sagt sie laut in die Stille des Hauses.

Als sie in die Küche kommt, schließt sie die Augen und zieht geräuschvoll die Luft durch die Nase. Der Duft des Aftershaves ist immer noch da. Warum hat sie ihn nicht schon früher bemerkt?

Sie eilt zu dem Fenster und öffnet es weit, der kühle Wind bläst ihr ins Gesicht. Sofort sind ihre Lebensgeister geweckt, und das fühlt sich gut an.

Entspannt wendet sie sich um, mitten in der Bewegung erstarrt sie. Auf dem Tisch liegt eine Rose in ihrer Lieblingsfarbe Altrosa.

Emilia hält sich die Hand vor den Mund, um den Schrei zu ersticken. Ihr Herz klopft bis zum Hals, sie bekommt kaum Luft. In ihrem Kopf ist Leere. Nichts. Kein Gedanke, der sich realistisch anfühlt. Mit spitzen Fingern nimmt sie die Rose vom Tisch und schmeißt sie in den Mülleimer. Betrachtet die Rose inmitten der Abfälle und fragt sich, wie sie auf den Tisch kam und wer sie dort hingelegt hat.

»Hej Emilia.«

Mit einem lauten Aufschrei wirbelt sie herum. »Clara!«

»Ups, ich wollte dich nicht erschrecken.« Entschuldigend hebt sie die Hände. »Was ist los?«

»Nichts, schon gut.« Emilia schlingt die Arme um ihre Brust. »Wie bist du reingekommen?«

»Wie immer, die Tür war offen.«

»Nein, sie war verschlossen!«

»Die Tür war offen«, erwidert Clara energisch.

»Das kann nicht sein, ich habe sie gestern Nacht zugeschlossen.«

»Vielleicht hast du dich geirrt«, sagt sie leise und blickt Emilia prüfend an. »Du siehst fertig aus – warum hast du mich gestern nicht angerufen? Ich hab in den Nachrichten gesehen, dass sie die Suche abgebrochen haben.«

Emilia senkt den Blick und zupft am Saum ihres Pullovers.

»Ach Emilia, es tut mir leid.«

Emilia kann ihre Freundin nicht ansehen, sonst muss sie heulen.

»Kann ich etwas für dich tun?«, fragt Clara und ergreift Emilias Hände. »Es muss schrecklich sein, wenn man nicht weiß, wo er wirklich ist oder ob er nicht doch eines Tages wieder vor der Tür steht.«

»Wie meinst du das?« Emilia ist plötzlich ganz wach.

»Na, er ist doch nicht gefunden worden. Klar, das Meer ist unberechenbar, aber so wie ich ihn mittlerweile einschätze, ist er das auch.«

Emilia wird flau im Magen. Mit steifen Beinen geht sie zu dem Tisch, stützt sich darauf, bevor sie auf den Stuhl sinkt. Sie sieht Clara an, die sich ihr gegenübersetzt und sie nicht aus den Augen lässt.

»Glaubst du, dass es sein kann, dass er noch lebt?« Ihre Stimme ist ein Flüstern.

Clara lässt sich Zeit mit der Antwort, lehnt sich vor und sieht ihr fest in die Augen. »Das solltest du doch am besten wissen.«

»Wie meinst du das?«

»Komm schon, du weißt ganz genau, wie ich das meine.« Sie holt tief Luft, schließt für eine Sekunde die Augen, um sie dann wieder auf Emilia zu richten. »Du warst da, du hast ihn gesehen, wie er über Bord ging. Du hast gesehen, wie er ertrunken ist.«

»Nein! Nein, das hab ich nicht!« Ihre Stimme ist viel zu schrill. Sie bemüht sich, in ruhigerem Ton weiterzusprechen. »Ich habe dir doch gesagt, wie es war. Ich konnte seine Hand nicht greifen, die Wellen waren so hoch, der Rettungsring ist immer wieder abgetrieben.«

»Na, wenn es so ist, dann besteht natürlich die Möglichkeit, dass er noch lebt, und diese Vorstellung ist schrecklich.« Clara senkt den Blick.

Die Zeit verstreicht, es fühlt sich für Emilia an, als würde sie festkleben. Genau hier in der Küche, an dem Tisch mit Clara, die ihre Angst noch mehr schürt.

Clara wischt sich müde über die Augen. »Diese Kommissarin war bei mir und hat so merkwürdig gefragt. Ich habe versucht, ihren albernen Fragen auszuweichen, ob ihr glücklich wart oder ob es Probleme gab … all das Zeug halt.« Sie räuspert sich, knetet nervös die Finger.

Der Druck auf Emilias Brust raubt ihr nicht nur die Luft, ein starkes Gefühlsgemisch entsteht. Lüge. Versagen. Angst.

Ihr fällt es schwer, Clara anzusehen. »Kannst du dich an die Fragen der Kommissarin erinnern?«

»Na ja, wie ich schon gesagt hab. Sie hat sich für euer Privatleben interessiert. Ich habe nichts von dem gesagt, was du mir erzählt hast. Dass du ihn verdächtigt hast, diese Prostituierte umgebracht zu haben. Und dass du vermutest, dass er auch Charlie …« Sie zupft unentwegt an der Haut ihrer rechten Hand. »Ich hab euch als ein Vorzeigepaar beschrieben. Hoffe, das war dir recht.«

»Ja, war es. Ich danke dir, dass du so loyal bist. Denn wenn ich jetzt eines nicht gebrauchen kann, dann sind es Fragen, auf die ich keine Antwort hab, weil Nicolas tot ist. Und es niemandem mehr nützt zu wissen, ob er mich liebte oder nicht. Oder ob er die Prostituierte getötet hat, oder Charlie …« Die letzten Worte klingen harsch, und sofort lächelt sie Clara wieder an, legt die Hand auf die der Freundin, damit sie mit dem nervösen Zupfen aufhört. »Mach dir nicht zu viele Gedanken, ich schaffe das schon.«

Emilia fragt sich, warum sie sowohl Alma als auch Clara ihre Vermutungen verraten hat. Alles liegt an den Tabletten. Mit klarem Verstand hätte sie so nie gehandelt. Und jetzt kennen zwei Menschen ihre Gedanken und bei näherer Betrachtung ihr Motiv, Nicolas doch getötet zu haben. Die Unruhe, die in ihr aufsteigt, ist beängstigend. Sie will weglaufen, weg von dem, was passiert ist.

Claras Stimme holt sie wieder zurück. »Emilia, das weiß ich. Für mich ist nur wichtig, dass du nicht fähig bist, jemanden zu töten. Auch wenn Nicolas es verdient hätte, nach all dem, was er dir angetan hat.«

»Nein. Das bin ich nicht. Und ich habe ihn nicht getötet.« Und noch mehr Lügen reißen den Boden unter ihren Füßen auf.

Schweigen legt sich wie eine dunkle Wolke über sie.

»Ich geh dann mal.« Sichtlich erleichtert steht Clara auf. »Ach, fast hätt ich die hier vergessen.« Sie nimmt Briefe aus ihrer Umhängetasche und legt sie auf den Tisch. »Ich habe den Briefträger abgefangen.«

Emilia lehnt sich an den Rahmen der Haustür und sieht Clara nach, wie sie beschwingt zu ihrem Wagen geht. Bevor sie einsteigt, winkt sie ihr zu. Emilia erwidert ihr Winken. Was ist nur aus ihr geworden? Sie hat ihre Freundin belogen, ihre einzige. Sie hat die ganze Welt belogen. Sie ist nicht besser als die Kriminellen, die sie hinter Gitter gebracht hat. Livias Worte hallen unaufhörlich durch ihren Kopf. *Ich wünsche dir die Pest an den Hals. Du schicke Anwältin, meinst du, dass du was Besseres bist als ich? Denkst du, dass ich ein Monster bin?*

Sie hebt den Blick zum grauen Himmel. Die erste Schneeflocke in diesem Jahr trifft auf ihre Stirn.

Ermattet setzt sie sich an den Tisch und sieht die Post durch. Es sind nur drei Briefe und sie öffnet den, den sie erwartet hat.

> Ich kenne dein Geheimnis. Niemand wird dir jemals wieder glauben, auch wenn du die Wahrheit sagst.

39. Kapitel

Der nächste Tag

»Livia? Du hast Besuch.«

Livia runzelt die Stirn und sieht fragend die Mittfünfzigerin Nora an. Deren Busen ist so groß, dass sie ihre Füße niemals ohne die Hilfe eines Spiegels sehen kann.

»Ich hab keinen Termin.« Geschäftig legt sie den Stift zur Seite. »Wer ist es?«

Nora atmet tief ein, ihr Busen hebt und senkt sich. »Die Staatsanwältin.« Sie kann sich ein Grinsen nicht verkneifen. »Und ich glaube, ist es dringend.«

»Ich will sie nicht sehen.« Livia verschränkt die Arme vor ihrer Brust, lehnt sich an die Stuhllehne und sieht Nora bockig an. »Sie soll sich mit meinem Anwalt unterhalten.«

»Kind, sei nicht albern. Wenn sie höchstpersönlich hier aufkreuzt, dann hat es was zu bedeuten.«

»Klar, mir noch eins reinzuwürgen, weil ich ihr die Pest an den Hals gewünscht hab und jetzt ihr Vater und ihr Mann tot sind.«

»In Ordnung. Wie du willst.« Kopfschüttelnd geht Nora zur Tür. Im Hinausgehen blickt sie über ihre Schulter. »Ich würde mir das nicht entgehen lassen, aber du musst es ja wissen.«

»Warte.« Livia verzieht die Lippen zu einer schmalen Linie. »Überredet.« Ihre Neugier ist geweckt, und ein kleiner Hoffnungsschimmer, dass die Staatsanwältin sich für ihre Fehleinschätzung entschuldigen will, lässt sie hoffen, dass dieser Spuk bald zu Ende ist.

Emilia hat die Kleidung mit Sorgfalt ausgewählt. Ein legerer Hosenanzug im dunklen Blau, darunter ein cremefarbenes T-Shirt. Dezentes Make-up und die Haare zu einem lockeren Pferdeschwanz gebunden. Sie legt die Handflächen auf den mit Linoleum bezogenen Tisch. Es fühlt sich merkwürdig an, hier zu sitzen. Einsam, vergessen, von der Welt ausgeschlossen. Ihr Blick wandert zur Fensterfront, an der der Schneeregen herunterrinnt. Die Welt da draußen ist dunkel und nass. Und das macht die Stimmung noch trostloser.

Als sie den Schlüssel in der Tür hört, springt sie von dem Stuhl, wischt sich die Hände an der Hose ab, richtet sich auf. Plötzlich ist sie nervös.

Livia bleibt an der Tür stehen, die Hände in der weiten grauen Hose vergraben. Ihr schwarzes Haar ist ebenfalls zu einem Pferdeschwanz gebunden. Sekundenlang sehen sie sich an. Emilia räuspert sich, deutet mit der Hand auf den Stuhl. »Setzen wir uns.«

»Ich bleibe lieber stehen.«

»Gut, dann stehen wir eben.« Sie hat nicht erwartet, dass sie so aufgeregt sein würde, Livia zu sehen. Sie muss sich konzentrieren, den richtigen Ton zu treffen. »Ich bin hier, um Ihnen eine wichtige Frage zu stellen.«

Livia sagt kein Wort, sieht sie nur mit ihren großen blauen Augen an.

»Natürlich verstehe ich, dass Sie mich verachten, weil ich es gewesen bin, die dafür gesorgt hat, dass Sie hier sind.«

Immer noch sagt Livia nichts, nur die Farbe ihrer Augen ist dunkler geworden.

»Also gut.« Emilia geht einen Schritt auf Livia zu und sieht sie mit festem Blick an, so wie sie es im Gerichtssaal tun würde. »Seit dem Segelunfall und dem daraus resultierenden Tod meines Mannes erhalte ich Briefe, anonyme Briefe.«

»Und jetzt denken Sie, die sind von mir?«

»Ich denke gar nichts, es ist nur eine Vermutung.«

»Sie sind echt krank«, schnauft Livia verachtend. »Ich verrate Ihnen jetzt ein Geheimnis. Ja, ich schreibe Briefe an Sie. Aber ich schicke sie nicht ab. Die Briefe helfen mir, meine Angst und auch die Wut zu kontrollieren.« Mit schweren Schritten geht sie zu dem Fenster. Lehnt ihre Stirn an die Scheibe. »Sie haben ja keine Ahnung, wie es ist, hier drin zu sein. Meine besten Jahre verbringe ich hier, weil Sie es so wollten. Sie hatten die Wahl.«

Emilia senkt den Kopf. »Nein, die hatte ich nicht. Sie haben Ihren Mann vorsätzlich getötet. Die Beweise dafür waren eindeutig und Sie haben ein Geständnis abgelegt.«

»Nein! Sie haben es mir aus der Nase gezogen.« Livia wendet sich zu ihr. »Sie wissen doch gar nicht, was ich durchgemacht hab, wie sich das angefühlt hat. Diese Ohnmacht. Niemand, der dir glaubt. Nicht einmal deine beste Freundin, und schon gar nicht die zuständige Behörde.«

»Tut mir leid«, murmelt Emilia. Verunsichert streicht sie sich eine Strähne, die sich aus dem Zopf gelöst hat, hinter das Ohr. Unerwartet kommt dieses Gefühl, Livias Hände zu nehmen, sich mit ihr an den Tisch zu setzen und ihre eigene Geschichte zu erzählen.

»Ist noch was oder sind wir fertig?«

»Wir sind fertig.«

»Und diesmal glauben Sie mir, ohne nachzusehen?«

»Das tue ich.«

Aufrecht bewegt sich Livia auf die Tür zu, drückt den Klingelknopf, wendet sich noch einmal zu Emilia um. »Das mit Ihrem Mann tut mir leid. Sie haben ihn sicher geliebt und Ihre Ehe war noch so jung.« Sie neigt den Kopf zur Seite und blickt Emilia unbeirrt an. »Oder haben Sie sich nicht geliebt?«

»Wie … wie kommen Sie darauf! Natürlich haben wir uns geliebt.« Und wieder kommt ihr die nächste Lüge so schnell von den Lippen.

»Na ja, Ihr Wortlaut: ›Seit dem Segelunfall und dem daraus resultierenden Tod meines Mannes …‹ So redet man nicht vom Tod eines Menschen, den man geliebt hat.«

Emilia will etwas sagen, doch Nora öffnet die Tür und Livia geht, ohne sich noch einmal umzudrehen.

* * *

Monoton bewegen sich die Scheibenwischer von links nach rechts. Emilia ist versucht, ihnen mit den Augen zu folgen, um nicht darüber nachdenken zu müssen, was gerade geschehen ist. Warum hat Livia das gesagt? Merkt man ihr an, dass sie Nicolas nicht geholfen hat? *Sag es, sag es laut. Umgebracht. Getötet.* Nein, das kann sie nicht. Sie stellt das Radio an, lauscht der Musik, ohne sie wahrzunehmen. Ihre Gedanken hören nicht auf, sich wie ein Brummkreisel zu drehen. Wer hat ihr die Briefe geschickt, wer war in ihrem Haus, wer weiß von dem, was sie getan hat?

Emilia parkt den Wagen. Bleibt einen Moment darin sitzen und sieht zu ihrem Haus. Auf dem Dach liegt der graue Schneematsch, offensichtlich hat sie das Licht in den Zimmern angelassen, deren warmer Schein durch die Fenster leuchtet. Es sieht so anheimelnd und einladend aus, ein Ort der Zuflucht vor der Welt, die von Gewalt bestimmt wird.

Mit gesenktem Kopf eilt sie auf die Haustür zu, der Schneematsch dringt durch ihre kostbaren Lederschuhe, ein paar gelöste Haarsträhnen kleben an ihren Wangen. Ihr Herz klopft im Stakkato, während sie die Tür aufschließt und hindurchschlüpft. Ihre Augen hetzen durch den Flur hinauf zur Treppe. Sie lauscht. Nichts. Auf Zehenspitzen geht sie in die Küche, auch hier ist alles so, wie sie es verlassen hat. Dann geht sie ins Wohnzimmer, alles wie immer. Allmählich entspannt sie sich.

Sie streift die Schuhe ab, hängt die Jacke an der Garderobe auf, sieht in den Spiegel und erschrickt über ihr Aussehen. Blasse Haut, dunkle Ringe unter den Augen, das Haar klebt an ihrem Kopf. Erschöpft reibt sie sich mit den Händen über das Gesicht. Sie fühlt sich alleingelassen mit ihren Sorgen und dem, was passiert ist. »Selbst schuld«, sagt sie mit gedämpfter Stimme und geht in die Küche.

Mit Schwung öffnet sie den Kühlschrank und holt eine angebrochene Flasche Weißwein heraus, füllt sich ein Glas und geht damit nach oben.

Während das Badewasser läuft, trinkt sie in kleinen Schlucken den Wein, und die Entspannung setzt sofort ein. Das hat sie gebraucht. »Vielleicht sollte ich das öfter machen.« Sie lacht über diesen Gedanken, der gar nicht zu ihr passt. Ihr fällt auf, dass sie in letzter Zeit oft zu diesem Seelentröster gegriffen hat.

Der Lavendelduft des Badeschaums schmeichelt ihrer Nase, während sie in das Wasser sinkt. Die Ruhe und wohlige Wärme tun ihr gut. Gelöst schließt sie die Augen, lauscht den Klängen von »Chopin Etude op. 10 no. 3 (In mir klingt ein Lied)«. Sie reißt die Augen auf. Sie hat keine Musik angestellt. Lauscht. Die Musik kommt von unten, aus dem Wohnzimmer. Hastig richtet sie sich auf. Lauscht wieder.

Ohne die Tür aus den Augen zu lassen, steigt sie aus der Wanne, tastet nach ihrem Morgenmantel. »Oh Gott, bitte nicht«, flüstert sie bebend. Ganz langsam dreht sie den Schlüssel um. Sie presst ihr Ohr an die Tür, bemüht herauszufiltern, ob jemand in ihrem Schlafzimmer ist. Die Musik ist zu dominant. »Oh Gott, oh Gott, oh Gott«, presst sie hinter vorgehaltener Hand hervor. Das Blut rauscht ihr in den Ohren, während sie vorsichtig die Tür ein Stück öffnet. Ihr Sichtfeld ist begrenzt. Mutig öffnet sie die Tür weiter und stellt mit Erleichterung fest, dass niemand im Schlafzimmer ist. In Windeseile schlüpft sie in eine Jogginghose und ein Sweatshirt.

Leise zieht sie die Schlafzimmertür auf. Hält den Atem an, um besser hören zu können. Doch außer der Musik ist da nichts. Auf Zehenspitzen schleicht sie die Treppe hinunter. Ihr Herzschlag ist so laut in ihren Ohren. Ihr ist zum Heulen zumute, sie weiß nicht, was oder wer sie erwartet. Sie lehnt sich mit dem Rücken an die Wand. Atmet tief ein und aus, dann löst sie sich von der Wand und geht ins Wohnzimmer. »Nicolas?«

40. Kapitel

Smilla hält den Telefonhörer immer noch in der Hand und tippt damit gedankenverloren gegen ihr Kinn. Ihr Blick ist zum Fenster gerichtet, ohne wahrzunehmen, dass es schon dämmert und der Schneeregen noch kräftiger geworden ist. »Hm …«

»Was ist *Hm*?« Melvin setzt sich leger auf ihren Schreibtisch und erntet sofort einen warnenden Blick.

»Ich sagte, du darfst Smilla zu mir sagen, aber bitte nimm deinen Hintern von meinem Schreibtisch. Das ist widerlich und … auch nicht gerade sexy.«

Melvin springt sofort auf, Röte legt sich auf seine Wangen.

»Schön, dass wir das geklärt haben.« Sie legt das Telefon auf die Station. »Wie weit bist du mit dem DNA-Test der *Freiwilligen*?«

»Drei waren negativ, die anderen zwei Resultate hat mir das Labor für morgen versprochen.« Er zieht sich den Besucherstuhl zurecht.

Smilla kann ihm ansehen, dass er nicht weiß, welche Haltung er jetzt einnehmen soll. Gott, er ist noch so jung und unerfahren. »Ich hoffe, es ist ein positiver dabei.« Grübelnd blickt sie ihn an. »Allerdings fürchte ich, dass sie negativ sein werden.«

»Warum? Viggo Olofsson war mehr als nervös. Er schwitzte wie ein Schwein, das man zur Schlachtbank führt.«

»Hast du schon mal ein Schwein schwitzen sehen?«

»Nein.«

»Gut, ich auch nicht. Schweine schwitzen nicht, weil sie nur wenige Schweißdrüsen auf der Schnauze besitzen.« Sie grinst ihn an. »Ja, da staunst du.« Sie lehnt sich zurück. »Also lass deine albernen Vergleiche, konzentrier dich lieber auf das Wesentliche. Was war Hanna Lindqvist für ein Mensch? Was war ihr Traum, was würde sie tun, um diesen Traum zu erfüllen?« Sie blickt ihn fest an. »Finde es heraus, für Hanna … für mich. Ich hab da vielleicht etwas.«

Sie reckt die Arme zur Decke und erhebt sich stöhnend. »Was für ein Mistwetter, aber egal, ich fahr zu Emilia Gustafsson. Und nein, ich fahr allein.« Sie nimmt sich ihre Windjacke von der Stuhllehne. »Kümmer du dich um das, was ich dir gesagt hab. Wir sehen uns morgen.«

»Wie soll ich denn arbeiten, wenn du mir Informationen vorenthältst?«

»Tu ich das? Entspann dich und mach deinen Job.« Sie knipst das Licht der Schreibtischlampe aus.

Die Gummisohlen ihrer Schuhe machen ein quietschendes Geräusch, während sie eilig auf den Ausgang des Reviers zustrebt. Verdammt, Melvin hat recht, sie müsste ihn einweihen über das, was sie über Nicolas Ferber herausgefunden hat. Aber sie ist es nicht gewohnt, Boss zu sein, jede Neuigkeit weiterzuleiten. Anderson war perfekt in dieser Rolle, jeder bekam seine Aufgaben zugeteilt und er hat sie immer über den neuesten Stand informiert. Sie mag es, wenn sie allein die Fäden zusammenhält. Sie ist keine Führungspersönlichkeit. Wollte auch nie eine sein.

Mit einem genervten Seufzer stößt sie die Tür auf. Kalter nasser Wind weht ihr ins Gesicht. Sofort stülpt sie die Kapuze über den Kopf und rennt zu ihrem Wagen.

* * *

Die Gegend sieht verlassen und trostlos aus. Nichts mehr von schickem Charme. Smillas Blick wandert zum Meer. Grau und kalt. Unwillkürlich zieht sie die Schultern hoch und geht mit gesenktem Kopf auf das Haus zu. Ein warmer Lichtstrahl aus dem Fenster ist das Einzige, was sie hoffen lässt – auf einen warmen Kaffee und die Zustimmung zu einer DNA-Probe. Innerlich muss sie lachen. Das wird Emilia nicht zulassen.

»Ach, scheiß drauf«, grummelt sie und drückt auf den Klingelknopf. Nichts. Sie drückt noch mal. Geht einen Schritt zurück und sieht nach oben. Dort ist alles dunkel. »Oh Mist, die Frau macht mich wahnsinnig.« Wieder drückt sie die Klingel, und diesmal lässt sie den Finger lange auf dem Knopf.

Kurz entschlossen geht sie zu dem beleuchteten Fenster. Ohne zu zögern, stützt sie die Hände neben ihren Kopf an die Scheibe. Ein gedeckter Tisch für zwei, Glut im Kamin. Angestrengt lauscht sie. Musik. Irgend so ein Klassik-Ding.

Smilla sieht wieder auf zum ersten Stock. Geht um das Haus herum. Der Wagen ist nicht da. Mit klammen Fingern holt sie aus der Jacke das Smartphone. Mailbox. Smilla verdreht die Augen. »Hej. Hier ist Hauptkommissarin Smilla Berglund. Bitte um Rückruf. Es ist dringend.« Smilla fährt sich mit der Hand durch ihr feuchtes Haar. »Verdammt.« Schon das zweite Mal, dass sie umsonst hier rausgefahren ist. Während sie überlegt, was sie denn tun soll, wendet sie den Blick zum Haus und dann wieder zum Meer. »All das Geld macht offensichtlich nicht glücklich«, murmelt sie und wählt die Nummer der Richterin.

* * *

Nachdenklich legt Alma das Smartphone auf den Küchentresen, fragt sich, was dieser Terrier von Kommissarin von ihr will.

Sie hat sich bedeckt gehalten, und das ist kein gutes Zeichen. Irgendwas ist passiert. Sie hofft, sie liegt mit ihrem Gefühl falsch. Hektisch sieht sie sich um. Alles ist aufgeräumt. Erleichtert atmet sie aus und muss über sich selbst lachen, aber schließlich möchte sie einen guten Eindruck hinterlassen. Sie darf Smilla nicht unterschätzen.

Endlich klingelt es an der Tür.

Alma setzt ein professionelles Lächeln auf und öffnet die Tür. »Kommen Sie rein, Hauptkommissarin. Was gibt es so schrecklich Eiliges, was Sie mir nicht am Telefon sagen können?«

Smilla sieht sich in dem kühl eingerichteten Wohnzimmer um. »Schön haben Sie es hier, gefällt mir.«

»Hauptkommissarin, Sie sind doch nicht wegen meiner Wohnung hier. Ich bitte Sie, kommen Sie auf den Punkt.«

»Entschuldigung. Wissen Sie, wo Emilia Gustafsson ist?«

»Nein, und das hätten Sie mich auch am Telefon fragen können.« Genervt zieht Alma eine Augenbraue hoch, und doch ist sie auf der Hut.

Smilla räuspert sich. »Ich muss unbedingt mit ihr reden, es geht um ihren Mann.«

»Was ist mit ihm, haben Sie ihn gefunden?«

»Wie gut kannten Sie Nicolas?«, fragt sie, ohne auf Almas Frage einzugehen.

Es ärgert Alma, und für einen Moment gerät sie aus der Bahn.

»Wie meinen Sie das?«

»Nun, ich schätze Sie so ein, dass Sie ihn durchleuchtet haben, bevor er Emilia geheiratet hat.« Smilla räuspert sich. »Sie sind die Verkörperung, das Idealbild eines Richters, und soweit ich informiert bin, sind Sie eng mit der Familie Gustafsson verbunden.«

»Das ist richtig, aber in private Dinge mische ich mich nicht ein.« Almas Kehle ist trocken, sie braucht unbedingt ein Glas Wein. »Was genau wollen Sie wissen?«

Smilla streicht sich über den Hals. »Wie schätzen Sie das Verhältnis der beiden ein? Waren sie glücklich?«

In Sekundenschnelle geht Alma verschiedene Szenarien durch, was sie Smilla sagen soll. Ihr Blick ist fest auf Smilla gerichtet, die ihrem Blick standhält. »Soweit ich es beurteilen kann, ja.«

»Was ist mit Emilias Tablettenmissbrauch?«

»Auch dazu kann ich Ihnen nichts sagen, da müssen Sie sie selbst fragen.«

Smilla lächelt Alma an. »Ja, das würde ich sehr gern, aber die Dame ist nicht erreichbar.«

»Tut mir wirklich leid.« Alma setzt eine geschäftliche Miene auf.

»Danke für Ihre Zeit.« Smilla wendet sich zum Gehen.

Alma lehnt mit dem Rücken an der Tür, schließt die Augen und zählt innerlich bis zehn. Nichts läuft so, wie es sollte. Die Nervosität, die sie heimsucht, ist unerträglich. Dann ruft sie Emilia an und erreicht nur die Mailbox.

* * *

Dichtes Schneetreiben erschwert die Sicht und lässt sie nur langsam vorankommen. Die Scheinwerfer der entgegenkommenden Fahrzeuge blenden Emilia, sie kneift die Augen zusammen, umklammert verbissen das Lenkrad. Ihre Hände fühlen sich klebrig an, abwechselnd wischt sie sie an ihrer Jeans ab. Und mit jedem Kilometer, den sie sich von ihrem Haus in Vaxholm entfernt, wird sie ruhiger. Nicht eine Sekunde länger wollte sie dortbleiben, pure Panik ergriff sie, als sie ins Wohnzimmer kam. Feuer brannte im Kamin, Kerzenschein tauchte den Raum in ein romantisches Licht, der Tisch im angrenzenden Esszimmer war für zwei Personen gedeckt. Sie hat nicht lange gezögert und in Windeseile ihre Tasche gepackt.

Nervös wirft sie einen Blick in den Rückspiegel, niemand ist hinter ihr. Der Schnee lässt die Nacht heller wirken, das beruhigt sie. Sie war außer sich vor Angst, als sie panisch das Haus verließ, jetzt kann sie über sich lachen, und das tut erstaunlich gut. Sie reibt sich den verspannten Nacken. Aus der Handtasche, die auf dem Beifahrersitz liegt, fingert sie, ohne den Blick von der Straße zu nehmen, ihr Smartphone.

Es dauert eine Ewigkeit, bis sich jemand meldet. In dem Moment, als sie auflegen will, hört sie seine Stimme. »Hej Lykke, ich bin auf dem Weg nach Hause.« Sie schluckt, bemüht sich, ruhig zu klingen. »Kannst du das Haus herrichten? Aber bitte sag niemandem, dass ich komme. Versprichst du mir das? Gut. Ich werde in Rätan übernachten und bin morgen früh da.«

Sie stellt das Smartphone aus und lässt es auf den Beifahrersitz fallen. Lykkes Stimme zu hören war wie eine Befreiung. Seit Langem hat sie nicht mehr so ein Gefühl gehabt und es bestärkt sie darin, die richtige Entscheidung getroffen zu haben.

41. Kapitel

Der Morgen begrüßt Emilia mit strahlendem Sonnenschein, der den Schnee glitzern lässt, als würden Millionen Edelsteine darauf liegen.

Sie sieht den Rauch, der aus dem Schornstein in den blauen Himmel aufsteigt, Lykke, der auf einem kleinen Schneepflug sitzt und die Wege freiräumt. Er schimpft vor sich hin, der Pflug ist alt und gehört eigentlich ins Museum, aber ihr Vater hing an diesem Teil, warum auch immer.

»Lykke!«, ruft sie und stapft durch den Schnee. Er hört sie nicht, ist zu sehr damit beschäftigt, das Gefährt in Gang zu bekommen. »Lykke, nicht erschrecken!« Sie legt ihm die Hand auf die Schulter. Und lacht über seinen entsetzten Ausdruck.

»Emilia! Du hast mich zu Tode erschreckt.« Herzlich umarmt er sie. »Schön, dich zu sehen.« Dann schlägt er die Augen nieder. »Tut mir leid, was mit deinem Mann passiert ist.«

»Danke. Das Schicksal meint es im Moment nicht gut mit mir. Deshalb brauch ich Zeit und Ruhe. Ich hoffe, ich finde sie hier.« Ohne dass sie es will, gleitet ihr Blick über den Hof und zu dem angrenzenden Wald. Nervös kaut sie dabei auf ihrer Unterlippe.

»Das wirst du. Da bin ich mir sicher.« Zuversichtlich drückt er ihr die Hand.

»Danke, Lykke. Ich bin froh, dass du hier bist.«

»Natürlich … aber eines sag ich dir, ich werd dieses Gefährt verschrotten, auch wenn dein Vater mir das nie verzeihen wird.« Er blickt hinauf zum Himmel. »Da oben werden wir es besprechen.«

»Du hast Ideen … kommst du heute Abend zum Essen?«

»Du kochst?«

»Natürlich, ich bin zwar nicht so gut, wie meine Mutter es war, aber – ach, lass dich überraschen.«

Emilia hat es sich schlimmer vorgestellt, wieder im Haus ihrer Kindheit zu sein. Allein. Erstaunlicherweise fühlt es sich gut an. Selbst der Verlust ihres Vaters schmerzt nicht mehr so, denn Nicolas hat dafür bezahlt. Sofort stoppt sie den Gedanken. Was ist nur aus ihr geworden? Sie richtet sich auf und widmet sich der Zubereitung des Abendessens. Noch will sie nicht über das nachdenken, was geschehen ist und wie sie damit umgehen wird. Jetzt will sie nur ruhig werden und ihre Angst in den Griff bekommen. Vernünftige Entscheidungen treffen.

Konzentriert putzt sie das Gemüse, bereitet das Elchfleisch vor, legt es nach dem Rezept ihrer Mutter in Marinade ein, damit es zart und saftig ist. Zufrieden betrachtet sie ihr Werk, wischt sich die Hände an dem Handtuch ab, das über ihrer Schulter hängt. Hebt den Blick zum Fenster. Es hat aufgehört zu schneien. Die Dämmerung hat längst eingesetzt.

»Und jetzt gönn ich mir ein Glas Whisky.« Sie geht ins Wohnzimmer, legt ein Holzscheit auf die Glut. Der Whisky wärmt ihren Magen und glättet die Gedanken.

Mit dem Glas in der Hand schlendert sie zu der Anrichte, auf der unzählige Fotos stehen. Ihr Vater und ihre Mutter Arm in Arm unter der hohen Fichte. Sie sehen glücklich aus.

Sie nimmt ein Foto in die Hand, auf dem Alma und ihre Mutter zu sehen sind. Alma küsst ihre Mutter auf die Wange, sie sieht ernst aus, während ihre Mutter in die Kamera lacht. Emilia runzelt die Stirn. Dieses Foto wurde, einen Tag bevor ihre Mutter den Unfall hatte, gemacht. Rasch stellt sie es zurück. Sie sollte Alma anrufen und ihr sagen, wo sie ist. Nein, nicht jetzt. Sie möchte den Abend mit Lykke genießen, für einen Augenblick alles vergessen.

* * *

»Ich muss sagen, das war richtig gut.« Zufrieden lehnt sich Lykke an die Lehne des Küchenstuhls. »Deine Mutter hätte es nicht besser gemacht.«

»Da fällt mir ein Stein vom Herzen. Ist auch nach ihrem Rezept. Magst du noch Kompott?«

»Oh nein, ich muss auf meine Figur achten.« Er tätschelt sich den Bauch.

»Lykke, du bist dünn wie eine Bohnenstange. Aber gut, vielleicht morgen?«

Grinsend sieht er sie an. »Wie lange wirst du bleiben?«

»Ich weiß noch nicht.«

Er lehnt sich vor, seine Stirn ist in Falten gelegt. »Willst du das Haus verkaufen?«

Erstaunt sieht sie ihn an, schüttelt den Kopf. »Nein. Wie kommst du darauf?«

»Weil du in der Stadt lebst, und dieses Haus braucht Leben.«

»Ja, da hast du recht.« Sie sieht in sein sorgenvoll faltiges Gesicht, das von den Kerzen auf dem Tisch noch mehr betont wird. Sie schweigen. Und dann lacht Lykke. »Erinnerst du dich an die vielen Abende, die wir hier gemeinsam verbracht haben, Charlie, deine Mutter Ester, Alma und du? Gott, was haben wir gelacht, getrunken und Gespräche geführt. Ich vermisse das.«

Gedankenverloren nimmt er die Gabel vom Teller und streicht darüber. »Eine große bunte Familie.«

»Ja, ich erinnere mich, ihr habt oft so laut geredet, dass ich mir die Ohren zugehalten habe.«

»Stimmt. Manchmal haben wir vergessen, dass ein Kind mit dabei ist. Nur deine Mutter hat uns oft Einhalt geboten.«

Emilia lächelt breit und blickt Lykke durch den Schein der Kerzen auf dem Tisch an. Ein Gefühl von Vergessen, Vertrautheit und Leben erfüllt sie. »Erzähl mir mehr davon.« Sie stützt ihr Kinn auf die Hand.

»Na, ich erinnere mich an ein Weihnachten, ich glaub, du warst gerade mal zwei Jahre oder so. Charlie war ganz verrückt nach dir, er wollte dir unbedingt eine besondere Weihnacht bieten. Da ist er raus in den Wald, hat die schönste Tanne gefällt. Ich hatte ihm natürlich geholfen.« Er lacht in sich hinein. »Ester und Alma haben den Baum geschmückt. Ein Prachtexemplar.« Seine Augen wandern zu dem Platz, an dem Charlie immer saß. Er senkt den Blick. Schweigt lange. »Ich, ich glaub, ich muss jetzt gehen. Ist schon spät.«

»Warum erzählst du nicht zu Ende?«

Lykke kratzt sich den Kopf. »Weiß nicht, es ist nicht die Geschichte, die ich eigentlich erzählen wollte.« Ruckartig steht er auf, schiebt den Stuhl an den Tisch. »Ich wünsch dir eine gute Nacht. Und danke für das Essen.«

Emilia sieht ihm nach, wie er auf den Truck zugeht. Sie hört sein Fluchen über seine verrosteten Knochen, als er in den Truck steigt. Emilia hebt die Hand und winkt ihm nach. Lykke war schon immer merkwürdig. Schade, sie hätte die Geschichte gern zu Ende gehört. Sie blickt nach oben. Der Himmel ist klar und Millionen von Sternen funkeln. Emilia spitzt die Lippen und pustet den warmen Atem in die kalte Nacht. Sieht dem Atem nach, der wie eine Wolke zu den Sternen aufsteigt. Plötzlich wird ihr bewusst, dass sie ganz allein ist. Hastig geht sie ins Haus und verriegelt die Tür. Lehnt sich mit dem Rücken dagegen und redet sich selbst Mut zu. Niemand weiß, dass sie hier ist. Niemand ist ihr gefolgt. Sie stößt sich von der Tür ab und holt aus der Handtasche das Smartphone. Sechs Nachrichten in Abwesenheit. Drei von Alma, zwei von Clara und eine von dieser Kommissarin Smilla. Das macht sie nervös. Unentwegt reibt sie sich die Stirn. Gefangen zwischen Neugier und Abwehr. Sie entscheidet sich, zuerst Clara anzurufen. Die ist ganz aufgeregt, sie hat sich Sorgen gemacht. Emilia hat Mühe, sie zu beruhigen. Es sei alles in Ordnung. Sie sei nur für ein paar Tage auf dem Land, im Haus ihres Vaters, um dort alles zu regeln – wer sich jetzt darum kümmern soll.

Wieder gelogen. »Das muss aufhören«, murmelt sie, holt tief Luft und drückt die Kurzwahl für Alma. Während sie dem Klingelton lauscht, geht sie ins Wohnzimmer.

Betrachtet wieder das Foto von ihrer Mutter und Alma.

»Hej Alma. Tut mir leid, dass ich mich erst jetzt melde.« Mit dem Foto in der Hand setzt sie sich auf den Sessel neben dem Kamin.

»Emilia, wo bist du? Ich hab mir Sorgen gemacht.«

»In Charlies Haus.« Sie hört, wie Alma sich bemüht, nicht überzureagieren. Doch das Zittern in ihrer Stimme verrät sie. »Warum bist du dort? Was ist passiert? Kommissarin Smilla war bei mir. Hast du schon mit ihr geredet?«

Emilias Herz pocht. »Nein, was hat sie gewollt?«

»Das wollte sie mir nicht sagen. Ruf sie an und dann melde dich wieder bei mir. Du weißt, falls es Schwierigkeiten geben sollte, ich bin für dich da.«

»Mach ich, und Alma, sag niemandem, dass ich hier bin.«

»Das ist selbstverständlich. Pass auf dich auf.«

Das Feuer im Kamin ist längst heruntergebrannt, doch sie kann sich nicht aufraffen, ein Stück Holz nachzulegen oder Smilla anzurufen. Sie hat kein gutes Gefühl. Emilia blickt auf die Uhr über dem Kamin. Viertel nach acht. Sie atmet tief durch. Okay, sie wird es kurz machen.

Nach nicht einmal drei Klingelzeichen meldet sich Smilla. Ihr Ton ist geschäftlich, aber nicht unfreundlich. Emilia mag das. So ist sie auch, wenn sie an einem Fall arbeitet. »Sie hatten angerufen, tut mir leid, ich hab es erst jetzt gesehen.«

»Kein Problem. Können wir uns treffen?«

»Worum geht es?« Plötzlich schrillen Alarmglocken in Emilias Kopf.

»Um Ihren Mann.«

Emilia legt die Hand vor den Mund, um nicht laut zu schreien. *Konzentrier dich. Sei ruhig und gefasst.* »Haben Sie ihn gefunden?« Ihre Stimme zittert.

»Nein, tut mir leid … Ich habe ein paar Fragen und würde Sie gerne dazu sehen.«

»Entschuldigen Sie, aber was für Fragen? Sie sind doch nicht mit dem Segelunfall betraut, oder?«

»Nein, das sind die Kollegen, aber es geht um die ermordete Hanna Lindqvist. Und um ein paar Ungereimtheiten in der Vergangenheit Ihres Mannes.«

»Was hat mein Mann damit zu tun?«

»Bitte, ich würde gern mit Ihnen persönlich darüber sprechen.«

»Ich kann jetzt nicht.«

»Schon okay, dann vielleicht morgen?«

»Nein, ich bin nicht in Stockholm.« Sie kaut auf ihrer Unterlippe. »Ist es so wichtig?«

»Nun, das kann ich erst sagen, wenn wir miteinander gesprochen haben.«

»Was ist so dramatisch daran? Was wollen Sie über meinen Mann wissen?«

»Das würde ich Ihnen gern persönlich sagen. Wann sind Sie wieder in Stockholm?«

Emilia schließt die Augen. »Keine Ahnung, ich bin auf dem Land in meinem Elternhaus. Ich weiß noch nicht, wann ich wieder nach Stockholm fahre. Also entweder sagen Sie mir jetzt, was los ist, oder Sie müssen warten.« Angestrengt lauscht sie auf Smillas Atmen, die es offensichtlich nicht mag, wenn jemand Nein sagt. Das gibt Emilia Aufwind.

»Was ist, sind Sie damit einverstanden?«

»Für den Moment, ja.«

»Gut, dann melde ich mich, sobald ich in Stockholm bin.« Entschieden drückt sie das Gespräch weg. Schließt die Augen und wünscht sich, dass sie endlich aus diesem Albtraum erwacht. Sie hätte so gern mit ihrem Vater darüber gesprochen, ihm von dem Smartphone der Prostituierten erzählt, von Nicolas' Handgreiflichkeiten. Sie hat es vermasselt. Der Gedanke, dass Charlie noch leben würde, wenn sie den Mut und die Courage gehabt hätte, lässt sie von dem Sessel hochspringen. Ihre Hand bebt, während sie sich einen Whisky einschenkt. Wieder ist da die Frage, ob Nicolas noch lebt und sie in den Wahnsinn treiben will. Entschieden verneint sie die Vermutung, denn sie hat doch gesehen, wie das Meer ihn verschlang, oder?

42. Kapitel

Der nächste Tag

Emilia blinzelt zum Fenster, durch den Spalt der Vorhänge scheint ihr die Wintersonne mitten ins Gesicht. Ihr Kopf dröhnt und der Geschmack auf der Zunge ist widerlich. Sie sieht sich um und ihr wird bewusst, dass sie im Zimmer ihrer Mutter ist. »Herrgott, wie viel hab ich getrunken? Das muss aufhören!« Die Erinnerung an das Telefonat mit Smilla schmerzt, genau wie ihr Kopf. Sie schlägt die Bettdecke zurück, sie braucht jetzt eine heiße Dusche. Emilia schiebt die Vorhänge zur Seite, fährt mit der Hand über das fein polierte helle Holz des Sekretärs am Fenster, an dem ihre Mutter oft saß. Aus einer Laune heraus öffnet sie eine Schublade, runzelt die Stirn. Verzierte Büchlein liegen darin. Wahllos nimmt sie eines heraus, schlägt die erste Seite auf. Sie hatte keine Ahnung, dass ihre Mutter Tagebücher schrieb, während sie hier saß. Sie wird sie später lesen.

Mit einem Becher Kaffee in der Hand geht sie zur Abstellkammer, knipst das Deckenlicht an und lässt den Blick über das Chaos von Kartons und ausgedientem Geschirr gleiten, auf der Suche nach ihrem Helm. Sie möchte mit dem Schneemobil rausfahren, um den Kopf freizubekommen. Auf dem Regal, hinter den Kartons entdeckt sie ihn. Umständlich balanciert sie über die Kisten hinweg, bleibt an einer der Schachteln hängen und reißt sie zu Boden. Akten, lose Blätter und Fotos ergießen sich über den staubigen Holzboden. »Mist.« Genervt stellt sie den Kaffeebecher ab, hockt sich hin, kramt die Seiten zusammen und verstaut sie wieder in dem Karton. Mitten in der Bewegung hält sie inne. Da sind alte Fotos von ihr als Baby, von ihren Eltern und Lykke. Sie schmunzelt, während sie sie sorgfältig in den Karton legt, und dann entdeckt sie ein Foto, das Charlie und Alma zeigt, jung und ausgelassen. Aufgenommen in einer Bar. Sie küssen sich leidenschaftlich. Es versetzt Emilia einen Stich. Rasch dreht sie das Foto um und entziffert das verblasste Datum. Es ist vor fünfunddreißig Jahren aufgenommen worden. Erleichtert atmet sie aus. Das war, bevor ihre Eltern ein Paar wurden, und dennoch mag sie den Gedanken nicht, und noch etwas wird ihr klar: Es ist das Foto, das sie damals von Almas Schreibtisch genommen hatte, als sie ein Kind war. Während sie nachdenklich den Deckel auf den Karton stülpt, klingelt ihr Smartphone in der Hosentasche. Hastig zieht sie es heraus. Mit gemischten Gefühlen sieht sie auf das Display. »Hej Alma.«

»Emilia, geht es dir gut? Warum hast du mich nicht angerufen?«

»Ich war beschäftigt. Und bevor du weiterfragst, ich hab mit Kommissarin Smilla gesprochen.« Unwillkürlich fragt sie sich, warum sie so barsch reagiert.

»Gut, und was hat sie gesagt?«

»Ich erzähl es dir in Stockholm, okay?«

»Emilia, was ist los? Du klingst merkwürdig.«

»Es ist nichts, ich muss nur eine Lösung finden.«

»Eine Lösung für was? Warum bist du auf dem Land?«

»Alma, bitte. Wir reden, wenn ich wieder in Stockholm bin.«

»Also gut.«

Ausgepowert und auf angenehme Art zufrieden setzt sie sich nach der Fahrt mit dem Schneemobil an den Tisch ihrer Mutter und schaut aus dem Fenster, überlegt, was sie machen will, machen kann. Sie nimmt ein Blatt Papier aus der Schublade, um ihre Möglichkeiten aufzuschreiben. Am liebsten würde sie hier ewig sitzen, aus dem Fenster schauen und nichts weiter tun als den Tag genießen. Emilia weiß, dass es ein illusorischer Gedanke ist. Im Grunde will sie das ja auch nicht, dazu liebt sie ihren Beruf viel zu sehr. Es ist eine Flucht aus der momentanen Situation, die mehr ist als nur eine lapidare Sache. Sie hat ihren Mann ertrinken lassen. So wie Livia ihrem Mann das Messer in den Bauch rammte. Egal wie man es wendet. Mord ist Mord. Emilia schließt die Augen, bei dem Gedanken wird ihr speiübel. Sie sieht sich im Gerichtssaal, wie sie vehement Livias Verteidigung auseinanderpflückte. Und wie stolz sie war, als der Richterspruch fiel und Livia für schuldig befunden worden war. Nun ist sie selbst in dieser Situation. Und doch ist hier etwas anders. Sie wird von jemandem verfolgt, der etwas über ihr Handeln weiß. Und das macht ihr Sorge. Große Sorge.

Livia hat sie ausgeschlossen. Die Begegnung mit ihr war merkwürdig. Sie fühlte sich abgestoßen und gleichzeitig hingezogen. Als wären sie Magneten. »Puh, ich muss mit diesem Mist aufhören. Es macht mich verrückt.« Tief seufzend lehnt sie sich an die Stuhllehne. Ihr Blick ist auf den verschneiten Hof gerichtet. Eine Krähe landet laut krächzend an der Feuerstelle, sucht nach etwas Essbarem. Ein Ast einer Fichte, nahe dem Haus, kracht unter der Last des Schnees zu Boden. Sie zuckt zusammen, als auch noch ihr Smartphone mit einem schrillen Piepen signalisiert, dass sie eine Nachricht hat. Ohne nachzudenken, öffnet Emilia sie.

Hast du deinen Ausflug genossen? Du bist nicht nur im Segeln gut, auch das Schneemobil beherrschst du perfekt. Machst du dir Gedanken? Solltest du auch. Du siehst so schön aus und nachdenklich, wie du aus dem Fenster blickst.

Emilia hält die Luft an. Ihr Körper versteift sich. Tausend Gedanken rasen ihr durch den Kopf. Ihr Magen verkrampft sich. Hektisch gleiten ihre Augen über den Hof. Doch da ist nur die Krähe. Ihr Blick wandert zu dem Waldrand. Auch dort kann sie nichts Ungewöhnliches erkennen. Ihre Hand umklammert das Smartphone. Langsam steht sie auf, lässt das Fenster nicht aus den Augen. Geduckt schleicht sie sich in das Zimmer, drückt sich eng an die Wand. Und ihr erster greifbarer Gedanke schraubt sich in ihr fest. Er ist hier. Sie kann es spüren. Ihn fühlen. Sie sieht noch einmal auf die Nachricht. Wartet gebannt, dass er noch eine sendet. Nichts. Sie muss es wissen. Ihr Finger bebt, während sie eine Nachricht schreibt:

Was willst du?

Angespannt sieht sie auf ihr Smartphone. Es kommt ihr wie eine Ewigkeit vor, bis sie eine Antwort erhält.

Rate mal …

Ich bin nicht gut im Raten.

Nichts mehr. Keine Antwort. Emilia lehnt den Kopf an die Wand, starrt an die Decke. Die Tür! Sie ist offen!

Sie hetzt den Flur entlang. Er kommt ihr endlos vor. Dann endlich erreicht sie die Haustür. Der Schlüssel fühlt sich kalt an. Hastig dreht sie ihn herum. Atmet kurz durch, eilt zur Küche, um die Tür, die nach draußen führt, abzuschließen. Panisch sieht sie sich um, alles ist so, wie sie es heute Morgen verlassen hat.

Sie rast in den Flur, ins Wohnzimmer, verschließt die Tür zur Terrasse. Wie ein gehetztes Tier verkriecht sie sich in einer Ecke und versucht, einen klaren Gedanken zu fassen. Sie muss hier weg. Nach Stockholm und zur Polizei. Sie kann nicht mehr. Doch ihre Angst ist groß, sie schafft das nicht allein. Die Fahrt dauert zu lange. Lykke, ja, der könnte sie fahren, schnell verwirft sie den Gedanken, er würde zu viele Fragen stellen und sie müsste ihn anlügen. Beschämt über die Auswirkungen ihres Handelns lehnt sie den Kopf an die Wand und schreit ihren Kummer heraus.

Tränenblind wählt sie Almas Nummer.

»Hej«, mehr bekommt sie nicht raus.

»Hej Emilia. Was ist los?«

Den Rest Kontrolle hat sie verloren. Hemmungslos brüllt sie ins Telefon: »Er ist hier! Er will mich umbringen!«

»Beruhige dich, wer ist da?«

»Nicolas!«

»Ganz ruhig. Das kann nicht sein. Er ist tot.«

»Er ist es, ich weiß, dass er es ist!«

»Beruhige dich, Emilia. Atme tief durch. Was ist passiert?«

Nur mit Mühe schafft sie es, die Geschehnisse zu erzählen. Angefangen bei den Briefen über die Rose, den gedeckten Tisch und ihre Lieblingsmusik bis hin zu der Nachricht, die sie gerade bekommen hat.

»Verdammt, ich hab Angst …« Ihre Lippen beben, krampfhaft kämpft sie dagegen an. Zwecklos.

»Ich brauch deine Hilfe. Bitte komm und hol mich ab, ich schaff das nicht allein.« Angestrengt lauscht sie. Nur Schweigen. »Alma, bitte.«

»Okay. Du machst jetzt Folgendes. Ruf Lykke an, dass er zu dir kommt, und ich nehm den nächsten Flieger nach Östersund. Ich sag dir Bescheid, wann ich ankomme, dann werden wir sehen, was zu tun ist. Ist das in Ordnung für dich?«

»Ja. Danke und sei vorsichtig.« Beruhigt atmet sie auf, zieht die Beine an ihren Körper und legt den Kopf auf die Knie.

* * *

Während sie dem Klingeln lauscht, überlegt sie sich genau die Worte, die sie zu Lykke sagen wird. Auf keinen Fall will sie ihn in die ganze Geschichte einweihen.

»Hej Lykke, dein Kompott wartet auf dich.«

Sie bemerkt sein Zögern. »Später, ist noch zu früh am Tag.«

»Lykke, um ehrlich zu sein, ich brauch deine Hilfe, bitte lach jetzt nicht. Aber der Abfluss der Spüle ist verstopft.«

Immer noch zögert er. Sie wartet ab.

»Gut, ich bin in einer Stunde bei dir.«

Erleichtert legt sie das Smartphone auf den Küchentisch. Eine Stunde. Vorsichtig späht sie aus dem Fenster. Aus dem hellgrauen Himmel fallen ein paar gelangweilte Schneeflocken. Ein Elch wagt sich aus dem Wald. Abwägend steht er da und sieht zu dem Haus. Sie glaubt, er sieht sie an. Ein schönes Tier, groß und mit mächtigen Schaufeln. Und dann läuft er plötzlich davon. Unwillkürlich geht sie einen Schritt zurück. *Hat er mich gesehen? Oder war da jemand auf dem Hof?*

Auf Zehenspitzen schleicht sie durch das Haus und kontrolliert sämtliche Türen und Fenster. »Ich mach mich doch zum Affen«, schimpft sie leise, während sie auf ihre Armbanduhr sieht und wieder zurück in die Küche geht. Von hier hat sie einen guten Blick auf den Hof.

Vom langen Starren auf den Hofplatz brennen Emilias Augen. Sie hat es kaum gewagt zu blinzeln. Jetzt atmet sie erleichtert auf, als sie Lykkes Truck in der Einfahrt sieht.

Sie reißt die Tür auf, eisiger Wind fegt ihr entgegen. Schützend legt sie die Arme um ihren Körper. Sie muss den Drang unterdrücken, zu Lykke zu laufen. Ihr Blick geht unauffällig zum Waldrand. Falls er dort ist, darf er nicht merken, dass sie es weiß.

»Hej Emilia«, ruft Lykke, der seinen Werkzeugkasten von der Ladefläche hievt.

Sie winkt ihm zu. »Komm schnell rein. Verdammter eisiger Wind.«

»Du bist den Norden nicht mehr gewohnt.« Lachend schüttelt er den Kopf. »Bist ein Stadtkind geworden. Zentralheizung, milde Winter, voller Panik, wenn der Schnee dich für Tage einschließt.«

»Da magst du recht haben.« Ja, er hat recht. Sie hat verlernt zu improvisieren, sich den Naturgewalten anzupassen. Dabei war sie als Kind so gut darin. Das ärgert sie.

»Also, was ist mit dem Abfluss?« Lykke geht in die Küche und öffnet seinen Werkzeugkasten.

»Oh, das habe ich dann doch schon selbst erledigt.« Verlegen sieht sie ihn an. »Na ja, so ganz hilflos bin ich wohl doch nicht.« Gott, wie sie sich schämt für diese Lügen. »Aber wenn du schon mal hier bist, sag mal, wie ist das mit den Wölfen? Ich hab einen Elch beobachtet, der am Waldrand stand und dann plötzlich panisch davonjagte.«

»Ja, sie streichen oft herum, aber selten kommen sie an die Häuser.«

»Hm … können wir nachsehen, ob wir Spuren finden?« Inständig hofft sie, dass er es schluckt und mit ihr rausgeht.

»Klar, aber danach möchte ich Kompott.«

Erleichtert schenkt sie ihm ein breites Lächeln.

Akribisch sucht Lykke am Waldrand nach Spuren. Doch außer denen des Elches sind keine zu sehen.

»Lass uns bitte einmal ums Haus gehen. Ich hab so ein merkwürdiges Gefühl.« An seinem Blick erkennt sie, dass er sie als paranoid einstuft, aber das ist ihr egal. Sie zieht die Wollmütze noch tiefer ins Gesicht.

»Es wird mächtig schneien heute Nacht.« Lykke deutet zum Himmel, der einen schiefergrauen Ton angenommen hat.

Sie umrunden das Haus. Hier kann man durch das Fenster ins Schlafzimmer ihrer Mutter schauen. Emilias Augen kleben am Boden. Doch da ist nichts, was auch nur im Geringsten an Fußspuren erinnert. Frustriert und ratlos sieht sie Lykke an, der sich plötzlich hinhockt. Seine Ellenbogen auf die Oberschenkel gestützt, der Blick auf den Boden gerichtet.

Emilia wird flau im Magen. »Was ist, hast du was entdeckt?«

Mit zwei ausholenden Schritten ist sie bei ihm. »Was ist, Lykke?«

»Nun, es sind keine Wolfsspuren, aber hier hinter dem Busch hat jemand gestanden.« Er blickt sie an und dann wieder zu den Spuren. »Siehst du, hier kann man noch ganz deutlich die Abdrücke sehen, da, wo der schwache Schneefall von den Zweigen abgehalten wurde.« Mit einem Stöhnen richtet er sich auf. »Mein Gott, wie ich es hasse, alt zu werden.« Er stützt die Hände in den Rücken, sieht zu dem angrenzenden Wald und dann wieder zu ihr. »Du solltest die Türen verschließen. Seit einiger Zeit kommen so idiotische Jugendliche hier vorbei, und wenn sie merken, dass das Haus nicht bewohnt ist, brechen sie ein.« Deprimiert schüttelt er den Kopf. »Die Zeiten haben sich geändert, und ich bin froh, dass ich noch die gute alte Zeit erlebt habe, als wir uns keine Gedanken machen mussten.«

Abwesend nickt Emilia und mustert weiter die Spuren. Sie sind wegen des leichten Schneefalls und des Windes zwar nicht gut erhalten, aber es ist deutlich zu erkennen, dass es sich um die Abdrücke schwerer Boots handelt. Hier hat er also gestanden. Sie fragt sich, ob er auch jetzt da irgendwo ist und sie beobachtet. Möglichst unauffällig lässt sie den Blick über das Gelände streifen. Jede Bewegung der Äste, die mit Schnee beladen sind, und die Büsche, die sich leicht im Wind wiegen.

»Hast du gehört, was ich gesagt habe?«

Fragend sieht sie Lykke an.

»Ich warte auf einen heißen Kaffee und mein versprochenes Kompott.«

Der Duft von Kaffee und Kerzen gaukelt Emilia Normalität vor. Nur mit einem Ohr folgt sie Lykkes unermüdlichem Gerede über die guten alten Zeiten, während er sich das Kompott einverleibt. Sie hat die Vorhänge am Küchenfenster zugezogen, dennoch fühlt sie sich nicht sicher. Unauffällig sieht sie zu der Uhr an der Wand. Viertel vor vier.

»Wusstest du, dass dein Vater und ich jeden Sonntag Schach gespielt haben?« Er schiebt die leere Schüssel von sich. »Das fehlt mir. Es war eine Konstante in meinem Leben. Sonntag, fünf Uhr, Schach mit herrlichem Whisky.« Versonnen nimmt er einen Schluck Kaffee.

»Entschuldige, möchtest du lieber einen Whisky?«

»Nein, es ist nicht Sonntag.« Prüfend schaut er sie an. »Was ist los, Emilia? Du wirkst so nervös.«

»Es ist nichts.« Sie zwingt sich zu einem aufmunternden Lächeln. »Alles ist gut.«

»Wenn du es sagst.«

Sie sehen sich forschend an. Emilia zuckt zusammen, als ihr Smartphone eine Nachricht anzeigt. Endlich! Alma meldet sich. »Entschuldige mich bitte.« Ihre Augen fliegen über die Textnachricht.

Wie ist es mit Lykke? Erzählt er dir Geschichten, die du schon lange kennst?

»Was ist los? Du siehst blass aus.«

»Nichts weiter.«

»Gut, dann fahr ich jetzt.«

»Nein! Noch nicht. Ich … ich möchte mit dir einen Whisky trinken, und wenn du Lust hast, dann spielen wir Schach.«

Lykke lehnt sich vor und berührt sacht ihre Hand. »Was beunruhigt dich?«

»Oh, nichts weiter, es ist einfach nur, dass auch ich nicht klarkomme mit Charlies Tod.«

Prüfend sieht er sie an, es macht sie nervös. »Na gut, dann spielen wir eine Partie«, sagt er und lehnt sich zurück, ohne den Blick von ihr zu nehmen.

43. Kapitel

Alma dreht den Zündschlüssel herum, und sofort erstirbt der Motor. Mit einem langen Seufzer sieht sie zu dem Haus hinüber. Durch die Vorhänge fällt Licht, das den herabfallenden Schnee golden glitzern lässt. Es sieht wie früher aus, als sie hier ein und aus ging. Jetzt ist alles anders, und das mag sie nicht.

Mit gesenktem Kopf eilt sie zur Haustür. Abgeschlossen. Aus ihrer Handtasche kramt sie den Haustürschlüssel, das hat sie eine Ewigkeit nicht gemacht. Die Tür stand immer offen für sie.

In der Diele klopft sie sich den Schnee vom Anorak. Stellt die Tasche ab und sieht sich um. Aus dem Wohnzimmer hört sie leise Musik. Ihre Finger flattern, während sie den Reißverschluss der Jacke aufzieht. Er hakt und lässt sie fluchen.

Sie öffnet die Tür zum Wohnzimmer. Die Musik, das Knistern des Feuers im Kamin, die leisen Stimmen, das Schachbrett vor ihnen und daneben jeweils ein Glas. All das erinnert sie an süße, unbeschwerte Zeiten.

»Hej ihr beiden.« Ihre Stimme ist belegt.

Emilia springt erleichtert auf und läuft ihr mit ausgebreiteten Armen entgegen. Sie umarmen sich, halten sich fest. »Alles wird sich regeln«, flüstert sie. Aus dem Augenwinkel sieht sie zu Lykke. Seine vom Whisky glasigen Augen treffen ihre. »Hej Lykke. Ich sehe, ihr habt es euch gemütlich gemacht.« Unverhohlen sieht sie auf sein Glas, das er in der Hand hält.

»Alma.« Er prostet ihr zu. Leert das Glas in einem Zug, ohne sie aus den Augen zu lassen. »Ich werd dann mal gehen.« Ruhig stellt er das Glas auf den Tisch, neben das Schachbrett. Betrachtet die Spielfiguren. »Perfektes Timing, ich hätte verloren.« Gelassen steht er auf und geht auf Emilia zu. »Du bist eine gute Spielerin. Wenn du magst, dann können wir gern ab und an eine Partie wagen.« Er sieht flüchtig zu Alma, die ihre Arme vor der Brust verschränkt hat und ihn nicht aus den Augen lässt. Lykke legt die Hand auf Emilias Arm. »Falls du Probleme hast, dann melde dich.« Er nickt Alma zu und zieht die Tür leise hinter sich ran.

»Warte!« Emilia hastet ihm hinterher. »Es ist noch Kompott da, ich …«

»Oh nein, es war lecker, aber es reicht.« Er zögert, will noch etwas sagen, doch dann lässt er es.

»Was, Lykke? Was wolltest du noch sagen?«

»Nichts. Es ist alles in Ordnung.«

Eisiger Wind weht in die Diele, als er die Tür öffnet. Er dreht sich noch einmal um. »Schließ ab. Und ruf mich an, wenn etwas Merkwürdiges passiert.«

»Mach ich! Und danke, dass du so schnell gekommen bist.« Sie sieht ihm nach, wie er mit festem Schritt auf seinen Truck zugeht.

»Emilia, soll ich Holz nachlegen?«, hört sie Alma rufen.

Immer noch in Gedanken über Lykkes merkwürdiges Verhalten geht Emilia ins Wohnzimmer. Alma hat es sich im Sessel ihres Vaters gemütlich gemacht. Es missfällt ihr zu sehen, wie sie sich eng an die Polster schmiegt, ein Glas Whisky in der Hand. Doch schnell schiebt sie dieses Gefühl beiseite.

Auffordernd zeigt Alma auf den zweiten Sessel. »Komm, setz dich zu mir.«

»Ich bin viel zu nervös. Ich weiß, ich benehme mich wie ein dummes Kind, aber ich schaffe das nicht allein. Nicht nach allem, was passiert ist. Ich bin froh, dass du hier bist.« Sie wischt sich mit der Hand über die Stirn. »Wann fahren wir nach Vaxholm?«

»Morgen, und nun setz dich.«

Schwer lässt Emilia sich auf den Sessel gegenüber fallen. Nervös dreht sie das Glas, das Alma ihr reicht, in der Hand. »Alma, Nicolas ist noch am Leben.«

»Das sagtest du bereits am Telefon, aber das kann nicht sein.« Almas Augen sind ernst und das Lächeln ist verschwunden. »Emilia, eines musst du mir sagen, bevor du weitererzählst – hast du Nicolas mutwillig über Bord gehen lassen?«

Emilia schweigt, ringt mit sich. »Und wenn ja, was spielt das für eine Rolle?«

»Eine sehr entscheidende. Du wirst deine Karriere an den Nagel hängen müssen. Also, hast du es getan? Du weißt, die Wahrheit kommt immer ans Licht.«

Nervös kaut Emilia auf der Unterlippe. Sie kann Alma nicht ansehen. »Das weiß ich, glaub mir. Ich verfluche den Tag, an dem ich ihm begegnet bin. Doch das ist jetzt nicht relevant. Alma, er ist da draußen.« Sie deutet mit der Hand zum Fenster, ihre Stimme wird immer lauter. »Und er will mich umbringen! Das ist mein Problem!«

»Also gut«, sagt Alma schließlich. »Erzähl mir, was hier passiert ist.«

Emilia füllt die Gläser erneut, nippt an ihrem und stellt es zurück auf den Tisch. Sie muss einen klaren Kopf bewahren.

»Ich war mit Lykke draußen und wir haben Fußspuren gefunden nicht weit von dem Fenster meiner Mutter. »Er war hier, verstehst du nun meine Angst?«

Genau diese steigt geradewegs wieder in ihr auf. »Alma, wer sonst hat ein Interesse daran, mir diese Nachrichten zu schicken?« Sie zieht ihr Smartphone aus dem Kapuzenshirt und reicht es Alma. »Niemand weiß, dass ich hier bin, und … hier, lies das, er hat mich beobachtet, als ich mit dem Schneemobil unterwegs war, er hat hinter dem Busch gestanden, als ich am Schreibtisch saß.«

Aufmerksam liest Alma die Textnachrichten. »Das ist in der Tat beängstigend. Ich frag mich nur, ob es wirklich Nicolas ist oder jemand, der dir einfach nur Angst machen will.«

»Aber warum? Und vor allem wer?«

»Keine Ahnung, jemand, dem du auf die Füße getreten bist.« Nachdenklich streicht sie sich über den Nasenrücken. »Was ist mit Livia?«

»Das war auch mein erster Gedanke, aber sie war es nicht.«

»Bist du dir da sicher?«

»Ich bin mir sicher. Ich war bei ihr und hab sie befragt.«

»Du warst *was*?« Alma schüttelt strafend den Kopf. »Das war nicht sehr klug. Wenn ihr Verteidiger das herausbekommt, hast du mächtig Ärger am Hals.«

»Ich weiß, aber das ist mir im Moment egal.« Matt lehnt sie sich zurück. »Da ist noch etwas.« Sie senkt den Blick und kratzt mit dem Daumennagel auf der Polsterlehne herum. »Kommissarin Berglund hat etwas über Nicolas herausgefunden, offensichtlich etwas aus seiner Vergangenheit.«

»Und?« Alma richtet sich auf. »Was hat sie gesagt?«

»Nichts. Sie will sich mit mir treffen und es mir persönlich sagen.«

»Dann solltest du es tun … Warte, ermittelt sie nicht in dem Mordfall Hanna Lindqvist, der Prostituierten?«

Emilia schweigt. Das Gefühl, unter all den Vertuschungen und Lügen lebendig begraben zu werden, lässt ihr Herz rasen.

»Emilia, hat er die Frau gekannt?«

Emilia springt von dem Sessel auf. »Was soll das, bin ich jetzt schon im Gerichtssaal? Was im Moment zählt, ist, dass mir jemand höllische Angst einjagt und mich töten will! Und mein Gefühl sagt mir, dass es Nicolas ist.«

»Setz dich wieder hin. Ich denke, das eine hat mit dem anderen zu tun.« Eine richterliche Ansage, und sie zeigt ihre Wirkung. Zögernd setzt sie sich wieder hin.

»Du hast dich da in etwas hineinbugsiert, das dir das Genick brechen wird. Willst du immer noch Richterin werden?«

»Vielleicht … ich weiß es nicht mehr.«

»Gut, aber eines merke dir, ein Richter muss eine makellose Weste haben.« Nun ist es Alma, die sich erhebt und auf Emilia herabsieht.

»Ich gehe jetzt zu Bett und morgen fahren wir nach Vaxholm, dann klären wir alles in Ruhe.« Sie beugt sich zu Emilia, haucht ihr einen Kuss auf die Wange. »Alles wird gut, vertrau mir.«

* * *

Unruhig wälzt Emilia sich im Bett hin und her. Immer wieder sind da die Bilder in ihrem Kopf, wie Nicolas im Wasser treibt und um Hilfe ruft. Sie dreht sich auf den Rücken, stiert in die Dunkelheit, lauscht dem Wind, der um das Haus fegt.

Energisch schlägt sie die Bettdecke zurück, geht zum Sekretär und holt sich eines der Tagebücher ihrer Mutter. Sie braucht jetzt etwas, womit sie sich ablenken kann.

44. Kapitel

Irgendwann muss sie eingeschlafen sein. Ihre Glieder schmerzen, als hätte sie einen Marathonlauf hinter sich, so verkrampft hat sie die Nacht verbracht. Mühsam quält sie sich aus dem Bett, das Tagebuch ihrer Mutter fällt dabei zu Boden. Sie hebt es hoch, schlägt die letzte Seite auf. Ihr Mund ist klebrig, doch sie muss wissen, ob sie nur geträumt hat, was dort steht.

> Mein Herz schlug schneller an diesem Weihnachten, als du zwei Jahre alt warst. Endlich hat sich dein Vater, mein Mann, für seine Familie entschieden. Seit diesem Abend waren wir endlich eine Familie.

Vorsichtig schiebt Emilia den Vorhang zur Seite und späht aus dem Fenster. Die Morgendämmerung hat gerade eingesetzt. Der Himmel ist türkis wie das Meer, mit unzähligen funkelnden Sternen darin, die langsam verblassen. Sie lehnt den Kopf an den Fensterrahmen. Ihr warmer Atem lässt das Fenster beschlagen. Wenn das hier alles vorbei ist, wird sie Lykke fragen, was an jenem Weihnachten passiert ist.

Sachte zieht sie die Tür hinter sich zu und geht auf leisen Sohlen zur Küche, sie möchte Alma nicht wecken, und um ehrlich zu sein, würde sie gern allein den Morgen beginnen und ihre Gedanken ordnen.

Doch noch bevor sie die Küche erreicht, weht ihr der Duft von Kaffee entgegen. Einen Moment wartet sie, bis ihre Enttäuschung abgeklungen ist.

»Hej Alma, du bist früh auf.« Sie schenkt ihr ein breites Lächeln, geht hinüber zum Schrank. »Hast du gut geschlafen?«, fragt sie über die Schulter, nimmt sich einen Becher und setzt sich zu Alma an den Tisch.

»Um ehrlich zu sein, nein. Mein Kopf ist immer noch voll von dem, worüber wir gesprochen haben.«

»Ich hab auch kaum ein Auge zubekommen.« In kleinen Schlucken trinkt sie den Kaffee und blickt Alma aufmerksam an. »Wann fahren wir?«

Alma lehnt sich an die Stuhllehne und verschränkt die Arme. »Noch gar nicht. Ich hab mit dem Flughafen in Östersund telefoniert. Die Flüge sind wegen Schneesturm gecancelt.«

»Aber es schneit doch gar nicht.«

»In Östersund schon.« Sie tätschelt Emilias Hand. »Ich ruf später noch einmal an, mach dir keine Gedanken. Wir sind zu zweit und schlagen alle in die Flucht.« Es sollte wie ein Scherz klingen, tut es aber nicht.

»Um ehrlich zu sein, fühl ich mich nicht wohl dabei. Lass uns mit dem Wagen fahren.«

»Das würde ewig dauern bei dem Schnee.«

»Das ist doch egal. Bitte lass uns fahren.« Eindringlich blickt sie Alma an.

»Also gut. Aber erst nach dem Frühstück. Ich bin sonst nicht zu ertragen.«

»Kein Problem.« Erleichtert macht sich Emilia daran, ein schnelles Frühstück zuzubereiten. Spiegeleier und Speck. Nicht das, was sie mag, aber mehr gibt der Kühlschrank nicht her.

Schweigend essen sie, bis Alma die Stille durchbricht. »Es ist schwer, wieder hier in diesem Haus zu sein. Die Erinnerung an Charlie und was alles passiert ist …« Sie reibt sich mit den Händen über das Gesicht.

»Ja, es ist furchtbar und ich fühle mich so schuldig.« Emilia senkt den Blick und atmet schwer ein. »Du hast Charlie geliebt, nicht wahr?«

Alma sieht sie nicht an und sagt kein Wort.

»Ist es so?« Emilias Herz rast.

»Nein, wir waren die besten Freunde. Mehr nicht.« Alma schiebt den Stuhl zurück und steht auf. »Pack deine Sachen, wir fahren.«

Eingepackt in Steppjacken, die Mützen tief ins Gesicht gezogen, überqueren sie schweigend den Hof. Emilia fragt sich, warum Alma nicht vor der Tür geparkt hat. Unruhig geht ihr Blick über den Hof. Alles ist ruhig und beschaulich. Der Wind hat nachgelassen, die Sonne hat es schwer, sich in den grauen Wolken zu behaupten.

Almas Miene ist verkniffen, als sie sich hinter das Steuer setzt. Emilia macht sich Vorwürfe, sie hätte Alma die Frage nicht stellen sollen. Es war der falsche Zeitpunkt. Und doch wollte sie sehen, wie sie reagiert. Alma hat gelogen. Und das liegt Emilia schwer im Magen. Doch jetzt will sie nur noch weg von hier.

»Können wir?«, fragt Alma und dreht den Zündschlüssel herum. Nichts. Sie dreht noch einmal. Sieht auf die Anzeigen am Armaturenbrett.

»Was ist?«

»Kein Saft. Hier, sieh nur, alles schwarz.«

»Hast du das Licht angelassen?«

»Nein, natürlich nicht.« Verärgert reißt Alma die Tür auf, umrundet den Wagen und öffnet die Motorhaube. Emilia wird nervös, immer wieder sieht sie aus dem Fenster, scannt die Umgebung. Unruhig steigt sie aus, ohne den Wald aus den Augen zu lassen. Sie vergräbt die Hände tief in den Taschen ihrer Jacke. »Alma, was ist?«

»Woher soll ich das wissen? Ich bin kein Mechaniker.«

»Okay, ich ruf Lykke an.« Emilia sieht flüchtig zu ihrem eingeschneiten Wagen. Vielleicht sollte sie ihn nehmen. Nervös kaut sie auf ihrer Unterlippe.

Sie spürt an der rechten Hand das Vibrieren ihres Smartphones. Automatisch zieht sie es aus der Tasche der Jacke. Zögert. Doch die Neugier ist zu groß.

Fassungslos starrt sie auf die Nachricht.

Ihr Blick hetzt über die Waldkante.

»Alma! Lauf zum Haus!«

45. Kapitel

Emilia reißt die Haustür auf, zieht Alma in die Diele und verschließt hektisch die Tür. Keuchend lehnt sie sich dagegen. Sie sieht zu Alma, die ihre Hände auf die zitternden Oberschenkel stützt. Ein Hustenanfall raubt ihr die Luft. Mühsam richtet Alma den Oberkörper auf. »Was um Gottes willen ist hier los?« Atemlos reißt sie sich die Mütze vom Kopf. »Rede mit mir, Emilia.«

»Gib mir eine Sekunde.« Sie greift in ihre Jackentasche und hält Alma das Smartphone hin. »Hier, lies das.« Gebannt sieht sie Alma an. »Was sollen wir jetzt machen?«

Alma hebt abwehrend eine Hand. »Warte, ich muss es noch einmal lesen.« Laut liest sie die Nachricht: »Hej Süße, ihr wollt einfach wegfahren? Nein, so funktioniert das nicht. Emilia, du entkommst mir nicht. Ich werde dich töten. Jetzt.« Fassungslos schüttelt Alma den Kopf. »Das ist krank.«

»Ich hab dir doch gesagt, dass er hier ist!« Energisch zieht Emilia den Reißverschluss ihrer Jacke herunter. »Was sollen wir jetzt machen?«

»Ruhe bewahren. Er hat uns beobachtet, aber seine Drohung nicht wahr gemacht. Es war offenes Gelände, er hätte uns bequem erschießen können.«

Sie sehen sich eindringlich an.

»Ja, da ist was dran. Aber es macht die Sache nicht leichter. Ganz im Gegenteil.«

»Stimmt.« Alma schält sich aus ihrer wattierten Jacke. »Ich kann nicht denken, Emilia. Die ganze Geschichte ist zu verrückt.« Sie bindet ihr Haar zu einem Pferdeschwanz, während ihre Augen zum Wohnzimmer und zur Küche gleiten. »Sind alle Türen verschlossen?«

»Ja, sind sie.« Emilia erhascht einen Blick in den Spiegel über der Kommode. Ihr Hals ist übersät mit roten Flecken. Ein sicheres Zeichen, dass sie mehr als nur nervös ist. Unruhig reibt sie mit der Hand darüber, als könnte sie diese hässlichen Flecken einfach wegwischen. »Alma, ich glaube, es ist an der Zeit, die Polizei zu informieren. Ich rufe Smilla Berglund an.« Sie streckt die Hand aus. »Gib mir mein Handy.«

»Warte, überstürze nichts. Er ist da draußen und er spielt mit dir – mit uns. Er hatte seine Gelegenheit und hat sie nicht genutzt.«

»Was willst du damit andeuten?«

Ohne Emilia zu antworten, eilt Alma in das Zimmer von Charlie. Wenig später kommt sie mit seinem Gewehr zurück.

»Was hast du vor?«

»Ich werde hier nicht tatenlos zusehen, wie er versucht, uns umzubringen.«

»Das kannst du nicht machen!«

»Emilia, denk nach! Es ist unwahrscheinlich, dass er noch lebt. Und ein Mensch kann nur einmal sterben, oder?«

»Aber …«

»Was aber? Wir sitzen hier fest, es wird ewig dauern, bis die Polizei eintrifft.«

Emilia spürt, wie die Flecken an ihrem Hals immer größer werden.

»Wir müssen den Spieß umdrehen.«

»Nein! Kommt überhaupt nicht infrage.«

»Sicher?«

»Ich werde niemanden töten! Gib mir mein Smartphone, ich ruf Lykke an. Er wird uns hier rausholen.«

»Willst du, dass Nicolas ihn abknallt wie einen räudigen Hund? Überleg doch mal, du müsstest Lykke alles erklären.«

Emilia schluckt, schließt die Augen. »Es ist mir egal. Gib mir das Telefon.«

»Deine Entscheidung.« Sie drückt das Smartphone in Emilias Hand, ohne es loszulassen. Schwer atmet sie aus. »Du hast recht. Wir sollten die Kommissarin anrufen. Tut mir leid, ich … meine Nerven sind mit mir durchgegangen. Ich werde die Kommissarin anrufen.« Noch bevor Emilia reagieren kann, hat sie das Smartphone wieder an sich genommen. »Kannst du mir einen Gefallen tun und mir ein Glas Wasser holen?«

Überrumpelt nickt Emilia und wendet sich zum Gehen. Bevor sie in die Küche tritt, blickt sie über die Schulter und sieht, wie Alma das Gewehr an die Wand lehnt und im Flur auf und ab geht, das Smartphone fest an ihr Ohr gepresst. Erleichtert geht sie in die Küche.

Gedankenverloren steht Emilia an der Küchenzeile, ihr Blick ist auf das Wasserglas in ihrer Hand gerichtet, ohne es wirklich zu sehen. Zu sehr sitzt der Schock in ihren Knochen. Was passiert hier nur? Wird sie jemals wieder unbefangen ihr Leben bestreiten können? Als sie eine Hand auf ihrer Schulter spürt, wirbelt sie herum, beinahe hätte sie das Glas fallen gelassen. Alma, die viel zu nah vor ihr steht, und die Küchenzeile in ihrem Rücken machen sie nervös. Sie zwängt sich an Alma vorbei. »Hast du Smilla erreicht?« Sie drückt Alma das Glas in die Hand.

»Ja. Sie wird alles in die Wege leiten und die Polizei vor Ort informieren. Wir sollen das Haus nicht verlassen, bis sie eingetroffen sind.«

»Wie lange müssen wir warten?«

Alma zuckt mit den Schultern. »Das wusste sie noch nicht. Sie wollte sich noch mal melden.« Während sie das Glas leert, geht sie in der Küche auf und ab. Immer wieder schüttelt sie den Kopf. Unvermittelt bleibt sie vor Emilia stehen.

»Wer außer Lykke weiß noch, dass du hier bist?«

»Clara. Wieso?«

»Nur so.«

Emilia lässt sich auf einen Stuhl sinken. »Warum ist es nur so still? Meinst du, er beobachtet uns? Oder ist er schon im Haus? Und wir sitzen hier wie auf dem Präsentierteller.« Sofort erhebt sie sich und ihre Augen hetzen zum Fenster.

»Ich hatte dir angeboten, ihn zur Strecke zu bringen.«

»Alma, lass das, das passt nicht zu dir.«

»Herrgott ja, du hast recht. Ich benehme mich furchtbar.« Unvermittelt muss Alma lachen.

»Warum lachst du?«

»Weil die Situation schon sehr grotesk ist, erinnert mich an irgendeinen Film. Actionreich und ziemlich blöd.« Sie stützt den Kopf auf ihre Hände und blickt Emilia lange an. »Du bist hübsch, so wie deine Mutter …« Sie räuspert sich verlegen. »Was ist, wollen wir ein Feuer im Kamin anzünden?«

Emilia hat Schwierigkeiten, still zu sitzen. Sie muss sich bewegen, ganz im Gegensatz zu Alma, die gelassen vor dem Kamin hockt. »Wie kannst du nur so ruhig sein?«

»Es gibt keinen Grund, Energie zu verschwenden. Wir müssen einfach nur abwarten.«

Emilia springt vom Sessel auf. »Ich kann das nicht.« Sie schaut auf ihre Armbanduhr. »Es ist jetzt über eine Stunde her. Langsam müssen sie doch hier sein.«

»Setz dich wieder. Es dauert eben.«

»Hast du keine Angst?«

»Doch, aber was nützt es?«

»Wo ist mein Smartphone? Ich werd Smilla noch mal anrufen.«

»Es liegt auf der Kommode im Flur.«

Ihr Herz klopft hart gegen die Brust, während sie in den Flur geht. Sie kennt Nicolas, er ist unberechenbar. Sie hat es am eigenen Leib erfahren müssen. Angestrengt lauscht sie. Doch nur das Brummen des Kühlschranks dringt zu ihr. Hastig nimmt sie ihr Smartphone von der Kommode, rennt in ihr Zimmer und verschließt die Tür hinter sich.

Erschöpft lehnt sie sich dagegen, bis sich ihr Herz beruhigt.

Sie schleicht zum Fenster, schiebt vorsichtig den Vorhang zur Seite. Aufmerksam streift ihr Blick über das Gelände. Doch da ist nichts außer dem weißen glitzernden Schnee. »Wo bist du?«, flüstert sie und sucht erneut nach irgendeinem Zeichen. Doch da ist nichts Ungewöhnliches. Sie lässt den Vorhang zurückgleiten. Lehnt den Kopf an die Wand, starrt zur Decke. Sie holt tief Luft, sieht auf ihr Smartphone und ist versucht, ihm eine Nachricht zu schicken. »Nein, so mutig bin ich nicht.« Sie schüttelt den Kopf und dann stutzt sie. Ihr Smartphone ist tot. Sie drückt wie wild auf den *On*-Button. Sie weiß, dass es aufgeladen war. »Verdammt.« Das Ladekabel ist in ihrer Tasche, und die befindet sich im Auto.

Gefrustet rutscht sie die Wand herunter, umklammert ihre Beine, wiegt den Oberkörper vor und zurück. Ihr Blick fällt auf einen Umschlag, der unter ihrem Bett liegt. Auf allen vieren krabbelt sie hin und zieht ihn hervor. Sie dreht und wendet ihn. Kein Absender, kein Adressat. Er muss aus dem Tagebuch ihrer Mutter gefallen sein, überlegt sie, hockt sich wieder an die Wand und öffnet den Brief. Ihre Augen fliegen über die Zeilen. Immer und immer wieder.

Ihre Kehle ist trocken und das Gefühl, verraten worden zu sein, befällt sie. Kopflos kramt sie alle Tagebücher ihrer Mutter aus der Schublade des Sekretärs. Jedes einzelne hebt sie hoch, schüttelt es, blättert es durch, auf der Suche nach weiteren Briefen. Nichts, nur ein getrocknetes Gänseblümchen fällt aus einem Tagebuch heraus. Vorsichtig nimmt sie es in die Hand und legt es wieder in das Buch. Emilia umklammert ihren Oberkörper. Was ist damals passiert?

Noch einmal liest sie die Zeilen.

> Dieses Kind sollte unseres sein. Das, was wir immer wollten, und jetzt hast du es mit einer Frau, die du nicht liebst. Ich werde dich niemals verlassen. Ich liebe dich, so wie du mich. Wir gehören zusammen.
>
> Deine dich immer liebende Alma.

Energisches Klopfen an der Tür lässt Emilia zusammenfahren.

»Alles in Ordnung?«

»Ja. Ich komme gleich.«

In Windeseile kramt sie die Tagebücher zusammen. Fieberhaft sucht sie ein sicheres Versteck.

»Darf ich reinkommen?«

Emilias Nerven flattern. Immer noch dreht sie sich mit den Tagebüchern in der Hand um ihre eigene Achse. Sie braucht mehr Zeit! »Ich spring nur schnell noch unter die Dusche, bin gleich bei dir. Okay?« Sie hat Mühe, ihre Stimme unter Kontrolle zu halten.

Es dauert, bis sie eine Antwort erhält. Das macht sie noch nervöser. Sie hält den Atem an, unfähig, sich zu bewegen.

»Gut. Ich sehe dich dann gleich.«

»Ja.« Erleichtert lässt sie ihren angehaltenen Atem entweichen. Versteckt die Tagebücher in dem Regal, hinter den Liebesromanen, die ihre Mutter so gern gelesen hat.

* * *

Emilia weiß nicht, ob sie Alma in die Augen sehen kann, ohne sich zu verraten. Bevor sie in das Wohnzimmer geht, bleibt sie im Türrahmen stehen. Alma hat ihr den Rücken zugekehrt, wärmt sich die Hände am Feuer, dann legt sie noch ein Holzscheit nach. Emilia linst zu dem Gewehr, das neben ihr an der Wand lehnt.

»Geht es dir jetzt besser?«, fragt Alma, während sie sich lächelnd zu ihr dreht. Dieses Lächeln macht Emilia aggressiv. Ein Gefühl, das sie grundlegend verabscheut und sie seit geraumer Zeit immer mehr befällt. Sie ballt die Hände zu Fäusten und lockert sie wieder. Ballt sie erneut und lockert sie. Bis sie ruhiger wird. »Ja, die Dusche hat gutgetan.«

»Konntest du Smilla erreichen?«

Emilia räuspert sich. »Ja. Es dauert nicht mehr lange.« Sie ringt sich ein Lächeln ab. Während sie sich auf den Sessel setzt, lässt sie Alma nicht aus den Augen, die sich gelassen ihr gegenüber niederlässt.

»Gut. Dann können wir uns ja entspannen.« Emilia würde sie am liebsten nach dem Brief fragen, den sie gefunden hat. Noch nicht, ermahnt sie sich. *Sei Anwältin, so wie du es gelernt hast. Ruhig und gelassen.*

»Na ja. Noch sind wir nicht sicher.«

»Wie meinst du das?«

»Nun, Nicolas könnte jeden Moment zuschlagen.«

Einen Wimpernschlag lang gerät Alma ins Wanken. »Was ist, Alma?«

»Nichts, ich hatte Nicolas schon verdrängt. Selbstschutz nennt man das. Kennst du es? Man verdrängt unangenehme Dinge. Dinge, die einem wehgetan haben oder wehtun werden.« Sie beugt sich vor. »Ich habe Erfahrung damit.«

»Das ist interessant, willst du mir davon erzählen?«

»Nein, nicht jetzt. Später, wenn alles vorbei ist.« Mit einem süffisanten Lächeln lehnt sie sich zurück.

In Emilia arbeitet es. Sie hat etwas übersehen. Mist.

»Ich hab Hunger. Wie ist es mit dir, Alma?«

Forschend sieht Alma sie an. »Warum nicht?«

»Ich fürchte, es wird nur eine Dosensuppe werden.« Entschuldigend hebt Emilia die Hände und eilt zur Tür. Dort verharrt sie und dreht sich noch einmal um. »Musik wäre toll. Musik beruhigt.«

»Was möchtest du hören?«

»Egal – irgendetwas Erfrischendes.«

Sie geht in die Küche und klappert mit den Töpfen. Öffnet und schließt laut die Schranktüren. Und dann hört sie Musik.

Auf Zehenspitzen schleicht sie zu Almas Zimmer. Erleichtert stellt sie fest, dass die Tür nicht verschlossen ist. Ihr Herz klopft wie wild gegen die Rippen, während sie in das Zimmer schlüpft. Ihre Augen schweifen hektisch durch den Raum.

»Oh Gott«, flüstert sie, während sie Almas Schrank durchwühlt. Nichts. Sie zieht die Schubladen des Schreibtischs auf. Auch hier ist nicht, wonach sie sucht. Sie lehnt sich an den Schreibtisch und bemüht sich, logisch zu denken, doch ihre kühle Professionalität ist längst verschwunden. Sie eilt zum Bett, hebt die Matratze an. Sieht unter dem Bett nach. Bricht ihre Vermutung zusammen? Deprimiert geht sie zur Tür, an der Almas Steppjacke hängt. Hastig tasten ihre Hände die Jacke ab. Und da ist es. In der Innenseite der Jacke.

Atemlos starrt sie auf Almas billiges Handy. Sie bemüht sich, ruhig zu bleiben, doch ihre Finger beben wie Espenlaub, während sie durch das Menü scrollt. Sie liest die letzte Nachricht, die gesendet wurde:

Hej Süße, ihr wollt einfach wegfahren? Nein, so funktioniert das nicht. Emilia, du entkommst mir nicht. Ich werde dich töten. Jetzt.

Emilia schließt die Augen. Erleichterung, Angst und Wut wechseln sich ab. Was hat Alma vor?

Emilia schleicht aus dem Zimmer und lauscht angestrengt. Sie hört, wie Alma ein Holzscheit in den Kamin wirft. Mit angehaltenem Atem eilt sie in die Küche. Abrupt bleibt sie stehen. Sieht das Telefon auf der Kommode. Gott, warum hat sie nicht früher daran gedacht? Sie hebt es von der Station, doch im selben Moment wird ihr bewusst, dass sie Smillas Nummer nur in ihrem Smartphone hat. Aber Lykkes kennt sie auswendig.

»Emilia, was ist mit der versprochenen Suppe?« Alma kommt aus dem Wohnzimmer und sieht Emilia fragend an.

»Ich … ich finde keine.«

Alma lacht schallend und wird dann ernst. »Ich nehme an, dafür hast du etwas anderes gefunden, stimmt's?« Ihr Blick fällt auf das Telefon in Emilias Hand.

»Warum, Alma?«

Still verstreicht die Zeit. Und wird durch das Klopfen an der Tür zerrissen.

46. Kapitel

Mit steifen Beinen geht Emilia auf die Haustür zu.

»Mach jetzt keinen Fehler. Ich warne dich.« Alma legt die Hand auf das Gewehr. Nickt Emilia zu.

Emilia holt tief Luft, leckt sich über die trockenen Lippen, dreht den Schlüssel herum und reißt die Tür auf.

»Hej«, sagt Smilla und weicht zurück. »Entschuldigen Sie, ich hoffe, ich störe nicht.« Ihr erster Gedanke ist, dass Emilia an einer Grippe leidet. Die Augen glänzen wie im Fieber, tiefe Schatten liegen darunter. Sie sieht abgezehrt aus.

»Nein, überhaupt nicht«, empfängt Emilia sie mit einem erleichterten Lächeln, dann zögert sie und blickt über die Schulter. Plötzlich wirkt sie angespannt. »Möchten Sie reinkommen?«

Smilla wagt es kaum zu atmen. Eine Grippe ist das Letzte, was sie jetzt braucht. In Sekunden nimmt sie die Räumlichkeiten in sich auf. Eine ihrer Stärken, aber auch Schwächen, sagt sie immer. Die Vorhänge sind zugezogen, es riecht nach abgestandener Luft. Der Gedanke an Grippe ist wieder da.

Mit ausgestreckter Hand kommt Alma auf sie zu. Smilla ergreift sie und mag den festen Händedruck. »Richterin Nilsson. Freut mich, Sie hier anzutreffen.«

»Oh, das klingt sehr formell. Ist Ihr Besuch offiziell?«

»Teils, teils. Ich bin auf dem Weg zu meinem Ex-Boss, vielleicht kennen Sie ihn. Hauptkommissar Anderson.«

»Oh, ja natürlich. Ein exzellenter Kriminalist. Ich habe ihn sehr geschätzt. Möchten Sie Kaffee?« Alma übernimmt wie selbstverständlich die Rolle der Hausherrin.

»Ja, gern.« Sie sieht zu Emilia, die wie ein Statist wirkt. Ihr Mund lächelt, aber die Augen spiegeln es nicht wider.

»Kommen Sie, ich bin gerade dabei, einen aufzubrühen.«

»Wollen Sie auf die Jagd gehen?« Smilla deutet auf das Gewehr, das an der Wand lehnt.

»Oh nein. Ich wollte es reinigen.« Alma nimmt es und geht damit in die Küche. »Setzen Sie sich doch. Was können wir für Sie tun?« Sie reicht ihr eine Tasse.

Smilla sieht von Alma zu Emilia, die im Türrahmen lehnt, die Arme vor der Brust verschränkt. »Wenn Sie nichts dagegen haben, würde ich gern mit Emilia allein reden.«

»Worum geht es?«

Smilla räuspert sich. *Richter können einem echt die Laune vermiesen.* Sie lächelt. »Es geht um ihren Ehemann.«

»Haben Sie ihn endlich gefunden? Sie sind mir noch die Antwort schuldig.«

»Nein.«

»Es ist so tragisch … aber manchmal ist das Schicksal erbarmungslos.« Mitfühlend legt sie die Hand auf Emilias Schulter. »Setz dich, Emilia.«

Smilla kneift die Lippen zusammen. »Wenn ich jetzt mit Frau Gustafsson sprechen könnte …«

»Gern, aber ich werde dabei sein. Ich bin nicht nur Richterin, sondern auch Anwältin.«

Was für ein Theater und Schwachsinn zugleich, doch Smilla ist bewusst, dass sie hier mit viel Macht zu tun hat. Sie gibt nach. »Wenn Frau Gustafsson damit einverstanden ist.« Sie blickt zu Emilia, die wie eine Aufziehpuppe die Hände in die Taschen ihrer Jeans vergraben hat und sich stockend nähert. »Ja, ich bin damit einverstanden. Machen Sie es bitte kurz. Warum sind Sie hier?«

»Erinnern Sie sich an unser Telefonat?«

»Ja sicher.« Emilia sieht zu Alma, die sie erneut auffordert, sich zu setzen.

»Was wollen Sie mich fragen?«

»Wie gut kannten Sie Ihren Mann?«

»Nun, wir waren verheiratet.«

Smilla nickt, nippt an dem Kaffee und lässt ihren Blick zu Alma schweifen. »Wussten Sie, dass er in Deutschland wegen Betrug gesucht wird?« Smilla lässt Emilia nicht aus den Augen, bemerkt das Zucken der Mundwinkel, ihren Blick, der unstet vom Becher Kaffee vor ihr zu der Richterin geht.

»Nein, das wusste ich nicht. Allerdings frage ich mich, warum er dann ungehindert hier einreisen konnte.«

»Weil er die Identität eines anderen angenommen hat. Eines Mannes namens Nicolas Ferber.«

»Woher wollen Sie das alles wissen?«

»Weil ich die Frau von Nicolas Ferber ausfindig gemacht hab.« Diese Nachricht lässt Emilia erschrocken aufblicken. Immer wieder reibt sie sich über den Hals.

»Sie hatte ein Verhältnis mit Thomas-Nicolas Neumann, das ist der Geburtsname Ihres Mannes. Nach dem Tod des ersten Nicolas Ferber heiratete sie ihren Geliebten … Er hat sie um ihr Geld gebracht. Sie hatten einen Ehevertrag, in dem festgehalten wurde, dass im Falle einer Scheidung fünfzig Prozent ihres Vermögens an ihn gehen.« Smilla holt Luft, sieht in Emilias entsetztes Gesicht. Sie muss schnell fortfahren, bevor Emilia realisiert, was ihr Nicolas für ein Mensch war. Sie braucht unbedingt ihre Zustimmung für die DNA-Probe. »Es war nicht das erste Mal, dass Ihr Mann eine Frau um ihr Geld betrogen hat.

In Spanien heiratete er eine reiche Erbin. Sie kam bei einer gemeinsamen Segeltour ums Leben und die Behörden in Spanien gehen nicht von einem Unfall aus. Doch die Beweislage ist …«

»Stopp!« Emilia hält ihre Hand hoch. »Aufhören … sofort, ich will das nicht hören.« Sie sieht Alma fassungslos an.

»Sie ermitteln im Fall Hanna Lindqvist und nicht wegen des Unfalls meines Mannes und seiner Vergangenheit. Deshalb möchte ich Sie bitten, mich nicht weiterhin damit zu belästigen.«

»Das ist richtig, nur ich dachte, Sie sollten es wissen.«

»Falsch, ich will das alles nicht wissen.«

»Verstehe.« Smilla streicht über ihren Nacken. »Unsere Ermittlungen haben ergeben, dass Ihr Mann Kontakt zu Hanna Lindqvist hatte. Ich brauche Ihr Einverständnis für eine DNA-Probe Ihres Mannes. Eine Haarbürste reicht aus.«

»Warum?«

»Wir haben unter den Fingernägeln des Opfers kleine Hautpartikel gefunden. Ich bitte Sie, geben Sie mir Ihr Einverständnis.« Sie bemerkt das Zögern, und das lässt sie hoffen. »Die Frau hat es nicht verdient, dass wir ihren Mörder nicht verurteilen.« Sie beugt sich vor. »Bitte, Frau Gustafsson.«

»Mein Mann ist tot!« Emilia weicht zurück.

»Noch ist es nicht bewiesen. Sie wissen ganz genau, wie das läuft. Es kann Monate dauern, bis Ihr Mann für tot erklärt wird. Oder haben Sie es bereits beantragt?« Smilla kann kaum ihren Unmut im Zaum halten. »Ich möchte Ihnen so wenig wie möglich Unannehmlichkeiten bereiten, aber ich könnte auch eine richterliche Verfügung beantragen.« Sie sieht zu Alma, deren Miene nichts verrät. »Ich bitte Sie, geben Sie mir Ihr Einverständnis, und alles wird diskret gehandhabt. Ich gebe Ihnen mein Wort darauf.«

Abwehrend hält Emilia ihre Hände hoch. In ihren Augen ist blanke Panik. »Sie haben ja keine Ahnung.« Hektisch springt sie auf, ihr Blick hetzt zu dem Gewehr, das neben Alma am Stuhl lehnt.

»Ich denke, damit ist alles gesagt.« Alma erhebt sich, als wäre sie im Gerichtssaal.

Für einen Augenblick ist Smilla irritiert. »Ich bitte Sie, Frau Staatsanwältin, es ist Ihre Pflicht …«

Emilia will aus der Küche stürmen, doch Alma hält sie am Arm fest.

»Hauptkommissarin Berglund, sobald wir in Stockholm sind, werden wir Sie kontaktieren.« Alma reicht ihr die Hand. Zögernd ergreift Smilla sie. Im Hinausgehen erhascht sie einen bestürzten Blick von Emilia. Er stimmt sie nachdenklich. Unwillkürlich muss sie an Emilias Tablettenmissbrauch denken. Sie macht einen Schritt auf Emilia zu. »Kann ich etwas für Sie tun?« Doch bevor Emilia antworten kann, ist Alma bei ihr. »Wir sehen uns in Stockholm.« Weit öffnet sie die Haustür.

Erbost stürmt Emilia auf Alma zu, kaum dass sie die Tür hinter der Kommissarin geschlossen hat. »Du wusstest, wer Nicolas ist! Du hast es die ganze Zeit gewusst. Du wusstest von den Frauen in Hamburg und in Spanien! Was willst du?«

»Beruhige dich. Du wirst es noch früh genug erfahren.«

»Du … du bist genauso krank wie Nicolas.«

»Das bin ich nicht.« Alma steckt den Schlüssel in die Hosentasche. »Wir unterhalten uns später, wenn diese Kommissarin verschwunden ist. Bis dahin solltest du dich entspannen.«

Emilia geht nach oben und verriegelt ihre Tür. Lehnt mit dem Rücken dagegen, schließt die Augen und bemüht sich, ruhig durchzuatmen.

Ihr Körper kribbelt und sie spürt, wie ihre hektischen Flecken am Hals erblühen. All das will sie nicht mehr, weder Flecken am Hals noch diese Lügen. Sie wird damit aufräumen. Sie stößt sich von der Tür ab, geht geradewegs auf das Regal zu und holt die Tagebücher ihrer Mutter hervor.

47. Kapitel

Unentwegt bewegt Smilla ihre Lippen von einer Seite zur anderen. Ein Indiz dafür, dass es in ihr rumort. Das Treffen mit Emilia und Alma war merkwürdig. Emilia hat viel zu aggressiv und ablehnend auf ihre Bitte reagiert. Und die Richterin war … Richterin. Die Frauen waren unentspannt. »Genau das ist es«, brummelt sie. »Unentspannt«, wiederholt sie, und noch etwas liegt ihr schwer im Magen. Die Gegend. Sällsjö. Sie hat keine guten Erinnerungen daran. Keine dreißig Kilometer von hier, tief im Wald, steht die Jagdhütte ihres Großvaters. Dort erlebte sie einen Albtraum, den sie nie vergessen wird. Die Erinnerung, wie sie sich dort mit Jennifer versteckt hat, ihr versprach, dass es sicher sei, stellt ihr die Nackenhaare auf. Und ausgerechnet hier, in der Nähe des Dorfes, muss sich Anderson eine *Fiskehytt* anschaffen. Eine Fischerhütte, als wäre er ein passionierter Angler. Blödsinn.

Aufrecht sitzt sie am Steuer und lenkt den Wagen über die verschneite Straße Richtung Sällsjö. Sie hat keinen Blick für die weiße Pracht, den blauen Himmel, an dem feine Federwolken gezeichnet sind. Viel zu sehr ist sie mit ihren Gedanken bei ihrem Fall Hanna Lindqvist und der Verbindung zum Haus

Gustafsson. Sie braucht nur noch eine Bestätigung ihrer Theorie.

Fast hätte sie die Abzweigung zu Andersons Hütte verpasst. Hart tritt sie auf die Bremse, ein Fehler, wie sie sofort bemerkt. Der Wagen schlingert, und nur mit Mühe kann sie ihn wieder in die Spur bringen. Der Adrenalinschub lässt sie aufschreien. Auch das erinnert sie an die rasante Flucht durch den Wald mit Jennifer. »Oh Gott, nicht jetzt.« Diese Gedanken braucht sie nicht auch noch.

Sie verringert das Tempo. Nach wenigen Minuten sieht sie eine Rauchfahne über den verschneiten Wipfeln der Fichten und dann den See, der ruhig und in einem blauschwarzen Farbton vor ihr liegt. Ein wunderbarer Kontrast zu dem Schnee. Sie muss zugeben, dass es romantisch und dramatisch aussieht, aber nichts für sie, sie ist ein Stadtmensch.

Smilla schlägt die Autotür zu und zieht die Kapuze über ihren Kopf. Außer Andersons Kombi steht noch ein Pick-up vor dem Haus. *Mist.* Er hatte ihr nicht gesagt, dass er Besuch erwartet. Enttäuscht sieht sie sich um. Er hat sie vergessen, ganz klar. Eigentlich nicht seine Art.

Lautes Hundegebell erregt ihre Aufmerksamkeit. Ihr Körper versteift sich, als ein Labrador auf sie zugerannt kommt. Panisch blickt sie sich um, geht langsam rückwärts zu ihrem Wagen und dann hört sie eine energische Stimme: »Buddy! Zurück!«

»Ja, verdammt! Ruf deinen Köter zurück!«, brüllt Smilla erbost. Der Hund bleibt schwanzwedelnd stehen, dann trollt er sich. Um die Hausecke biegt ein Mann, groß, gut gebaut und … Smilla kneift die Augen zusammen, er kommt ihr bekannt vor.

»Tut mir leid, Buddy ist harmlos, aber ich versteh Ihren Unmut, da muss ich noch ein wenig an seiner Erziehung arbeiten.« Auch er stutzt, dann lächelt er und reicht ihr die Hand. »Wir sind uns begegnet vor etwa zwei Jahren. In Ottsjö. Ich bin Thomas und hab damals die Suche …«

»Oh, ja sicher, jetzt erinnere ich mich«, unterbricht sie ihn, sieht in seine ruhigen Augen und ergreift seine Hand. »Ich wollte nicht so schreien, aber ich hab so gar keinen Draht zu Hunden.«

»Kein Problem.«

»Obwohl dieses Exemplar ja etwas ganz Besonderes ist. Er hat Sarah gefunden, ohne ihn … Ach, wir wollen den Gedanken lieber nicht aussprechen, oder?«

»Smilla! Du bist früh dran, wie geht es dir?« Anderson kommt auf sie zu und umarmt sie. Irritiert über diese ungewohnte Geste geht sie einen Schritt zurück. »Was ist mit dir denn los?«

»Ich freu mich, dich zu sehen.«

»Hm … ich freue mich auch.« Sie sieht über seine Schulter. Das Lächeln der jungen Frau mit dem schönsten dunklen, lockigen Haar, das sie jemals gesehen hat, lässt sie einen Augenblick innehalten. Sie geht auf Sarah zu, reicht ihr die Hand. »Sie sehen so anders aus. Glücklich«, sprudelt es aus ihr heraus. »Das freut mich sehr für Sie.«

»Vielen Dank.«

»Sind Sie wieder hierhergezogen?«

»Nein, ich hatte nur Sehnsucht nach Schnee.« Verlegen sieht sie dabei zu Thomas.

»Den haben wir reichlich. Aber ich mag den Sommer lieber. Dann sind Sie also nur auf der Durchreise?«

»Ja, und da wir hier in der Nähe waren, wollten wir kurz Hallo sagen.« Versonnen sieht sie hinüber zum See. »Es ist so schön hier, und der See erinnert mich an Ottsjö. Manchmal muss ich daran denken, an die schöne, aber auch an die Zeit …« Sie räuspert sich. »Im Grunde will ich gar nicht mehr darüber reden. Manchmal ist es gut, einfach zu vergessen und sich nur auf die Zukunft zu konzentrieren.« Wieder sind da dieses Lächeln und der warme Blick in Richtung Thomas.

»Da ist was dran«, sagt Smilla und folgt Sarahs Blick. Dann sieht sie an sich herunter und bemerkt Buddy, der sich neben sie gesetzt hat. Smilla schluckt, fasst Mut und streicht flüchtig über seinen Kopf. Sie merkt, wie ihr eine Schweißperle die Schläfe herabrinnt.

Sarah lacht und Smilla ist es unangenehm. »Ich habe mal eine unerfreuliche Erfahrung gemacht.«

Sie verabschieden sich, mit dem Versprechen, wieder einmal vorbeizuschauen.

Smilla und Anderson sehen dem Pick-up nach, der den Schnee hinter sich aufwirbelt.

»Glaubst du wirklich, dass Sarah nur wegen des Schnees hier ist?«

Anderson zuckt mit den Schultern. »Keine Ahnung. Ist auch nicht wichtig, oder?«

»Nein, eigentlich nicht.« Sie zieht die Schultern hoch und blickt versonnen dem Wagen hinterher.

»Wie läuft es mit Melvin, deinem neuen Kollegen?«

»Oh, bitte frag nicht. Er ist irgendwie – ich weiß auch nicht, verklemmt ist der falsche Ausdruck.« Sie schlingt die Arme um ihren Körper. »Wir kommen klar.«

Anderson lacht in sich hinein und geht auf das Haus zu.

»Moment, warum sagst du nichts dazu?«

»Weil du eine Eigenbrötlerin bist, und jeder, den man dir zur Seite stellt, wird es schwer haben. Melvin ist ein guter Mann, er liebt seinen Job und ich hab ihn empfohlen. Also reiß dich zusammen.«

»Oh, nun kommt der alte Boss hoch. Na ja.«

Die Hütte ist gemütlich eingerichtet, das hatte Smilla nicht erwartet. Flauschige Kissen bedecken die roh gezimmerte Eckbank. Der gusseiserne Ofen verströmt Wärme. Fotos vom Angeln und Landschaftsbilder zieren die Holzwände.

Sie fühlt sich wohl und isst mit Genuss den *Kladdkaka*, den ihr Anderson serviert. »Ich liebe Schokoladenkuchen.«

»Ich weiß, und deshalb habe ich ihn auch heute frisch für dich gebacken.«

»Den hast du selbst gemacht? Du erstaunst mich immer wieder.«

»Gut, dass ich das noch auf meine alten Tage höre.« Anderson grinst sie breit an. »Sag, was brennt dir auf der Seele?«

Seufzend lehnt sie sich zurück. »Du hast mit Sicherheit die Tragödie von der Richterfamilie Gustafsson mitbekommen. Erst bringt sich der Richter um und dann kommt der Mann der Staatsanwältin bei einem Segeltörn ums Leben.«

»Ja, ich hab es in den Nachrichten verfolgt.« Er wiegt den Kopf. »Aber du bist doch in keinem der Fälle involviert.«

»Nein. Ich arbeite an dem Fall einer ermordeten Prostituierten. Und eine Spur führt zu dem Gatten der Staatsanwältin Emilia Gustafsson. Und genau da liegt mein Problem und mein Magengrummeln.«

»Oh, oh, wenn du diesen Blick und den geheimnisvollen Tonfall hast, dann ist meine Neugier geweckt. Erzähl.«

Smilla schaut aus dem Fenster. Die Dämmerung hat eingesetzt. Schnee rieselt sanft zu Boden. Wie in einem Märchen. Sie muss an Sarah und ihre Worte über den Schnee denken. Sie klangen so verträumt. Ist wohl so, wenn man verliebt ist.

»Hast du mir zugehört?«

»Nein, ich war gerade mit meinen Gedanken woanders. Liebe. Ich werde dieses Gefühl einfach nicht los, dass Emilia Gustafsson ihren Mann geliebt hat, und er hat sie benutzt. So wie seine Ex-Frau. Er hat sie betrogen und ihr Geld veruntreut, und als sie dahinterkam, wurde er gewalttätig. Leider musste die gute Frau erfahren, dass man ihr nicht glaubte. Aus Scham zog sie die Anzeige zurück. Das habe ich der Staatsanwältin verschwiegen. Ich brauch ihre Mitarbeit, damit ich den Fall lösen kann.« Smilla fährt hektisch mit der Hand durch ihr kurzes Haar. Sie kann immer noch Emilias entsetzten Ausdruck sehen, als sie ihr von der Frau in Spanien erzählte. »Scheiße«, brummelt sie.

Grübelnd sieht er sie an. »Nun, ich weiß nicht, ob das so klug war, fahr noch einmal zu der Staatsanwältin. Konfrontier sie mit der Wahrheit über ihren Mann.«

»Ach Anderson, das hab ich doch schon gemacht, indem ich ihr sagte, dass er die gleiche Nummer in Spanien abgezogen hat, nur dass die arme Frau mit ihrem Leben dafür bezahlte. Ich glaub, sie ahnt es schon längst und auch, dass er etwas mit dem Tod der Prostituierten zu tun hat.«

»Das war unklug. Du hättest damit warten müssen. Aber wer weiß, vielleicht kommt sie ja doch zur Besinnung.« Anderson schiebt geräuschvoll den Stuhl zurück. »Tee? Oder etwas Stärkeres?«

»Etwas Stärkeres.« Sie sieht ihm zu, wie er zwei Gläser und eine Flasche Rum aus dem Schrank holt. »Und weißt du, was ich noch denke? Sie hat ihren Mann über Bord gehen lassen.«

»Das musst du aber erst einmal beweisen. Nur ein Gefühl … aber das weißt du ja.« Anderson füllt die Gläser und schiebt eines davon zu ihr rüber. »Fahr morgen noch einmal zu ihr.«

48. Kapitel

Emilia klappt das letzte Tagebuch zu und legt es sorgfältig zu den anderen auf den Sekretär. Wenn sie jetzt jemand fragen würde, wie sie sich fühlt, könnte sie es nicht sagen. Es gibt keine Worte, die ihre Gefühle beschreiben können. Da ist nur Leere, ein abgrundtiefes schwarzes Nichts, das sie verschluckt. Ihr den Atem raubt.

Ihre Hände liegen flach auf dem Sekretär. Ihr Blick ist aus dem Fenster gerichtet. Allmählich setzt die Dämmerung ein und der Himmel ist in kaltes Violett getaucht. Ein Schwarm Krähen fliegt dicht an dem Fenster vorbei. Ihr lautes Krächzen rüttelt Emilia wach.

Leise öffnet sic die Tür einen Spaltbreit. Emilia hält ihren Atem an, um besser hören zu können. Aus dem Wohnzimmer erklingt Musik. Den Gedanken an Flucht hat sie verworfen. Sie will sich nicht mehr verstecken, sie möchte, dass die Wahrheit ans Licht kommt. Sie wird dafür sorgen, dass Alma ihre gerechte Strafe bekommt. Sie hat keine Angst mehr vor ihr.

Vor dem Kamin, in dem ein Feuer lodert, sitzt Alma auf dem Sessel, der Ester gehörte. Das zu sehen schürt Emilias Zorn gegenüber dieser Frau, die sie von Kindesbeinen an kennt.

Der Verrat an ihr, an ihrer Familie lässt sie alles vergessen, was ihre Eltern ihr an Werten beigebracht haben. *Was soll's*, denkt sie und geht mit einem Lächeln auf Alma zu, die sie gelassen ansieht und sich noch enger in das Polster schmiegt.

»Magst du was trinken? Ich bin gerade dabei, den besten Whisky, den die Bar hergibt, zu mir zu nehmen.« Sie hebt das Glas in ihrer Hand hoch, betrachtet aufmerksam die Flüssigkeit darin. »Dieser hier ist hervorragend. Dein Vater hatte schon immer einen besonderen Geschmack.«

»Das hatte er, sonst hätte er ja nicht meine Mutter geheiratet.«

»Da hast du recht. Also, möchtest du?« Alma schaut sie kalt an.

Emilia setzt ihr breitestes Lächeln auf und lässt sich auf den Sessel ihres Vaters sinken. »Sehr gern.« Immer noch lächelt sie und sie weiß, dass es Alma irritiert. Überraschenderweise liebt sie dieses Gefühl von Macht und Überlegenheit. Dieses Gefühl, jemandem genüsslich wehzutun. Denn das wird sie.

Gelassen schlendert Alma zur Hausbar und schaut über die Schulter zu Emilia. »Ich nehme an, du bist bereit für unser kleines Gespräch.«

»Ja, aber leider weiß ich nicht, wo ich anfangen soll. Oder möchtest du anfangen?«

»Nein. Fang am besten mit dem an, was dich am meisten bewegt.« Alma widmet sich dem Einschenken des Whiskys.

Emilias Puls steigt an, während ihre Hand in die Tasche ihres Kapuzenshirts gleitet und das Diktiergerät ihres Vaters aktiviert.

Alma reicht ihr das Glas.

»Wusstest du, dass meine Mutter Tagebuch geschrieben hat?«

»Nein.« Ein Hauch von Unruhe flackert in Almas Augen auf, und Emilia genießt es. Sie prostet ihr zu. »Natürlich nicht, denn dann hättest du sie längst vernichtet. Bei dem Hass, den du ihr gegenüber hegtest.«

»Was redest du da?«

»Ach Alma, ich bitte dich. Ich hab die Tagebücher gelesen und bedaure zutiefst, dass ich sie erst jetzt gefunden hab. Dabei lagen sie die ganze Zeit in ihrem Sekretär. Wir hätten uns einiges ersparen können. Meinst du nicht?«

»Jetzt gehen deine Nerven mit dir durch.« Betont langsam schlägt Alma die Beine übereinander. Eine Geste, die in dieser Situation grotesk auf Emilia wirkt. Doch schnell wird ihr klar, dass Alma mit ihr spielt.

»Alma, diese souveräne Masche zieht nicht mehr. Ich hab etwas, was dir gehört.« Sie greift in die Hosentasche und legt Almas Handy auf den runden Tisch zwischen ihnen. »Aber du weißt ja längst, dass ich es gefunden hab.«

Alma greift nun ihrerseits in ihre Hosentasche. »Und das ist der Akku aus deinem Smartphone.« Mit einem breiten Lächeln lehnt sie sich zurück. »Es war amüsant zu beobachten, wie du dich verhältst, nachdem du herausbekommen hast, wer die Nachrichten schickt.«

»Freut mich, dass ich dich unterhalten konnte. Und danke für die Briefe und Rosen … Es hat dir mit Sicherheit Vergnügen bereitet.«

»In der Tat, das hat es.«

Emilia muss sich zusammenreißen. Am liebsten würde sie Alma eine runterhauen. Sie richtet sich auf. »Ich habe dich immer als eine Freundin und als Muttterersatz angesehen, doch jetzt weiß ich, dass du mich ebenso verabscheust wie meine Mutter.« Nachdem sie die Worte laut ausgesprochen hat, wird ihr das ganze Ausmaß bewusst. Ihre Hand zittert, als sie das Glas hebt. Sie bemerkt das höhnische Lächeln auf Almas Lippen.

»Du hast meine Mutter getötet. Und du wusstest, wer Nicolas war und was er vorhatte.« Sie stürzt den Whisky hinunter.

»Du wolltest, dass endlich der Weg frei ist, damit du und mein Vater zusammen sein könnt. Ohne dumme Fragen meinerseits … aber dann hat Nicolas ihn umgebracht.«

»Ja, ich hatte mir Informationen über Nicolas besorgt. Aber du musstest ihm ja verschweigen, dass du schon alles geerbt hast. Wie konntest du nur!« Aufgebracht ballt sie die Hände zu Fäusten. Dann entspannt sie sich wieder. »Was willst du jetzt von mir hören? Soll ich dir sagen, dass dein Vater und ich das perfekte Paar gewesen wären?«

Heftig springt Alma auf. »Du hast alles kaputtgemacht! Hätte deine Mutter sich nicht schwängern lassen, dann hätten dein Vater und ich die Welt erobert. Ester war eine einfältige Frau. Kein Ehrgeiz. Kein Interesse am Weltgeschehen. Ich habe gesehen, wie dein Vater darunter litt. Er hatte einen Fehler gemacht. Und dann, an diesem unsäglichen Weihnachten, als du zwei Jahre alt warst, hat er sich entschieden. Charlie hat nur um deinetwillen deine Mutter gewählt.«

Almas Worte schmerzen in Emilias Ohren. Blanke Wut schäumt in ihr hoch, während sie die Hände vorschnellen lässt und Alma überrumpelt zu Boden fällt. Ihr überraschter Ausdruck, als sie auf den Holzdielen landet, stachelt Emilia noch mehr an. Sie ballt ihre Faust.

»Mach schon, schlag zu!«, brüllt Alma sie an. »Worauf wartest du? Das ist deine Gelegenheit!«

Langsam kommt Emilia zur Besinnung. »Nein. Ich werde mich nicht auf dein Niveau begeben.«

»Dann hast du deine Chance vertan.« Mühsam erhebt sich Alma vom Boden, streicht sich ihr Shirt glatt, wischt sich ihr zerzaustes Haar aus dem Gesicht.

»Mag sein, aber du wirst für das, was du getan hast, noch lange büßen«, sagt sie mit schwerer Zunge und ringt nach Luft. »Ich werde dich vor Gericht zerren und dich fertigmachen.«

Emilia schwankt. Ihr ist schwindelig und ihre Beine fühlen sich unfähig an, ihren Körper zu tragen.

»Alles in Ordnung?« Alma neigt den Kopf zur Seite. »Ich sagte doch, du hast deine Chance vertan.«

Emilia blinzelt. Ihr Sichtfeld ist verschwommen und ihr Schädel fühlt sich an, als würde eine Herde Elefanten darin trompeten. Mit Mühe folgt sie Almas Blick zu ihrem Glas. Sie schluckt, hört Almas höhnisches Lachen, bevor sie auf den Sessel sinkt, unfähig, sich zu bewegen und klar zu denken. Alma hat recht, sie hat ihre Chance nicht genutzt, und sie hat Alma unterschätzt. »Was hast du mir in den Whisky gemischt?«, krächzt sie und versucht, sich zu konzentrieren.

Alma schießt vor, stützt die Hände auf die Lehnen des Sessels. Ihre Haare bedecken halb ihr Gesicht. Emilia drückt sich an die Rückenlehne, kann den Wahn in Almas Augen sehen. Warum hat sie das nicht schon früher bemerkt? Sie blinzelt, um dieses Bild vor ihr zu vertreiben, und zwingt sich, Alma nicht aus den Augen zu lassen. »Das, was dein liebender Mann dir verabreicht hat. Ich hatte es mir besorgt für den Fall, dass er versagt … tja, du weißt es ja am besten, du hast ihn über Bord gehen lassen. Schade, dass du ihn umgebracht hast. Nun sitze ich hier und hab ein weitaus größeres Problem mit dir.« Sie richtet sich auf und Emilia kann wieder atmen.

»Um ehrlich zu sein, ist mein ganzer Plan ziemlich schiefgegangen. Sieh mich nicht so an. Auch ich mache Fehler.« Sie dreht ihr den Rücken zu.

Emilia lässt sie nicht aus den Augen. *Konzentrier dich. Lenk sie ab. Du musst Zeit gewinnen.* »Du willst mich töten.«

»Was dachtest du denn? Und gerade jetzt, wo du alles weißt.«

»So wie du meine Mutter umgebracht hast.« Sie hat Mühe, die Worte zu formen, und noch mehr Mühe, einen Ausweg zu finden. »Alma, ich erinnere mich an deine Worte: ›Die Wahrheit kommt immer ans Licht.‹« Unstet gleiten ihre Augen zwischen Alma und der Tür hin und her. Sie wird es nicht schaffen.

»Stimmt, das hab ich gesagt. Aber weißt du was? Das ist es mir wert. Du hast deinen Vater auf dem Gewissen, weil du Nicolas verschwiegen hast, dass du längst das Erbe hast.«

»Das ist nicht …«

»Halt den Mund! Du hast mein Leben ruiniert! Charlie und ich haben uns so geliebt! Und dann kamst du zur Welt, und jetzt willst du mir auch noch den Richterstuhl nehmen. Das lasse ich nicht zu.« Sie zieht ein paar Kabelbinder aus der Hosentasche. Noch bevor Emilia reagieren kann, greift sie sich ihre Hände.

»Was soll das?«

»Was denkst du?«

»Nein!« Mit aller Macht windet sie sich, tritt mit den Beinen, die ihr nicht gehorchen und ins Leere strampeln.

49. Kapitel

»Noch einen kleinen Schluck?« Anderson hält die Flasche Rum hoch.

»Nein, einer reicht mir.«

»Gut, dann eben nicht.«

Smilla lehnt sich zurück und blickt aus dem Fenster. Die violetten Töne des Himmels verblassen allmählich und machen Platz für die Nacht.

»Worüber denkst du nach?« Anderson legt die Ellenbogen auf den Tisch und sieht sie aufmerksam an.

»Nichts weiter.« Sie reibt sich mit dem Handrücken über die Stirn.

»Smilla, ich kenne dich. Du bist mit deinen Gedanken immer noch bei Emilia Gustafsson. Stimmt's?«

»Hm … ich kann mich nicht entspannen. Weißt du was, ich fahr jetzt noch mal zu ihr.« Sie legt die Hände auf die Tischplatte und stützt sich hoch.

»Willst du nicht bis morgen warten?« Er hält sie am Arm fest. »Ist doch egal, ob du ihre Einwilligung heute oder morgen bekommst. Oder durch einen richterlichen Bescheid.« Er sieht sie bittend an. »Außerdem wird es jeden Moment anfangen zu schneien. Warte bis morgen.« Er lässt ihren Arm los.

»Quatsch. Da ist keine einzige Wolke am Himmel.«

»Doch, sieh aus dem Fenster hinter dir.«

Dunkelgraue Wolken hängen schwer am Himmel und warten nur darauf, ihre Last loszuwerden. »Dann sollte ich mich lieber beeilen.«

»Schade … ich dachte, du bist hier, um mich zu besuchen.«

»Ich … natürlich bin ich deinetwegen hier. Ich dachte nur, ich könnte das Angenehme mit dem Nützlichen verbinden.« Beschämt sieht sie auf die Spitzen ihrer Boots und hofft inständig, dass er nicht weiter auf sie einredet. Das schlechte Gewissen hat er schon angepikst und es breitet sich immer mehr aus. Mit einem vagen Lächeln blickt sie in seine Augen.

Anderson hebt ergeben die Hände. »Du bist ein Dickkopf. Mach, was du willst, aber mach schnell. Ich bereite schon mal den Eintopf vor.« Mühsam steht er auf und legt die Hand auf ihre Schulter. »Fahr vorsichtig.«

Smilla bindet sich einen Schal um und streift ihre Jacke über. »In spätestens zwei Stunden bin ich wieder da. Und ich freu mich schon auf deinen selbst gekochten Eintopf.«

Mit gesenktem Kopf geht sie zu ihrem Leihwagen. Der Wind hat merklich zugenommen, sie hebt den Blick zum Himmel, der immer dunkler wird.

Keine zehn Minuten später fällt dichter Schnee vom Himmel. Die Scheibenwischer sind auf schnellster Stufe, und doch haben sie Schwierigkeiten, das weiße Nass von den Scheiben zu befreien. Zu allem Übel sind sie von innen beschlagen. Smilla tastet nach einem Taschentuch in ihrer Jacke, zieht das Smartphone heraus und legt es auf den Beifahrersitz, kramt erneut in der Tasche ihrer Jacke, und endlich hat sie eines gefunden. »Wusste ich's doch.« Während sie mit dem Taschentuch über die Scheibe wischt, überlegt sie, ob sie umkehren und, wie Anderson sagte, morgen fahren soll. Smilla blickt auf ihr Navi, noch zehn Kilometer. Genervt stöhnt sie auf und verlangsamt das Tempo.

* * *

»Hör auf, nach mir zu treten!« Geschickt weicht Alma den Tritten aus. »Es hat keinen Sinn, Emilia. Du bist viel zu zugedröhnt.«

»Ich werd niemals aufgeben«, keucht Emilia und bemerkt, wie die Anstrengung ihr die letzte Kraft raubt. Sie hat nicht mehr viel Zeit. Ihr Gehirn funktioniert nur noch mit halber Kraft, die Welt um sie herum ist so weich. *Komm schon*, ermahnt sie sich. *Kämpfe.* »Ich werde es dir nicht leicht machen.« Mit einem animalischen Aufschrei zieht sie die Beine an und lässt sie vorschnellen, trifft mit Wucht Almas Unterleib.

Überrumpelt fällt Alma hart auf den Boden, stößt sich den Kopf an dem Tisch. Emilia nutzt die Schrecksekunde und schwankt zur Tür, die unendlich weit weg zu sein scheint. Ihre Beine tragen sie nicht, ihr Kopf dröhnt, ihr Herz pumpt wie verrückt das Blut durch ihren Körper.

»Du verfluchtes Miststück!«, brüllt Alma wutentbrannt und stürzt sich erneut auf Emilia. Beide fallen zu Boden. Das Gewicht auf ihrem Rücken raubt Emilia den Atem. Sie windet sich, will diese Last loswerden. Alma greift in ihr Haar und zieht erbarmungslos daran.

»Steh auf!«

Emilias Hände greifen unkontrolliert nach hinten. Der Griff in ihrem Haar ist unbarmherzig, der Schmerz unerträglich. Das Gefühl, als würden sich Tausende Stecknadeln tief in ihre Kopfhaut bohren, treibt ihr die Tränen in die Augen. »Lass los. Bitte!« Sie will nicht aufgeben, doch sie hält es nicht mehr aus. »Alma bitte, lass los.«

»Dann mach keine Zicken mehr. Ist das klar?«

»Ja«, haucht sie unter Tränen.

Der Griff lockert sich. Stöhnend robbt Emilia zu der Wand und lehnt sich erschöpft dagegen, reibt sich über ihren kribbelnden Kopf. Sie spürt, wie sich Haare in den Händen sammeln, langsam nimmt sie die Hände runter und stellt entsetzt fest, dass sie voll mit ausgerissenen Haaren sind.

»Die werden schon wieder nachwachsen.« Alma sieht auf sie herunter. »Ich hab mal gelesen, dass Haare nach dem Tod noch wachsen. Also mach dir darüber keine Gedanken.« Sie geht zu dem Sessel und hebt die Kabelbinder auf.

»Da bist du falsch informiert«, giftet Emilia und zieht die Beine an ihren Körper. »Was jetzt, Alma? Wie willst du mich umbringen?« Durst, Erschöpfung und Müdigkeit plagen sie. Am liebsten würde sie es hinter sich bringen und für immer schlafen. »Was hast du vor?«

»Wir fahren zu dem Ort, wo deine Mutter und Charlie ihr Leben gelassen haben.«

»Du bist so krank, weißt du das?« Sie blickt zu Alma, die mit versteinerter Miene vor ihr hockt. Ihr Haar, diese wunderschönen Locken, kleben an ihrem Gesicht, das alt und verbraucht wirkt. Was für eine Metamorphose, von elegant zu abstoßend. »Was hat mein Vater nur an dir gefunden?«

»Er hätte dir diese Frage beantworten können. Aber du hast dafür gesorgt, dass er es nicht mehr kann. Also halt die Klappe.« Sie hebt die Kabelbinder hoch. »Los, Hände auf den Rücken.«

Emilia wendet ihr Gesicht ab. Sie kann es nicht ertragen, diese Frau anzusehen. Lässt es geschehen.

Mühsam steht Alma auf. »Ich hatte es mir einfach vorgestellt. Du bist eine Kämpferin, so wie deine Muttter. Sie hat sich bis zuletzt gewehrt.«

»Ich hasse dich«, stammelt Emilia mit schwerer Zunge und legt den Kopf an die Wand. Durch das Fenster schaut sie in dichtes Schneetreiben, wunderschön und hell erleuchtet.

Sie kneift die Augen zusammen und sieht noch einmal hin. Scheinwerfer. Scheinwerfer, die durch den Schnee aufleuchten. Sie schließt die Augen, rollt sich zusammen. Will diesen Traum, dass sie gerettet wird, weiter träumen. Dass die Scheinwerfer real sind und nicht nur ihrer Fantasie entspringen.

Wie durch Watte hört sie Alma fluchen. Verschwommen sieht sie, wie Alma vor ihr kniet, das Gewehr neben sich auf dem Boden, spürt, wie sich etwas Klebriges auf ihre Lippen legt.

»Keinen Mucks. Hörst du?«

Emilia will sich aufrichten, doch es fällt ihr schwer. Sie schließt die Augen.

Klirrende Kälte empfängt Smilla, als sie die Wagentür öffnet. Fröstelnd zieht sie die Kapuze über den Kopf und ärgert sich, dass sie die Mütze in Stockholm vergessen hat. Der Wind treibt ihr den Schnee wie feine Nadeln in die Augen. Schützend hält sie die Hand davor und eilt zur Haustür.

Unter dem Vordach streift sie die Kapuze ab, klopft sich den Schnee von der Jacke und sieht dabei über den Hof. Doch außer einer dichten weißen Wand ist nichts zu sehen. Sie drückt auf den Klingelknopf. Trampelt mit den Boots auf der Stelle, um die Kälte, die durch ihre Kleidung dringt, zu vertreiben. »Verdammt, mach auf«, brummelt sie und drückt erneut die Klingel. Diesmal lässt sie den Finger länger verweilen. Nach weiteren gefühlt drei Minuten wird endlich die Tür einen Spaltbreit geöffnet. Mittlerweile sind ihre Gesichtsmuskeln unbeweglich vor Kälte und machen das Lächeln schwer, als sie in Almas überraschtes Gesicht schaut.

»Kommissarin! Ist etwas passiert?«

Smilla schüttelt den Kopf und Alma streckt ihr die Hand entgegen. »Kommen Sie rein. Sind Sie allein?«

»Ja. Tut mir leid, dass ich Sie noch stören muss.«

»Kein Problem.« Alma schließt die Tür, und sofort spürt Smilla, wie sich ihre Gesichtsmuskeln entspannen. »Was für ein Wetterumschwung.«

»Hm … keiner hat damit gerechnet. Was kann ich für Sie tun, Kommissarin Berglund?«

»Wenn es möglich ist, würde ich gern noch einmal mit Frau Gustafsson reden.«

Fahrig greift sich Alma in die lose zusammengebundenen Haare. Ihre Augen gleiten hektisch durch die Diele.

»Ist Ihnen nicht gut?«, fragt Smilla besorgt. Sie bemerkt die dunklen Augenringe, die fleckige Haut und einen Kratzer auf Almas Hand, die sie jetzt in der Hosentasche vergräbt. Und das Gewehr, das neben der Haustür lehnt.

»Nein, alles gut. Ich mag nur nicht, wenn es so stürmisch ist, und den anhaltenden Schneefall.«

»Oh, das kann ich gut verstehen.« Smilla räuspert sich und wiederholt ihre Frage nach Emilia.

»Emilia geht es nicht besonders. Sie leidet zu sehr unter den Ereignissen. Sie hat sich schon zu Bett begeben.«

»Das ist sehr schade … Dann werde ich morgen noch einmal vorbeischauen.«

»Rufen Sie bitte vorher an.« Ohne Umschweife öffnet Alma die Tür. Für Smillas Geschmack zu schnell. Bei so einem Wetter schickt man eigentlich niemanden aus dem Haus, es sei denn, der Besucher ist unerwünscht.

»Würde es Ihnen etwas ausmachen, wenn ich Ihr Bad benutze?«

»Natürlich nicht. Es ist gleich da vorn rechts.«

Emilia lauscht den Stimmen. Da ist Alma und … komm schon, zu wem gehört die andere Stimme? Verflucht. Jetzt ist es still. Mühsam richtet sie sich auf, was sich äußerst schwierig gestaltet mit den Händen auf dem Rücken und der Leere in ihrem Kopf.

Auch das Atmen fällt ihr schwer. Angestrengt lauscht sie. Nichts außer ein paar Schritten, die hin- und hergehen. Plötzlich stoppen sie und sie hört wieder Stimmen. Es ist jemand im Haus. *Hilfe!* Ihre Schreie sind nur ein leises Stöhnen unter dem Klebeband.

Mit letzter Kraft schafft sie es, Richtung Tür zu robben. Die Angst, der Durst und die Drogen in ihrem Blut machen sie wahnsinnig. Sie dreht sich zur Wand und tritt dagegen, immer und immer wieder. Dann verharrt sie, lauscht. Doch die Stimmen fahren ungerührt fort. Endlich erreicht sie die Tür.

»Sagen Sie bitte Frau Gustafsson, dass ich hier war und morgen so gegen neun noch einmal vorbeikomme.«

»Das ist nicht nötig, lassen Sie uns die Sache in Stockholm regeln. Es ist für alle das Beste.«

Smilla lächelt unverbindlich. »Ich werd darüber nachdenken«, sie reicht Alma die Hand. »Gute Nacht und …« Ein Poltern an der Wohnzimmertür lässt sie innehalten. Fragend sieht sie Alma an, die sich nervös mit der Hand über die Wange fährt. »Oh, das war sicher nur ein Holzscheit im Kamin.«

Smilla zögert. Noch ein Poltern, diesmal kräftiger. »Wollen Sie nicht lieber nachsehen?«

»Nein. Da ist alles in Ordnung. Ich wäre Ihnen dankbar, wenn Sie jetzt gehen. Ich bin müde.«

Es sind nur Bruchteile von Sekunden, die Smilla braucht, um abzuwägen, was sie tun soll oder darf, ohne dass sie mit Konsequenzen rechnen muss. Sie drängt sich an Alma vorbei und stößt die Tür auf.

50. Kapitel

Smillas Augen brauchen einen Moment, bis sie sich an das dämmrige Licht gewöhnen. Und dann sieht sie Emilia auf dem Boden. Gefesselt, mit einem Klebestreifen über dem Mund.

»Was ist hier los?«, presst sie adrenalingesteuert durch die Lippen. Automatisch greift ihre Hand an die Seite ihres Körpers, da, wo normalerweise das Schulterholster mit der Pistole ist. Sie greift ins Leere, dort ist natürlich nichts. Sie ist privat hier.

»Verdammt«, flucht sie und bereut es, dass sie Alma den Rücken zugekehrt hat. Sie sieht noch, wie sich Emilias Augen vor Schreck weiten, hört das panische Keuchen durch den Klebestreifen, bevor ein Schlag auf den Hinterkopf sie zu Boden reißt.

Sekunden später setzt der Schmerz ein. Das Gefühl, dass ihr Schädel gespalten ist, und die Tatsache, dass sie sich nicht bewegen kann, machen ihr Sorge. Sie spürt Hände, die ihre Arme nach hinten biegen. Sie kann sich nicht wehren. Ein höllischer Schmerz jagt durch ihren Kopf, als sie die Augen öffnen will. *Scheiße.* Ihr Atem rasselt. Immer wieder gleitet sie in ein schwarzes Etwas, das so verlockend ist. Nein, das darf sie nicht zulassen. Verschwommen erkennt sie Alma, die an ihr herumfingert und dabei manisch immer den gleichen Satz wiederholt:

»Alles deine Schuld, Emilia. Alles deine Schuld.« Smilla reckt den Kopf ein paar Zentimeter nach oben. Erkennt Emilia, deren Augen sie verzweifelt ansehen. Tief atmet sie den Staub der Holzdielen ein. »Alma … binden Sie mich los. Bitte. Ich versprech Ihnen …«

»Halt den Mund. Ich versteh überhaupt nicht, warum du nicht einfach gehen konntest.« Keuchend vor Anstrengung beugt Alma sich zu ihr. Ihr Atem riecht sauer.

Wenigstens funktioniert mein Geruchssinn noch, schießt es Smilla durch den Kopf.

»Alma, wir können über alles reden. Noch ist es nicht zu spät.« Es strengt sie an, die Worte zu formulieren, und noch mehr, ihre Gedanken zu sortieren. Wie kann sie die Situation unter Kontrolle bekommen? Sie blickt zu Emilia, die vor sich hin wimmert. Noch einmal versucht sie, Alma zu überzeugen, sie loszubinden. Doch Alma schweigt und ein surrendes Geräusch, das abrupt endet, dringt zu Smilla. Klebeband.

Alma richtet sich stöhnend auf. »Ich muss nachdenken.«

Sie schlägt die Tür zu und dann dreht sich der Schlüssel im Schloss.

Alma ist den Tränen nahe. Was ist nur schiefgelaufen? Alles war perfekt organisiert, und dann muss diese übereifrige Kommissarin aufkreuzen. Sie steckt den Schlüssel in die Hosentasche.

Aufgebracht stürmt sie in die Küche. Reißt den Kühlschrank auf und holt sich eine Flasche Wasser heraus, gierig trinkt sie direkt aus ihr, während sie rastlos die Küche abschreitet. Sie blickt zum Fenster über der Spüle. Das schwache Hoflicht zeigt ihr eine Welt, die von Sturm und Schnee beherrscht wird. Eigentlich perfekt für ihr Vorhaben. Anstrengend, aber der Sturm und der Schnee werden die Spuren verwischen. Sie wendet sich vom Fenster ab und spielt diverse Szenarien in ihrem Kopf durch.

* * *

Anderson hebt den Deckel vom Topf, hält seine Nase über den aufsteigenden Dampf, wedelt mit der Hand den Geruch in seine Nase. »Mmh … das wird lecker.« Zufrieden legt er den Deckel wieder auf den Topf. Er sieht zur Uhr über dem Herd. Smilla ist jetzt seit eineinhalb Stunden unterwegs. Er geht hinüber zum Fenster. Dichtes Schneetreiben. Anderson kratzt sich am Kopf, sieht wieder zur Uhr. Soll er sie anrufen? Unschlüssig hält er das Telefon in der Hand. Nein. Sie sagte, zwei Stunden, und er kennt sie, sie wird sauer, wenn er so besorgt ist. Unruhig geht er zum Ofen, legt noch ein Holzscheit nach, richtet sich auf und sieht wieder zur Uhr. »Was sagt Smilla immer? ›Scheiß drauf‹, genau das sagt sie.« Entschlossen greift er zum Telefon. Sofort springt die Mailbox an. Er hinterlässt eine Nachricht.

* * *

Emilia sieht zu Smilla, die keinen Meter von ihr entfernt liegt, ihre Augen sind geschlossen und die Stirn ist in tiefe Falten gelegt, ihre Nasenflügel blähen sich bei jedem Atemzug auf. Zentimeter für Zentimeter robbt sie zu ihr. Ihr Körper gehorcht ihr nicht, jede Bewegung ist ein Akt der Konzentration. Als sie an Smillas Beine stößt, zuckt diese zusammen. Emilias Gesicht ist ihrem ganz nah. Smillas Augen öffnen sich.

Smilla versucht, ihr etwas zu sagen, doch es kommen nur Fragmente an. Oh, wie sie es hasst, so hilflos zu sein. Schwerfällig rollt Emilia sich auf die Seite, kehrt Smilla den

Rücken zu, strampelt sich weiter hoch. Ihre Hände tasten dabei über Smillas Körper, bis sie an ihrem Gesicht sind. Es dauert, bis sie eine Ecke von dem Klebeband lösen kann. Sie zerrt daran und schafft es, es abzuziehen.

Erschöpft fällt sie in sich zusammen, hört die tiefen Atemzüge von Smilla, die sich mit ihren vermischen.

»Sehr gut. Gib mir einen Moment«, dringt Smillas raue Stimme zu ihr. Sie nickt und lauscht Smillas schwerfälligem Atmen.

»Geht es dir gut, alles in Ordnung?«

Bejahend nickt Emilia.

»Okay«, keucht Smilla. »Kannst du dich aufrichten? In meiner linken Jackentasche ist ein Taschenmesser. Schaffst du das?«

Emilia nickt erneut. Ihre Schultern brennen wie Feuer, als sie versucht, sich aufzurichten, und schrecklicher Durst lähmt sie. Blind tasten ihre Hände über die Jacke. Sie folgt Smillas Anweisungen, hat Schwierigkeiten mit der Orientierung.

»Warte, rechts … okay, jetzt höher … links.« Wenn die Situation nicht so brisant wäre, würde sie schallend darüber lachen. Endlich hat sie die Tasche ertastet.

»Du machst das sehr gut! Und nun ziehe es langsam raus.«

Emilias Herz rast, als sie das Messer mit zwei Fingern greift und vorsichtig anhebt. Es ist schwer und rutscht immer wieder durch ihre verschwitzten Finger.

»Ganz ruhig. Du schaffst das.«

Konzentriert ertastet sie es erneut. Fest presst sie die Finger an den Stahl, und diesmal klappt es. Mit einem dumpfen Geräusch fällt das Taschenmesser auf den Boden.

»Sehr gut.« Ruhe liegt in Smillas Stimme.

Tränen der Erleichterung schießen Emilia in die Augen. Es gibt doch noch Hoffnung, dass sie hier heil herauskommen.

Doch diese Hoffnung wird brutal zerstört, als sich der Schlüssel laut im Schloss dreht und die Tür auffliegt.

Smilla reagiert sofort. Legt sich mit dem Gesicht auf den Boden, unter ihr das Messer. Emilia tut es ihr gleich. Ihre Augen treffen sich für eine Sekunde.

Alma reißt an Emilias Armen. »Los, aufstehen. Wir treten unsere letzte Reise an.« Almas Griff ist hart und unbarmherzig. Wild wehrt Emilia sich dagegen, versucht, ihn abzuschütteln. Unbeeindruckt schubst Alma sie weiter vorwärts. Emilia bekommt nicht genügend Luft und dieser Umstand löst blanke Panik in ihr aus. Sie stemmt ihre Füße in den Boden.

»Ich warne dich. Willst du, dass deine neue Freundin stirbt, nur weil du nicht machst, was ich dir sage?« Almas Gesicht ist ihrem so nah, sie kann den Wahnsinn darin sehen und noch etwas. Bedauern?

»Lassen Sie sie los!«, brüllt Smilla und richtet sich auf. Emilia schüttelt den Kopf, sucht Blickkontakt. Doch Smilla ignoriert sie.

Alma lockert den Griff, wendet sich Smilla zu, beugt sich über sie. »Oh, ihr wart fleißig, wolltet ihr fliehen? Nein. Ich hab meine eigenen Pläne. Und du brauchst dich nicht zu sorgen. Alles ist arrangiert.«

Es ist dieses Nein von Alma, das in Emilia mehr als Wut auslöst. Sie muss etwas tun, und zwar schnell. Und wenn es nur für Smilla ist, denn sie ist unschuldig hier reingeraten. Blind vor Raserei nimmt sie Anlauf und wirft sich mit voller Wucht gegen Alma.

Überrascht taumelt Alma rückwärts, rudert mit den Armen, um das Gleichgewicht zu halten. Emilia senkt den Kopf und rammt ihn in Almas Bauch. Die Wucht reißt Alma um und sie schlägt mit dem Hinterkopf auf die Tischkante. Nach Luft japsend steht Emilia über Alma, die bewusstlos am Boden liegt.

Es ist still im Raum.

Smilla kneift die Augen zusammen, ihr Kopf dröhnt. Es dauert, bis sie einen Satz formen kann. »Komm … Emilia, komm hierher. Es ist alles gut.« Smillas Finger zittern, immer wieder fällt das Taschenmesser aus ihren bebenden Fingern. Sie lässt Emilia nicht aus den Augen, die apathisch neben Almas regungslosem Körper kniet. Endlich schafft sie es, die Klinge auszuklappen. Es dauert, bis sie den richtigen Winkel findet, um am Kabelbinder anzusetzen. Schließlich hat sie Erfolg.

Sie reibt sich über ihre schmerzenden Handgelenke und schleppt sich zu Emilia, wirft einen hastigen Blick auf Alma. Ein dünnes Rinnsal aus Blut zieht sich über die Holzdielen. Mit einem Ruck reißt sie das Klebeband von Emilias Mund.

»Tief durchatmen. So ist gut. Ich schneide jetzt die Kabelbinder durch. In Ordnung?« Der leere Ausdruck in Emilias Augen macht ihr Sorge. »Es ist alles gut.« Flink kniet sie sich neben Alma und ertastet die Halsschlagader. »Sie lebt!« Sie wendet sich zu Emilia, die sich unentwegt ihre Handgelenke reibt. »Bist du okay?«

»Sie lebt, Alma lebt noch?«

»Ja, mach dir keine Gedanken«, fürsorglich legt sie die Hand auf Emilias Arm. »Ich ruf die Polizei und einen Krankenwagen. Hast du einen Verbandskasten?«

Mit dem Rücken an die Badezimmertür gelehnt, realisiert Emilia erst jetzt, was alles passiert ist. Ihr Körper zittert, ihr Magen krampft sich zusammen. Tränen rinnen unaufhörlich über ihre Wangen. »Es ist vorbei. Der Albtraum ist vorüber.« Ihre Stimme ist leise. Sie wiederholt die Worte lauter, aber auch das setzt nicht die erhoffte Erleichterung frei. Mit beiden Händen reibt sie über ihr Gesicht.

Sie hört Smillas Stimme, die nach ihr ruft. »Gleich! Ich komme gleich«, antwortet sie und holt den Verbandskasten aus dem Schrank neben dem Spiegel. Entsetzt sieht sie ihr Abbild an. So, wie sie aussieht, fühlt sie sich auch. Alt, verhärmt, blass und leblos.

Das Klopfen an der Tür lässt sie zusammenzucken. »Wer ist da?«

»Ich bin es nur. Hast du den Verbandskasten gefunden?«

Emilia reißt die Tür auf. »Was ist mit der Polizei, hast du sie erreichen können?«

»Es wird eine Weile dauern, bis sie hier sind. Der Schneesturm. Aber sie sind auf dem Weg.«

»Und was ist mit Alma?«

»Die kommt schon durch. Soweit ich es beurteilen kann, eine heftige Platzwunde.«

Emilia nickt und kaut nervös auf ihren Lippen.

»Keine Sorge, Emilia, sie wird es überleben.«

»Das ist nicht, was mir Sorgen macht. Ich … kannst du ihr Fesseln oder so anlegen?«

»Das ist schon passiert.«

Der Duft von frischem Kaffee hängt in der Luft. Das Licht der Deckenlampe über dem Holztisch verleiht ihm einen warmen Ton. Schweigend sitzen sie an dem Tisch, jede mit einem Becher Kaffee vor sich.

Emilia umklammert den warmen Becher mit beiden Händen. Zum ersten Mal in ihrem Leben will sie schweigen. Für immer. Smilla räuspert sich, und auch das will sie nicht hören, sie weiß, nach einem Räuspern kommt eine Frage. Sie schaut Smilla an, die genauso fertig aussieht wie sie und froh ist, am Leben zu sein. Alma hatte recht, als sie sagte, dass es alles ihre Schuld sei.

»Du warst sehr mutig, Emilia. Wenn du Alma nicht überwältigt hättest …«

Emilia hebt ihre Hand. »Nicht jetzt, denn es gibt einen Grund, warum das alles passiert ist.«

»Ja, es gibt immer einen Grund.« Smilla legt die Hand auf ihre. »Ich wollte nur Danke sagen.«

Emilia legt den Kopf in den Nacken und lacht. »Weißt du, ich muss dir danken. Wenn du nicht noch mal hergekommen wärst, dann wäre ich jetzt tot. Ein Sturz vom Berg, als Selbstmord getarnt.« Traurig schüttelt sie ihren Kopf. »Alma hat meine Mutter umgebracht, sie den Abhang hinuntergestoßen, aus Eifersucht, aus unerwiderter Liebe. Sie wollte Rache. Sie wollte mich tot sehen, weil ich geboren wurde.« Sie wischt sich schnell über die Augen, sie will nicht weinen, dazu gibt es keinen Grund mehr. »Irgendwann erzähle ich dir meine Familiengeschichte. Auch ich hab sie erst vor ein paar Tagen erfahren.«

»Wann immer du bereit dazu bist.«

Schweigend hängen sie ihren Gedanken nach.

Das Aufheulen eines Motors lässt sie aufspringen. Und dann spüren sie den kalten Luftzug an den Beinen.

Emilia erreicht die Diele als Erste. Die Haustür ist weit geöffnet. »Alma!«, brüllt sie aus Leibeskräften dem Truck ihres Vaters hinterher. Almas Worte hallen in ihrem Kopf. *Wir treten unsere letzte Reise an.*

Emilia schnappt sich ihre Steppjacke von der Garderobe und rennt los. Da sind keine klaren Gedanken, nur der Wunsch, dass sie Alma von ihrem Vorhaben abbringt. Das kann und will sie nicht zulassen. Alma darf sich nicht so einfach der Verantwortung entziehen.

»Wo willst du hin?«, ruft Smilla gegen den Wind.

»Ich werde sie aufhalten!« Mit den Händen befreit sie die Frontscheibe ihres Wagens vom Schnee, reißt die Wagentür auf und startet den Motor. Betätigt die Scheibenwischer, die sich abmühen, den restlichen Schnee zu vertreiben. Das kratzende Geräusch auf blankes Eis lässt sie frustriert aufschreien. »Verdammt noch mal!« Sie fragt sich, warum sie den Wagen nicht in der Scheune geparkt hat. Wütend schlägt sie mit den Händen auf das Lenkrad. Es muss auch so gehen. Sie knallt den ersten Gang rein.

Smilla reißt die Tür auf. »Das ist Wahnsinn, du wirst es nicht schaffen! Nicht mit diesem Wagen.«

»Aber ich muss sie aufhalten!« Flehend sieht Emilia Smilla an. »Ich kann sie doch nicht entkommen lassen! Verstehst du nicht? Sie will sich einfach in den Tod stürzen, sich ihrer Verantwortung entziehen.« Sie springt aus dem Wagen. Rennt zur Scheune.

»Verflucht! Emilia, bleib stehen!«

Doch noch bevor Smilla die Scheune erreicht, prescht Emilia mit dem Schneemobil an ihr vorbei.

»Verdammt! Du schaffst das nicht allein!«, brüllt sie Emilia hinterher. Sieht über die Schulter. Milchiges Licht von Scheinwerfern nähert sich. »Überlass das der Polizei!«

Frustriert stapft sie den Scheinwerfern entgegen. Smilla fuchtelt wild mit den Armen. »Hier!«, schreit sie, ringt nach Atem.

»Smilla!«

»Oh Gott, Anderson! Komm schnell, wir müssen ihr folgen. Wir müssen zu Emilia.«

51. Kapitel

Alma kennt die Strecke, sie ist ihr vertraut wie die Furchen um ihren Mund und ihre Augen. Oft ist sie hier gewesen, früher mit Charlie und Ester, aber auch allein, um zu trauern und sich zu bestätigen, dass sie das Richtige getan hat, als sie Ester von der Bergkante gestoßen hat. Sie fühlt bis heute keine Reue, und doch hat sie getrauert, denn Charlie hat sich noch mehr von ihr abgewandt und er und Emilia sind enger zusammengerückt. Diesen Gedanken mag sie nicht, nicht jetzt. Sie reibt sich flüchtig über ihre Handgelenke, an denen der Kabelbinder war, den sie an der Glut des Kaminfeuers zum Schmelzen gebracht hat. Es war schmerzhaft, aber nicht so schmerzhaft wie die Trauer um Charlie.

Sie wirft einen Blick in den Rückspiegel. Da ist nichts weiter als aufgewirbelter Schnee, der durch die Rücklichter rot leuchtet. Fest umfassen ihre kalten Hände das Lenkrad, der Weg wird holpriger, jede kleinste Bodenwelle spürt sie in ihren Knochen. Es geht immer steiler bergauf, die Straße wird enger und die Sicht schlechter. Auch ohne Schnee ist es heikel. Noch ein paar Meter, dann kommt eine Einbuchtung. Sie horcht in sich hinein. Ist da Aufregung oder gar Furcht vor dem, was sie tun will? Wünscht sie sich, dass jemand kommt und sie davon abhält?

Wieder sieht sie in den Rückspiegel, runzelt die Stirn, kneift die Augen zusammen. Weit hinter ihr tanzen schwach leuchtende Scheinwerfer den Berg hinauf. Ohne den Rückspiegel aus den Augen zu lassen, zieht sie eine Kassette aus der Jackentasche. Es erweist sich als problematisch, sie in das alte Autoradio zu schieben. Der Truck schlingert unruhig durch den Schnee. Doch sie schafft es und fast hätte sie vor Freude gejubelt. Sie atmet tief ein und aus, dreht an dem Rad für die Lautstärke. Und dann ertönt ihr Lied. Ihres und Charlies. »You've Got to Hide Your Love Away« von den Beatles. Ein Hauch von Melancholie legt sich wie ein Schatten über sie.

Sie parkt den Wagen. Für einen Augenblick zögert sie, dann öffnet sie die Tür.

Die Musik trägt sie durch den Schnee. Sie fühlt sich frei und losgelöst. Die klirrende Kälte, der schneidende Wind, all das heißt sie willkommen. Mühsam bahnt sie sich den Weg durch den knietiefen Schnee. Der Pfad ist schmal, aber das stört sie nicht, sie kennt ihn und würde auch mit verbundenen Augen ihr Ziel erreichen.

Die kalte Luft beißt in ihren Lungen. Ihre Augen tränen vom eisigen Wind. Das alles ignoriert sie. Sie sieht nur Charlie, der ihr seine Hand reicht und sie aufmunternd anlächelt, als sie den Rand des Abhangs unter ihren Füßen spürt. Ganz schwach weht die Musik zu ihr. Alma lächelt und singt leise die Zeilen mit.

Emilia springt vom Schneemobil und rennt auf den Truck zu. Sie sieht die offene Fahrertür, hört die Musik. »Alma!«, brüllt sie panisch. Steckt den Kopf in den Truck. »Oh, bitte nicht.« Ihre Lippen zittern nicht nur vor Kälte. Ohne nachzudenken, rennt sie los. Folgt Almas Spuren. Sie ignoriert ihre kalten Hände, die

Füße, die sich wie Eisklumpen anfühlen. Sie hat nur ein Ziel, sie muss Alma aufhalten.

Ihr Herz rast vor Anstrengung, ihr Atem geht keuchend, als sie oben ankommt. »Alma!«, schreit sie in den Wind. Sie schaut sich panisch um, ruft erneut nach ihr, will es nicht wahrhaben, will nicht hinsehen zu den Fußabdrücken, die bis zur Kante des Abgrunds gehen. Ihr Körper zittert, aber nicht vor Kälte, es sind die nicht greifbaren Gefühle. Sie nähert sich dem Abgrund, will es sehen, will Alma sehen. Sie fällt auf die Knie, blickt hinunter in den Abgrund.

Der Schneesturm erschwert die Sicht. Verzweifelt suchen ihre Augen den Abgrund ab. Und dann erblickt sie zwischen zwei hohen Fichten eine dunkle Silhouette. Die Arme weit ausgebreitet, als würde sie auf eine Umarmung hoffen. Emilia legt den Kopf in den Nacken und schreit ihr Leid in die kalte Nacht.

52. Kapitel

»Willst du wirklich allein fahren? Bei dem Wetter sind es immerhin fast acht Stunden, wenn nicht noch mehr.« Lykke zieht den Stuhl geräuschvoll zurück, nimmt seine Mütze ab und setzt sich an den Küchentisch.

Emilia wendet ihren Blick von dem Fenster. Gebannt hat sie die Sonne, die strahlend am blauen Himmel hängt, betrachtet. Sie ist zwiegespalten, ob sie es als gutes Zeichen sehen soll nach allem, was gestern Nacht geschehen ist.

»Ach Lykke, mach dir darüber keine Gedanken.« Sie legt die Hand auf seine und sieht ihn dankbar an. »Die Kommissarin wird mit mir zurückfahren, wir bringen ihren Leihwagen zum Flughafen nach Östersund und dann fahren wir nach Stockholm.«

»Wie geht es ihr? Sie sah übel aus.« Er senkt den Blick auf seine Hände. »Du aber auch, ich kann immer noch nicht begreifen, was passiert ist.«

»Da bist du nicht allein.« Schwer stützt sie die Hände auf den Tisch und stemmt sich hoch. »Magst du einen Kaffee?«

Sie nimmt die Kanne und füllt den Becher, blickt über ihre Schulter zu Lykke. »Ich muss dich etwas fragen.« Sie reicht Lykke den Becher und setzt sich wieder hin. »Was ist an dem

Weihnachten passiert, als ich etwa zwei Jahre alt war? Diese Geschichte, die du mir erzählt und nicht beendet hast.«

Verlegen kratzt er sich am Hinterkopf, vermeidet es, sie anzusehen. »Ach, es war … es gab da diesen Moment, als wir den Weihnachtsbaum hereintrugen. Du bist auf Charlie zugelaufen und hast ihn mit deinen großen Augen angesehen, als hätte er ein Wunder vollbracht, dass er diesen großen Baum ins Haus bekam.« Versonnen hat Lykke seinen Blick in die Ferne gerichtet. »Und als du sagtest, dass er der beste Papa auf der Welt sei, ist er in Tränen ausgebrochen.« Er räuspert sich und nimmt einen Schluck Kaffee, stellt ihn sorgsam auf den Tisch. »Wir alle wussten, dass er mit Alma mehr als eine Affäre hatte. Selbst deine Mutter wusste davon und hat es akzeptiert. Ich hab oft mit Ester darüber gesprochen, aber sie wollte nichts dazu sagen.«

Lykke streicht sich über das Kinn, atmet tief aus. »Und dann, an diesem Weihnachtsabend, hat dein Vater sich für Ester und für dich entschieden und es feierlich verkündet.« Er blickt verstohlen zu Emilia, die gebannt an seinen Lippen hängt.

»Danach wurde alles anders. Deine Mutter sah, wie Alma litt, sie wusste, sie brauchte Charlie, brauchte seine Nähe, den Austausch in diesem ganzen, na du weißt schon, intellektuellen Kram. Sie hat Alma vertraut und ihr die Tür geöffnet.« Er presst die Lippen aufeinander. »Ich mochte sie nie, und nach diesem Weihnachten noch weniger. Sie hat die Güte von Ester ausgenutzt und Charlie … manchmal konnte er ihr nicht widerstehen. Nach dem Tod von Ester war es vorbei. Alma hatte keine Chance mehr bei ihm. Ich denke, dein Vater hat immer geahnt, dass Alma etwas mit dem Tod von Ester zu tun hatte.« Entschuldigend sieht er Emilia an.

»Alles gut, Lykke, es ist vorbei und ich bin froh, dass ich nun die ganze Wahrheit kenne.«

Er nickt und lehnt sich an die Stuhllehne. »Was wirst du jetzt tun?«

»Wie meinst du das?« Emilia richtet sich mühsam auf. Sämtliche Knochen in ihrem Körper schmerzen. »Was ist Lykke, warum druckst du so rum?« Seine zaudernde Art ist das Letzte, was sie jetzt gebrauchen kann. »Sag mir einfach, was du denkst.«

»Ich … ich frag mich, ob du jemals wieder hierherkommst und ob du das Haus verkaufen wirst.« Er sieht sie bittend an und es bricht ihr das Herz.

»Ich will ehrlich zu dir sein, ich weiß es noch nicht.«

53. Kapitel

Eine Woche später

Energisch klopft Emilia an die Tür zu Smillas Büro und öffnet sie gleichzeitig.

»Hej Smilla.«

»Emilia, was für eine Überraschung! Komm rein. Du siehst gut aus. Entspannt irgendwie.«

»Danke, das kann ich von dir leider nicht sagen. Was macht dein Kopf?«

»Alles gut, dicke Beule, aber sonst gut.« Automatisch geht Smillas Hand an ihren Hinterkopf. »Setz dich doch.«

»Ich hab nicht viel Zeit.« Emilia greift in ihre Handtasche und holt einen Plastikbeutel heraus. »Das ist die Haarbürste von Nicolas. Mach den Test. Ich bin mir sicher, dass er positiv sein wird.«

Dankbar nimmt Smilla den Beutel entgegen. Dann wird sie ernst. »Was wirst du tun, wenn er positiv ist?«

»Oh, mach dir keine Sorgen. Alles wird sich regeln … Feuern können sie mich nicht, denn das hab ich schon selbst getan. Ich habe mein Amt offiziell niedergelegt. Und den Shitstorm kann ich aushalten.«

»Sehr gut.«

Emilia blickt auf die Armbanduhr. »Ich muss mich beeilen, ich treffe mich mit Livias Verteidiger, Casper Hansson. Ich hab da so eine Idee und wer weiß, vielleicht funktioniert es ja.«

»Jetzt machst du mich aber neugierig.«

»Später, ich muss los.«

An der Tür sieht sie sich noch einmal um. »Ach ja, ich ziehe nach Stockholm. Wenn du Lust hast, kannst du mir beim Umzug helfen.« Sie lacht über Smillas entgeisterten Gesichtsausdruck.

Ja, sie zieht um. Sie kann nicht mehr in dem Haus am Meer leben. Es ist nicht mehr ihr Zuhause.

Zu viele schreckliche Erinnerungen leben dort. Sie will ein neues Leben. Den Anfang macht sie mit dem Umzug und mit Casper. Sie ist gespannt darauf, was er sagen wird, wenn sie ihm ihre Idee vorstellt. Sie will Frauen eine Stimme geben, ihnen helfen, sich aus der Klammer der Gewalt zu befreien. Casper soll ihr Sprachrohr sein, und sie wird im Hintergrund die Fäden ziehen.

13. Dezember

Beschwingt bewegt sich Emilia durch das Restaurant, das an diesem Abend nur mit Kerzen erhellt ist. Es ist Luciatag, das Lichterfest. Seit ihrer Kindheit liebt Emilia dieses Fest, und heute ganz besonders. Sie hat das Gefühl, endlich angekommen zu sein. Erleichtert atmet sie den Geruch nach Safrangebäck und Kerzen ein, während ihr Blick suchend durch das Lokal geht, und dann entdeckt sie Smilla und eine hübsche junge Frau mit kurzem kastanienbraunem Haar.

»Hej!«, ruft sie ihnen zu und winkt. Emilia ist selbst erstaunt über ihre unbeschwerte und lockere Art. Vor nicht mal einem halben Jahr hätte sie es niemals gewagt, sich so frei und ungezwungen zu bewegen.

Herzlich umarmt sie Smilla. Dann streckt sie die Hand aus. »Hej Jennifer, schön, dich endlich kennenzulernen. Smilla hat mir viel von dir und deiner Geschichte erzählt.«

»Ja, und sie mir deine. Ich war sehr gespannt auf dich.«

Beide sehen sich lange an.

»Was würdest du tun, wenn Nicolas wiederauftaucht?«

»Das, was du getan hast, als Dennis in Syrien auf dich wartete.«

Wie zwei Verbündete nicken sie sich zu und Emilia fühlt, wie sie immer stärker wird. Wie ihr Leben eine Wendung nimmt, die sie sich immer erträumt hat.

»Es gibt etwas zu feiern.« Emilia greift zu der Flasche Wein auf dem Tisch, füllt ihr Glas. »Casper Hansson und ich haben es geschafft, dass Livia Svenssons Haft verkürzt wird. Noch ein Jahr und dann ist sie eine freie Frau.«

Sie prosten sich zu, und plötzlich wird es ganz still im Restaurant.

Junge Mädchen in langen weißen Gewändern, mit roter Schärpe um ihre Taillen und weißen Kerzen in den Händen, begleiten die diesjährige Lucia, die stolz einen aus immergrünen Zweigen gebundenen Kranz und Kerzen auf dem Kopf trägt.

Andächtig sehen sie der Prozession zu und lauschen dem Gesang.

Mitten in dieser feierlichen Stimmung brummt Smillas Smartphone in der Jackentasche. Genervt zieht sie es heraus. Eine Nachricht von Melvin.

Der Rettungsring der Vindø wurde gefunden, nicht weit vom Anleger entfernt.

Fragend sieht Emilia sie an. Smilla schüttelt den Kopf und lässt das Smartphone in die Jackentasche gleiten.

Danksagung

Liebe Leser,

mit »Guilty« beende ich meine Schwedenreise. Es war eine wunderbare Zeit, mit Emilia, Jennifer und Sarah durch dieses fantastische Land zu reisen. Eigentlich war es nicht geplant, aber manche Dinge kann man nicht steuern. Alles begann mit Sarahs Geschichte in »Truth«. Ich brauchte unbedingt einen Ort, eine Umgebung, damit ich Sarah und ihre Freunde in eine ausweglose Situation schicken konnte. Etwas, wo sie allein sind und nicht schnell an irgendeinen Ort oder eine Straße gelangen. Und da erinnerte ich mich an meine Reise in Schweden. Ich war fasziniert, von der Landschaft, von der Abgeschiedenheit, und fragte mich insgeheim, ob mich jemals irgendwer findet, wenn ich verloren ginge. Der Gedanke, die Geschichte in Schweden spielen zu lassen, ließ mich nicht mehr los. Und sie floss aus meinen Fingern genau wie die von »Secrets«. Denn auch für Jennifer brauchte ich die Einsamkeit, dieses Nichts, damit Jennifer sieht, was sie verdrängt hat.

Mit »Guilty« und Emilia ist es etwas Besonderes, denn sie ist so in sich gefangen und der Verrat an ihr und ihrem Leben hat mich berührt. Ich wählte das Meer, um sie in eine Situation zu bringen, die ausweglos erscheint. So ging es mir, als ich auf dem Meer trieb mit meinem Surfbrett und nur den Kenntnissen einer Anfängerin. Ich fühlte mich hilflos, aber ich habe es geschafft und Emilia ebenfalls. Für sie war es die größte Herausforderung, etwas zu tun, das sie verändern wird.

Ich bin gespannt, wohin mich meine nächste Geschichte treiben wird. Vielleicht England oder Spanien, Frankreich ist auch toll und natürlich Afrika. Wir werden sehen.

Ich hoffe, Sie, liebe Leser, werden mich begleiten und weiterhin viel Freude darin finden, die Geschichten zu lesen, die meiner Fantasie entspringen.

MEHR VON DIESER AUTORIN

Truth – Du kannst ihr nicht entkommen

Secrets – Am Rande des Abgrunds

Das Kreischen der Möwen

Ohne jeden Skrupel

Gesichter des Verrats

Printed in Poland
by Amazon Fulfillment
Poland Sp. z o.o., Wrocław

71635725R00207